文章四家

王蒙

文化藝術出版社
Culture and Art Publishing House

王 蒙

業典禮暨榮譽博士
duac Outorga d Dou
mo onferme rees c
7-11-200

澳門大學
UNIVERSIDADE DE MACAU

清奇古怪

序一　范曾

人们将那崒若断岸、矗似长云的自然景象和造物的神奇联系起来，称它们清、奇、古、怪。大凡够称上这四个字评语的，大体能给人“大而雄”的感受。而艺术上只要和清、奇、古、怪搭上了边，便有它不同凡响的感染力。举唐诗人为例：李白“清”，李商隐“奇”，杜工部“古”，李贺“怪”；举宋词人为例：李易安“清”，辛稼轩“奇”，张孝祥“古”，贺铸“怪”。当然，这是个人的感怀，不足为文学史之定论。苏州园林中几株被雷劈的千年大柏，在天地大炉中，其不屈生命熔铸成奇绝之仪态，人们名之曰：清、奇、古、怪，这是江南秀逸风物中难得一见的“大而雄”的一景。

冯骥才，奇人也，身高丈二，危乎高哉！而其为文，往往出人意表而在人意中。由于他有一双洞察人世的眼睛，又有人情练达的性格，故尔，提笔写众生相，宛在目前。谁也逃不过他的火眼金睛。于是怪世奇人一一收入笔底，而忏悔之徒熙熙列于门墙。其语言又不避曲俚，遂使立意与表达能于平实中出奇险。短篇若《神鞭》、《三寸金莲》、《高女人与矮丈夫》，皆为脍炙人口之杰构。骥才又多才艺，偶为画作，云飞霞走，不欲苟同于古、今。其诗未曾读过，恐正藏之箱箧，不到语不惊人死不休的火候，不会拿出，尤其身边有斫轮老手，以大冯之智，拿出之日，正是天下瞠目之时。

贾平凹，自引深藏崖穴之今时古贤也，平生与我缘悭一面，知其为人既质且文，而其笔下自有一种崩榛塞路的古道景象，古风中自有凛冽之朔气。人或远之，我独爱之。少清贫，寡于食而默于言。于是其艰难苦恨一发之于笔。当今之世，凉薄文人往往无根，尤其无寻常之草根，读此类文人之作品，与嚼蜡何以异？贾平凹则有野人怀土、小草恋山的生命元气。其实古往今来之大手笔，无一不珍惜深山劲草、碧透幽壑，缘其中有大化之雨露、日月之精英。《废都》一出，物议蠭起，此正所谓蓄之既久，其发必速。世之乡愿，固不具慧眼，訾謷之评，殊不足道。而贾公依旧粗衣布履，安步文坛，我们等待着他“谢安舟楫风还起”。

王蒙，自是古今少有的怪物。诸公切勿以为我有嘲谑之意，“怪物”者，与神祇近矣，昔马克思盛赞恩格斯“机灵得像个鬼 ”，这是凡夫俗子所能容受得了的高评吗？每与王蒙谈天，他绝对陈言务去，妙语连珠。他是文坛之司命，得益于他的人多矣，先有天才王朔，后有网上文学。他有眼力、有勇气看出他们强大的生命力。他有时坐在云端看人生，夕阳青山；有时关起窗户看落花，绿肥红瘦。他经历的事比我多一百倍。他有一次告诉我：“一个人总想不愉快的事，有足够的理由一天自杀三次。”妙语！从此后，我洒扫庭除，把丧气扫出门外，把快乐引进心灵。在此，让我们以垂老之年，永远记住王蒙的名言“青春万岁”以自勉。

谈到我自己，以诗文世家，远接四百五十年之文脉，有十三代诗人瓜瓞延绵之历史，为文再没有一点清气，当然应列入白痴行列。而我自己亦颇以“清新庾开府，俊逸鲍参军”自励。我与上述三大家所不同者，我以画为稻粱谋，一日风，二日雨，哪来文章锅里煮？所以诗文当为本人余兴，故尔有附骥之感。然倘附骥者为玉虬，当与诸公“驷玉虬以乘鷖兮，溘埃风余上征”，并驾当不为狂悖。

四家文章既出，张子康嘱每人为文一篇，世人或有侧目莞尔者，然则，我可以告诉大家一个简单的真理：伪为谦揖，不如坦诚。

范曾于巴黎

四君子图

序二　冯骥才

文化艺术出版社约我与王蒙、范曾、贾平凹合出一套文集，各人一册，文章自选，还别出心裁地请我们各写一篇与其他三位交往的文章。我脑袋立时冒出这篇序文的题目：四君子图。为何？自我标榜为君子吗？非也。只是想到古人谓竹兰梅菊为四君子，而竹兰梅菊其形其色其味其神彼此不同，不过依此行文，寻些情趣而已。

在这里，竹是我，兰是范曾，梅是平凹，菊是王蒙。至于我与竹何干，放在篇尾再说。

先说兰，范曾。

初识范曾是在二十多年前。他由北京来南开大学捐楼办学，那时他已是书画名家。初次见面不免谈到他的画。他忽说："我从来不送画给人。"他可能误以为我想向他索画吧，因笑道："我屋里从来不挂别人的画，只挂自己的画。"谁想后来熟了，他却主动送画给我。他从旁人口中知我母亲喜欢他的字，便托人送来一幅，有字有画，而且是精心之作。一次我生日，关牧村来做客，手里拿着一卷画笑嘻嘻给我，说道："我刚从范老师那儿来，他听说你今天生日，当即给你画了一匹马。”我属马，朋友有心，使我感动。

原来他不是不送人画，而是作画及赠画都信由一时的性情。就像兰叶，随意舒展，一任情怀。

再一次，在北京开会时，几位朋友晚间聚在一起喝茶聊天儿。忽然推门进来一位瘦瘦的男人，手捧本子来找范曾签名，并说：“范先生你必签不可。”范曾说：“我为什么非得给你签？”那人说：“在四五天安门事件时，我为了抄你纪念总理的诗，脑袋挨了纠察队一棒子。现在脑顶上还有一个疤呢！”范曾听了，不禁动容，非要看。那人低下头，扒开头发果然有一条很深的疤。范曾问他：“你叫什么？”这人说：“李国清。国家的国，唐宋元明清的清。”范曾当即拿笔在他的本子上题了两句：“江山幸有国清日，不忘当年顶上花。”

其潇洒自如，乃兰草之气质。

后说梅，平凹。

去年去陕西考察，得机会在西安与平凹一聚。那天恰逢他获茅盾文学奖，笑容很多。抽着烟，龇着牙。我对他打趣说：“你在北京说过，叫我到你家挑个陶罐，今天我就为这事来的。”平凹收藏不少汉陶的精品，这是远近闻名的。没想到他人比传说中的大方得多，马上带我去。是不是正赶上他黄道吉日得了大奖了？当然，去他家更是想看看这位文笔诡谲的商州奇士到底怎么活着。

他家在市区一幢公寓房的顶楼。天色入夜，摸摸索索地爬上去。待灯一亮，好似站在一家古董储藏室里。里里外外贴墙摆了一圈的玻璃书柜里，不是书就是古物。使眼一扫，极合我的口味。没一件材质昂贵、制作精美、官家或皇家的物品，自然也很少拍卖行里的热拍品；却一概是原始的、草莽的、乡土的、粗砺的老东西，然件件皆有生命，有罕见的文化信息和沉重的文化分量。真正的藏家都是一逞自家独到的眼光，只有古董商才按照拍卖行的图录淘东西。与我同来的访者，吵吵嚷嚷地问他何以收藏这么多石雕木刻铜铸泥塑各式各样的蛙，何以在书屋正中一把怪模怪样的椅子上“供”着自己的照片。我却坐在他的书桌前，细看他摆满一桌子的稀奇古怪的东西。我的书桌乃至书房画室也摆满了各样的东西。每件东西都是因为喜欢才摆在那里的，不经意凑在一起却呈现了自己的世界。细看被平凹摆在书桌上的一样样的东西：瓦当、断碑、老砚、古印、油灯、酒盏、佛头、断俑……以及说不清道不明的历史人文的碎块与残片，从中我忽然明白这些年从《病相报告》、《高兴》到《秦腔》，他为什么愈写愈是浓烈和老到。比起那些用地域文化做作料的小说——那些小说只是把地域文化当做灯泡挂在树上，平凹则是把自己生命的老根扎在文化的大地里。于是，就像老梅桩，愈是崚嶒纠结，愈能生出一朵朵活泼泼鲜嫩的花来。

再说菊，王蒙。

记得1985年王蒙要到沙滩的文化部上任部长的前两天，我和张贤亮等几位文友去他家玩儿。那天，他正用不大精熟的英文把美国电影《爱情故事》主题歌的歌词翻译成中文，还一句句地唱。词译得不顺，声音走调得更厉害。我们笑着说："从此中国多了一个部长，少了一个作家。"王蒙立即反驳："我决不会像你们这么弱智。"从此，我一直盯着王蒙在文学路上能走多远。多年来观察到他的情节和细节够写一本小书了。可是，他到了七十岁后居然发了疯，又论红楼论老子庄子，又到处演讲演说，还成本大套地写书。很像菊花，愈到天寒木凋之日，开得愈欢。为什么呢？前两年，他在青岛举办研讨会，我正好要到贵州去开全国文化遗产保护工作会议。去不成青岛了，便为他写了一幅字，半开玩笑半认真地写上四句：

满纸游戏语，彻底明白人，
偶露部长相，仍是作家魂。

唯此，他才能像菊花那样，在人生的夕照里把花儿一直开下去。

最后说竹，说我自己。

我非自比为竹，尽管我欣赏竹之虚心和有节，尤其喜爱郑板桥那句写竹的诗"咬定青山不放松"——我还把这句诗作为我们文化遗产保护的座右铭。这里只是说我与竹子靠点边儿的一个小插曲，和上面几位文友凑个热闹。

这件事还是与王蒙有关。那天参观海洋大学的王蒙研究所，主人非叫我和我爱人合画一幅小画，留做纪念。盛情难却，勉强从命。我爱人便画了毛茸茸的一只小鸟，我用水墨亦湿亦干地补了一片浓竹淡竹，随之心生四句，提笔题在画上：

小鸟落竹中，不啼亦有声，
侧耳四下寻，缘故是微风。

这样便是，竹兰逢梅菊，合为君子图。

一笑则已，充做序言吧。

目录

随笔与时评

讲演

人物

文学和艺术

书序

游记

随笔与时评

六十余年的性沧桑

今年春天我到香港参加一个由香港岭南、上海复旦、美国哈佛——三个大学的中文系联合召集的中国文学60年研讨会。会议本来谋划，由男作家一组谈文学与社会，女作家一组谈男人与女人，后来这个安排遭到了女作家们的抗议，掉了个个儿，改由男作家谈男女之大伦了。

这个花絮事件既反映了某种对待女性的不妥，也看出女作家的缺少自信与实居弱势。

我不得不就对于我绝非长项的这个话题谈谈看法。

一、革命的动员与被侮辱与被损害的女性

列宁说，没有人情味就没有对于革命的追求。人情味的重要内容之一，在于革命的缘起之一是为受到性侮辱、性压迫的女性说话报仇。

例如《白毛女》中的喜儿，例如《太阳照在桑干河上》的黑妮，例如《红色娘子军》中的吴琼花（在样板戏中被更名为吴清华，这个更名也流露了非女性主义、羞于女性特点主义），例如《家》里的鸣凤，例如话剧《屈原》中的女弟子婵娟。

有些本人并非革命作家，但是他们描写的不幸女孩，极具煽情性，例如《复活》中的马丝洛娃，例如《白痴》中的娜斯塔西娅·菲丽波夫娜，例如《悲惨世界》里的芳汀。想想看，如果喜儿没有被黄世仁强暴的遭遇，人们能不能激起那样强烈的阶级仇恨？甚至，如果不是每个乡村都有一个或几个准喜儿的故事，中国能不能出现急风暴雨式的土地革命？

站在被侮辱与被损害的女孩的对面的是黄世仁，是南霸天，是那些享有性特权性霸道性暴力性穷奢极欲的旧社会的地主恶霸沙皇将军富商等人。他们的存在是革命的暴力必然性的依据。

也许我们还可以提到解放战争时期的城市群众运动，在北京，抗战胜利后第一次大规模的学生运动是1946年由于美国海军陆战队人员皮尔逊强奸北大女生沈崇引起的抗暴大游行。当时的口号是谁无妻女，谁无姐妹，这样的群众运动使美军与国民政府处于与广大学生、老师、市民对立的千夫所指的被动地位，而使反美反蒋的烈火从此燃烧不息。

所以，谈到1949年标志第三次国内革命战争胜利的歌曲，一般都认为是《解放区的天》，而我宁愿意选择郭兰英首唱的《妇女自由歌》，歌中用山西梆子的悲情风味唱道：

> 旧社会，好比那，黑咕隆咚枯井万丈深，
> 井底下压着咱们老百姓，妇女在最底层。

如泣如诉，有冤有仇，郁积千载，苦情万状。听了这样的控诉歌曲，谁能不与旧世界血战到底？

性的分野阶级化了，政治化了。无怪在50年代末期，苏联专家在华导演话剧《柳波芙·雅洛瓦娅》，描写一个可爱的女子柳，发现了自己钟爱的丈夫是反革命，从此爱情与革命角力，令人唏嘘不已。据说在排练时，饰演柳的三位ABC制中国女演员，在导演说戏的时候，回答导演问题：如果你发现自己的情人是反革命，会怎么办？三位中国女演员一致回答要报告公安局。使苏联专家叹为闻止。比较起来，苏联出现过这种所谓人性与政治选择的冲突的故事，例如《第四十一》或《蓝眼睛的中尉》，写一个红军女战士与白军中尉

的爱情。顺便说一下，现在中国的电视剧，则没完没了地表现这种革命与反革命的人情，可能是夫妻，可能是情人，可能是姐弟，也已经俗不可耐了。

二、革命女性的光辉形象

与此同时，有各式各样的革命女性的光辉形象，极有魅力、说服力与动员的力量。

一种是《青年近卫军》中的柳巴型，疯玩疯闹，能歌善舞，个性完全解放，玩弄敌人于股掌之上，显现了女性革命化后能够达到怎样的自由与美丽的完美结合。哪怕结局是革命女孩的光荣牺牲，也是虽死犹荣，虽死无憾。

一种是丁玲喜欢写的贞贞(《我在霞村的时候》)类型人物，受人之所不堪受，忍人之所不能忍，背负着几千年的封建十字架，对于革命作出特殊的贡献，却为俗人所诟病。贞贞的形象也令我联想起苏联革拉特考夫的《士敏土》中的丽莎，女性的身体与情欲，成为她们对于革命的慷慨而且狂热的奉献与牺牲品。也许这样的女性形象还能令人联想到莫泊桑的《羊脂球》，看来性献身的传统也是源远流长。

还有一种是向往革命的浪漫的女性，多半是知识女性。巴金的《家》提到过俄罗斯戏剧《夜未央》，剧中描写俄罗斯的虚无主义女革命者(应该是名叫苏菲亚的吧)，为自己的情郎打信号，情人以大致上是人体炸弹的方式去消灭沙俄统治者。这样的苏菲亚是革命女神的形象代表。她让人想起法国的圣女贞德。

而在日本女作家、日共总书记宫本显治的妻子宫本百合子的小说中是伸子，在中国的《青春之歌》中是主角林道静，在契诃夫的小说中是“新娘”，她们都不能容忍乏味庸俗的中产阶级生活，走出家庭的樊篱，投身革命。尽管我们可以说，契诃夫对于革命其实一无所知。

性压抑、性淡漠、对于生命的高潮化的期待，与性有关的各种不平衡不公正，完全有可能成为一种革命的驱动力。

三、性的劳动化与人民化

新中国的建立，在继续宣扬记述性的革命化的同时，也宣扬与刻画性的劳动化人民化。

评剧《刘巧儿》中唱道：

我爱他，能写能算能劳动，
我爱他，下地生产他是有本领。

黄梅戏《天仙配》中唱道：

你耕田来我织布，
你挑水来我浇园……

这里，对于性伴侣的诠解更像是劳动生产互助组合。但是，在五六十年代，这样的唱词，仍然给人以质朴与健康的新鲜感，远远高明于古典中国文学作品对于女孩儿的二八妙龄、三寸金莲、杨柳细腰、破瓜娇羞的轻薄与病态的描写，也高明于好莱坞的某些影片的对白："你的屁股（如何如何）……"

其实老区的秧歌剧《夫妻识字》与《兄妹开荒》中已经包含了这样的意味，虽然兄妹关系的安排回避了性这个国人羞于面对的情势。

也有麻烦。萧也牧50年代写了小说《我们夫妇之间》，写一名小资男性娶了劳动女生为妻，小资男性要赏月，女生认为月亮不如大饼能为人民充饥。为此萧受到批判，他从此一辈子没有抬起头来，"文革"中悲惨地死去了。头一个批判萧的是自身也命途多舛、令人扼腕的杰出女作家丁玲。

四、性的新的社会内容：公与私、人与己、资本主义与社会主义

早在50年代曾经高调宣扬过一些小说乃至一些先进人物的事迹，由于忙于做好事或其他任务，一个人不但多次推迟自己的婚期，而且到了结婚那一

天，又是身陷公事好事，乃大大迟延了他与对象约好的结婚登记。

也宣扬过这样的道德标兵，配偶已经完全残疾乃至死亡，女性则为了照顾公婆等坚守不再嫁。这确实令人感动，同时也会有人为之有所困惑。

应该不是偶然。大跃进中李準有名篇《李双双小传》，"文革"前夕有影片《天山上的红花》，描写女生走社会主义道路，而男性搞自搂资本主义，同样的题材不止上述两篇。这可以解释为是用女性的魅力增加集体所有制的向心力的尝试。

我也曾经欣赏过王汶石的中篇小说《黑凤》片段，描写大跃进中的柳巴型女生黑凤，可惜此篇终未完成。如果把大跃进女性化，会不会使得大跃进变得更加迷人呢?

大跃进以后，《洪湖赤卫队》《红珊瑚》《江姐》《红色娘子军》等都由女性主打革命英雄，应该并非偶然。

而此后宣扬无产阶级专政条件下继续革命的歌剧《夺印》当中，一个活跃的角色叫烂菜花，是个专门腐蚀干部的女子，说明在女生革命化的同时，女人是祸水的意识或无意识积淀也远未消失。

五、无性化

"文革"当中一批样板戏的特点是无性化、非女性化，《海港》中的方海珍，一切做派连同唱腔，都往男性上靠。人们也熟知"文革"中的笑话，即人们看了《沙家浜》以后会浮上一个问题，只有阿庆嫂，那么阿庆呢?戏中唯一提出这个问题来的是坏蛋兼白痴胡传魁，好人是不该问这个的。

也无怪乎《龙江颂》出来之后，有人说主角江水英似乎有些不同，因为她有点女人味儿。

不知道不愿意提性别，尤其是不愿意提女性，是不是与汉语有关系。世界各族语言多数是分阴性与阳性的，提到人，如是印欧语系或阿尔泰语系，一听，男女自明。但汉语常常不分，汉语可以忽略性别不计。我们有些极好的女作家，就对于女作家一词反感，质问为什么说到男作家时不提是男作家，而说到她们时要说是女作家，其实这更多是语言系统与构词规则造成的。

女生或有人愿意以男生或无性人的身份出现，但男生很少有人愿意以女生方式出现。也许我们可以追溯到解放初期的战斗英雄郭俊卿，她是现代花木兰，她以女身而假作男孩参军，英勇杀敌，最后最后才呈现女身。我还记得有关她的报道中，唯一提到的她的女性特点，就是她有时候喜欢一块花布衣料。

所以在“四人帮”倒台以后，刘心武要专门写一篇小说讲《爱情的位置》，而且把爱情写得仍然十分柏拉图化，是对于一个死者的思念，而仍然是绝对地无生理的性、非生理的性。

六、柏拉图的与肉的性展现

在改革开放的初期，柏拉图化的《公开的情书》是相当有影响的作品，个中出现的是知识分子的情愫与声音，是思想者的风度，是理性的优越感。它的作者金观涛与刘青锋选择了分析与批评的主调，保持一定距离的姿态，这是中国社会的一种新现象。

王小波与李银河夫妇的情状令人想起金刘二人来，虽然王的作品中有极其具体的肉的描画，而李干脆是性学专家。李的有些涉性观念，如关于强奸，关于同性恋，关于性工作者，虽然与王小波的作品一样，还无法被整个社会认同，还无法走上主流台面，却仍然是合法地传播着讨论着，被一些人欢喜赞同着，这说明了中国的开放程度的正面发展。

贾平凹的《废都》曾经找了麻烦，即使没有出版管理上的麻烦，也仍然有许多女作家、许多评论家例如舒芜与吴亮对此抱批评的态度。性的问题牵扯到道德、舆论、法律、妇女与儿童的保护、扫黄打非……对于许多人仍然是既然惹不起不如躲得起。于此同时，市场对于涉性的暗示如什么有了快感就喊等标题，有很敏锐的反映，有利于畅销与效益，这是无人避讳的公开法门。

还出现了公然的所谓“下半身写作”的涉嫌下作的说法，出现了以“下半身写作”为藉口，全盘否定当代文学写作的基本教义派舆论。如说现在的文学不但比新中国建立以来的任何时期都糟糕，而且比白区、沦陷区时代还糟糕。如果你试图批评改革开放以来的中国，抓住性描写与性现状这个突破口未尝不是一条捷径。一位身份较高的人物，拿着一本印有大美人的封面的杂志，严厉抨击意识形态工作的传闻，是完全有根据的。

七、五花八门的性话题

改革开放以来，性话题五花八门。我亲耳听到过一位身份很高的领导质疑说是反思“反右”的文艺作品中，屡屡出现由于争老婆而陷人于右的情节（如《天云山传奇》），这恐怕不太典型吧？

非婚爱情问题、第三者的问题也狠狠地争论过。甚至对陈世美的评价也有歧议。

出现了新的或暧昧或露骨的名词：一夜情、二奶、三陪、三点、鸡、鸭、“同志”、驴（女）生、南（男）生、按摩女、洗浴女、毛片、自慰……同时也出现了正规的扫黄打非、取缔淫秽、保护青少年、打击低俗等努力。

这里最刺激的说法应属“黄色娘子军”。甚至说当年的红色基地，现时的黄色正在弥漫。虽然从政治颜色的观点来看，我们宁愿意千百次的姐妹们的赤化也不是黄化，虽然红变为黄的说法刺耳椎心，我仍然相信天若有情天亦老，人间正道是沧桑，我不认为沧桑是人间歪道。当然对于进行人生的文学观察与表现来说，正道与歪道的判决无需急躁，我们不能不保持理性，人们对于性的敢于面对，青年男女的生活空间的空前扩大，信息与观念的急剧丰富化与多样化，对于小康生活的逐渐接近，正为中华民族提供着前所未有的生机。“黄色军”的说法当然并非光彩，一代女生无需乎去拼刺刀、掷手榴弹、钉竹签，倒也不能说是堕落腐化。旧的问题解决了会出现新的麻烦，永远没有最后的句号，当然。

把性与腐化联系起来的文艺作品也不在少数，以反贪为题材的小说与电视连续剧，无不描写贪官的非法非道德的性堕落、性放纵，为不正当的男女之事更加贪得无厌地去贪污……令人警惕。

八、性与作家

这里笔者不屑于多说那些为畅销而在文学中作的性挑逗，并透露出一些男性作者的下作与无耻，玩弄女生的嫖客心态的下三流作品。这倒也好，一涉性，一个外表冠冕堂皇的作家立即流露出下三滥的流氓相。涉性书写能令作者大显原形，有点意思。

我们也看到，在帝王戏里一些人的皇帝情结，一个是能任意杀人，一个是能够任意占有女性，或者占完了再杀，令观众看得流口水。

有的女作家的涉性描写带着朝露的甘甜，她是在制造自己的性糖果。有的女作家的涉性描写透露着怨妇的愤懑，老旧的痴心女子负心汉的公式中不无好冤枉哉的感情勒索。有的女作家的涉性书写当中闪烁着她的偷窥的鹰眼。有的女作家的涉性书写中表达着叛逆的粗犷，她好像要说，我让你们压制了几千年了，这回本小姐我要痛痛快快写一回啦，吓不死你！

当然也有不少男女作家更热衷于写社会与历史对于性的劫持，写市场与金钱对于性的扭曲与谋杀，写生活的艰难对于性的蚕食，写弱势群体的性悲剧，写野蛮与无文化对于性人权的残酷压制，例如80年代的《被爱情遗忘的角落》其内容是非常严肃的。

呜呼哀哉，为什么再也读不到，至少是难于读到那种伟大的人性，那种男女的真正平等的两厢情愿的完美的结合，那种在性上的善良、体贴、多情与人们已经厌弃（？）了的忠诚与相依靠？变了，变了，人们公然高唱着“不愿天长地久，只要曾经拥有”，那么，“执子之手，与子偕老”的名句果然显得有些傻气了吗？《红楼梦》的故事，《安娜·卡列尼娜》的故事，果真已经完全过时了吗？贫贱夫妻百事哀的句子，已经引不起共鸣来了吗？

性观念的拓宽必然会带来性价值的失范与失落。我完全没有能力为此划线路定标杆制标准。在本文结束的时候我想起了一个似已古旧的不合时宜的故事。我的一位朋友，他兄弟姐妹好几个，父母早亡，大家靠大哥养育成人，成家立业。在最后一个小妹妹出嫁以后，她们的大哥已经五十大几了，大哥找了众弟妹来宣布：“我想结婚了。”刷地，弟弟妹妹全部给大哥跪了下来。

……不论何时，只要讲起这个故事，我就会热泪盈眶。性是美丽的，性是自然的，性也是有文化有道德的。是不是呢？

文化三说

一、说“五四”与文化传统

近年来，弘扬中华传统文化的呼声很高，这说明了人们在文化问题上愈来愈以珍惜和建设性的态度取代简单粗暴的骂倒一切与自我作古。这也反映了追求长治久安的自觉，执政者必须拓宽与开掘本国本民族的精神资源，达到和谐、稳定、凝聚的追求。同时也是对于“文革”代表的极“左”文化思潮的一个反拨。

但是从而否定“五四”的声浪又起。这就太荒唐了。从总体来说，正是“五四”挽救了中华文化传统停滞、衰落、病弱乃至走向灭亡的颓势。传统不是一个僵硬的、业已终结与完成的死东西，一切传统都在变化发展。正是新文化运动反省与荡涤了我们传统中的封建落后愚昧无知的糟粕、与面对列强主导的世界的一筹莫展，引进了民主、科学、马克思主义、现代文明……引进了全新的思想体系与知识技能体系，并与我们的传统文化中的精华部分整合，做到了先进文化体系的本土化中国化，才有今天，才有明天，也才有对于中华传统的骄傲与自信。如果我们的国人仍然处于“五四”前、革命前大清末的那个惨状，传统文化还不是眼瞅着气息奄奄地完蛋！

二、关于国学

我十分热爱中华文化传统，多年来，我谈《红楼梦》，解李商隐，讲老庄，写作与出版线装旧体诗，强调全球化进程中保持民族文化个性的必要，不遗余力。但是我一直很慎重地使用“国学”一词。学界本来对此说就有歧义，甚至有人指出这是一门“伪学科”，因为它不是依照治学领域与对象划分的。

《辞源》上解释“国学”一词是旧时国家办的学校，无现在的国学含义；说明此词的出现比较晚。《辞海》中“国学”条目定义为：“本国固有之学术也。亦称国故。”而“国故”条目定义为：“谓本国故有之掌故与学术也。对于外来科学而言，故又有国粹、中学、国学之称。”固有二字，令人心戚戚焉并且不无疑惑。因为学术的力量在于它的与时俱进、开放包容、消化吸收、自我更新、拿来主义。强调固有会不会画地为牢，自我较劲？反正马克思主义就绝非固有。牛顿、爱迪生、爱因斯坦也绝非固有。有的国家和地区一固有，所余无几了，其实他们对人类仍然有自己的独特贡献，有自己的无法取代的特色，例如美洲国家、韩国日本等。2009中华书局新版的《当代汉语词典》中，对于“国学”词条的解释其一仍然是国家办的学校，另一条则是说：“我国传统文化，包括哲学、历史学、考古学、文学、语言学、中医养生学等。”此说恐怕亦不严谨。中医药学算不算，中西医结合的研究算不算？只有养生学算，怎么解释？民俗学人类学算不算？然而连民俗学、人类学等词也是引进的，包括文学。唐诗宋词元曲明清小说的研究算是国学？极少听说过人们将李希凡、余秋雨甚至编辑宋诗的钱锺书或各名牌大学教授古典文学的专家学人视为国学家的。其实最早国学承认的只有原有固有的训诂、考证、校勘类的学问。现在，一般人望文生义，也只承认谈先秦诸子的哲学是国学。

另外，国学的并列或对应学科很难命名，有国学，那么有没有西学、新学、洋学呢？

我们中国现时强调的主流意识形态、指导思想、核心价值，又都是什么学呢？与国学是什么关系呢？

一些大学设立了国学院，好办，没意见。一个大学有几十个学院，除了国学院还有文学院、法学院、教育学院、管理学院、传播学院、财经学院、外语学院还有理工农医体育旅游种种学院，国学院居其一，不会引起误会。但传媒上的与社会上的对于国学大肆炒作人们，是否想过有关国学的定义、地位、对应学科等问题？

国家图书馆原馆长任继愈先生，生前曾对儒家治国说颇感困惑，他甚至于觉得不便多说话了。他主持的文津图书奖奖励了李零的《丧家狗——我读〈论语〉》。

三、读《三字经》

今年新学期开始之时，正规的通讯社在网站上发出了一些小学生穿着特制的古代服装集体朗诵《三字经》的情形。与此同时，许多有志之士包括来自台湾的亲爱同胞，致力于读经诵经，正在成为气候。

这有点别扭。《三字经》不无可取，但是它的内容强调规矩规范，在把孩子训练得低头垂手、老老实实上有余，而在提倡勇敢、健康、活泼、创造、竞争、想像力与维权等方面则太不够了。它太不现代了。如果以《三字经》作为培养下一代下两代的圭臬，那么我们建设成的将不是富强民主和谐的社会主义国家。

特制古装秀也有点搞笑。有人说旗袍不也有人穿吗？真是开玩笑，我还喜穿唐装呢。旗袍唐装，是个人的消费行为，是穿活着的传统服装。特制古服，则是公立学校（真正的原义上的“国学”）的匪夷所思的统一布署，有的小孩子在大太阳底下晒得大汗直流，所为何来？

弘扬传统文化的目的不是复古，不是向明清或唐宋或周公看齐，也不是向海外某地看齐，而是为了面向世界面向未来面向现代化。如果我们的教育走向三字经化子曰诗云化，这太可悲了。

请不要忘记邓小平的沉痛告诫，闭关锁国（应该包括文化教育方面的保守复古，王注）的结果只能是贫穷落后，愚昧无知。

至于上早自习的中小学生，我建议他们还是利用这段时间背诵外语词字。

非强势的困惑

这期《中华文学选刊》，选了原载《人民文学》上的一个短篇小说《真相》。

我已经好久没有这种惊悚，我要说是毛骨悚然的感觉了。因为生活越过越好，因为发展、稳定、进步、和谐的现实与目标都那么令人提气。因为各种面对的挑战诸如环境、吏治、能源、三农、治安等问题都已经严肃地提上了议事日程，提出了解决的方略。

而名不见经传的曹征路的小说《真相》却扎了我一针，读之如做噩梦，如坐火桶，如受到当头棒喝：怎么了，咱们这里？

在长篇小说《桃李》里我们看到了高校的腐败。在《小说界》杂志上刊登的王开林的长篇小说《文人秀》里我们看到了我的同行们、某作协的成员们的男盗女娼，欺男霸女，衣冠禽兽。该篇写得有点脏，可称之为肮脏的现实主义。当然，我也知道，那只是一个侧面或片面，我相信我们的生活与各个作协中也有阳光灿烂与我们的日子比蜜甜的那一面，主要的一面，但是小说所写仍然令人不能不想一想，并生发出呕吐感与警惕感。

瞧，腐败不只在人家那边，也在咱们自家——叫做文教科卫体等有文化的圈子里边。

《真相》则写得简练而且高明。一个小学老师，乱收费又体罚学生，使学生受到严重人身伤害，家长告了状，传媒披露，有关老师、校长、领导都表了态，受害小孩与家长甚至大出了一回风头。但突然老师反诉原告侵犯了本人名誉权。法庭辩论，原告初审胜诉，被告老师不服，并且脸上显出了蒙娜丽莎式的微笑——多么高雅！哎，就这样一切发生了逆转。怎么逆转的？作品没有写，此位老师方面的一切动作与思谋都浸在水面以下的深层，作者对她并无任何揭露与鞭挞，没有任何正面描写，她像是一个谜——这正是小说写作的高明之处。反正全班同学一朝便都改了口，翻了供，再没有人肯去作证承认自己看到了老师对于被害学生的动手，反而众口一声地、像回答课堂提问一样地向调查采访者们齐声呼喊："没有！"就是说，老师伤害孩子人身的问题，从此死无对证了。

被害的同学与家长，于是变成了破坏学校声誉与老师形象的人民公敌(请联想一下易卜生的名剧《国民公敌》吧，二者有异曲同工之妙)。被害学生原来是班长，出了此事以后班长一职经过民主程序被罢免了。电视台选拔孩子上电视，这个孩子天真地一次又一次地举手，一次又一次地落选了。"可怜孩子太小她还不懂，她还要跟着举手……"仅仅在这里，作者的叙述里出现了一点点怨而微怒。而另一个孩子，被老师选中，虽然票数不够也上了电视，在电视里哭着谈老师比妈妈还慈祥亲爱。此孩子原是班长的好友，从此再也不理原班长了。而且美丽的老师在教师节这天的黄金时间，在荧光屏上作了美丽的亮相。

孩子向老师，向伤害她的人道歉，被害者向施害人道歉，没用，因为是同学们不选不喜欢她啦。不仅不选她，还从此再没有人搭理她，她指天划日地表示她是"最爱老师""真爱老师""没有骗人"的，仍然不行。而且她被同学侮辱、殴打，直到逼着她吃屎。肇事者即孩子的父亲(他对校长发牢骚，才引起了孩子受到体罚，同时是他在朋友们怂恿下到法院告了状)也愧对孩子与孩子的母亲，自认一切错在自己，乒乒乓乓地打自己的嘴巴，打出血来。

……

可以说是反映了初等教育上的问题。例如我的一个中年同事的孩子上小学才三个月，已经学会了"嘲笑""孤立"两个词。他们班一个学生上课时有不遵守秩序的表现，引得大家笑了，老师就给大家讲解，这种笑乃是嘲笑。并带着全班同学高喊“嘲——笑——”二字。然后大家不理这个孩子了，老师又讲解这叫“孤立”。可以预计这个孩子的前景了，他会不会从小就变成一个社会的痛恨者与牺牲品呢？

从一些小学生家长们的口中我得知，指定特定的学生，不让班上其他同学理他或她，是我们如今的小学老师最常用的惩罚方术之一。有的老师气势汹汹而且得意洋洋地通知家长：“我已经告诉全班同学不要搭理你的孩子，谁也不要与你的孩子一道玩耍了。”这当然是施压的良法。无怪乎我的这位小同事的孩子上学三个月没有学到爱心，没有学到助人，他的启蒙教育便是嘲笑与孤立，包括着一种卑贱的侥幸心理，因为他尝到了损害旁人而不是自己被损害的自我庆幸与满足感。

救救孩子的口号显然并没有过时。

然而，又不仅仅是什么“行业不正之风”。我无意通过评论这篇小说过多地批评我们的小学教育。它是一个缩影，就是非强势者对于强势无奈，非强势对于强势的奉迎，强势对于非强势的操纵，还有略图讨到一点公道的不识时务的人的边缘化、(被)孤立化与(被视为)公害化。这是一个例证，一个寓言，一段你无法不信其真的身边事件。在一个个八九岁的孩子面前，班主任老师当然就是强势的象征，她或他掌握着孩子们的学习成绩、操行评语、群众(班集体)导向、奖惩荣辱(如是三好学生还是被嘲笑被孤立者)、干部(班长、班委、课代表直到此后的少先队中队长、小队长等)任免。学校与老师与别的行业的老板们一样，常常自觉不自觉地习惯于用咱们的搞运动的方法在孩子们当中搞顺我者昌，逆我者亡，团结多数，孤立一小撮，分化瓦解，有打有拉，无往而不胜。当然说是搞运动搞出来的办法也不准确，因为这一套办法，六十多年前我上小学时就见过，经历过，这乃是中国历史上乃至人性与人类管制中共有的方术。

作者写道：

(可怜的孩子父亲与他的水平不低的朋友们)……叹扯谎不打草稿，叹这帮小孩明知道是在扯谎还这么理直气壮，还晓得……怎么迫害别人，才能讨老师欢喜……已经无师自通，怎样把握这个表功邀宠的机会……再过二十年，他们就是法官、律师，管理国家的人啊……

作者还写到了被害人的家长去求另一个家长，另外的学生家长说道：

……我敢得罪哪个……我敢叫我的小孩子给你去作证吗？我找死啊？你们问问自己，换了你们会怎么做……要真那么纯洁，我都不知道你们怎么活下去……

强势的存在是必要的，有势才有序，国家才不会陷于无政府状态。强势之所以是强势，不仅在于他掌握了各种资源和手段，还在于他能够左右非强势者、弱势者的走向，能将沉默的多数变成趋奉的多数，不实事求是的多数，迫害少数说真话者的多数。因为事情很简单，此亦一是非，彼亦一是非，不合理的事情多着呢，你睁一只眼闭一只眼未尝不是更好更安全更令人放心的办法，何况最初那位老师哭着看望孩子，还送了水果。性质虽然严重，毕竟后果尚称侥幸，孩子康复了而不是残疾了或死亡了。还有一点，你要是想告状就赶快给孩子转学，你要是不想转或者没有条件转，你最好暂时忍下来。否则，一切坏事、乱局、出丑、倒霉事，不是由你而发生的吗？

多么危险，如果不是写文章而是实际生活中一位朋友碰到了类似的事，王蒙多半会给他出忍为高的主意。就是说，想不出太好的办法。

（而且一位家长告诉我，转学也并非总是行得通的，如果老师的能量与资源比你大比你硬，他或她可以让你的孩子转不成学。）

这可是值得深思与警惕的啊。

恭贺《牡丹亭》青春版演出一百场

2003年在香港参加一个征文活动的时候，得知白先勇先生正致力于与苏州昆剧团合作，排演经过适当整理的《牡丹亭》，觉得是一个极有意义的事。当年冬季，应先勇兄的邀请，我与芳以及文化部有关司局的朋友们一起到苏州看了此剧的两个下午的彩排——全部演出要三个下午。

我们很高兴。我比较认真地与切近地欣赏观察，并且抱着审视与怀疑的态度看他们的表演，不知道现在的观众能否接受这一古老的剧种。结果是非常喜爱非常感动。我完全被征服了。

中国文化尤其是中国戏曲，是古老的幽雅的与含蓄的果实。同样是表达爱情，当代观众受美式辣妹、猛男的影响，其实是败坏了自己的审美口味。靠三围与大嘴，靠臀部与胸部的动作与张扬，靠狂吻、吸吮、抚摸与床上镜头来吸引观众，这其实是相当肤浅与粗野的相对比较动物化的表现。而在《牡丹亭》中，在昆曲中，通过身段，通过水袖，通过千姿百态的动作、亮相与呼应，通过身体语言的对话，通过优美的唱腔与文学性极强的唱词，不但表达了男女之间的吸引爱慕的生理的方面，更多地表现的是美的方面，欣赏与喜悦的方面，多彩多姿（而不是只限于身体的凶猛接触）、温柔体贴、缱绻缠绵、情深意长、如醉如仙的那一方面。也就是更加人性，更加文化，更加迷人，乃至更加通向神性的那一面。

白先生主持的这一台本的演出叫做青春版。这使我一度有点担心。我不知道他会怎样地创新这个青春版。后来才知道了，他的青春版主要在于演员年轻，名师指点，剧本经过整理，比较紧凑，表演略有调整。从总体上说，没有脱离中国戏曲重表演特别是虚拟表演的传统，带点纯美唯美的传统，它是地地道道的昆曲。我请教了戏曲专家胡芝风老师，她对于先勇兄的工作，是持高度肯定态度的。

昆曲是精致的，是纯美的与含蓄的。在社会急剧变动中，在浮躁的心态下，在各种欲望刚刚获得释放因而显得粗糙而且不无原始的疯狂的状态下，昆曲受到一点冷落是必然的。斗红了眼的人无法静下心来看昆曲。暴发户无法静下心来听昆曲。被股市或楼市套牢了的倒霉蛋无法好好欣赏昆曲。整天忙着搞文化大革命拉选票的人也与昆曲无缘。还好，社会正在往安定与全面小康方面发展，人心正在往平和与友善方面发展，中华文化正在愈来愈受到有识之士的重新认识重新定位。只要国家民族愈来愈好，只要做得好和平发展的文章，精美绝伦的昆曲绝对不会灭亡在我们这一代人手里。

我也赞美白先勇先生的勇气、执著克服千难万苦，付出大量精力时间财力，在大陆、台湾、香港、澳门以及美国都进行了极其成功极其轰动的演出，这也是一次弘扬与整合、推介中华文化的盛事，令人欢欣鼓舞，令人在中华文化的感召下靠拢在一起。现在即将在北京演出第一百场了，我向他与苏州昆剧团，向主要的表演与舞台工作人员，向赞助了这一文化盛事的两岸四地的有识之士，表达我的热烈祝贺与感谢。

《道德经》的宗教意义

《道德经》与世界三大宗教的经典的区别在于：一、它的哲学内容超过了神学内容。二、它没有圣徒奇迹（哑巴说话、跛子走路、虎不食人……）的类似记载。三、它不要求特别的崇拜、礼拜、诵读、仪式。四、它几乎没有规定任何忌讳、禁忌、惩罚。五、它没有强调自身的唯一性，没有提出普度、拯救迷途者、要求众人皈依的意愿，不具备传教士的热忱，不具有己所欲必施于人的准征战（征服与强暴）倾向。

然而《道德经》又确实具有中国式的宗教性，即它包含着中国式的对于世界和人生的终极眷注。

第一是源头。老子说，道生一，一生二，二生三，三生万物。这里的“道”和“一”，就是源头，就是本原，就是造物主。然而这个造物主不是人格化的，而是本质化概念化的。

道生一，同时道即一。道具有无所不包无所不主宰的性质，所以说道生一。而这个“一”又成为“道”的本质与效用，故说道就是一。天得一以清；地得一以宁；神得一以灵；谷得一以生；侯得一以为天下正。

这就是说，有了道就有了一，有了一就有了一切。这里的道与一，都具有终极性、无限性、神性，所以我曾不完全妥当地比喻过，道与一，就是中国神学中的上帝，就是中国哲学中的世界与人生的本质。

就像唯物论认为世界的根本是物质，唯心论认为世界的本原是精神一样，《道德经》认为，世界的本原是道——一，我们可以称之为唯道论。

老子又讲"道法自然"，本质化的"道"与原真性的"自然"紧密连接。带有彼岸性的终极与无限的探讨和显然是此岸性的自然结合起来了。而且，天才的老子早在两千数百年以前就明白，彼岸的一切只能通过此岸来把握，此岸的呈现即是彼岸的信息，彼岸的下载。自然是道之师，是根本的根本。《道德经》的本原论初始论发生论是高度抽象的"道"，高度概括化数学化的一即1（像电脑里的1），又是高度原真原生的自然，它的道理既深奥又朴素，非常接近于真理。

西方的基督教与源自亚洲的佛教认定耶稣是上帝的儿子，或佛祖是原印度王子，造成了例如耶稣是否进卫生间、耶稣是否娶妻，还有观音菩萨的性别问题的神学难题与争论。影片《达·芬奇密码》利用这样的争论，演绎成了通俗畅销的故事，并受到梵蒂冈的抗议。

而道教不会产生这种争论。

说道是源头，又不尽意。如同电脑里只有1没有0是无法工作的。故而《道德经》又说："万物生于有，有生于无。"说："无名，天地之始，有名，万物之母。"（或"无，名天地之始，有，名万物之母"）这说明，无（加上有）也是道教的上帝，造物，起源与归宿。

"无"本身带有极大的概括性，极大的张力，因为一切的对于无的认知其实都是来自"有"，我们说一个人无（没）了，前提是他或她曾经有过，我们无法讨论一个从不存在的事物的无。我们说人生是"无"前提是人生的确"有"，如果宇宙间压根没有人类，自然也无需论证其无。其次，对于"无"的判断、认知、感悟……这一切来自认知主体的"有"。没"有"主体，哪儿来的"无"的被感知，"无"的宏伟性、强烈性与涵盖性？

而"有"既是高度抽象的，又是完全具体的，万有，就是一切，就是世界与人生本身，万有，当然也包括了"无"的存在，即"无"的"有"。

用数学符号表示，"无"就是0，而"有"就是1。《道德经》这里不仅是讲0=0与1=1，老子的高明处在于他懂得：0+1=1，而1-1=0，1+1+1……=

万有。

这里，我们可以比证一下佛家的说法，如《般若波罗密多心经》所说：

“色不异空，空不异色，色即是空，空即是色，受想行识，亦复如是。舍利子，是诸法空相，不生不灭，不垢不净，不增不减，是故空中无色、无受想行识、无眼耳鼻舌身意、无色声香味触法，无眼界乃至无意识界，无无明亦无无明尽，乃至无老死亦无老死尽……”

我们说，这是由于人生的短暂，由于世界的无常，由于万法万物的最终毁灭给人类造成的痛苦，使人们从思维上，预先否定一切真实性，从而减却寂灭的打击与惨烈。

然而，无无明亦无无明尽，无老死亦无老死尽呀，最彻底的无，则就是连无本身也被否定了的无。无被否定了，不又变成了有了吗？佛家从虚无的彻底性上讲，超过了《道德经》，但是得出的无与有的辩证关系的结论是与《道德经》一致的。因为彻底的绝对的无已经成就了有，至少有虚无，有彻底，有绝对。于是无变成了无无，或无无无无无……负乘负得正，无乘无得有，再乘无又得无即再乘负又得负，于是正负之变无穷，色空之变无穷，真假之辨亦无穷。彻底的无既不是有也不是无有，既不是无也不是无无，既不是无有也不是有有。

这是思维的飞翔，这是语言的翅膀，这是心智与悟性的狂欢，是哲学与神学的联袂。当人们不能够通过实验与演算获得无限、终极、归宿的时候，人们却通过语言与思辨获得了神性，获得了玄思，获得了宗教的、艺术的与思辨的享受，获得了地地道道的宗教式的终极眷注，真正宗教式的本源感、归属感、澄明感。

现在回过头来看《道德经》，有生于无，万物生于三、三生于二、二生于一、一生于道，它的表达简明质朴，却包含了“无无明亦无无明尽”的道理。

万有，包括自身，来自无，无为何能生有呢？因为有道，道就是前面所列的0+1=1与1-1=0的那个加号或者减号，或者道尤其是那个作加法与减法，乘法与除法的力量与运动。道的首要意义在于沟通了与主宰了无与有，有与无。无变为有，这是道的力量和作用。有变为无，这又是道的力量和作用。我们崇拜无也崇拜有，崇拜道也崇拜一、二、三，崇拜抽象终极也崇拜自然。这里的三的概念的提出超越了一分为二或合二为一的探讨。就是说除了对立的两方以外，还要有新生的三方。

我们服膺于道的无所不包无所不在无所不容无所不运动变化，我们的人生，从无到有，从有到无，莫不是大道的下载，大道的导演，大道的呈现。得到这样的认识的人，岂不与找到主、找到本源与归宿、找到信仰与依托一样地胸有成竹，开阔镇定，雍容明朗！

《道德经》终于成就了一种真正中国式的宗教——道教，当然不是偶然的。

《道德经》的另一大特色是它怀疑一切价值的偏执与过激，走向自然而然的本性的复归。

失道而后德，失德而后仁，失仁而后义，失义而后礼。就是说失去了自然而然的大道即本性，就要搞价值观念。价值观念不怎么管用了，就要搞爱心教育。爱心也缺失了，就得讲人际关系。人际关系也搞不好了，只剩下了搞形式主义。

（这是老子的批评语句，因此我的诠释用语带有贬意，它们并不就是德、仁、义、礼等的原意。）

它的这种说法，当然有失绝对。但是它至少不搞有些宗教或有的禁欲主义，以来生抹杀今生。不搞过分的清规戒律与繁文缛节，更不搞排他性征伐性，使我国的道教成为富有生活气息的宗教，更使《道德经》的阅读者研习者获得一种远见、深思、解脱和预防。它也不搞价值狂热与价值强行推广，在当今世界上，打着价值的旗号，出现了多少愚蠢的强梁与绝望的疯狂！它的理论不无与后现代理论的文化批判相通之处。《道德经》是我国传统典籍中的一朵奇葩，是中华古代哲学的瑰宝，作为一种思想资源，是极其珍贵的。

茶魂与茶韵

小时候不懂得喝茶，甚至以为喝茶是一种奢侈浪费，说明我那时的生活水准够惨的。

但我有一个家境较好的小学同学，我在他家喝过龙井，龙井的涩味尤令我受用，世上怎么有这样好的感觉？

应该是1954年以后吧，供给制改成了薪金制，我开始喝北京人爱喝的茉莉花茶，可喝可不喝，并未进入角色。

到了1958年了，下乡劳动，不准在供销社购买一切糕点食品，只开放两样，白糖与茶。那时的一级茉莉花茶，每一纸袋七角钱多一点。我乃极其珍贵地购买之饮用之，有时还放上白糖喝甜的，与欧洲和阿拉伯世界风习暗合。我体会到了香与味，体会到了一种慰安。与其说是一种兴奋作用，不如说是一种调理作用：处境恶劣也罢，食不裹腹也罢，劳动繁重也罢，孤独想家也罢，喝一杯一级花茶，总算找到了一点舒适，一点清澈，一点遐想，一点并非完全糟透了的尚好的感觉。说得严重一点，似乎从微甜的或免糖的茶水中保留了自己的一点优越和尊严，我毕竟是一个买得起茶、品得出茶味也还保留着饮茶的自由自在与慧根的天之骄子。我没有理由沮丧悲观。

在50年代末60年代初的逆境中，我始终保留着一个难得的享受，休假时期与妻到北海公园前门附近的茶座上泡上一壶茶，要一点瓜子之类的小食品，且饮且聊，自我安慰，自我鼓舞，互相交流，互相劝勉。有此一乐，当能承担百苦。茶是我厄运中的天使，茶是我病痛灾难中的一点杨枝净水，茶是我半生多事中的一点平安、稀释与单纯。

在新疆，我学会了喝砖茶特别是奶茶。砖茶的品种也很多，不发酵的称为青茶，多出自江西。发过酵的称之为茯茶，维吾尔人称之为黑茶，出自湖南。还有一种香味比较刺激的叫米星茶，产地忘了。维吾尔人喜用的是茯茶，或稍稍一煮，喝清茶，发音是“森茶叶”，与日语的清茶或青茶发音一致。奶茶则是在熬好的茯茶上加上奶皮与部分鲜奶，加盐。这些茶至今我仍然时有饮用，它含的单宁似较多，助消化作用明显。每年春节假日，鸡鸭鱼肉吃得较多时，我就大喝这种新疆风味的茶。

我至今记得维吾尔农民向我提的问题，茶是哪里出产的？（答曰内地，主要是南方）内地怎么会有这么好的东西？茶怎么这么好喝？茶的存在感动了边疆与兄弟民族。茶是中原的一个亮点。

“文革”后操旧业拿出了笔，我的特点是要利用一切时间写作，全天候写作。我的社会活动外事活动极多，但是我的主业是写作。全靠一茶。例如出差，两三个小时的飞行后到了目的地，我入住宾馆，至少两三个小时内谢绝来访，写。怎么个写法呢？先饮一杯浓茶，立即尘念全消，若有所思，悲从中来，味自茶起，此身若隐，进入了另一个文学的世界。摊开稿纸，拿出钢笔，刷刷刷，一行字已经落到了纸上。茶助文思，茶助神宁气定，茶撩心绪，茶也使你念之忆之咏之叹之，茶甚至于使你有那么点自我欣赏自我嗟叹自我作态，返求诸心了，写吧，写吧，再写吧。我是为了写与饮茶而来到这个世界上的。

一杯热茶，是我灵感的源泉，是现实的世界与文学的世界之间的桥梁，却也是一道“防火墙”。与一杯茶一本书几页稿纸相比，那些俗事，那些争斗，那些计较又算得了什么？茶是一个诱惑：有了这么好的茶，你该找到真正的文学感觉啦。

这里还有一个趣话。在我社会政治活动的高潮时期，我常到中南海勤政殿开会，80年代，规定是与会者必须自费购买小包茶叶，才喝得上茶，没带钱便只能喝白开水。一次我在喝白水，被广播影视部长艾知生看到，他哈哈大笑，给了我五角钱，才喝上了龙井。如今，艾部长已作古多年，自费购茶的规定也有了改变，逝者如斯夫，不舍昼夜！

我对各种茶的兴趣始终盎然。出国我喜欢喝红茶。疲劳的时候，“时差”倒不过来的时候我喜欢往红茶里加上鲜柠檬。吃多了喝新疆风味的茶。夏天喝龙井、碧螺春、崂山绿茶，河南、安徽的各种名牌绿茶。我还购买过堪称天价的君山银针、洞庭银毫：这类茶更适合观赏，因为泡好茶，它的所有茶梗都竖立在杯中水中，像一片小树林。宴请或被宴请时，喝铁观音、大红袍、乌龙茶。近年受风尚影响大喝起普洱来了。一年四季，也都喝一点茉莉花茶，以不忘记自己北方佬这个本。

在云南，我喝过他们的三道茶。在台湾，我喝过阳明山的极讲究的、异香满口的洞顶乌龙。在西北地区或西北省份风味的餐馆里，我喝过回族式的八珍盖碗茶。在杭州，西湖边上的湖畔茶楼（？）令人有仙界不过如此的满足感。在宜兴，我有幸欣赏了他们的紫砂绝技。当然，日本的茶道也很好，它赋予饮茶以宗教式的庄重与虔诚。我在陕西扶风县法门寺的文物中看到了唐代的茶具，大体上与日本茶道用具无异。

得天下之佳茗而品之，其乐何如？夫复何求？你还想干什么？

我以为，对于人来说，粮是根，肉是力，酒是情、是热、是激扬生发，是熊熊燃烧。而茶是魂，是韵，是趣味，是机智，也是微笑与飘移，舞蹈与飞升。嗜茶者多半是好相处的人。祝友人茶运亨通，愿饮者平安永远。人生一世，中国人一世，喝茶的年头肯定比喝酒长远，比任职任教长远，比拼搏追逐长远。茶心淡淡，茶心久长，茶心弥漫，茶心终生相伴。

四川友人周啸天有诗曰《将进茶》，诗曰：

世事总无常，吾人须识趣，空持烦与恼，不如吃茶去……佳境恰如初吻余，清香定在二开后……诸公休恃无尽藏，珍重青山与绿水。

北京奥运的文化意义

晚清以来，中国的有识之士，存在着一种严重的文化紧张与文化焦虑。一方面是忧虑自己的传统文化难以应对陌生的异己的世界，突然暴露出千疮百孔，是否气数将尽；一方面是怕挟着军舰大炮的强势的西洋文化会把自己的文化传统战胜与吃掉。于是王国维跳湖自杀，而严复晚年也只能是吸食鸦片。各种对于文化问题的讨论充满悲情、激动人心、争执不休。

这样的紧张性，使人进退都不好掌握。学西方（包括苏俄）学多了，怕是丢了祖宗。学少了，怕是不能自立于世界民族之林。继承传统，多了，怕是复古封建；少了，怕是丢了民族特色。直至今日，关于价值观念、关于建筑风格、关于民俗节日、关于服装、关于文艺与生活方式的有关争论不绝。

在文化上同样有反帝反侵略的严峻的斗争。有全盘西化、全盘苏俄化的主张与对它们的拒绝。也有与国粹派、封建遗老、封建迷信与野蛮邪教以及种种小生产意识的斗争。有各种文化主张：中学为体、西学为用，以夷制夷，第三条道路，改良主义……

在激烈的斗争中，中国人民选择了马克思主义，同时也培育了拿来主义，培育了马克思主义的中国化，培育了民族的科学的大众的新文化方针与实践，培育了面向世界、面向现代化、面向未来的改革开放的文化方针与成果。随着经济建设高潮的出现，随着“三个代表”重要思想与科学发展观的提出，随着构建和谐社会与和谐世界理念的明确与成熟，出现了积极对世界开放，同时热烈地弘扬民族文化的优秀传统，直至国学热的新局面。当然对于国学热也还有种种批评和疑虑。

在这样一个文化环境下，2008年在北京主办奥运会，并提出“同一个世界，同一个梦想”的口号，其意义是非常重大的。可以说近代以来的国人的文化紧张、文化焦虑、文化对抗的形势正在发生重大的变革，中国与世界正在寻求沟通与互相认同，国人的精神资源正在迅速地扩大，我们追求的和谐社会与和谐世界正在成为一种普世的价值。我们的中华文化的主动性正在恢复。我们的文化建设的大发展大繁荣就在眼前。

当然和谐绝非易事，某些文化冲突与文化摩擦难以避免。对于中国的偏见与思维定势仍会长期存在。国人的某些狭隘与不文明现象的消除也绝非开一次奥运会就可万事大吉。但是我们积极申办与举办奥运会已经说明了我们对于奥林匹克精神与原则的认同，是我们对于和平与友谊、对于重在参与、对于更高更快更强的理念、对于公平竞赛的奥林匹克精神的认同；而世界积极地到中国来参加2008盛会，也是对于中国的发展与进步的认同，对于中国的文化是人类文明的一个重要组成部分的认同。我们至少可以有所期待，更多的文化交流沟通互补，古老的中国文化的更多的传承、发展与更新，以文化和谐的期待与努力取代文化紧张、文化焦虑与文化对抗的前景，是可能实现的。

请爱护我们的语言文字

语言文字是一个民族的文化基石，尤其是我们的汉语，属于独特的词根语——汉藏语系，而我们的汉字，集表意、表形、表音于一体，象形、会意、指事、形声、转注、假借六书更是我们的瑰宝，是我们的独特文化传统的根基，它的构词与句法语法与我们的传统思维模式关系极大。汉字更是我们伟大古国凝聚统一的一个重要因素。

我们正大张旗鼓地宣传弘扬传统文化，然而，语言文字的一些状况却令人担忧，值得引起我们的重视。

例如电视屏幕上常常出现的错别字，包括面向境外播出的节目。

例如获得大奖的作品中出现“你家父”这样的句子，他不知道尊称别人的父亲是“令尊”，谦称自家的老爷子才是“家父”。

各种对联包括刊载在媒体上的与贴在门上的，很多是对对联的嘲笑，风马牛不相及的两句话，不讲平仄，不分虚字实字，不讲比较衬托，硬写在那里了，实在是对中文的不尊重。看这样的对联，有时真与吃一个苍蝇一样恶心。古代甚至曾经以“对对子”取士。如今成了这样，令人能不痛心？

把小品演出中为了搞笑而错误百出的语句当成了范例，例如认为“相当”是最高级的副词，认为“相当好”的好的程度高于“很好”。这足以令语文工作者叹息！

媒体的一点玩笑，往往误人子弟多多！当读到“离离原上草，一岁一枯荣”时，有的孩子的第一反应竟然是“脚气药”，只因脚气药广告中用了此句。再如“刻不容缓”，某些地方，竟然不如“咳不容缓”那样被青少年熟知。

当然不是故意，名为调侃，实则糟蹋。

简化字回繁，也常常搞得笑话百出。例如谷与谷本来都是繁体字，前者指山谷，后者指谷物，二者合并后简掉谷，谷可以代替谷，但谷绝对不能代替谷，现在一时兴回繁，把山谷也写成了山谷，笑死人。系与系也是如此，当我看到“文学大系”的标题，真的是哭笑不得！简体的钟代替了锺与钟，但二者含义不同，锺是锺情，钟是钟表（钟表），非要把钱锺书老的名字写繁体字，却又不知道锺与钟的区分，能不闹笑话吗？繁体范范是两个字，后者是姓，前者才是模范、范式的范却又兼作姓氏，现在一回繁，姓范的都变成姓范的了，其实还真有姓范的，但也有范而不范的呀，真是乱了套了。

逞进一些文理有问题的说法：如“不尽人意”，本应为不尽如人意，演绎的用法大大出了格，前者甚至取代了后者。

区分不了“不以为然”与“不以为意”，将不重视说成“不以为然”，其实“不以为然”是说不赞成，“不以为意”才是说不理会。

错用成语，如把希图侥幸的“守株待兔”，当作军事上的固守用。

不说了，由于一些不负责任的传媒的影响，由于简体繁体字的随便混用，由于对外来影响的匆匆接纳，我们的语文使用进入了无序状态，这已经成为影响一代国人文化素质的大事了！再不能熟视无睹。

从文化紧张到文化和谐

鸦片战争以来，中国面临着生存危机、生存悲情，同时也是文化危机、文化悲情。一方面是陌生的、敌意的与强大有效的西洋的船坚炮利。一方面是亲爱的、古老的却又在西洋主导的异己的世界面前一筹莫展的列祖列宗留下来的文明传统。这里有双重的文化失望与文化对抗。一是对传统文化的失望：它竟然不能帮助我们挺直腰杆，摆脱落后挨打、积贫积弱：一句话，在实现我国的现代化方面，传统文化似乎显得无能为力。一方面是对西方的现代文明的失望，它在科技上是先进的，然而它的竞争意识、欲望趋动、个人主义、金钱与商品崇拜、法律治国、科学主义、实证主义与形式逻辑，又是我们不熟悉乃至一时难于接受的，何况它给我们带来的竟然是侵略、掠夺、民族耻辱。我们一方面要对抗帝国主义的文化侵略，另一方面要对抗传统积习的抱残守缺，误国误民。变法图强吧，困难重重，而且面对着违背祖训、被西洋化掉吃掉的危险与指责。以不变应万变吧，则只能衰微灭亡。

于是长期以来，出现了文化紧张、文化焦虑、文化冲突与文化对抗。

同时出现了文化乌托邦，以为可以全盘西化，最好连中文都废除。或者仍然留恋半部论语治天下的旧梦。此外中西体用之争，改良与革命之争，学美国与学苏俄之争，国粹派、洋务派、乡村建设派、实业救国派与其他各种文化方略之争，莫衷一是，誓不并立。

这样的紧张性，使人进退都不好掌握。学西方学多少才合适？中华文化传统中何者精华，何者糟粕？中国文化传统如何适应现代化的需要与步伐……不论是读书留洋，语言文字、学术思潮、音乐美术、衣食住行，无不举步维艰，步步争议，事事斗争。

马克思主义来到了中国，使中国现代史与文化史面貌一新。但同样有一个问题摆在眼前，是照搬苏俄，还是使之与中国的实际、中国的文化传统相结合，使马克思主义中国化。中国化的马克思主义，当然不是舶来品，而是中国文化的一部分，是中国文化的指导思想。同时中国文化当然又是世界文化、人类文明的一个组成部分。

于是有了拿来主义，有了民族的科学的大众的新文化的方针与实践，有了面向世界、面向现代化、面向未来的改革开放的文化方针与成果。一方面是从来没有像十一届三中全会以来这样地敞开国门，学习吸收先进的一切文化果实；一方面，也从来没有像十一届三中全会以来这样地强调弘扬中华传统文化的精华（不是糟粕！）。

随着经济建设的高潮的出现，随着“三个代表”重要思想与科学发展观的提出，随着构建和谐社会与和谐世界的方针的明确与成熟，开始出现了文化建设的大发展大繁荣的新的可能性。

在这样一个背景下，2008年北京主办奥运会，并提出“同一个世界，同一个梦想”的口号，意义非常重大。从文化学的意义上来说，强调文化的共同性与互补性，这表明：近代以来的国人的文化紧张、文化焦虑、文化悲情对抗的形势正在发生重大变革，中国与世界正在寻求沟通与互相认同，在继承弘扬传统与改革开放实现现代化的选择中，人们已经不耽于零和模式的此取彼弃，而是追求传统与现代的双赢。国人的精神资源正在迅速地扩大，我们追求的和谐社会与和谐世界正在成为一种普世的价值。我们中华文化的主动性正在恢复。

当然和谐决非易事，某些文化冲突与文化摩擦难以避免。对于中国的偏见与思维定势仍会长期存在。国人的某些狭隘与不文明现象的消除，也绝非一日之功。各种文化争论（例如对于奥运场馆与国家大剧院建筑风格的争论，关于传统节日与西洋节日的兴废的争论，关于国学的争论，关于帝王电视连续剧、关于某些走红影片的争论……）仍将会长期存在。但是我们积极申办与举办奥运会已经说明了我们对于世界性的奥林匹克精神与原则（和平非战、重在参与、世界人民与运动员间的友谊、更高更快更强、公平竞赛即费厄泼赖——fair play 等）的认同。世界积极地到中国来参加2008盛会，也是对于中国的发展与进步的认同，对于中国文化的自主性与独特性的认同，对于作为国际社会一员的中国的友好、好客、现代性与组织能力的认同。2008北京奥运会，是一次体育盛会，也是一次文化盛事。

我们的国家还从来没有像今天这样地重视文化，珍惜文化，强调文化。我们至少可以有所期待，更多的文化交流沟通互补，古老的中国文化的更多的传承、发展与更新，以文化和谐、文化交流与文化互补的期待与努力取代文化紧张、文化焦虑与文化对抗的前景，是可能实现的。

而中华文明、中华文化将在和谐社会和谐世界的构建中得到空前的弘扬与创造性的发展。

欢迎与欢呼

在庆贺北京奥运会倒计时一百天到来的时候，我们听到的中国的声音是:“我们准备好了”，“欢迎到北京来”，“期待八月的北京”，“共享体育盛会”……

未必有多少先例，一次奥运会的举行，使主办国的人们像我国人民那样激情洋溢，充满珍重与最最美好的希望。近代以来，我们吃过太多的苦，我们受过太多的气，我们付出过太多的代价，我们终于走上了建设有中国特色社会主义的正确道路并取得了举世瞩目的成就，使主办一次辉煌的奥运会成为可能。

北京奥运会的胜利成功对我们非常重要。我国人民期盼的不仅仅是金牌，而且是做好一次全世界的东道主，展现一个有了可观的发展与进步的，充满希望的，欣欣向荣的东方大国，展现我们与全世界运动员与人民的友谊，展现我们的构建和谐社会和谐世界的努力，展现我们五千年的文明硕果与改革开放，努力做到现代化30年的崭新风采。

所以人们对于那些抹黑与污辱自己的亲爱祖国的言论特别敏感。主权与领土、国家与民族，没有什么话题比上面所说的更使国人关心与激动。某些噪音使国人立即联想起一二百年来我们的丧权辱国、割地赔款的近代史，抹黑的噪音激怒了中国，激发了国人的爱国热情，这一切也不能不引起世界的注意。请注意：尊重中国人！理解中国人！

然而这毕竟只是插曲。主旋律仍然是中国的和平发展与进步，是中国处于近代史以来的最好时期，包括对外关系、与西方大国的关系也是最好的时期之一，是中国人民对于世界人民的友谊，是我们已经做了并且正在做着面向世界、面向未来、面向现代化。我们与世界已经有了和正在有着更好的了解与沟通。我们有能力、有愿望，世界也相信中国有能力、有决心办好这次体育的盛会，这次青年的盛会，人民的盛会。干扰再可恶，仍然不可能妨碍我们的国家和人民的前进脚步。更不可能妨碍与破坏世界的奥林匹克精神和代表这种精神的圣火。恶意再加上猖狂，到头来只能暴露恶人的野蛮与霸道。我们在不得已的情况下做出一些回应以后，不会忘记更重要的事情与更有力的回答是：把自己的事情做好，把这次奥运会主办好。

好事多磨，干扰与噪音只能激励我们把国家建设好，把民族团结与国家统一巩固好，把对外关系的有关工作做好，把奥运会办得精彩、成功、圆满、吉祥如意。

正如邓小平同志许多年前在与撒切尔夫人谈香港问题时所说的，新中国早已经不是晚清政府主导的那个丧权辱国、一筹莫展的东亚病夫了。我们在聚精会神地搞建设，一心一意地谋发展，在2008年，我们还要聚精会神地、一心一意地主办好奥运会。中国期待着八月的北京，世界期待着八月的北京。敌视者、干扰者，直到企图分裂中国与抹黑中国的内外势力过去存在，今后仍然会存在，然而，他们不能得逞，在中国大地上响起的仍然是欢迎到北京来的欢呼声，是同一个世界同一个梦想的美好呼唤，是对于北京奥运会的最美好的祝愿，是友谊与祥和的音响。

欢迎，欢迎，欢迎！北京奥运会已经靠近了，我们一定成功！

风中的五星红旗

5月16日上午，我在首都机场的候机室等待登机去哈尔滨，这时接到电话通知，说是18日有文化界的大型募捐活动。我决定，退机票，参加再次捐款。

18日晚上救灾募捐，午夜才回来。第二天5点多起床，打开电视，正是天安门广场的升旗仪式，如往常，庄严郑重，国歌奏响，五星红旗冉冉升起，然而国旗升至了旗杆顶端并没有完，五星红旗悲哀至极、沉痛已极地徐徐降下，成为半旗了。

罕见的半旗，在晨风中摇曳。在风中颤动。

在国旗下降的一刹那，我战栗了，我几乎哭出声来。

然后是新华门前的五星红旗，上演了相同的一幕。

我们的五星红旗，是烈士的鲜血染成的红色，是国家的政体象征于一颗大星与四颗小星，如歌声中唱出的："五星红旗，你是我的骄傲，五星红旗，我为你自豪！"

骄傲的五星红旗，崇高的五星红旗，你怎么能轻易言悲，你怎么能轻易垂下你的高贵的头颅？

我的第一个反应是：国旗哭了，人民哭了，我自己也哭了。

所以它降下来了一半，为了汶川的天塌地陷，为了离去的同胞父老亲人孩子，为了国家的基础——人民，为了生命的珍贵与尊严，为了中华民族的多灾多难！

这一天下午2时28分，人人肃立默哀，汽笛长鸣，半旗颤抖。悲痛与决心使13亿人凝聚成为一个共同的生命。

政治是重要的，因为它以人为本以民为本。国家是高于一切的，也因为它凝聚着保护着服务着人民。革命是伟大的，因为它的唯一追求是人民的千秋万代的幸福。国旗是我们的，因为它凝聚着全体中国人的感情，意志和信念，它与你我，与大家的祸福喜悲相关相连。

五星红旗为受灾死难的人民志哀。五星红旗为人民的苦难而流泪。人民，所以人民为五星红旗的荣誉与光辉不惜献出生命。

我们感受到了国殇的大哀，也感受到了五星红旗的大恸。哀兵必胜，民气可用，人心如虹，多难兴邦！让我们与五星红旗一起为我们遭受的痛苦与永久别离而热泪如注吧，它是我们的力量的积蓄，是新的跨越前的准备，也是对于生命、对于死难者的最大敬意和永远的怀念！

经历了这一切，回答了这一切，我们仍然挺起了胸膛，仍然是，必然是：

五星红旗迎风飘扬，胜利歌声多么响亮！

我们的力量来自以人为本

凶险的汶川大地震给我们带来了巨大的伤痛。地震考验了我们，我们作出了有力的回答。

我们显示了团结，显示了爱心，显示了为人民服务的理念，显示了中国特色社会主义建设所积累的实力，也显示了我们的方针政策的力量，手段设备的力量，中华文化的力量，归根结底是以人为本的力量。

以人为本是我们的力量的源泉和核心，以人为本是我们的骄傲和希望。以人为本的思想贯彻着毛主席不遗余力地提倡的为人民服务的原则，贯彻着亲民与民本思想，体现了对于生命的价值的充分肯定，以人为本的原则是无敌的，它既是中国文化优秀传统与近百年来中国人民浴血奋斗的宝贵精神成果，又符合人类的普世价值。它是社会主义核心价值的体现又具有超越特定的意识形态的影响力、说服力与吸引力。以人为本的理念能够团结最多的人，能够有极大的动员能力、鼓舞能力、凝聚能力，它是我们的抗震救灾、克敌制胜、安定团结、改革开放、和平发展、构建和谐社会与和谐世界的精神保证与力量源泉。有了以人为本的出发点与总原则，才有全面建设小康社会的实践与成果，才有改革开放的突飞猛进，才有爱心的大发扬，才有空前的凝聚力与应变能力。

由于以人为本，我们的五星红旗降半旗持续了3天；由于以人为本，我们的五星红旗永远迎风招展。我们因以人为本而热泪盈眶，我们为了以人为本而奋勇前进，夺取胜利。

8万多人的死亡与失踪，30多万人的受伤，无数建筑的倒塌，无数财产的被毁，可称得上是天塌地陷、生离死别、家破人亡。然而困难没有吓倒我们。没有出现混乱与无政府状态，我们看到的是中央与各级领导同灾区群众的心连心，是军民团结如一人，试看天下谁能敌，是高效率的救援，是万众一心众志成城的及时反应，是爱的奉献的歌声，是让世界多一点爱的呼唤，是骨肉同胞深情，是万国援手的友谊，是以人为本的强大力量。

并不是每一个国家每一个地区都经受得住这样的大灾大难，并不是每一个政府每一个民族都经受得住这样的严峻考验。然而我们经受了，我们挺得住，我们能够担当，我们能够既是有组织有领导地、又是群众高度自发地，既是热情如火地、又是冷静与科学地，既是勇于面对、透明与公开地、又是有序与步调一致地作出了令世界耳目一新的回应。

此次抗震救灾的历程将载入中华民族的史册。这样一个历史的记录凸显了以人为本的光辉与有效性，这是抗震救灾呈现出来并将永远留下来的宝贵精神财富。

我与《人民日报》

如果我说《人民日报》的版面和言论直接关系到我们的命运，我想不会有人批评我的夸张。

如果我说十一届三中全会前后的《人民日报》曾经使我热泪盈眶，大概也不足为奇。

其实早在50多年前，《人民日报》已经与我发生了密切的联系。1957年春天，关于我的一篇小说《组织部来了个年轻人》，是《人民日报》发表了林默涵根据毛主席的指示写作的评论文章，才算是解了围。后来又是《人民日报》全文发表了小说被编辑修改的情况，还有作家与编辑召开的座谈会的发言。

1957年我在《人民日报》的副刊上发表过一篇小评论:《关键在于质量》，用的笔名是思芳。

“文革”后的1980年初，值得一提的是我的短篇小说《说客盈门》，是发表在《人民日报》上的，占了差不多一个版。后来周扬同志多次告诉我，说是吕正操同志读了而且非常赞扬此作。

我还写过一篇为英语的《香草集》所写的序言，香草指的是五六十年代曾得到“毒草”的恶谥的一些文学作品。我写的序言里提出了几个反思，而不是简单地今而非昨。

1988年我以阳雨的笔名写的两篇评论文章，发表在《人民日报》的文艺版，一篇是《文学：失却轰动效应以后》，另一篇是《自由与失重》，这两篇评论，都有相当的影响。

1988年《人民日报》发表过李一氓同志评论拙作长诗《西藏的遐思》的文字。1986年我还在《人民日报》上发表过我翻译的德国女诗人萨比妮·梭模凯卜的俳句。

去年我翻译的印度驻华大使拉奥夫人的诗作，也发表在《人民日报》。

近日我很高兴的是，我担任了《人民日报》海外版的特约评论员，我为它的“望海楼”专栏多次撰写过时政评论，仅仅今年已经发表过三四篇了。

我一直订阅着《人民日报》，我是《人民日报》的踏实读者。

为什么中国人那样爱国?

人们注意到了抗震救灾中焕发出来的伟大的民族精神，人们为之而感动，而鼓舞，而骄傲。

从可歌可泣的无数事实中，我们看到了中华文化已经深入到我们人民灵魂中的一些稳定的、珍贵的、有意义的方面。

我这里首先要强调的是我们的抗逆能力与抗逆风格。家贫出孝子，国乱显忠臣。天将降大任于斯人也，必先苦其心志，劳其筋骨，饿其体肤，空乏其身……艰难困苦，玉汝于成。福兮祸所倚，祸兮福所依。吃得苦中苦，方为人上人（我们不应将“人上人”理解为权势地位财产，而应该理解为品格与成就）……无数这样的命题与信念已经深入到我们民族的精魂。这些是我们的辩证法哲学，更是我们民族性格的文化力量。正是日本军国主义的侵略唤起了中国人民空前的爱国主义。正是我们严峻的生产与生活条件培育了我们的艰苦奋斗、自力更生、勤劳与坚强。那么，正是天塌地陷的汶川大地震，显现了我们民族的坚强不屈与艰难奋斗，就是必然的了。改革开放以来，有过不少关于人们精神面貌的负面说法，而地震的发生令人们对于我们人民的精神状态刮目相看，这是意味深长的。

其次我要谈中华民族的凝聚力。我们是一个大国，一个古国，一个文化上极有特点、极有独特魅力的民族。我们的文化爱国主义是无与伦比的。许多年前，我在国外讲学的时候一位朋友问我，为什么中国人那样爱国？我戏言道：中国有唐诗和中华料理。为了我的这个说法，复旦大学附中还特别命题令学生作文。一位移民欧美的华裔学人曾经对我说，他们在欧美生活的最大遗憾是文化共鸣的缺失，例如“露从今夜白，月是故乡明”的杜甫诗句就难以与当地友人共享。近代以来，我们的传统文化受到了太多的考验、挑战、怨怼与污辱，我们也的确应该对之进行深刻的反思与更新完善，我们终于看到了民族复兴、优良传统弘扬、普世成果的汲取、自立于世界民族之林的希望与现实。我们怎么能不珍爱自己的唐诗宋词与粤菜鲁肴，珍惜我们的生活乐趣与内心表达？不论是大陆内地，不论是港澳台，面对地震，表现出来的凝聚力向心力，即众志成城的团结精神、团队精神，使人们增加了对于这样一个人口众多的古老民族的不可分割、不可泯灭的信心。

第三我要强调我们的仁爱之心。仁者爱人，我们的文化强调和谐，强调仁爱、忠恕、礼义，强调民胞物与、将心比心、感同身受。我们的理想是老吾老以及人之老，幼吾幼以及人之幼，四海之内皆兄弟。太多的民族矛盾、阶级矛盾与社会矛盾，严峻的现实与艰难的历史使命，使我们相当长期以来不能不更多地强调无情斗争的一面。近年来强调和谐、爱的奉献才刚刚开始，已经显露了成效。抗震救灾中有多少这方面的动人事迹啊。

我们的民族精神同时也是与人类先进文明的价值观念互通互动的，我们同样感念世界各国人民与各国政府对于中国抗震救灾的支持。然而毕竟中国是太大了，振兴中华的任务是太艰巨了，中国的国情与文化传统是太有特色了，我们首先得依靠自身，依靠中华民族的伟大精神，没有其他选择。

与世界共舞

北京奥运会的召开，标志着中国与世界良性互动的一个新的高峰。

中国离不开世界，世界本来就包含着中国。但是我们此处并列中国与世界两个概念的时候有它的意义：第一，目前的世界西方文明处于强势地位；第二，中国的独特的历史文化与现状使她与世界的对话与沟通成为一个严肃的课题；第三，全球化时代的中外关系，不断地会产生新的机遇与风险；第四，中国与世界的关系迄今远非一帆风顺。

是世界为我们带来了现代国际体育项目与规则，记录与榜样，带来了奥林匹克事业。我们尊重世界，向世界开放，欢迎“世界”到北京来做客与竞技。

是中国的北京此次成为世界的东道主，我们在“请客”，在办世界性的体育盛事、喜事。

世界很热闹，它那里有先进的生产力、先进的科学技术、管理经验、比较成型的行政法律体系、先进的与多样的思想文化观念，值得我们参照学习。我们已经从世界学到了并且正在学习不少的东西，使我们的面貌，例如体育运动的面貌大大地发展了改观了。

我们提出了“同一个世界、同一个梦想”的美好口号，提出了构建和谐世界的高瞻远瞩的目标。我们向世界显示了善意，发出了邀请，履行了和正在履行着承诺。

世界又是复杂的，冲突激烈的，有时是另类的。与先进二字一道，还有腐朽，还有祸患，还有别有用心。“世界”到北京来做客的时候也“带来”了恐怖主义的危险、极端主义的威胁、分裂主义的捣蛋，还有各种偏见与不了解。

而面对纷繁多样、无奇不有的世界，我们做好准备了吗？我们对于世界有一个深入、全面、稳定、贴切的认识与了解了吗？

做没做好准备，举世瞩目，因为，与世界共舞的盛举盛事盛况已经到来了。

这里的关键在于：

与世界平等对话。我们已经不是弱者，不是受气包，而是迅猛发展的泱泱大国，我们也不是救世主，更不搞霸权。我们要习惯于平视习惯于心平气和。

我们有不同的国情不同的选择不同的忧虑，我们认为我们的选择符合中国人民的最大利益，也符合世界和平与发展的最大利益。当然还有许多问题，许多麻烦，不比哪个外国少，也未必比哪个大国多。“世界”看到了议论了中国的这问题、那麻烦，正常，欢迎，但是我们不可能一律按远道而来的贵客们说的办理，中国太大，中国的事情太艰巨，世界扛不动中国，背不起中国，中国的事只能首先靠中国的十三亿人与至今进行着有效的与相当成功的管理的领导。中国的事只能是中国人说了算。

这里的法宝仍然是实事求是四个大字。甭管你是哪儿来的，甭管你对中国友好还是不太友好，还是颇不友好，来的都是客，欢迎欢迎。包括欢迎你说话。同意就是同意，不同意就是不同意。好处就是好处，不好处就是不好处。想和你讨论就是讨论，不想和你讨论，不过是一笑置之。你的说法极佳，但是我们这儿还做不到就是做不到，你说也是白说。你讲的比较靠谱，试一试也许能做，不妨说 Ok，Let's try（好的，让我们试试），参考与试验一番。成绩就是成绩，危险就是危险。危险也能化险为夷。成绩也万不可吹牛冒泡。外事内事同理，都要以诚相待，都要礼尚往来，都要互相尊重并自尊自重，都要实事求是，都要文明礼貌。

中国的发展，中国的希望，中国的困难，中国的曲折，中国的贫穷与正在奔向全面小康，还有城乡低保，还有廉政建设……没有什么不能说的，没有什么需要躲躲藏藏的。我们的坦诚自信与坚定诚恳，昭昭可对日月。

反过来说，我们也不是只知道自己的事，我们也要问问中东，问问欧盟东扩，问问伊拉克战争与阿富汗，还有美国的大选、次贷危机与洪水，澳大利亚的乱伦刑事案件，西班牙国内的巴斯克－埃塔分离主义，以及一些拉美国家与美国的紧张关系……朋友们，咱们是互相关心互相评论互相致以良好的祝愿，同时，只能是自己解决自己的问题。

“世界”不是天堂也不是地狱，不是蜜糖也不是炸弹，不是美女也不是妖怪。与世界共舞，请勿趾高气扬，更勿紧张躲闪。一是谁也吃不了谁，二是能舞出点进步与互利来。与世界共舞，很有意思，很长见识，有利于开阔眼界和心胸，有利于知己知彼知时代知祖国也知世界，有利于消除一厢情愿与忽冷忽热，有利于获得正面的与非正面的教材，有利于我们的丰富、充实、成熟、自信与长底气。改革开放以来，我们已经与世界共舞得很出彩了，相信通过北京奥运会的举办，我们能舞出更辉煌的精彩来！

奥运，我愿为你老泪纵横

北京奥运盛会即将开始。

我们是参赛者，我们希望更快更高更强，多得金牌，我们渴望在赛场听到《义勇军进行曲》国歌的奏响，五星红旗的升起。我已经预感到了这种场面的感动中国的力量——奥运，我愿为你老泪纵横。

同时，我们不会忘记和平、非战、重在参与的奥林匹克精神。运动员们赛场上是对手，赛场之外是朋友，而且境外的一切运动员、来宾、记者、拉拉队员都是咱们的客人。

因为咱们不仅是参与国，而且是主办国，是我们受到了世界的重托，国人的重托，好好当一回东道主，好好为世界和平与友谊，为世界的和平、和谐与体育事业作一回贡献。在某种意义上说，这回轮到我们中国请客待客！

我们当然会为祖国的和平发展与体育健儿的优秀业绩而欢呼，好啊，改革开放的中国！好啊，蒸蒸日上的中华民族！好啊，屡创佳绩的中国运动员、教练员……

奥林匹克事业是全人类的事业，是全世界的体育盛典，身为东道主的中国人民，同样会用极大的热情与礼貌，以真诚与坦荡的心态为来自五大洲四大洋的各国体育健儿而欢呼！美国的田径、游泳与篮球，欧洲的足球、击剑与马术，韩国的射箭与跆拳道，俄罗斯的体操、射击与某些田径项目，非洲的长跑，拉丁美洲的足球，巴西的女排……都是好样儿的，都会让我们大饱眼福。他们的成就，他们的纪录，属于本国本洲本地也属于全人类，属于中国北京！世界——北京！北京——世界！中国北京与世界的沟通与良好互动，正是北京奥运会的意义所在。正像中国运动员的成绩同样属于世界体育事业、属于人类一样。

我们有自己的祖国意识、爱国主义，同样我们也完全具有世界眼光、人类视野，四海之内皆兄弟的胸怀与天下大同的理念！

可以相信，赛场上，我们会给中国运动员加油，也必然会为世界运动员的每一个精彩表现而喝彩，而激动兴奋。我们为中国运动员的取胜而振奋，同时也祝贺外国运动员、外国队的胜利，哪怕是某一场他们战胜我国运动员、代表队的胜利。某一场，哪怕我们为本国运动员、代表队的失利而流出伤心的泪水，请不要忘记拭一拭泪水后向对手作出潇洒和大度的祝贺，为获胜的一方鼓掌！也别忘了为未能获胜但表现出水平与风度的我国队或外国队鼓掌！更不能做出向对手起哄的无礼举动。即使裁判有了不利于我方的误判，我们也会用笑容最多是摇头来文明地表达我们的态度，而不会有任何的冲动与粗野……

还有各色人等，高官庶民，友好人士与戴着有色眼镜的陌生者……来的都是客，他们将会接触到开放的、坦诚的与充满尊严和自信的中国与中国人。我们是文明的主办方、待客方。

同一个世界，同一个梦想，为祖国欢呼，为世界喝彩，让我们与世界共享奥运赛事的快乐与友谊吧。

好啊，奥林匹克

“同一个世界，同一个梦想”的口号，体现了奥林匹克精神，同时使我们想起我国经典上早就提出的世界大同的理想，想起我们眼下提出的建设和谐世界的主张。这说明，它体现的确是一种人类共同价值。

幸亏有一个体育，有一个奥林匹克游戏（game），我们可以藉此表达这样的美好理念。体育之外呢，例如，世贸组织、国际原子能机构呢，联合国安理会，现在到那边去提两个“同一”，不免显得为时过早。

为什么体育这样好？奥林匹克这样好？

体育是生命与青春、健康与欢乐的颂歌，是和平与友谊的下载。它主张非战、重在参与、公平游戏（即费厄泼赖）、更高更快更强、统一规则、服从裁判……是最少争议的，是比较不受社会制度、阵营分野与意识形态的分割的。国际奥林匹克委员会的权威性、有效性也较少受到挑战。

回想一下，37年前，中美两个大国的关系的改善从乒乓外交开始，这绝非偶然。它说明体育有较多的世界性、人类性、亲和性，在平等交流上较少障碍。

体育又是极有魅力的游戏。游戏的含义是欢乐。所有的游戏都是为了大家快乐而不是为了仇恨或者损伤。争强好胜是人性的应有之义，是个人、集团、民族、国家难免要面对的挑战，这样的争强好胜如果演变为战争、阴谋与大规模杀伤性武器，就很令人忧虑。但体育是game，是游戏，是玩——play，发自于友谊而不是敌对，发自于舒展自由而不是压迫，发自于规则而不是无赖。是我们的翻译“运动大会”使之具有了多一点庄严的性质。当然游戏也要庄严，轻佻随意的游戏能够带来的快乐殊为有限。国内外各种重要的体育赛事前往往要奏国歌升国旗，说明赛事是认真的，运动员是讲道德高水准的文明人，赛事中将不会出现流氓讹搅现象。正如越是美女如云的电影节与世界小姐评选（选美）越要着超级正装。庄严的游戏是可喜的，它比庄严的侵略、压迫、屠杀、掠夺不知好凡几。

很难在人类的行为、活动、追求中，找到另一种项目，像体育这样能够把严肃郑重与游戏趣味结合在一起。由于郑重，倾力以赴。由于游戏，拿得起放得下，赢输都有风度，都有收获。体育的模式是双赢或多赢而不是零和。体育承认价值的珍贵荣誉的珍贵，同时反对价值的霸权化与极端化。它的价值标准简单明快，向全人类开放。

很难找到另外的项目，像体育这样把竞争与普遍高扬、与共享欢乐、与亲和友善热情、与万国一家的心胸结合得这样好。

体育使人类共处得更紧密。

很难找到另外的领域，像体育这样把人类性、世界性、国家（民族、地域）性、团队性与无可替代的个人性结合得这样好。

很难找到别的领域，像体育这样把最原始最本初的对于人体，对于体能、智能，对于风度、教养、造型与一切人的美的因素与最现代的观念与文明成果结合在一起，统一在一起，体现得这样完美、自然，富有说服力与感染力。

很难找到别的领域，像体育这样，能够把创造性、挑战性、勇气与纪律性、与对于规则的恪守结合起来。没有普遍有效的规则，也就没有全人类的体育盛举。

很难找到其他领域，有这么多国人体育明星在海外执教或成为海外兵团的一员。同时，我们也请到了那么多教练、运动员参加中国的体育训练与比赛，为中国的体育事业作出了杰出贡献。在国别问题上，体育比较心胸开阔。

体育的美好也带来了走火入魔的危险：政治化、锦标主义、狭隘的民族主义、兴奋剂、赌博与随之而来的虚假裁判与虚假成绩，体育腐败……

请允许我提到，有些个地方，人们越是缺乏自信，就越可能为一个名次与计分而争红了眼……而我们应该表现得更磊落、更成熟、更高雅文明。

体育，尤其是奥林匹克盛会，给人以启示也给人以鼓舞，体育能够做到的，为什么别的领域就做不到？在人类的与国家民族的生活的各种领域，我们能不能从体育上获得某种启发？我们能不能同样地，或近似地去寻找健康，寻找公正，寻找友谊，寻找欢乐？同时避免狭隘，避免小气，避免一时的不文明？

所以说此次在北京举办奥运会，理应受到国人的欢呼拥护。我们欢迎奥林匹克精神与中国的改革开放、和平发展、和谐社会、和谐世界理念的融合，欢迎中国与世界的进一步共舞。可以想像，北京奥运会将会留下丰硕的物质与精神文化遗产，留下一些美好的理念与范例，也会留下某些有教益的经验。中华文化将从中得到新的契机，被进一步激活：有所发展，有所丰富，有所成熟，并与世界更好地沟通与互动。

运动员漂亮了

对于这次奥运会，我和我的家人有一个奇怪的也是可喜的印象——咱们的男女运动员都更漂亮了。

真的，过去，我们常常认为举重运动员短粗、憨硬，然而这次，张湘祥是那样潇洒倜傥，陈艳青是那样圆润自然，龙清泉是那样纯真喜人，廖辉是那样英武俊秀……

我们过去还认定，女足运动员远远没有男足那样挺拔豪壮，而这次呢，徐媛和韩端，不但是破门的功臣，也都极富有青春的迷人风采。还有我们的男篮小伙，个个酷毙帅呆。我们的射击名将，风度翩翩。我们的射箭冠军张娟娟，绝对是21世纪的中国美女。

健康是美丽的基础，自信是美丽的光辉，尊严是美丽的保证，爱心是美丽的内涵，全面小康是美丽的环境，和谐开放是最美丽的气度。

反过来说，嘀嘀咕咕不美，畏畏缩缩不美，病病秧秧不美，傻不棱登不美。

我坚信，随着全面发展，随着改革开放，随着身心的健康化尊严化，随着正当的竞争与人性的舒展弘扬，中国人会越来越美丽。求美得美，五讲四美嘛。

热场面中的冷思考

北京奥运会上两个字熠熠生光：中国。

全世界对北京奥运会好评如潮："北京奥运会让中国赢得世界好感"、"新中国从'鸟巢'起飞"、"中国真正回归世界强国"等等等等。中国金牌总数已远超上届奥运会，至今高悬榜首。我们的优势项目射击、举重、体操、跳水、乒乓球、羽毛球继续保持和扩大优势，我们在非优势项目也开始夺得金牌。

已经可以断定，中国主办了一次成功的奥运会。中国运动员已经大获胜利，中国大喜！

摘金夺银，欢呼鼓掌，热场面需要冷思考，捷报声声中我想从男足的失利说起。

不是我哪壶不开提哪壶，而是不开的那一壶有发人深省之处。

要说近几十年十几年以来，我们在男足上没有少费气力，增加投入，更帅换将，体制创新，人才战略，放眼全球，献计献策，可以说是想尽用尽了我们的主观努力。

这说明，有些体育项目，一抓就灵。有些项目，则有更深层次的原因，难以速效。我相信我们的男足运动员教练员也都尽了力，也都盼望成功。与男足类似的还有一些体育的基本项目：例如田径与游泳。

巴尔扎克说，培养一个贵族要三代人，我们也许可以设想，培养一批高水平的男足球员，要几代人的努力。我们应该有清醒的头脑与足够的耐心。

男足失利引起网上一片冷嘲热讽、恶搞以至辱骂。这里不但反映了我们的某些球迷还不文明不成熟不科学不理性，也反映了国人的一种急于求成、盲目陶醉、自视过高、一厢情愿的心态。

而急于求成、盲目陶醉、自视过高、一厢情愿的心态，曾经给新中国的发展建设带来了太多的弊害，远不止于男子足球。

有这么个不如人意的男足摆在那里，很好很好。我们还是发展中国家，我们还是社会主义的初级阶段，我们中华民族还不会忘记犹如昨日的“最危险的时候”、“发出最后的吼声”，我们中华民族吃饱饭——基本上解决了温饱问题也还没有多少年。我们人口多，资源少，长期以来积贫积弱积矛盾，我们现在站立起来了，挺起脊梁来了，在北京奥运会上大大地风光了。但是绝不等于已经万事大吉，金牌再多也不等于我们的国力第一，生产力第一，科技第一，文化第一。我们面临的麻烦还很不少，我们的历史负担与人口负担仍然很沉重。

开完奥运会，人们的注意力将集中在回顾改革开放30年上，男足不仅启示我们不能忽略体育事业上的不足，也提醒我们发展进步上的任重道远。建设好发展好中国，当然比踢进几个球更艰难。我们还得卧薪尝胆，我们还得谦虚谨慎，我们还得戒骄戒躁，我们还得在欢呼胜利的同时保持忧患意识。

尤其喜欢龙清泉

有一次媒体的朋友问我喜欢看什么体育项目，我说举重，他们笑了起来。

我不是体育知识很多的人，已经多少有点老眼昏花，但是举重我看得清清楚楚。举重是一个人一看的，你看得见运动员的表情，看得见教练的叮嘱与对运动员的拍打按摩，看得见运动员的吸气呼气，闭目养神，瞪眼提神，以及在使劲的嘴角。

举重是真正的擎天柱的运动，是力拔山兮气盖世，是勇冠三军力冠三军，是挺直脊梁骨的真正硬骨头精神。

我尤其喜欢年龄不足18岁的龙清泉，他的天真纯洁快活令人解颐，你不再感到举重只有辛苦负重的那一面了，它还有快乐活泼的另一面。我也佩服连续打破世界纪录的刘春红，她的坚毅与镇定，她的信念与实力，让你相信她没有举不起的重量。

我们应该也可能在举重上显现出越来越多的优势，因为我们民族精神的特质之一是忍辱负重，是抗逆而起，是挺身而出，是竖直我们的脊梁骨。

辉煌与辉煌以后

已经可以断言，中国在北京奥运会上获得了巨大的成功！北京奥运会确实是中国的奥运会！

我们的鸟巢、水立方受到称赞，北京的蓝天白云得到了好评，绿色、人文、科技奥运的允诺得到了实现，张艺谋导的开幕式震撼了世界，运动员与观众的热情礼貌文明胸怀，大致符合期待，有很大进展。果然，北京是国际的大都市，中国是改革开放的中国，我们的崭新的面貌展现出来了。

我们的金牌拿得不少，一两个超级体育强国漏了空子的项目，我们全有准备，有力争、有超过预期的斩获。五星红旗一次次升起，《义勇军进行曲》一次次奏响，举国欢腾，民气大振！我爱你，中国！五星红旗我为你骄傲，我为你自豪！中国再不是一个积贫积弱、内乱频仍、面临“开除球籍”（语出毛泽东主席）危险的国家了。我们的文化焦虑与文化紧张正为文化弘扬与文化和谐的追求与信心所替代！

2008年同时还是党的十一届三中全会的30周年，是中国改革开放的30周年，北京奥运会的凯歌正是改革开放的交响乐的一个精彩的乐段！我们的改革开放同样是凯歌声声，欢呼一片。我们一定要沿着改革开放的路子走下去！

同时我们对于今后充满期待：

金牌好，以树作比喻，金牌是花朵，是绽放，是一片辉煌，但金牌并不是根基，也不是躯干。经济才是根基，国防与社会机制才是躯干，文化才是良种与长势。我希望在庆功之后将我们的工作往根基上做，往普及里做，往实里做。得金牌的项目能不能在群众中发芽生根，能不能有益于人民大众的体质？离真正的体育大国体育强国，更不要说政治上、经济上、国防上与文化上的富强、民主与文明国家了，究竟还有多少差距？有待于作怎么样的进一步努力？这是值得我们在欢呼声中深思的。

我们还有没有弱项？还有没有忧患？例如男子足球，这是极受注目与欢迎的项目，我们十几年来没少在男足上面使劲，可以说吃奶的力气也使出来了。但是收效甚微。于是网上一片骂声。批评是可以的，辱骂则不可取，它反映了我们的急于求成，不理性也不成熟。包括男足运动员的某些不雅表现，也是这种急躁、情绪化、压力与缺少长期奋斗的思想准备的表现。建国近六十年了，我们吃够了急性病、非理性的亏。从男足的失利上我们应该得到不少的教益，男足也好，男排也好，田径、游泳也好，要打基础，要循序渐进，要舍得花费几代人的时间去抓基本功。

还有更深层的忧患，例如由于负担过重，中小学生体质的下降。由于过食而产生的低龄肥胖的危险。

我们的一些权宜的但也是坚决的措施，缓和了许多矛盾，例如环境与交通，如何将一时的权宜措施转化成经常的有效努力呢？不容易啊。

金牌大捷，能说明我们的成绩，却未必能说明我们的长远优势。能说明我们的拼劲，却未必能说明国民素质方面的实力。我们毕竟还是发展中国家，我们毕竟还只处于社会主义的初级阶段，我们不能忘乎所以，我们不能没有忧患意识，我们仍然须要艰苦奋斗、卧薪尝胆、戒骄戒躁、头脑清醒。与金牌相比，我们不能不更加重视强根固本方面的长期补课——还账。

请原谅。不，我不是在这里哪壶不开提哪壶，我不是外人，我为北京奥运会的成就而欢呼雀跃，热泪盈眶。爱之深念之深忧之深盼之巨，我祝福我们的伟大祖国，在庆祝奥运会的成功中，庆祝改革开放30年的成功之际，从新的起跑线上出发，不但尽享面子上的荣耀，而且争取里子上的全面夯实，不但尽现红旗与歌声的汹涌，而且提供愈来愈令人羡慕的人民生活质量，政通人和，经济繁荣，文化发展，身心健康，后奥运的中国，加油啊！

关于男足

我对冷嘲热讽、恶搞辱骂中国国奥足球队十分反感。我认为这反映的是一种不文明、浅薄、不善良。如果我们的足球球迷是这样的，就证明他们还不配拥有一个例如巴西那样或者荷兰那样的球队。

在我们欢呼各项体育运动的成就与奖牌的进项的时候，我们也急于男足的长进，这是可以理解的。但是，我们也无法不承认，我们的男足还始终没有翻过身，自有其难处。这并不取决于愿望，并不取决于心气，我们不是唯心论者，不能不考虑各方面的实际情况。

我们的国家我们的民族，真正吃饱了才有多少年头？我们的体质，我们的传统，对于对抗激烈的足球运动来说，都有欠账之处。我们的男足运动员也是在那里拼搏，在那里流血流汗，谁不愿意进球？谁不愿意欢呼震天？谁不愿意成为巨星成为民族的骄傲、青年的偶像？

我不是专家，但我相信，弱有弱的原因，强有强的基础，对于运动员也与对于任何人一样，不能太势利，不能急功近利，不能翻脸不认人，不能动辄恶言恶语，不能那么小气，用人朝前，不用人朝后。那些赢一个球就喊万岁，输一个球就骂大街的观众，离奥林匹克精神，离体育文明，离现代人，相距还太远。

男足的失利还给我们很好的提醒，国家好，不可能样样都好；国家发展，也不可能一步登天。得金牌是值得称道的，但有的方面我们完全得不上奖牌，甚至还很落后，还不及格。

足球如此，别的事也一样，所以我们要有忧患意识，要正视我们的弱项，还不是急功近利的时候，还不是浅薄哄闹的时候，还不是忘乎所以的时候。

奥运的感动

桑兰

我当然为我们的奥运冠军而骄傲，为世界的体育明星而钦佩赞赏，但是一说到奥运会，我首先想到的是桑兰。

10年前，桑兰的受伤，引起了震惊和痛惜。10年后，桑兰在轮椅上长大了。桑兰阳光一样的笑容则使我愿将她看做是一个偶像：这是天使才有的阳光和笑容。

人生中碰到这样的灾难，这样的挫折，而能够如此笑的人有福了。她已经获得了人生的最大的金牌，她告诉我们，人应该不怕受苦，坦然面对一切艰难，人应该永远用光明的精神驱散黑暗与压抑，人应该有所作为，有所追求，人应该把自己的命运掌握在自己手里。

而且她是这样的美丽！阳光、坚毅、爱心和受苦使人升华得愈益纯美高尚。

身体

如果说文学是人学的话，那么，至少体育与医学也是人学。

体育的关注是身体，是四肢、躯干、肌肉、骨骼、五官、神经、大脑、意志、品质、智慧，一切。

在欧洲同时在东方，都曾经在中世纪接受过一种贬低身体，视身体——肉体为罪恶的观念，更流行过一种将身体与精神，另一种类说法叫灵与肉对立起来的倾向。当这些愚蠢与压抑的观念渐渐破产以后，还有视体育运动员为“四肢发达，头脑简单”的浅薄胡言。

我们相信的是，四肢应该发达而且美丽，身体应该健康而且强壮，健康的精神寓于健康的身体。

奥运会是身体的节日，是身体的狂欢，是生命的力与美的展现。运动员的身体是一个激扬的力量，他们使我们普通人看到，我们本来可能多么有力、敏捷、强大、完美，我们对自身的培养、爱护、训练、控制、使用，本来可以做得多么辉煌而又恰到好处！

新中国的一大贡献是重视体育，重视身体，这才是以人为本，这才是人性化，这才是珍重生命，这才是全面小康，为人民谋幸福！我们中华健儿的英姿应该在全国得到普及，我们的非专业运动员也应该具有运动员的身体与精神！

胜 负

胜有胜的欢笑，也有胜的泪水。负有负的泪水，也有负者赢得的同情。

这才是公道，这才是文明，这才是重在参与的奥林匹克精神，这才是道德、哲学与境界。胜与负的差别可能是一毫米，是十分或百分之一秒，是半个进球，是一公斤。

不确定性是体育赛事的魅力所在。如果一场足球赛前你已经神机妙算，知道了结果，你还想看这场比赛吗？

有随机性，有必然性，有实力与状态的对比，有天晓得的运气。但毕竟有胜有负，有规则有标准，在胜与负上，没有商量，少有干扰与偏见的余地，从总体来说，胜负是反映水准的。这是体育比较公平、比较能迅猛发展的一个原因。

珍惜胜利，珍惜荣誉，当然，同时跨越胜负，不论胜负，坚持天行健，自强不息。

就是说，体育上可能丢牌，人生路途上不能丢人，不能丢弃阳光、花朵和进行曲！

眼泪

为了夺取金牌，运动员付出了巨大的代价，时间，心血，病伤……

我为“神奇小子”朱启南的泪水而感动，我想对他说银牌也很了不起，比赛中总是有金有银有铜还有更多的参赛者无牌。你应该自豪，你应该骄傲，你的光辉记录彪炳史册。你也可以在拭干了泪水以后，为超过你的冠军，为这项运动的迅速发展而祝贺欣慰。

我为杨威的泪水而感慨，4年前，你从单杠上掉了下来，现在，你圆了梦。人生的道路还很长，奋斗还在前面。

杜丽呢？一次伤心，一次喜悦。你应是更坚强更成熟了吧？你是不是得到了比金牌更严肃的东西？

还有多少金牌得主在奏起国歌、升起五星红旗的时候落下了眼泪。人生就是这样，国家就是这样，胜利来之不易，胜利并非永远，体育的动力在于你战胜了我，我又战胜了你，你打破了他的纪录，我又打破了你的纪录，前浪后浪，天外有天，生命的高歌猛进是永远的。

然后，一切从头开始。

奥运会后的期待

北京奥运会取得了辉煌的成功。赛场上，五星红旗一次次升起，《义勇军进行曲》一次次奏响，举国欢腾，民气大振！中国再不是一个积贫积弱、内乱频仍、面临“开除球籍”危险的国家了。我们的文化焦虑正为文化弘扬与文化和谐的信心所替代。

2008年同时是党的十一届三中全会召开30周年，北京奥运会的凯歌正是改革开放交响乐的一个精彩乐段！无疑，没有30年的改革开放，就没有2008年的北京奥运会：不会有实力主办，也不会有这样一种尊重别人也尊重自己的精神状态，一种对于本国也对于世界的理解与信心。这种昂扬、开放的精神面貌，是我们主办奥运会的一大精神成果。

奥运会谢幕了，我们对于今后充满期待：

以树作比喻，奥运金牌是花朵，是绽放，是一片辉煌，但金牌并不是根基，也不是躯干。经济才是根基，国防与社会机制才是躯干，文化才是良种与长势、活力。我希望在庆功之后将我们的工作往根基上做，往普及里做，往实里做。得金牌的项目能不能在群众中发芽生根，能不能有益于人民大众的体质？离真正的体育大国体育强国，离整个国家在经济、政治、文化和社会事业上的富强、民主、文明、和谐，究竟还有多少差距？有待于做怎样的进一步努力？这是值得我们在欢呼声中深思的。

我们还有没有弱项？还有没有忧患？例如男子足球，这是极受注目与欢迎的项目，我们也使出了不少力气，至今收效甚微。这说明，性急是不行的。新中国成立近60年，我们吃够了急性病、非理性的亏。从男足的失利上我们应该得到不少的教益，男足也好，男排也好，田径、游泳也好，要打基础，要循序渐进，要舍得花费几代人的时间去抓基本功。

我们的一些权宜的但也是坚决的措施，缓和了许多矛盾，例如环境与交通，如何将一时的权宜措施转化成经常的有效努力呢？不容易啊。

体育工作是艰苦的，金牌伴随着大量的泪水与汗水。但体育毕竟又是比较少争议、比较易于见效果的工作。放眼体育以外，环境与乡村，资源与土地，廉政与作风，民主与法制，效益与分配，文化上的歧义与整合……我们面临的挑战还非常多，深层次的、有待摸索和突破的关键问题、瓶颈问题还很多。现在还不是狂欢的时候。

金牌大捷，能说明我们的成绩，却未必能说明我们的长远优势。能说明我们的拼劲，却未必能说明国民素质方面的实力。我们毕竟还是发展中国家，我们毕竟还处于社会主义的初级阶段，我们不能忘乎所以，我们不能没有忧患意识，我们仍然要艰苦奋斗、卧薪尝胆、戒骄戒躁、头脑清醒。

请原谅我说这些话，我不是在这里“哪壶不开提哪壶”，我同样为北京奥运会的成就而欢呼雀跃，热泪盈眶。爱之深念之深忧之深盼之深，我祝福我们的伟大祖国，在奥运会成功举办的庆祝声中，在迎接改革开放30周年的日子里，从新的起跑线上出发，不但尽享面子上的荣耀，而且争取“里子上”的全面夯实。

后奥运的中国，加油啊！

我的两个“30年”

1948年少年的我加入了在北京尚处于地下状态的中国共产党。我的期待是旧中国的灭亡与新中国的诞生，是从此光明幸福，繁荣富强。

革命胜利了，贫穷落后的中国充满了生机希望。但胜利后的历史任务更加艰巨，道路选择更加复杂。

30年后，1978年，在新疆劳动锻炼的我欢呼粉碎“四人帮”与拨乱反正的开始，相信着也期待着历史的转机，期待着“文革”的结束，期待着生活与各种说法的正常化，期待能过上平安的也是向上的日子，期待着自己也能正常地与尊严地工作、写作，调动出自己的积极性。

十一届三中全会后立即通知我在北京参加一个集会，宣布给一大批被打入另册的作品恢复名誉。其中就有给我带来声名也带来厄运的《组织部来了个年轻人》。

此后的发展完全超乎我个人的意料。邓小平领导了另一次革命。影响之广、发展之快、变动之大，我要说，当时没有几个人想得到。

2008，又是30年了，伟大祖国已经面貌一新。

很难找到一个年头，像2008这样强烈地聚合了、展示了我们的成绩和困难，辉煌和麻烦，考验与力量，奇迹与灾难。

早春的冰雪提醒了我们供电、交通等基础建设上的任重道远。边疆某些地区的事件提醒我们要百倍地加强民族团结与祖国统一。汶川地震唱响了爱心与勇气的颂歌。北京奥运会，我们金牌第一，民气大振，欢呼入云。三鹿奶粉事件使我们痛心气愤，顿足长啸。面对国际金融海啸，我们冷静应对，步步为营，定能显示出我们的经济，我们的文化与经验，我们的有中国特色社会主义的一切力量与优势。

作为2008的总结当然是对于改革开放30年的纪念，是对于十一届三中全会的纪念，是对于邓小平同志的缅怀。

中国在前进，世界在前进，曲折，但并不缓慢，历史乐观主义是对的，历史悲观主义是没有道理的。在日本侵略军占领了大半个中国的时候，我们没有悲观；在蒋军攻占延安的时候，我们没有悲观，现在，更乐观一百倍了。

同时，历史的前进都是有代价的，有遗留问题的。某种意义上说，建设与发展的问题比生死存亡的问题更复杂和易于产生歧异。遇到外敌入侵，面临亡国灭种，起来救亡吧。遇到饥馑灾荒，不得温饱，先解决生存的基本需要吧，这也无可置疑。

小康了呢？全面小康了呢？与全球化日益接轨了呢？初步现代化了呢？思想活跃了呢？见识拓展了呢？众声喧哗是必然的也是不无益处的。

不论成绩多么光辉盖世，永远不要期待一条直路平坦无忧。不论现代化是我们怎样的热烈期盼，永远不要期待现代化能够使得万事大吉。不论得到多少金牌，艰苦奋斗，陷阱风险还在我们的面前。不论外国的古人的说法多么美妙明丽，都不能带来现成的灵丹妙药，中国的事还得靠我们自己挽起袖子，伸出双手，涤除污垢，咬紧牙关，杀出一条血路，承担一切误解、攻击、批评指责，也认真正视我们自身的不足与失误。我们急不得，恼不得，牛不得，冒失不得，也停滞僵化不得。

只要能正视这一个又一个的30年，只要能正视30年又一个30年的生聚与教训，脚印与血迹，思考与感受。

下一个30年必须更好，只能更好，也一定会更好！

享受自己的文化

今天所说的传统文化

传统文化和中华传统文化并不是一个凝固的、已经完成的和不变的观念，传统文化是一个历史的存在，但是对于传统文化的关注重点、理解、阐释、弘扬，并不是就历史谈历史，而往往是包含着现实的、时代的，乃至于前卫的因素。活着的传统而不是博物馆的传统，既属于传统也属于当今。它是不断演进的，动态的。例如《诗经》是早已存在的，但是闻一多对于诗的解读就吸收了弗洛伊德的理论。

我们今天面对的中国传统文化已经是实现了与现代性对接与全球化对接，经过了一番淘洗转化选择的活的文化传统，是同时保留了自己的个性与特色的文化。这有别于一百多年前的晚清或是五四运动时期许多有识之士所痛心疾首的“孔家店”“酱缸文化”，不是那种面临亡国灭种的危险的，找不着通向现代化的契机的旧文化，我们要弘扬的中华传统文化与那个时候所看到的传统文化有很大的不同，百八十年以来，当初中国传统文化的有些糟粕已经淘汰了。我随便举个例子，例如剐刑，用鱼鳞网，用小刀割，现在我们谈传统文化当然不包含这样的糟粕。太监，男人的辫子，纳妾，这些玩意已经淘汰。同时这一百多年来，我们吸收了传统文化没有的，或发扬不够的东西，人权、法制、民主，社会主义、平等的思想都已引进和吸收消化，我们同时知道了马克思、达尔文、康德、杜威、黑格尔、伏尔泰、爱默生……所以说，中国文化是善于更新和吸纳的文化，是敢于拿来为我所用的文化。我的小学同学威斯康辛大学的林毓生教授提出了一个中国传统文化进行创造性转化的观点，他的提法是很有趣的。这也说明中国近百年来，面临西方的强势文化侵略、文化霸权，造成了中华文化中华民族的危殆与尴尬。但同时，西方强势文化把中国文化置之死地而后生，西方文化的引进又激活了我们的文化，使我们的文化能够有所调适与更新丰富，获得新的生命力，还能走出去反过来对人类作出贡献。现在人们提起“五四”的时候，常常会讲到“五四”对于传统文化造成的冲击与断裂，我却要说，“五四”虽然有过激之论，却正是“五四”挽救了中华传统文化，使之不至于衰落灭亡，不至于进博物馆。事情还有这另一面。

入世与积极的性格

在发展中国家的文明中，中国文化相对比较能够连接现代化，正是因为我们有一个积极的入世，正视现实乃至实用的传统。我们自古就强调自强不息，“苟日新，又日新，日日新”，与时俱化，与时俱进，我们强调“天道酬勤”“不进则退”。我们重视家庭和种姓的延续，重视后代，特别是重视子女的教育。我们重视勤俭节约，重视积累，重视储蓄，这些东西都推动了我们走进现代化。有些国家的文化也有非常可爱的一面，但是跟现代化有时接不上。在印度、喀麦隆都流传着，还有德国的诺贝尔文学奖得主海因利希·伯尔，写过同样的一个故事。什么故事？一个渔人在打鱼，一个青年在柳树下睡觉，渔人说不要睡觉，打了鱼你就可以过幸福的生活，青年人说在柳树下睡觉这才是最幸福的生活，为什么要打鱼？渔人回答不了，故事的作者并不是把它作为一个反面教材来讲述的，而是对现代文明，对西方式的生存竞争和无限膨胀提出的怀疑。这个故事作为文学作品无可厚非，作为价值认同，就不无麻烦。香港是一个重视效率的城市，一个香港商人到一个亚洲大国之后，感叹说我对这里绝望了。但在中国的大陆和台湾，都不会令人绝望，在华人为主的地域人们不会绝望。

终极概念的妙处

有很多境外人士质疑，认为中国传统文化，尤其是精英文化中缺少认真的宗教传统。中华文化寻找终极的道路不是寻找特异的神人，或人神，像耶稣、释迦牟尼……中国的崇拜是概念的崇拜，中国的终极哲学之一是名学，中华文化最重视的问题之一是正名。通过命名的过程来找到终极价值，找到本原本质，所以，老子强调的是道，孔子强调的是仁，不管是老子还是孔子他们都强调“一”，一以贯之，定于一，天得一以清，地得一以灵。朝闻道夕死可也。像这样的概念的崇拜确实有极大的包容性，可以在坚持概念的同时，不断地往里面丰富新的内容，淘汰旧的内容。中国社会主义改革何以能够成功？这一点，不仅仅我们看到，实际上，英国的撒切尔夫人和美国前国家安全顾问布热津斯基都说，苏联和东欧的改革肯定不成功，而中国的改革可能成功。因为中国有自己独特的文化传统。在坚持和信仰某个概念的前提下，来调整概念的内涵与使用，这是我们文化非常大的一个特色，也是一个力量的所在，它增加了中华文化的应变能力与生长更新的能力。当然也可能造成另外一种危险，讲权变、谋略，以至于失去了它的核心理念。

对现代性的补充与矫正

有人认为中国文化是早熟的文化，先哲早就提出了超前的问题：其中有对价值偏执与价值霸权还有价值狂热的怀疑，对文化乃至智谋、技术与人的能力膨胀本身的怀疑。文化不断地越来越精进，人的思想越来越复杂，智慧越来越发展，是不是一定就是好事？是不是人应该控制一下自己的欲望？这样的一些观念在没有实现现代化的时候，在前现代化的时候，对现代化是非常有害的，正如鲁迅说的，中国书看多了会让人静下心来，缺少了向前、更高更快更强的冲击和力量。可是，我们面临的全世界的现代化，带来了这么多的问题，中国的文化有可能提供许多好的补充。所以说，不一定需要你的文化思想遗产全部符合现代化的效率层面的要求，它不一定都是正面推进现代化的，却有可能成为现代化的重要的补充。就是说，我们强调道德化，我们倾向“天下唯有德者居之”，我们认为利和义比较的话，应该把义放在前面，这个对于现代化、对于追求利益的最大化、对于一个全球化的世界，非常有启发和警戒意义。

再比如说，我们比较强调修身养性，强调我们一切的一切要从自己内心的和平、平衡、和谐与道德达标做起，这个对于生活在生存竞争日益复杂，常常要斗一个不亦乐乎的世界来说，也是非常宝贵的，我认为这是符合科学发展观的。因为追求的是和谐。中国历史上曾经有时候不重视人的基本欲望了，尤其是长期以来，视人的某些情欲完全是罪恶，这对中华文化是没有好处的。但是反过来说，各种欲望无休止地泛滥，这些欲望永远不得满足，贪婪并不给人带来幸福，乃至带来了灾难，带来战争、掠夺、浪费、金融危机，等等。不丹人均收入是中国的几分之一，它非常的低，但幸福指数在全世界有的说属于第一位，有的说属于第二位，这值得今天的人类深思。这一类说法也使现代化有点泄气，所以我说这是一个补充，我也不相信世界现代化全球化的进程会因为中国文化有这种道德化、修身养性或者是控制欲望的观念就会受阻，但是有这么一个观念，与没有是不一样的。我们一方面要有文化的前瞻，有大的发展，但有的时候也不妨怀一下旧，想想人和大自然的和谐相处，想想田园牧歌的美丽，想想陶渊明与《击壤歌》，古琴与山水画，太极与静坐。中国文化这些特色有的是有实用价值的，有的虽没有实用价值却也有补充的价值，甚至是提供了忙于现代化的今人的精神的享受。

一个全面小康的社会，将能更好地享受自己的文化，而不是急功近利，浮躁排他。

中国再也不能折腾了

改革开放走过了30年，我也从青壮年成为一个年逾七旬、正在老去的人。这一辈子，算写过一点文字，见过点世面。30年来，中国经历了翻天覆地的变化，同时，世道人心也经历了一些沉浮。时至今日，中国人的物质生活已今非昔比，但也有人慨叹世风日下，人心不古。

类似的感慨，在许多时代都会有。在我看来，“问题都是改革开放造成的”这一说法是站不住脚的。凡事都有一个发展变化的过程，把现在的世道人心说成漆黑一团，并不公道。中华民族是伟大的民族，同时也是长期处于“饥饿状态”的民族。饥饿了那么久，见到物质的东西有股子往上扑的劲儿，是可以理解的。

我的一生当中，或者说在20世纪，经历的最大的一件事就是轰轰烈烈的新民主主义革命。这场革命唤醒了中国人民，也带来了历史的高潮化和生活的高潮化。在革命胜利后，不可能永远保持高潮。正如改革开放初期，也掀起了思想解放、社会解放的高潮，但是，总还是会进入平稳期的。当进入以经济建设为中心、发展市场经济的平稳期后，人性的另一面就会浮出来，比如贪欲、浅薄，精神生活的萎缩化、庸俗化，这也许是历史发展的必经阶段。因此，我想，解决道德堕落、“社会病”等问题，着力点应放在对权力的监督、对核心价值的确认和重建上。

改革开放30年以来，被视为社会良心的知识分子群体，也发生了很多转变。当下，知识界有不少追逐个人名利的现象，常受到社会非议。比如，我就从没见过像现在那么多的知识分子，热衷于谋求官职和级别。尽管如此，这30年来中国知识分子的主流状态是积极、正面的。

在改革开放之初，知识分子的想法并不完全一致，有人认为，“西化”将成为一种潮流。当然，持这种看法的知识分子只占一少部分。上世纪90年代以后，中国知识分子对国家前途命运的看法发生了改变，开始采取渐进改革和务实建设的姿态，参与精神生活的拓展，参与中国文化的提高、弘扬，这是国家之福、人民之福。

近现代中国曾长期处于动荡状态，新中国成立后也走过不少弯路。现在，中国进入了一个快速而稳定的发展期，再也不能折腾了。让我们倍加珍惜历史赐予的难得的机遇期，多些和谐思维，多些建设性态度，凝聚共识，团结一心干下去，共同创造中华民族的美好未来。

《老子》与现代化

我们在中国实现社会主义现代化的方针是完全正确的，取得了举世瞩目的成就。但是，现代化并不是万能的，发展并不是万能的，在现代化进展的同时，已经出现了某些人贪欲膨胀、腐败犯罪等现象以及环境破坏、传统文化流失、价值观念失范等。所以，要强调科学发展观。

在这个时候读读《老子》，有助于开掘精神资源，丰富国人的内心世界，警惕变革中的陷阱。例如老子说："五色，令人目盲；五音，令人耳聋；五味，令人口爽；驰骋畋猎，令人心发狂；难得之货，令人行妨"，这很像是针对现代人写的。老子提倡道法自然、宠辱无惊、上善若水、返璞归真、善者不辩、为而不恃……都很有远见。老子还说道："知人者智，自知者明。胜人者有力，自胜者强。知足者富。强行者有志。不失其所者久。"一句话，他劝喻世人保持清醒与自制，不要忘乎所以。

对于现代化的负面效应，《老子》是一服良药。一味地贪，一味地争，一味地开发自我，一味地吹牛冒泡，肯定会走到自己的反面。老子的思想可以帮助我们想想市场竞争的另一面，例如克制，例如尊重自然，例如不要犯急性病，例如注重精神生活等。老子注意戒贪，戒刻意太过，戒自我膨胀，戒强梁霸道，戒争执不休，戒装腔作势，戒强努硬拼，这些都可供汲取参考。

在近作《老子的帮助》一书中，我强调老子的智慧对我们有帮助，同时，我认为老子的理论不能当饭吃，能入饭的还是自强不息、厚德载物的传统。但是老子的一套是很好的饮料，清泻微凉，祛肝火阳亢血压高，如茶之清纯，令人耳目一新。它同时有心理治疗的作用，有利于躁郁症患者的心态调整，有利于和谐社会的建立。它又能补脑益智，阅读《老子》是一种思维体操，智慧享受。比如下棋，一般人能看到一两步已属上乘，国手大师则能看个三五步，读通《老子》呢，您起码看到七步以上啦。

2008盘点

十大乐儿：

一、在是年12月，我恶补10天，完成了与CCTV-9主持人田薇女士用英语对话的节目，这是此生第一回，此前我一直怀疑，是否搞得成，在朋友与田薇鼓励下，拿下来了。更主要的是，给我再次打了一针学习外语的强心剂。

二、是年年初，我迟了3个月学会了用俄语唱《遥远啊遥远》，本来计划是去年到俄罗斯参加中国年的书展的时候唱会的，由于年老迟钝，又加上了三个多月的苦练，才唱全了。

三、写了两个爱情短篇。一个叫《太原》已发《上海文学》七期，一个叫《岑寂的花园》，不日发表。尚有情可抒也。

出了三本大书，一个是《九命七羊》，自传第三卷。一个是《不奴隶，毋宁死？》谈《红楼梦》，最新的是《老子的帮助》。还有几本小书，《老王小故事》与《王蒙文学十讲》。

四、9月份在德国汉堡，参加“中国时间”活动与女诗人萨比妮·梭默凯卜，分别用汉语和德语朗诵她原作我翻译的俳句与短歌。到了柏林，我在中国文化中心讲演时，来了三位故人的子女，一位是去年谢世的汉学家傅吾康的女儿，一位是同年去世的原驻华大使魏克德的儿子，一位是伊犁时的老友周先生的外甥。人事有代谢，友谊传后人，悲从心来，暖从心来。

五、终于被友人拉动，在凤凰台作了三次锵锵。在央视和河北、湖南、北京诸卫视也都受访了。

六、奥运会期间与前后，我为《人民日报》《人民日报・海外版》《新民晚报》《文汇报》《解放日报》《北京青年报》新华社《瞭望・东方周刊》都撰写了评论与杂感文章。我欣喜地看到，我所致力于提倡的友谊、文明、实事求是地看待牌牌、心胸开阔等已经成为舆论主体，狭隘小气的腔调基本消失。我并被《人民日报・海外版》聘为特约评论员。

七、过去虽有手机而经常不开，今年常开了，通过短信密切了与诸友的联系，收到不少有趣的信息。

八、由我与王元化学长担任总主编的《新文学大系》第五辑，进展良好。

九、我在远郊区的农家小院，柿子开始丰收，结果百余枚，酸梨结两枚，核桃与红果丰收。

十、我参加了纪念三中全会30年大会，我从心眼里拥护改革开放。

此外就多了，一些社会活动，许多两岸交流，近三十次的讲学，外孙升初中，孙子升高中……我必须说实话，我的2008又充实又幸福。

几件事未免堵心：

一、自传中我说到自己有时受到两面夹击，我说我成了界碑，一说碑，似牛得可以，其实我指的就是在新疆公路上常常看到的界石或界标，只标志地段分界用。我应该用石或标代替碑的说法，以免引起突然牛性大发的误读。

二、我买了一个特大荧光屏幕的海信电视机，几个月后，看着看着嗅到一股烧胶皮的味儿，不亮了。好容易修好，又过了几个月，又坏了。找服务站，回答是三千元，你们修不修？不修两万泡汤。修？加三千再泡汤？这才叫两难呢。最后花了费用，总算能看了，现在我每天看电视时都用侯宝林相声里等第二声靴子响的心情，小心翼翼地等待它的再次冒烟。

三、我的几个亲属连续失窃，一位是连续两次丢钱包，连同身份证、工作证各种钥匙。一位是半夜有小偷撬开窗户进了家，手机钱包等全抄走了。

即使有保安，当然还有公安，然而，仍是没有办法。

四、找我写序的题字的愈来愈多，为此得罪了不知多少人了。

五、一位年轻人对我进行电视采访，她问道："你是否由于年老枯竭而恐惧？"我的回答是："明年吧，也许明年该恐惧了。"这是我此次问答的最出彩之处，偏偏此家电视台把这一句删了，拜拜了，这个摄制组！

六、拙作新书中赫然两个大白字，一个是把"心劳日绌"弄成"心劳日拙"了，一个是把"一厢情愿"，变成"一相情愿"了。同时我听到一家著名电视台的评论员把游弋读成"游戈"，把应该用众说纷纭的句子，用成人云亦云。请看这节节目广告吧："事情的发生原因有许多层面，不论是是非黑白，人云亦云，各有各的角度……观点虽然很多，事实只有一个……"（大意）您不觉得堵得慌吗？

七、打保龄球每下愈况，曾有最高纪录是198分，现在只能在100分上徘徊。

吸引力、凝聚力就是生命力

增强社会主义意识形态的吸引力与凝聚力，这个问题很关键。

除了已被提出的一些重大任务外，我也说几个有关具体路径的想法：

一是要碰改革开放发展中的新事物新问题，如金融海啸，反恐与国际动荡，环境与气候问题，我国的市场规范、边疆民族事务、民主法制廉政建设、价值歧议、弱势群体、全面小康目标、维护稳定等，都期待着理论的探讨、阐发与新发展。只有时时关注着世界与中国的实际问题，意识形态才能与时俱进，同时也给纷繁的诸种实际事务以有远见的科学的理论说明。

二是要敢碰历史问题与种种挑战歧见。中国革命与革命胜利后的历史是何等丰富，经验是何等宝贵，理论创新、体制创新与智慧积淀是何等辉煌灿烂，碰到的问题是五花八门，解决的过程是一波三折，成绩的取得是充满艰辛，获得的成果是举世瞩目。我们的意识形态如果能够及时地吸收之消化之解答之充实之，必能发扬光大、增加活力。

三是要扩充深化社会主义意识形态的精神资源，我们的社会主义意识形态不是一个特定学派或山头，而是人类的特别是中国的科学与文化的结晶的集大成的体现。要汲取中华传统优秀文化的一切有益部分，例如古圣先贤的和谐思想。也要吸收全世界一切优秀的文化成果，尤其是最先进的科学知识，包括毛主席所喜欢讲的三大革命运动之一的科学实验的成果。真理性与科学性，正是吸引力与凝聚力的源泉。

四是要提倡、至少是允许个性化的、结合各行各业各学科的对于意识形态的关心和建言。有中国特色的社会主义意识形态应该是一个丰饶的精神宝库，它当然有自己的普遍规律与基本原则，同时它也拥有保有各种时间地点行业任务与学科的个人的不同体验不同心得不同经验教训与思考的果实。共性寓于个性之中，群体智慧离不开一个个实事求是的头脑。只有把普遍原则与个性特点结合起来的阐发，才是最具有吸引力与凝聚力的阐发。

五是提倡语言生动活泼。我们的社会主义意识形态是鲜活的理论体系而不是教条，是人民群众的心里话。学风文风会风，关系到伟大中国的生命力。领导干部讲话也好，报纸发社论也好，起码从文字上语言上就要让人民喜闻乐见。在人民革命斗争中，我们取胜的原因之一，就是革命阵营的说话文风会风，比对方生动活泼得多，实实在在得多，勇敢自信得多。我们不能丢掉这个法宝。

从赵本山的《不差钱》说起

事实上，赵本山已经成了近年央视春晚的台柱子之一。他以大众化，尤其是农民化的语言、做派、幽默与“狡黠”，表现当代生活，铺陈笑料，营造喜乐，鞭挞不正之风，追求诚实纯朴与人心深处的古道热肠，引起观众的普遍欢呼。2009年春节晚会上他带着两个徒弟表演的小品《不差钱》，更凸现了年轻演员的才艺功夫，弘扬了东北地区“二人转”不拘一格的表演特色，含蓄地表达了来自基层所谓“土得掉渣”的文艺走上主流媒体，进入主流文艺生活、进入城市舞台的酸甜苦辣，以及相互整合交流的大趋势。尽管我知道在知识精英中不无对于小品与大众文艺的白眼，但人们已经无法不正视这个赵本山“现象”的意味深长，即以地道的东北土腔土调攀登央视文艺殿堂的连续成功。

赵本山将本来在某些人包括我本人心目中未必能登大雅之堂的喜剧小品提高到了骄人的水准。正像金庸为武侠小说、张艺谋为大制作的奥运会开幕式文艺展演树立了后来人难以企及的标杆一样。

同时我们并不满足，我们有更高的与更多方面的期待。我们需要的不仅是文化的普及、热闹与和谐，我们还需要文化的巅峰、文化的巨人、文化的前瞻。我们期待的是中华民族的智慧新果实。我们不但需要有模仿秀的天才，更需要提供原型、新型的创造者、发明者，开一代风气之先的文化宗师。我们希望得到笑料，更希望笑的背后有洞见式的深邃。我们追求群众的喜闻乐见，我们还期盼对于群众的振聋发聩或者春风化雨或者洗涤启迪。我们需要思想、需要艺术、需要想像力，需要应对挑战的勇气与本领，需要全面小康的、有中国特色社会主义的、独树一帜的也是汲取了一切精神营养的哲学、伦理学、人文科学与社会科学的苗头与思考，需要正视历史也正视现实，能够为今天的乃至于明天的读者观众解惑释疑，能够带领读者观众探索真理消化真理的作家艺术家学者。我们需要大众化，也需要化大众，就是说，我们期待全面的文化的繁荣与振兴，期待人民文化素质的全面提高，我们期待文化艺术巨匠的新人辈出，我们期待今天的文化艺术发展能够无愧于前人，同样也不会害怕后人的审视。

新中国成立初期，毛泽东曾经预言过“随着经济建设高潮的到来，不可避免地将要出现一个文化建设的高潮”。现如今的文化生活格局，比较起新中国成立初期，已经大大地丰富多彩了。我们当然会重视普及，重视民族民间，重视工厂农村连队，同时我们也必然会重视专家学者，重视大学与科研机构，叫做重视大众也重视小众，重视大众与小众沟通与互补。以2009年春节文艺活动为例，在央视春晚的同时，各种媒体文艺部门与文艺团体也分别组织了不同的春节文艺献礼。它们同样不乏精彩，同样应该得到足够的关注与切磋。我相信这样的共识会推动我们的文化艺术事业的大繁荣、大发展、大提高。

从“乖戾”说到“你家父”

在刚刚举行的几名政协委员的记者招待会上，我说道：“……我们要讲爱心，讲亲和，讲谦恭，讲礼义之邦，严于律己，宽以待人，用善良美好的情操和信念，代替与人为恶的浮躁乖戾……”

一家大报在刊登我的发言摘要时，将礼义之“邦”改成了礼义之“道”，将“乖戾”改成了“乖僻”。

我有点糊涂。礼义之邦是一个熟语，是中华古国长期以来的自诩之说，是常用语，不过近年来用得不太多。礼义之道的说法则相当生僻乃至乖僻了，想来我不太喜欢这样生造词语。乖戾与乖僻的差别就更大了，前者是指一种极端化、病态化的恶意，从明朝就有人提出过我国大地上的“戾气”漫延，人际关系恶化的问题。后者——乖僻则只是个性上的特点，无非是说一个人不怎么合群，有些我行我素与俗鲜谐之处，它略含贬意，但也不无褒意解读的可能——例如用来描写贾宝玉直至高更或者梵高的性情。我再糊涂也不会妄想在那种场合去干预人家的个性，将个性问题看成影响和谐的重要因素。

想来想去，这位青年记者或编辑可能压根不知道那被改掉的两个词儿。

唉，叫你说什么好呢？

语文问题，由来久矣。许多年前，我的中篇小说《球星奇遇记》里女主人公有一句唱词“我且漫唱，你且漫听漫应”，竟被一资深并有高级职称与相当职务的编辑改为“慢唱慢听慢应”，难道这位朋友连漫步、漫画……这些词都没有听说过吗？不知道“漫”可以当“随意”、“无心”来讲吗？

我还想起了当年一个笑话，有一出正儿八经的话剧竟然命名为“雄关漫道”，他老先生竟以为“漫道”是漫长的道路之意。其实这里的漫只是副词，犹言莫道，而这里的“道”是“说”的意思，毛泽东诗云“雄关漫道真如铁，而今迈步从头越”，含意是“莫说雄关如铁，如今只要迈步，一步步走，就能跨越过去”之意。

联想到某大电视台报道某西方国家的议员选举时，说是由于“没有理想的候选人，此次选举只能差强人意”——她竟然不知道“差强人意”是还差不多，还不错，“not bad”的正面用语。

而在一次高层次的经验交流会上，我听到一个优秀人物介绍他的先进经验，他说，自从创造了某个先进工作法以来，此法“不翼而飞”，他不知道“不翼而飞”是形容财物的丢失，而“不胫而走”才是形容传播的迅速。如此这般，我们的语言文字，尤其是传媒上的语言文字真是不知伊于胡底了！

甚至在一些获奖大作中、著名电视连续剧中、以弘扬民族传统文化为己任的极受好评的作品中，也是“你家父”“他家父”地乱写乱说着。为什么至今没有一个地方讲讲“家大舍小令人家”的规则呢？“家”和“舍”都是说自家的，比自己大的叫“家”，如家父（亦称家严）、家兄、家母（亦称家慈），家姐；“舍”是说比自己小的，如舍弟舍妹，说妻子则是“贱内”“拙荆”，说先生（丈夫）客气一点可以说是“外子”。说儿子则是“小儿”或“犬子”，说女儿则是“小女”。对别人第二人称则要称令，令堂，犹言“您母亲”；令尊，犹言“您父亲”；令郎，犹言“您儿子”；令爱，犹言“您女儿”，其他令兄令妹触类旁通可也。

是时候了，重视一下语言文字吧！否则终会有一天中国人说不好中国话了。而这个原因不能归咎于英语学习，您真的英语学好了吗？您的英语，比辜鸿铭、林语堂、钱锺书或者季羡林先生们还好吗？而他们的母语——中文——汉语是多么好啊！让我们也长点出息吧。母语是外语的基础，外语是母语的参照，都要学好没商量。

作家不是世界的审判官

我对世界有兴趣，有善意。尽管很多事情我不能得出结论，作家不是审判官，虽然有人认为是世界的审判官。我认为作家对世界来说，首先是一个感受者，是表达者，是世界的情人。作家有各式各样的。有的是世界的诅咒者，这是特殊的。从我个人来说，我不希望和诅咒者接触太多，影响健康和食欲。

我上网主要是浏览，还有新加坡的《联合早报》，和中国友好的国家的相关信息，比较容易看到。新浪网、人民网我也经常看，常用Google搜索一些资料，对写读书笔记很有帮助。涂黑了点复制，一粘贴就行，好像读了好多书，但贴之前一定找到出处，注上，就好像你亲自读过一样，实际上就是从网上找来贴的。

作家不是世界的审判官，应该是世界的情人，应该对世界充满兴趣，充满爱。也有作家是世界的诅咒者，我尽量远离这类人，他们影响我的食欲和健康。世界是丰富的，搞文学创作的人不要把自个儿的目光弄得太狭隘。好像言情小说一见面就是调情，侦探小说一翻开就是杀人一样。我写的《尴尬风流》描写的就是人生的一个个侧面。

对我来说，最实在的、最重要的就是政协文史和委员会的主任，不是空名。但是，我毕竟还是用每天一半的时间用于写作。一般是上午写作，如果下午也写，就会头晕眼花。我用五笔打字，虽然不会盲打，但是手快。《北京晚报》上招聘打字员，我看一下招聘要求，完全符合要求。我参加革命比较早，我去新疆也从最具体的组织工作做起，建立团支部，吸收团员。后来当官、当文化部长，那时我有时还坚持"全天候"创作。我分析自己的性格，相对做官、搞研究，觉得我还是比较适合写作，因为我性子直，说话尖刻，易激动。

抢救曲艺

“五一”前夕，我与中国曲艺家协会的朋友一起，到天津群星剧院观看了曲艺演出的鼓曲专场。包括天津时调、京韵大鼓、梅花大鼓、单弦、河南坠子等。演出十分精彩，演员功力深厚，演出认真卖力。但四百人的剧场只有一百多个观众，演出时间超过三个半小时，票价分别为20元与30元。观众多为中老年，如对某个演员激赏，可以另购象征性花篮献上，每篮付百元，演员可获三分之一，演员还要对购花篮者致谢等。剧场秩序与文明程度，亦有改善的空间。可以想像一些曲艺名家的生活状态，不无艰窘。其中表演单弦的男演员王洪亮所获花篮最多，据说是因为单弦曲种生存更为艰难已濒临绝种，特别是男单弦演员后继乏人，由于他的努力，挽救了此曲种。

看演出前，我有机会与京韵大鼓骆玉笙派的传人刘爱春，梅花大鼓名家、中国曲协副主席籍薇，天津时调名家高辉等有所交流，她们都对曲艺的前途忧心忡忡，她们并反映了一些困难，完全靠市场票房，曲艺难以生存，套用公务员的退休制度（特别是女演员55岁退休），似不利于一些资深曲艺大家发挥作用。因为，曲艺与其他艺术门类不同，这一年龄段的演员正是艺术上炉火纯青，成熟之时。由骆玉笙提议，由文化部创办、陈云同志题写校名的中国北方曲艺学校已并入他校，作为北方唯一一个培养曲艺人才的基地，也正在被削弱，并有消失的危险等。

据我所知，京剧、昆曲与地方戏曲多已列入国家与地方的重点扶植项目。其实曲艺也是重要的与急需抢救的我国独有的民族文化遗产之一。作为北方曲艺的重镇天津与北京，如果曲艺危亡，其损失是无法弥补的。

我建议：

一、进行曲艺现状的专题调查，迅速提出抢救方案。

二、成立20至30人的曲艺研究院，集中曲艺名家，发挥他们在曲艺表演、传承发展中的作用，可以挂靠在中央文史研究馆，拢住老艺术家。对京、津曲艺重镇采取国家和地方共同扶持，不要完全推入市场。

三、支持有关部门与群众团体，做好抢救、振兴、繁荣与发展曲艺的工作。

说说“怀旧”情绪

有了点年纪，常常怀旧，这很自然。至少，旧日咱们都更年轻，少年意气，青春激情，投入忘我，期待殷切，这些一想起就令人心潮澎湃。

改革开放30年，新中国成立60年，我们客观上也有需要：回顾前进的历程，总结磕磕绊绊的经验，欢呼终于出现的大好胜利果实，希望今后步子走得更好，生活更幸福。

有的喜欢回忆革命战争年代，一说起来就唏嘘不已，艰苦清廉，团结一心，生死与共，风范长存。

有的喜欢回忆新中国成立初期，50年代：凯歌行进，一呼百应，红旗招展，能不为之动容？

有的甚至喜欢回忆改革开放初期，20世纪的80年代：抚今思昔，各献良策，新词如潮，又是一番如火如荼的思想解放运动。

都好都对。但是如果因此得出“还是往日好”的结论，就太不明白事理了。

革命战争时期的精神面貌，当然好，否则怎么可能战胜实力强大的对手？但是那时的革命力量只占全国人口的少数，革命阵营实行的是军事共产主义，大敌当前，一切私利与小是小非全然不在话下，这与如今的执政党要对全民负责，要组织社会生活特别是经济建设的历史任务是不相同的。

新中国成立初期的高歌猛进当然也很动人。但同时那时我们对于建设社会主义的规律并不熟悉，我们还有许多做法提法有待摸索，我们常常犯有急性病，所谓好心办坏事，与当今对于执政兴国与经济建设的成熟与信心无法相比。胜利的高潮固然难忘，胜利之后能不能把国家建设好，给人民带来实惠，给社会带来和谐就更重要。从后者来看，绝对不能说还是往日好。

20世纪80年代也是如此。改革开放也需要激情，但更需要理智与经验，需要清醒与实事求是，需要节奏感与分寸感。历史是郑重的，任务是艰巨的，形势是复杂的，我们不能掉以轻心，不能感情用事，不能只求痛快浪漫而热衷于将国家的大事拿去吟咏朗诵辩论，却搞乱实际生活步履。

最最容易让人认定“还是往日好”的原因在于社会风气。老人们爱凑到一起回忆当年的公而忘私、艰苦卓绝、真诚互助。当然，我们不能不面对当今社会风气中出现的严重问题，例如贪腐，例如伪劣，例如言行不一。我们有大量的包括法制建设、民主监督、思想教育、文化建设的工作要做。

同时我们也不能不承认，往日尖锐的斗争关头，一些仁人志士的精神面貌，并不能代表全体人民与整个民族，那时的生死存亡的严重性暂时会压缩住人们的一些物欲与利益追求。同样现今的一些罪犯败类也不能代表现今的民族与人民。恰恰是在社会发展走向了稳定化正常化的道路之后，在进入小康社会之后，欲望与利益的诱惑可能生发严重的挑战与问题。应对这些挑战，解决这些问题，只能靠进一步的改革开放，靠脚踏实地的工作，而不是单靠怀旧、靠走回头路办事。

往日的记忆仍然深情，往日的经验不会淡忘，今天的局面百倍千倍好于过往，今天的麻烦今天的忧患更加需要正面应对：怀旧诚可贵，现实价更高，为了明天故，还需更辛劳！

智慧享受的五个层次

智慧的享受有五个不同的层次：

第一个层次是博闻强记性的智慧。某些人可以做到博闻强记，可以把很多的具体知识记在脑子里。而对大部分人来说，他们的智力只开发了很微小的一部分，就像一台电脑，它的硬盘可能有20G，但是你也许只用了其中不到1/20。而用得好的人，就会变得非常地博闻强记，知识非常丰富。比如说钱锺书：有一次在一个国际讨论会上，谈到意大利的一位古代诗人，钱锺书一开口就把那位诗人的许多作品背诵了出来；还有他上大学时，一次在图书馆和他的同学说，这个书架上的书我都会背，他的同学就随手抽出一本书，随口说"第245页的第4行"，钱锺书立刻就背诵出来了。

更早一点的辜鸿铭，那更是博闻强记，欧洲的一切主要语言他都会。他岁数大，胡适是后辈，第一次见胡适时，他问胡适在做什么，胡适说在北大教书。辜鸿铭就说大家是同事。又问胡适教什么，胡适回答说是教西洋哲学史。辜鸿铭就改用拉丁语和他说话，胡适说："对不起，我不会拉丁语。"辜鸿铭就说："你不懂拉丁语，怎么敢教西洋哲学史！"辜鸿铭在伦敦坐地铁时，拿着《泰晤士报》，倒着看。旁边的几个英国年轻人就嘲笑他，说他是猪尾巴，因为他留着一条辫子。辜鸿铭就用他标准的牛津音告诉他们说："你们的英文太简单，正着看对我的智力是一个侮辱，倒着看还行。”这种博闻强记型的智慧很了不起，他的知识就比别人积累得多。

第二个层次是融会贯通，特别是触类旁通的智慧。“通”也是中国古代的话，庄子也写文讲过这个“通”。通是指你懂得自然科学的道理，也能用它来解决人文科学的一些问题；你懂了西方世界的许多事情，你也可以通过它来更好地理解东方世界发生的事情；能够融会贯通于古今、中外、东西、文理之间，而且要触类旁通，因为有些道理有某些一致性。

这种融会贯通和触类旁通的智慧，有时候会牵强附会，但即使是牵强附会，也能让自己高兴得不得了。就好像本来在这个房间里头，我没有开这个门，门是锁着的，但是我从墙缝里看到了那边，就是这样一种快乐的感觉。我有一个朋友不知是否受苏曼殊的影响，他说他发现英语有很多地方都和山东话接近，比如“I”就是“俺”，“I think”就是“俺寻思”。这话把它说成幽默段子也可以，但是让我很佩服，我说这小子的脑子是怎么长的？从小道上，从山东话走到了英语里来，这很不简单。

第三个层次是了悟和选择的智慧，就是我们所说的悟性。和人说一样的话，有的时候很费劲，怎么说都不明白，而有的人就是一点即透，而且能做出一个正确的选择。西洋人谈论政治家的时候很喜欢提到政治家的直觉。比如说有几个方案，哪个方案能做，哪个方案不能做，如果让学者研究起来，研究10年也不见得研究得清楚，各有各的好处，各有各的害处，各有各的道理，各有各的风险。但政治家往往会有一种直觉，三个方案一听就知道了，只能采取这个方案。但是他道理不一定说得清楚，所以之后再弄个研究室，一帮子人，一帮子秀才，一帮子幕僚再帮助研究，最后找出25个理由来。其实没有这25个理由，真正的政治家也早明确了他的决定。这种了悟和选择也是一种智慧。

第四个层次是一种多向思维和重组的智慧。所谓多向思维就是既有正面的考虑，也有逆向的思维。对每一个对象、每一个事物，如果大家都从正面说，我们就可以从反面说，但当然也不限于从反面说。老庄的很多东西就是故意地从反面说，名家也是这样的，都喜欢这种逆向思维。

像老子所说：“世人皆知美之为美，斯恶矣。皆知善之为善，斯不善矣。”

人们都知道美是美的，美丽是美丽的，美好的东西是美好的，那么这个事可就糟了；人们都知道善是好的，这个事可就不好了，不善了。这个话他说得非常简单，一般都认为他就是一个相对主义，有了善就有不善，有了不善就有善；有了美就有了丑，没有美也就没有丑。钱锺书曾经特别提到，实际上，美人还是美，丑人还是丑，不能说有了丑了，所以美也不能称之为美了。我接触这一段话的时候很早，才二十几岁，那时正做青年团的工作（那时还不叫共青团，而是新民主主义青年团），我立刻就理解了，虽然我的这个解释不一定是正解。

第五个层次是最高级智慧的享受，就是创造，就是创新，就是创意。通过思维，提出了与众不同的、前所未有的、新的论点，或者写出了与众不同的、前所未有的、带有开创性的作品。这种所谓创造的享受，可以说是人类智慧里最大的享受。创造的享受包括了个性的享受，包括纠错，包括与众不同的立论等等。

还有道德理想主义的享受。人的思想当中必然会有道德理想主义，会有一种对于最高级的世界、最高级的人生、最高级的人格的享受，全世界都如此。中国早在几千年以前，在《礼记·礼运篇》里，就提出了对大同世界的理想："大道之行也，天下为公。选贤与能，讲信修睦。故人不独亲其亲，不独子其子……"这种说法对人的感染力非常强。我为什么从少年时代就接受了社会主义、共产主义的宣传？就愿意阅读这类书籍？说起来，我上初中时就已经开始偷着读《社会发展史》、《论联合政府》等书和文章了，这和我从小对大同世界的理想是分不开的。

永忆新疆

我天天想着新疆。

60年前，在庆祝中华人民共和国成立的歌咏高潮当中，是新疆的那首歌儿使我流下了热泪：

哎，我们尽情地跳跃在五星红旗下面，
我们快乐地迎接着美丽的春天，
太阳一出来，赶走那寒冷和黑暗……

不，这不仅仅是喉咙里发出的歌声，这还是心语的释放，灵魂的期盼，焦渴与忧郁的扫除，这是真诚的呼唤。几千年了，几百年了，远在新疆的维吾尔兄弟姐妹，等到了这一天，发出了毫无保留的信任与颂赞。

一年以后，在庆祝国庆一周年的晚会上，毛泽东和柳亚子的《浣溪沙》中，果然写道：万方乐奏有于阗……

如今回味起来，令人分外震动。

在我远远没有预见到我会与新疆难舍难分起来的50年代初期，我已经学会了唱出用汉字标志的维吾尔文歌曲：巴哈米兹能巴哈班尼，达赫依毛泽东（我们花园的园丁是伟大的毛泽东）。

在数以十百计算的歌唱毛主席的歌曲中，称毛为花园的园丁的歌，只此一首。能不神往吗？

后来我有机会在新疆生活了16年，6年在伊犁巴彦岱乡劳动，2年在乌拉泊“五七”干校，8年在自治区文联从事编辑翻译等打杂的工作。

尤其是在伊犁劳动6年，住家8年，我努力学习维吾尔族的语言文化，我朗诵维吾尔语《纪念白求恩》，甚至于使一位房东大嫂误以为是广播电台的标准广播。我与各族农民一起聚会饮酒闲谈，妙语联珠，谈笑风生。我从维吾尔文本阅读了鲁迅的《呐喊》，高尔基的《在人间》，以及《纳瓦依》、《圣血》、《布哈拉纪事》、《骆驼羔样的眼睛》、《我们时代的人们》、《鲁拜集》等一大堆书籍与手抄本。我与维吾尔、哈萨克农牧民同席而眠，同桌而餐，有酒同歌，有诗同吟。我的并不识字的老房东与我研究，事情不可能老是像“文革”时期这个样子，他说，任何一个国家，三类人是不可缺少的，一是君王，二是大臣，三是诗人。君王说法虽然陈旧，他老人家对于诗人的情有独钟倒也令人欣慰，何况是在“文革”时期？

我帮助过少数民族农民上房顶，我与各族农民工住在同一个地窝子里修建大湟渠。我们的大队书记阿西穆表示愿为我定居巴彦岱提供一切支持。伊宁市的维吾尔朋友帮助我料理了姨母的丧事。少数民族的女孩帮我照顾过在伊犁出生的女儿，我的女儿在还没有学会站立的时候已经学会了随着娜依娜依的节拍用两臂做出舞蹈动作……死死生生，离不开民族的和谐与共济。

在“五七”干校，我与各族文艺工作者一起住宿、劳动、闲话、交流，称兄道弟，天南海北，吟诗作文，尤其是推敲探讨维汉语文的相互翻译。包括那时的背诵语录，天天学，我也都是参加了维吾尔文一组，变教条主义与个人迷信为学习兄弟民族语文的大好机遇。即使在“文革”这种非正常的形势下，多民族的团结和情谊，仍然留下了最最美好与深情的记忆。

自1979年至今，我的工作岗位与住家离开新疆已经过去了30年了，这期间，我重访新疆9次，重访巴彦岱6次，我不放过任何机会与新疆的兄弟民族同胞接触。在担任文化部长期间，我在一次联合举办的活动中主动要求给时任民委主任的司马义·艾买提同志充当维吾尔语翻译。在北京街头，即使碰到一位卖馕或烤肉串的新疆老乡，我也要与他们搭讪一番。我经常到北京的新疆餐厅用饭。我的“金婚”活动也是在新疆饭店举行的。

新疆留给我的有艰难，有曲折，有沉重，同时也有青春，有友谊，有新鲜的知识与多彩的生活经验，尤其是从不同的民族文化与风习中获得的灵感与启示。世界是多么广大！祖国是多么辉煌！文化是多么多彩！人心应该有多么包容！在新疆的记忆令我激动，令我回忆起人生最最珍贵的一切，超过个人遭际的是真情，是善良，是质朴，也是共同的命运与共同的心田。我永远感念祖祖辈辈生活在伟大祖国西陲的各族友人，是的，谁也离不开谁。

这不是，今年夏天，中国作协与新疆维吾尔自治区党委宣传部联合组织了作家看新疆、写新疆采风活动，并同时举行我写新疆作品研讨会。那么多白发苍苍、银须冉冉的各族作家学者辛辛苦苦地来参加研讨，并给了我那么多鼓励，我确实惭愧莫名，感激无地。新疆的各族兄弟啊，老王的一分劳作与亲情，得来的是十分百分的深情厚谊，老王还得加倍努力。

今年7月1日，来自各地的作家们到了我劳动过的伊犁巴彦岱。在乌孜别克族老友满素尔 · 艾山家中，一批原来一起抡过砍土镘、吃过奶茶也喝过伊力特的老农与我见面。他们一见我，就与我热烈拥抱，抱头痛哭。维吾尔人的习惯是见到许久未见的亲人时，互相抱头痛哭，以悼念在分离的日子辞世的亲属，也算是抒发长久分离所带来的思念之苦，并感激上苍对自己与对方的护佑。一行作家同行无不为之动容。

来自全国各地的作家无不对新疆赞不绝口。那拉提草原与唐布拉山谷，在作家们的心中留下的是天堂般的景色，是青草树木野花溪流雪峰与牛羊骏马的无限生机。伊宁市的观感，最难忘的是“马的”（出租马车）的铜铃叮当与各族市民的载歌载舞。喀什噶尔的大清真寺与香妃墓，以及古老的民居更令众作家感到神奇而又丰富华美。乌鲁木齐的大巴扎和米拉吉餐厅连锁店，不但可以购物旅游美食，更让你沉浸在多元文化的丰赡与喜悦之中。整个新疆在前进，在变得更加繁荣与幸福。

就在作家们一部分业已离去，另一部分即将离去的时刻，发生了令人震惊的“7 · 5”事件。严重的事态当然堪虑，邪恶的势力令人发指。但是，我仍然相信，各族人民的团结友谊是不可以被破坏的，祖国的恢弘与统一是不可以被削弱的，制造分裂与仇恨的图谋是不可以得逞的。我们想念着如此可爱的各族人民，我们惦记着新疆的安危哀乐，我们爱新疆，我们坚信博格达峰下的天空应该明朗，从额尔齐斯河到伊犁河、塔里木河、叶尔羌河直到尼雅河的土地应该充满欢乐与信心。

新疆是我的第二故乡，新疆是我的人生的纪念，新疆是我的快乐与坚毅的源泉。永忆新疆，何悲白发，宽宏天地，情满神州。新疆，请接受我永远的祝福！

这一生的感动

我寻求一种感动，或云：将这种感动视为最重要的目标。

所以我走上了文学之路，走入了革命。同样的感动常常表现在音乐对我的征服上，这里，音乐比文学更直接也更少其他因素的干扰。但同时它更具技术性的困难，例如我既没有乐器的装备也没有音乐的训练，所以我没有真正走进音乐。柴可夫斯基与贝多芬，勃拉姆斯与舒曼，刘天华与传统戏曲，苏联歌曲与美国乡村歌曲，直至日本的民歌演歌，都感动过我，像托尔斯泰、像契诃夫、像陀思妥耶夫斯基一样，像《红楼梦》和唐诗宋词一样地感动过我。尤其是在年轻的时候。

尤其是维吾尔人的歌曲。“忧郁是歌曲的灵魂。”这是大诗人纳瓦依的名句。我永远不会忘记，最最艰难的时代，午夜，受苦的赶车夫喝了几碗酒，高唱着“羊羔一样的黑黑的眼睛，我愿为你献出生命”，走过我的窗口，循环往复，越唱越悲，越唱越烈，泪如泉涌，心如火烧，歌如涨潮……哪怕你一辈子只会唱这一首歌，就不算虚度生命。

……作品，就是我的歌，我的交响，我的协奏，我的快板与行板，我的生命的节奏与旋律。

文字不但是有魅力的，而且是有魔力的。通过文字，我寻找生命的密码，爱情的密码，我相信生命是一个寻找密码的过程。同样革命的命运与前途，也会从这样的密码中得到领悟。读到《贵族之家》的结尾，读到普希金的“同干一杯吧 / 我的不幸的青春时代的好友 / 让我们用酒来浇愁 / 酒杯在哪儿？ / 像这样欢乐就涌上了心头”，读到“休对故人思故国，且将新火试新茶，诗酒趁年华”，读到“无产阶级失却的是锁链，得到的是全世界”，我感到的是喜悦也是涕泪，是升腾也是永远。生命之所以有价值，就因为它能够感动，生命的滋味就是感动的滋味，生命的纪念就是感动的重温。

有许多事情我说不清楚，想不清楚：关于生命，关于生存，关于死亡，关于永恒。关于学问，关于榜样，关于意义，关于牺牲，关于价值，关于快乐。但是我已经生活在世间，我已经生活在祖国，我已经生活在地球上人类中太阳下面。我至少应该真正地感动一辈子，我至少一辈子应该有几件，颇有几件事真正让我感动。

感动就是生的与死的滋味，就是到太阳系、到大地上、到神州河山中走一趟的真滋真味。

我不是魏晋逸士，我不会归隐山林。我不是疯魔艺术家，我永远不会像梵高那样割下自己的耳朵。我有时候能够做到冷静和计算，自我保护与（吹嘘一点说）恰到好处。然而我永远不是干练的不沾锅，不是东方不败，不是常操胜算者，不是幸运儿也不是太极冠军，我完全不是一个善打算盘的人；因为与利益和成功相比较，我还在追求，有时候是忘乎所以地去追求：感动。没有感动的成功，对于我不仅味同嚼蜡而且反胃催呕。没有感动的成功就是没有爱的做爱，那更像是灾难。当我绷起政治的弓弦的时候，有时也差不多可以做到滴水不漏。当我追求感动的时候，我突然变得傻气盎然，满不论（吝）啦，我根本不计后果了……您哪。

感动里当然包含着对于反感动伪感动蠢感动的冷嘲热讽，冷嘲热讽的背后，埋藏着的是对于真正的感动的执迷，冷嘲热讽而达到了尽兴，也是一种感动和娱乐。

我的感动并不，一点也不艰深，不各色，不自恋和顾影自怜。一曲梅花大鼓《探晴雯》，一首李商隐的无题诗，一座山峰，一朵浪花，一栋老屋子，一棵大树或者一株小苗，一叶扁舟，一钩残月或者落到海里去的太阳，时而使我感到生命的极致。西班牙格拉纳达的阿拉伯花园与比利时布鲁日的建筑，颐和园里的谐趣园与西湖边的平湖秋月，已经足够我感动得潸然泪下。连续听或者唱几首我所喜爱的歌曲，已经使我觉得此生再无所求。我从网络里下载了MP3苏联歌曲《灯光》，而且不是原版，只是我国黑鸭子乐队的小合唱，带有夜总会气息的歌唱，然而我仍然感动得泪水涌现：

……前线光荣的大家庭/迎接着青年，到处都是同志/到处是朋友，/可是他总也忘不了/那熟悉的街道，/那里有可爱的姑娘/有期盼的灯光。……看着姑娘的来信，/……打击可恨的侵略者，/战斗更勇敢！/为了苏维埃祖国/和期待的灯光。

想起姑娘的话，战斗更勇敢，这样的歌词使我立即泪水夺眶。一旦把青春、爱情与为了正义的英勇战斗联结在一起，我就无法自持。

你可能成功，也可能蹉跎一世，可能伟大也可能渺小如蚁，你可能幸运而且得到公众的宠爱，你也可能总是被误解，被错会了意。高尚有高尚的代价，低下有低下的收益，清高有清高的寂寞，浑水摸鱼有浑水摸鱼的红火，智慧有智慧的痛苦，愚傻有愚傻的福气。然而你活一辈子总该有几次感动的充盈，充盈的感动。你的生存的标志应该是感觉，感觉的最高阶段是感动。没有感动的成功是麻木的成功，而麻木的成功也许还不如痛惜与失败。也许与快乐相比，悲伤与痛苦更容易让人感动。当我为自己的失败，为好人的早逝，为朋友的离开而感动的时候，感动有可能得到一种升华，成为一种骄傲和平静，哪怕是只成为一抹苦笑。

回首往事，我尚非完全虚度光阴。我留下了一些见证，一些记忆，一些说法，一些酸甜苦辣。我说话是太多了，写作也太多了，我本来可以更严谨一点，精密一点，矜持一点，含蓄一点，如果我有这四个一点，我会比现今更深沉、更美轮美奂乃至更身价百倍的。

我感动还因为我重视家庭，珍惜天伦之乐。我平生只爱过一个人，只和一个人在一起，家庭永远是我的避风港，是我的攻不破的堡垒，是我的风浪中的小舟，是我的夺不走的天堂。甜美的家就是天堂，即使周遭一时变成了炼狱，我的天堂永远属于我本人。在新疆时我们多次体会到，只要我们是在一起，一切都是甜蜜的，幸福的，光明的，谁也剥夺不走我们的快乐。我们常常在一起回忆，在冬天来到的时候，我们在哪里买煤油，在哪里砌炉灶，在哪里挖菜窖，在哪里卸成吨的烟煤。有一间温暖的小屋子，在零下三十度的气温中，这不就是天堂吗？这是我的信念，我希望为此专门写一本书，我希望我的这句话能留下来能传播开去。2007年初，我们度过了金婚。芳是我的存在的证明，我是芳的证明，芳是我存在的条件，我是芳存在的条件。我有三个孩子。他们都出过国，有的还在国外得到了学位。他们都有正当的稳定的职业，都过着小康的生活。我们早已有了第三代，我的大孙子明年将会从大学毕业。我们家人丁兴旺，和谐团结，我为此感谢无限。

我寻求感动，我感动过，感动了，而且还在感动着。我笑了。

这六十年，真不容易呀

在中华人民共和国成立60年的时候，我想起了我以中央团校学员、腰鼓队员的身份参加过的1949年开国大典，我想起了毛泽东主席的“中国人民站起来了”的宣告，我想起了60年光辉同时不乏坎坷的历程。我要说一句当年曹禺先生的一句口头禅：“真不容易呀！”

经过了千辛万苦，付出了鲜血生命，中国人民终于把国家的命运掌握到自己的手里。然后，路怎么走？

有过各种理论和说法：重工业优先、计划高于一切、在无产阶级专政条件下继续革命、三年超英和五年赶美、一大二公、蚂蚁啃骨头而鸡毛能上天……它们都激励过决心叫日月换新天的中国共产党人与中国人民。

然而事情远非一帆风顺，有时候口号响彻云霄，效果事与愿违。夺取政权是艰难的；执好政、兴好国、建设一个富强民主的现代化社会主义国家，更难。

艰难困苦，玉汝于成，终于30余年前有了十一届三中全会，一步一步，摸着石头已经屡屡过河，道路愈走愈开阔。我们再不受宁要社会主义的草不要资本主义的苗的紧箍咒束缚。我们再不因三自一包而谈虎（包）色变。我们不再拘泥于所有制的只能拔高与扩大。我们不再回避商品、市场、效益。

我们听到乡镇、个体、非公有制经济不再六神无主。我们再也不动辄陷入姓社姓资抽象争论的为难与痛苦。

其他如港澳台事宜的处理，教育与文化事业的发展，精神生活的活跃与丰赡，外交格局的拓展，理论学术的走向兴旺……无不突破了原有局限性，出现了前所未有的新意与前景。

回想在文化领域，有些事20年前是举步维艰，如今看，不过是小菜一碟，不足挂齿。例如能不能允许歌舞厅营业，能不能出版某些不怎么革命的民国学人的文集，还有能不能评选礼仪小姐……都争了个火气冲天。思想不解放，寸步难行。而时间与生活本身，定能破除偏见，常识与大众，本来就不介意于那些不合时宜的条条框框。不怕做不到，就怕想不到，解放思想如果是回到常识，回到理性，回到务实，回到民心民意，就绝对不可怕，而是顺理成章，应天（客观规律）承运（历史潮流），长治久安。

我们同样也不可照搬洋教条，不论是苏俄的还是英美的，或者是某个小国的。这里没有可供天真的懒汉们照搬的现成模式，只有自己实践、自己摸索，只有从善如流，敢于创造，同时坚定地走自己的路，才能成效卓著而又不出乱子。

邓小平同志指出，马克思主义的精髓是实事求是。实事求是就要因势利导，尊重客观规律，积极稳重，留下不断调整充实发展成熟的空间。一些社会主义国家的改革未能成功，而中国改革开放成就有目共睹，原因之一，就是由于邓小平同志提倡的解放思想、实事求是、团结起来向前看的思想路线。

正是由于改革开放的迅猛发展，新情况下出现了新的挑战和问题，或有七嘴八舌，欢迎评头论足，也是兴旺发达的表现。迎接新的10年、20年、60年，我们需要的是继续解放思想，是面向世界、面向未来、面向现代化的新的试验与探索，应对与创举。实事求是，是解放思想的利器，也是解放思想的标杆，还是解放思想的方向盘；是自我更新、永葆活力的保证。我们只要能坚持实事求是，坚持实事求是的创新与解放思想，就能够取得更大的胜利。

新疆，我的第二故乡

自1963年至1979年，29岁至45岁，我在新疆生活了16年。我与维吾尔等各族农民、与铁衣甫江等各族知识分子，结下了深厚的友谊。我们同室而眠、同桌而餐、有酒同歌、有诗同吟。我们将心比心，相濡以沫，情如手足，感同一体。我学会了讲维吾尔语，我阅读了不少维吾尔文书籍。我始终将新疆看作我的第二故乡。1979年回到北京工作以后，我又9次再访新疆，与各族农民与知识分子老友重逢话旧。

今年6月下旬，中国作协与新疆维吾尔自治区党委宣传部联合组织“作家看新疆”活动与我的写新疆作品研讨会。我与家人再次来到了乌鲁木齐、纳拉提草原、唐布拉山谷、伊宁市、喀什市，看到新疆的快速发展与人民生活水准的提高，新疆城乡，面貌一新。而各族文人与读者对于我的鼓励与关切更使我惭愧感激、热泪盈眶。

7月1日，铁凝、舒婷、迟子建、刘醒龙、艾克拜尔·米吉提等来自全国各地的作家与我和家人来到我劳动过的伊犁巴彦岱庄子农民住宅区，一些与我相交甚笃的老农见到了我，热烈拥抱，抱头痛哭（维吾尔民俗，亲人多年未见，见面后会抱头大哭一场，以怀念此期间离世的故人，并感激上苍对自己的保佑），作家同行们无不为之动容。我用维吾尔语向乡亲们问好，回忆并且感谢在一个特殊的困难的时期所受到的各族父老乡亲的照拂与帮助。

更不必说新疆的风光、民俗、丰富多彩的文化了。在北疆的草原上，作家们叹为观止，赞为天堂。在伊宁市的马车上下，作家们与各族市民欢声笑语，歌舞蹁跹。在乌鲁木齐大巴札作家们参观购物，流连忘返。在喀什噶尔的文物古迹前，作家们感慨万千，服膺于伟大祖国的辽阔、包容、美丽、古久与正在追赶时代的脚步。

几十年来，我常常赞叹于伟大祖国的民族团结与国家统一所带来的发展、平安与友好情谊。我实际上早就尝到了民族团结的甜头。即使在“文革”那样的非正常年月，各族人民的挚爱亲情仍然留下了最美好感人的记忆。从维吾尔人的宗教、诗歌、歌舞、典籍、生活方式中，我获得了巨大的灵感与启发。我在诗歌《木卡姆》中写道：

> 我们活着、我们有了世界的一切、我们不会忘记生命和世界，
> 因为有了木卡姆、因为有了木卡姆——生命的永远木卡姆

只是在回到北京以后，才得知了7月5日发生的事。严重的事态固然令人忧虑，但是我不会相信民族团结与国家统一是可以破坏得了的，我不相信任何制造分裂与仇恨的势力能够得逞。难忘新疆，惦念新疆，也相信新疆会平复伤害，战胜邪恶，新疆一定会越发繁荣美丽、光明欢乐！

讲演

汉字与中国文化

——淮安·中华传统文化与现代化研讨会上的讲话

各位学长、各位老师：

我想借这个机会向大家请教、切磋一个问题——汉字与中国文化。

在1919年的“五四运动”中，曾经在那种烈火狂飙的潮流中，出现了对于中国传统文化进行反省和批判的高潮。当时不管是吴稚晖、胡适、鲁迅，还是后来的钱玄同，都曾发表过一些非常激烈的针对中国传统文化的意见。他们对于中国的经典、中国的传统文化抱着很痛心的态度，主张把线装书丢到茅厕里去，主张青年人不要看中文书，打倒孔家店等等。我想这在当时也是很了不起，也是完全可以理解的。我无意去否定他们。

百十年来谈中华文化都绕不开一个问题，就是汉字。钱玄同就提出过比较激烈的意见，希望废除汉字和汉语。他认为汉字本身就是我们积贫积弱的根源，应该彻底不学中文，尤其是不能写汉字，因为中文太难学了。大多数国家的语言文字都是拼音文字，拼音文字是音本位的文字，一个字母只代表一个音素，本身没有别的意义。英语26个字母，维吾尔语33个字母，俄语也只有30多个字母。相比较而言，中文太难了。我年轻的时候也曾幻想过消除汉字，大家不用写汉字了，中国也就现代化了。我们曾经有一种观点就是汉语和汉字是和现代化相抵牾的，是不能并存的。1949年新中国建立后，中国成立了文字改革委员会，毛泽东主席正式规定了汉字改革的目标和前景是拼音化。这是被确立为国策的。文字改革委员会作了一些非常有益的工作，一是制定了汉语拼音，二是三次简化汉字。对于这三次简化汉字，我也是持肯定态度，因为它提供了很多方便。我上小学时有个同学叫做丁邦鼎，写他的名字太痛苦了。我个人还庆幸一点，因为“王蒙”这两个字还是好写的。但是很有趣的是，到第四次汉字简化的时候，引起了一片嘘声。在一片嘘声中又缩回去了，第四次汉字简化被取消了，夭折了。我想，这是因为大家慢慢感觉到汉字不能随便再动了，再动的话天怒人怨，天理不容。所以后来整个国家机构改革的时候，国家文字改革委员会也更名为国家语言文字委员会了。这个趋势非常有意思。这个趋势说明汉语和汉字对我们来说并不是一个纯工具性、纯手段性的问题，而是带有根本性的文化问题。因为语言文字带着人们对于世界的一种体察，一种感受，一种思想，一种方法，它对我们的影响不仅仅是个怎样发音的问题。

我个人一些小的经验想提出来请教大家。

我写过一篇小说叫《夜的眼》，这篇小说英文、德文、俄文翻译得比较多。所有的翻译者都要问我，甚至有时候打越洋电话问我，这个夜的眼的眼睛是单数还是复数。这个问题我从来没有想到过。因为这里的“眼”我至少有三种解释：第一是把夜拟人化，这个夜本身就是眼，不存在单复数的问题，可以是千手千眼，也可以是一只眼睛。第二是主人公的眼，当然这是复数。第三种可能是我在小说中描写过在一个工地上有个孤独的电灯泡，这个电灯泡非常昏暗。主人公不小心在工地上掉在沙坑里了，那么它就是单数。因此，它应该是单数又应该是复数，但是英语不能解决这个问题，德语没法解决这个问题，俄语没法解决这个问题，包括我们阿尔泰语系突厥语族的维吾尔语也不能解决这个问题。在英语中或者是 eye，或者是 eyes。而我们的汉字有一种追求事物最纯粹的本源的特性，我称之为本质主义的倾向。对我们来说“眼”是本源，有了眼的概念才有“一只眼”、“两只眼”的概念，然后我们可以说眼睛、眼毛、眼眉、坏心眼、好心眼，但是它的根本在于“眼睛”。我们是崇尚“一”的，从我们的古代文化中，我们认为一个人掌握了“一”就无所不通。这是带有神性的一种观念。对于眼睛来说，最重要的是“眼”，然后才是独眼龙还是千手千眼，或者是眼皮、眼珠、眼眶等等。其他许多词也有这个意思。中国人喜欢讲什么是纲，什么是目。譬如说我们说“牛”可以看作“一”，有“牛”然后才有牛奶、牛油、牛毛、牛皮，牛皮还可以抽象化，转义加以使用。另外我们还可以分公牛、母牛、水牛、黄牛等等。在英语中牛是cattle，cattle也可以当大牲畜讲，公牛是bull，母牛是cow，牛奶是milk，也没有听说过是cow milk的。但是中文中“牛”在这一组词中位于一个中心的位置，位于“一”的位置，而在英语中很难看出这个关系来。中国文化中这种重视本质的传统很明显。我们很喜欢“一”字，很喜欢“元”字。我们有很多带有这种玄学意味的、哲学意味的，乃至带有神性和灵性的观念在我们的词里。也许这些词对我们发展自然科学，发展法学不太有利，但是起码在追求一种灵感上是很有趣味的。

我又想到一个例子，讲到汉字的灵性、弹性。我们对杜诗一直以来就有一个争论。杜诗里有两句“幼子绕我膝，畏我复却去”，一个说法认为小孩子抱着我的膝盖，怕我又走掉了；还有一种说法就是说幼子认生，不知道是自己的爸爸，对我是怕的，所以又走了。这样的争论已经进行了上千年或者更多，但肯定永远不会有结果。我想这句话如果用英语或者其他语言来表达也许不会产生这种争论。比如，如果是“幼子绕我膝”，然后又走了，这是递进的两个谓语；如果是怕我走，后面的词就变成了修饰补充的从句。我相信用外语表达方法是不一样的，但是在中文上就是一样的。中国语言的灵动性表现在各个方面。

我又觉得汉语是一个诗性的语言，它给中国的政治家们提供了一个极好的天地。政治家可以在一个字、一个词、一句话中有很大的发挥余地。我们比较一下，苏联的改革和中国的改革，完全不同的结果，完全不同的选择。这里面我觉得也和汉语与汉字的许多特点是有关系的。俄文缺少可塑性，缺少灵动性。

拼音文字是音本位的，汉字是字本位的。汉字对我们来说，不仅仅是一种声音，它表达的声音并不是统一的，各种不同的方言可以用不同的声音念一个字。我听过湖南人吟诵《四书》，我也听过广东人吟诵《四书》，我也听过我的家乡河北人吟诵《四书》，音不相同，但是字完全一样。汉字，克服了方言上众多的分歧，维护了中华民族的统一和整合。有人考察过中国广东话和辽宁话的差异也许甚至超过了欧洲一些国家间语言的差异。但是，她有一个工具，这个工具就是汉字。从另一个方面，我又感觉到，恰恰是汉字挽救了这些方言。因为有了汉字，这些方言不会在某一个时期被一种强势文化地区的方言吞没。现在回过头来看，在我们进行文字改革的时候有一项要求就是推广普通话。推广普通话是绝对正确的，也是绝对必要的，因为这样你总有一种标准的说法。据我所知，台湾在推广普通话上也作了很大的工作，取得了好的成效。我所挚爱的，至今难忘的小学老师，就是在台湾光复后，被国民党政府组织到台湾推广国语的，这是必要的。但是另一方面，我们又不能想像没有这些方言的存在。这些方言中有很深厚的文化积淀。如果没有吴侬软语，难道还能有评弹吗？还能有苏剧吗？还能有苏昆吗？如果陕西没有三秦高腔，又如何能有秦腔？如何能有陕北民歌？我甚至还认为，那种表达爱情苦闷的陕北歌曲与表达要求革命反抗压迫的歌曲有一种心理同构。根据表达爱情苦闷的歌曲改编成革命歌曲，是天衣无缝，听不出原来是爱情歌曲。

方言是要要的，汉语是要要的，汉字尤其是要要的。汉字给我们的信息量实在是太丰富了，它既是一幅美术作品，也表达着声音，还表达着历史的典籍，表达着已经不能够说话的那些人的智慧和感情。我曾经试想，如果真正用拉丁字母还能不能表达这种感情。“白日依山尽，黄河入海流。”一看这十个字，我们就有一种视觉的享受，还能引起人们的想像。相反，如果用汉语拼音来表达呢？虽然它有自己的读法，但你可能看到的是“bai ri yi shan jin，huang he ru hai liu ”，很难得到汉字给予你的文化的享受 。

我甚至觉得汉字实际上是中国文化的基础。现在许许多多中国和外界发生的矛盾，都和我们对汉字的理解有关。比如汉字中“国家”的意思实在是太广了，有“国”的意思，有“家”的意思，有 country 的意思，又有 nation 的意思，还有 state 的意思。所以我们对国家的忠诚、对国家的热爱，它表达着这样的感情在里面。又譬如说“人民”，它和英文的“people”有着相当的差距。这些，外国人并不一定明白，他认为理所当然的事情到中国来也许是讲不通的。汉字是我们文化的基础，更不要说我们的对联、楹联、骈体、对偶等等，它们甚至影响到中国人一些特殊的辩证思想，比如“祸福相生、长短相形、高下相倾”等等，这些反义词放在一起造成一种互相循环的关系，也是妙极了。

我又想起一个故事，两个人争论。一个说四七二十七，一个认为四七二十八。两人到了县官那里，县官把认为四七二十八的那个人打了一顿。这个人不服，县官说：那个人都认为四七二十七了，你和他争论又有什么意义呢？我即使打死他对他也没有什么帮助，但是我打你就会让你记住不要再和这样的人争论了。这也是中国人独有的一种智慧和幽默吧。

对待汉字汉语的认识正在走向成熟，汉字的电脑使用的成功，使汉字的前景更加光明，我们将更加珍惜我们的汉字文化，相信这种文化会更加光辉灿烂。

关于科学与人文

——在中国海洋大学“科学·人文·未来”论坛上的讲演

我常常怀念那些精通文学、文艺与自然科学的文化巨人：达·芬奇，罗蒙诺索夫，莱卜尼兹等等。

中国古代有著名文人兼通医道与军事的，但少有对自然科学的研究。王阳明的格物致知也是不成功的。

鲁迅与郭沫若都学过医，郭老还长期担任科学院长与文联主席，但他们的主要治学与活动领域还是在文史方面。

有一些当代中国科学家表现了对于文艺的浓厚兴趣，如李四光、华罗庚、钱学森等。我以为，这与他们对于国家民族、世道人心、国民素质与国人精神面貌的关切有关。但除王小波外，少有文学家受过自然科学、数学与逻辑学的良好教育，甚至，我以为，大多数作家和我差不多，基本上是科盲。这是中国文人常常激愤、失落、大言与现实脱节的原因之一，哪怕是最不重要的原因之一。

还有的作家干脆鼓吹蒙昧主义、信仰主义，在什么特异功能、气功、命相学、人体科学、易学国学禅宗的幌子下把伪科学的东西宣扬了一个够。

我想这与中国的重文主义传统有关。中国人对于道与器、义与利的辨识，对于修齐治平的推崇，对于辅佐明君的理想，使人们倾向于认为齐家治国之道才是大道，而科学（技术）制造出来的不过是西洋小把戏（梁漱溟语）。

中国的传统文化有极大的独特性和存在价值。但是相当一段历史时期中华文化缺少自然科学的长足发展，缺少一套实证的方法，又缺少严整的逻辑规则，乃是不争的事实。不论是中医理论的妙解，老子的极高明的超凡拔俗的命题，《大学》上关于从正心诚意可以达到治国平天下的理想的著名推论，都不符合形式逻辑的起码规则，更谈不上实验的或者统计上的证据，而更多地接近于文学作品。它们富有灵气，充满想像，整体把握，文气酣畅，高屋建瓴，势如破竹，有时候有很高的参考价值，有时候则是更富有审美价值，就是不怎么科学，不怎么经得住实验、计量、辩驳，有点强词夺理和想当然。

至于在我国民间，长期以来愚昧迷信十分严重。直至今日，农村仍有自称真命天子出世者、企业仍有由法师和公鸡定房地产价格的，每到党委政府换届，都有众多相当级别的干部去进香、拜菩萨，其他扶乩、灵鸽、风水、算命……各种原始巫术实已猖獗万分。近年来又添加了来自港澳和西洋的数字忌讳。更不必说自古以来的邪教传统与当今的邪教泛滥了。（有一种比较偏激的见解，认为近代以降，中外关系摆脱不了八国联军对义和团的模式。目前，我们则可以看到八国联军支持今天的义和团的奇观。）

当然，事物也有另一面，新中国以来，在对于工业化现代化的热烈追求中，优秀的青年都趋向于学理工，国家的领导层人员几乎百分之百地出自理工院系的毕业生。哲学、社会科学、人文科学的治学与教学受到意识形态领域斗争频仍、动荡不已的影响，长期以来，也积累了许多“瓶颈”式的难题。如果说新中国以来的历史当中，存在着某种实际上的重理（工）主义的倾向，大概也是事实。而在意识形态上的激进主义得到了相当程度的克制之后，商业上的急功近利，恶性与违规炒作，再加上“八国联军”的运作，又大大地威胁着正常的人文学术的发展与面貌。

即使如此，在这种情况下我有时仍然担忧我们把西方发达国家后现代时期的批评科学主义的理论搬到中国来是否合适。对于中国来说，更加迫切的难道不是批判蒙昧主义和反科学主义吗？中国至今到底有多少科学？更不要说一味科学的“主义”了。解放后的许多流行一时、带有党八股或者洋八股气味的说法，究竟有多少经历了科学的分析检验？

所以我非常欣赏任继愈教授的一个提法，即中国的历史性的任务是要脱贫，同时还要脱愚。贫而愚，会落后挨打，倒行逆施；富而愚，也许其危险性不低于贫而愚。

文学的方式与科学的方式有很大的不同。文学重直觉，重联想，重想像，重神思，重虚构，重情感，重整体，重根本；而往往忽视了实验，逻辑论证，计算，分科分类，定量定性。

但是文学的方法与科学的方法又有很大的一致性：珍惜精神能量，热爱知识热爱生活，对世界包括人的主观世界的点点滴滴敏锐捕捉，追求创意，不满足于已有的成绩，力图对国家民族人类作出新的哪怕是点点滴滴的贡献。

以我为例，我属于爱科学而不怎么懂科学的那种人。我曾经从3322的几率游戏中悟到了或然性大致趋向平衡的道理，并以此做了许多发挥。西安电子科技大学原校长，数学家梁昌洪教授对于我感兴趣的问题则做了精细计算，电脑测试和组织学生摸测的实验。三者一致地得出的结果证明了我的说法的不准确处。如他指出，3322的几率与4321的几率大致相近，而5500的几率大大高于飞机事故的发生概率。

我非常感谢梁教授的科学方法和他得出的结论，它帮助我认识到命运——几率的另一面，即它的不平衡性，多样性，变易性。当然，我也仍然有我的思考：即使是4321，其中的3与2仍然占了一半，这是一。其次还有一些5320、5311、3331、4330、5221、4222……的组合，说明用从四种颜色的球中摸出十个的组合中，3与2仍然占最大比重。我希望梁教授帮助我计算出这个公式来，3与2这两个最趋向于平衡的数字，在摸球的过程中出现的比例。多样的平衡，平衡的多样，这是数学给我们的教训，这也是命运之神给我们的教训。这样的数学公式是充满了文学——人学魅力的数学公式。

中国海洋大学的管华诗校长与其他校领导，对于发展人文教育倾注了极大的热情。我感觉他对于人文学科抱着近乎浪漫主义的热情与追求。我希望文学界的同行们同样能以极大的热情学习科学，普及科学，领会科学的庄严、丰富、阔大、缜密；领会用科学的眼光看待，将得到一个怎样美丽、神妙和精微的世界，领会科学已经怎样使人变成了巨人，科学将为人类创造怎样崭新的未来。同时，用科学的实证、理性、计算来取代偏见和唯意志论，取代文学的自恋与自我膨胀，取代那些想当然的咄咄逼人与大言欺世，更不要以文学的手段传播愚昧和迷信。同时我希望全民的人文素质会有所提高，珍视公认的价值体认，而这与科学知识的普及，科学方法的提倡，科学精神科学态度的认同，不应该是矛盾的。人文精神当然应该是一种科学精神即一种实事求是的精神而不是造神的精神，不是盲目的自我作古的精神，不是诈唬吓人的态度。

（自然）科学与人文，只能双赢，不能零和。为了发展中国的人文教育，为了科教兴国，为了国人与全人类的福祉，为了最终地去除我们这块土地上的迷信与愚昧，让科学家与文学家携起手来，互相学习，取长补短，创造一个更加文明、更加有知识有教养的中国吧。

智慧也是一种美

——在中国海洋大学“科学·人文·未来”论坛闭幕式上的演讲

非常高兴，也非常兴奋，能够在短短的这么些时间里聆听近30位科学家和我的文学同行们的演说及相互之间的提问与讨论。这样的好事，这样的快乐并不是我们经常能够得到的。毕淑敏女士讲了人生幸福的几个例子，我们中国文人也有中国文人的——我还是用“快乐”吧——幸福呢，我觉得稍微“酸”一点，而且它是受俄文的影响，俄国人喜欢讲“幸福”，其实在英文里它讲“happiness”，也差不多。孔夫子总结的快乐一个是“学而时习之，不亦说乎”，一个是“有朋自远方来，不亦乐乎”。这个论坛的作用就是能“学而时习之”，而且能够看到远方的朋友，另外就是“三人行必有吾师”，还有就是“如切如磋、如琢如磨”。这几样快乐如今在我们的论坛上都具备了。这样的好事并不是经常能碰得到的。

尤其，由于我是一个没有受过完备教育的人，所以我听到我们的科学家的讲演，瞻仰到他们的风采，看到他们的身怀绝技的那种自信，那种富有冲击力的知识，我就感觉到，知识本身就是一种光明，一种提升和丰富，一种美，就是一种善。我觉得正是知识里充满了人文的精神，而无知才是扼杀人文精神的。所以我长了那些知识以后，我确实愿意做你们的学生。我觉得“绝了”。（鼓掌）这样的学习机会，这样的学习气氛实在太好了。

那么，第二点呢，我们除了学习以外也有一些碰撞，也有一些质疑，我觉得质疑是所有的学科前进的一种动力。人类的历史是一个不断质疑又不断解决和改善自己的知识能力与道德自觉的历史。也许可以说成是一个发展的进化的历史。但是，人们对发展和进化这个词也充满着质疑。科学上好像是在发展的进步的，而且先进的东西在取代落后的东西。譬如说，好的电灯可以取代煤油灯，但是文学和艺术就看不太清这种发展和进步。我们就无法说我们今天的作品可以取代《诗经》，可以取代李白、杜甫，或者可以取代《红楼梦》，不但取代不了，我们仍然自惭形秽，觉得对不起我们的祖宗。人们不但质疑科学，人们也质疑文学，如果说科学主义是值得反思的，那么文学主义呢？我觉得陶东风教授（也许他不是故意的）不无讽刺地提到了我们国家也有文人进入领导核心的时候，他举的三个人，就是张春桥、姚文元和陈伯达，如果再加一个艺术家的话，就是江青。用文学艺术的方法来处理国计民生或者是处理环境污染的问题，是不是会有一种最好的效果？所以，也可以质疑文学，甚至可以质疑历史，历史到底有什么意义？历史是不是进化的？譬如，我们谈到"满意"，我刚说到量化，就是陈祖芬讲的那个量化的那些故事，我真是大开眼界。最近我还看到人们在分析，这也是西方国家喜欢量化，还有一个什么词叫"满意度"，就说现在虽然这个社会发展了，可是人们的"满意度"是多少多少，大概相当于60年代的标准。我也不知道这是根据什么的统计，可是我的"满意度"可不是60年代的样子，因为上个世纪60年代我连说话的权利也没有，连读书的权利几乎都被剥夺了。所以我的"满意度"就绝对不是相当于60年代，而是一百倍、二百倍、五百倍、一千倍于60年代，这就是文人说话，他可以从一百说到一千，不需要做很仔细的测算。

有时候我觉得人会被自己的能力，被自己的创造，被自己的革新和自己掌握的手段和可能性所吓住。质疑科学，对科学感到恐惧，古已有之。我可以想像当科学家说地球是转动的时候，当科学家说地球不是太阳系的中心的时候，人们感到的那种恐惧，那种震动。因为他已经有的那些知识、那些信仰、那种稳定的心态都被破坏了。科学的成就往往使胆小者保守者自以为是者们精神崩溃。人们也会被文学吓住，譬如说，当雨果的戏在巴黎歌剧院上演的时候，由于他创作的新的形式，由于他被认为是伤风败俗，就引起了游行，引起了游行群众与警察的冲突。有许多好的作品也是吓人的。我在参观爱尔兰詹姆斯·乔伊斯纪念馆的时候了解到，就是他的那本《尤利西斯》，《尤利西斯》写出来以后是一片骂声。同时乔伊斯现在也有人在否定。那里在卖一种文化衫，文化衫上是乔伊斯语录，他说对付这个世界，有三个手段：第一个手段是“silence”，即保持沉默；第二个手段是“escape”，是逃避；第三个手段是“canny”，就是谨慎和精明。我当时看了以后，就对爱尔兰友人说，乔伊斯也像是某个时期的中国作家。《红楼梦》也是吓人的。《红楼梦》是禁书，几大才子书都是禁书。

至于被科学吓住的故事就更多了。我去西藏，西藏人告诉我他们其实很早就有发电厂了，是四个在英国留学的学生回来以后弄了一个发电厂，然后，这个发电厂在一周之后就被砸烂了，被人民砸烂了。因为人民觉得发电厂在威胁着他们的生活方式，威胁着他们的安宁和他们的安全。至于火车在中国出现的时候所引起的一种惧怕，也不见得就小于克隆技术所引起的惧怕。以至于有一段时间只允许牲畜拉着火车走。

我并不主张克隆人，现在全世界大多数政府都是禁止克隆人的，但是克隆技术的发展我们必须正视，如果说它挑战了伦理，那么，我们的伦理道德体系难道就经不住一个小小的科学、生物技术的考验吗？我们的伦理道德体系是何等地脆弱，是何等地衰弱，我们难道不应该重新建立和更新或者想方设法强化加固我们的伦理道德体系吗？我们怎么能反过来抱怨科技走得太快！（鼓掌）如果我们的浪漫主义只停留在幻想月亮上，我们经不住登月科学进展的考验。但是人类已经登上去了，你现在已经拉不回来了，你现在再让人相信上边还有小兔，还是有吴刚，有嫦娥，反正我已经不信了，这已不可挽回了，这是不可逆转的。但是，浪漫主义也仍然可以重造，我相信人们在知识进展的过程中他却越来越发现自己的无知，越有知识的人越是感觉到这个世界的伟大与神奇，越来越发现世界上有很多东西不是用科学所能解决的，不是用技术所能够达到的。所以，我们完全可以构建我们新的浪漫主义，我们新的理想主义，新的梦幻、神秘，我们新的小概率和无概率的那一切（针对梁昌鸿教授关于概率美的发言）。

作家有时候是爱找事的一些人。说老实话，在我们的讨论当中科学家没有去出击、嘲笑文学家的，但是我们的作家频频向科学家发起声讨。但是，这才热闹呀！难道他们不需要声讨吗？（鼓掌）在文学已经处于边缘化的今天，我们干不了别的，还不能当一回“搅屎棍”吗？！（鼓掌）允许“搅屎棍”，这就是学术民主。学术民主并不是说只允许经典，只允许结论，只允许达尔文这一级与李白这一级的人说话，或者是爱因斯坦这一级的与鲁迅式的人发言，同样，也允许不成熟的不无片面的发言。所以我相信，我们通过这样的一些讨论，这样的一些碰撞，我们可以建立更好的友谊，我们可以建立更美满的这样一种学术民主的气氛。我完全赞成管华诗校长所讲的，人文和自然科学完全可以携起手来，谁也代替不了谁，它是你中有我，我中有你，我觉得这话讲得特别好。我尤其佩服冯院士的对联，它太完美了。

陈祖芬女士讲到那个数字的问题，其实数字也是人文，数字怎么不是人文呢？是不是？李商隐说“身无彩凤双飞翼，心有灵犀一点通”，一个2和一个1，一个复数和一个单数，而且，二进制是现在电脑的基本原理（鼓掌）；到了杜甫那里就是“两个黄鹂鸣翠柳，一行白鹭上青天”，下面呢，“窗含西岭千秋雪，门泊东吴万里船”，都是数字。李白的诗“白发三千丈”就是没有经过定量分析的，但是他充满了感情，“长风九万里”这也没有经过分析，我想那时候的“里”是不会比现在小到哪里去的；他还说“桃花潭水深千尺”，但是，这都是充满感情的语言，充满感情的数字。所以，数字里头有诗，数字里头有情感。福建社会科学院的一个研究员林兴宅先生提出一个命题：“最高的诗是数学”，他被很多人骂了一番，我就是觉得它好，但是我无法证明，因为我在极低的水平就是初中的数学里头，我享受的那种精神遨游的快乐，那种在一个自己符号和数字里头来选择的那种快乐，那种从一团乱麻里寻找诗意和光明，那种多向思维的快乐。当一个几何题我证不出来的时候，我“啪”的一下就把它反过来了，我到时候就硬是把它证出来了，没有一个题是我证不出来的，我觉得这充满着诗意。

为什么呢？因为不管是科学还是文学，都是来源于生活，来源于这个世界，就正如我们论坛上一个教授讲的，他说科学来源于人的本体，我觉得这说得太好了，太对了！科学也好，诗也好，文学也好，都是对世界、对人生的一点发现，一点关切，一点探求。这种发现我们从不同的角度上可以来进行，可以启发我们的思维，启发我们的认识，也开辟我们的心智，在这一点上我常常觉得智慧也是一种美。不是说光是形象美，我当然非常喜爱，但是智慧美有时是非常吸引人的，相反的，如果是一个愚昧的人，他的那个美的魅力就会大打折扣。所以，我完全相信，我们在这种关切人生，关切世界，在发现这个世界而且在寻找创意寻找智慧和光明这一点上文学家是科学家最好的朋友，科学家是文学家最好的老师，我这样说老师并不想助长科学家高高在上的气氛，而是因为我是搞文学的，毛主席教导我们，谦虚使人进步，骄傲使人落后。

感谢大家。

在授牌仪式上的讲话

今天有机会出席这个别开生面的仪式，并领取颁发给在京的不再连任的十届政协常委的纪念牌，我很感动，也很高兴。

政治协商制度是我国的基本政治制度。中国人民政治协商会议不久将迎来它成立的60周年。60年来，毛泽东、周恩来、邓小平、邓颖超、李先念、李瑞环、贾庆林同志先后担任它的主席，许多革命家、工农兵劳动与战斗模范人物及各民主党派各行各界各个方面的代表人物、专家学者精英，先后担任它的委员。人民政协从来就是新老交替、薪火相传、长江后浪推前浪、革命自有后来人，一批批、一代代这样发展过来的。只有实行新老交替并力求不断地做到年轻化，人民政协事业才能永葆自己的青春活力，才能永远后继有人，有所发展，有所创造，使政治协商事业长期地、稳定地、一浪高似一浪地发展延续下去。

我们在座的这些在京原十届政协常务委员，因年龄过了杠，退了下去，同时亲眼看到许多年富力强的同志朋友，许多新的血液进入到人民政协事业中，我们感到非常正常非常可喜非常欣慰。人民政协事业后继有人，有中国特色的社会主义事业后继有人，振兴中华、全面建设小康社会的事业后继有人，我们为之欢欣鼓舞，为之喜形于色。

但是今天，我们这些不再连任的十届政协在京常务委员又被召集到这里，来到我们的家、我们的依靠、我们的领导全国政协这里，接受纪念牌，我们重温十届政协的光辉历程，我们非常感激贾庆林主席、王刚常务副主席、杜青林副主席、钱运录副主席兼秘书长及各位十一届政协领导同志。我们知道，我们确信，全国政协永远不会忘记自己的委员、常务委员，我们这些担任过十届政协常委的同志和朋友也永远不会忘记中国人民政治协商会议。

我们不会忘记，正是在十届政协活动期间，中央做出了《关于加强人民政协工作的意见》的决定，提出了一系列重大理论观点；正是在纪念小平同志诞生百周年的时候，政协领导提出了加强人民政协理论建设的重大问题。在这5年，我们召开了10次专题议政性常委会议，就经济社会发展中的重大问题同到会的中共中央、国务院领导及有关部委负责同志进行互动交流。我们围绕制定“十一五”规划、推进西部大开发、落实国家中长期科学和技术发展规划纲要、推进北部湾区域经济合作与发展、以文化建设为主要内容的国家软实力建设等议题先后召开了5次专题协商会，提出了许多有价值的意见和建议。

为制定新的5年计划，我们的建言献策受到了党中央国务院的重视并得到了许多采纳。我们提出了并组织了常委学习报告制度并开展了全体委员的学习研讨活动。我们组织了“21世纪论坛”与各次出访。我们是国家民主政治生活的参与者与见证者，我们也是国家民主政治生活的学生与实习生。我们的印象里，这一届政协是政通人和的政协，是团结民主的政协，是创新求发展的政协，是大有作为的政协，是亲切融洽的政协，是欣欣向荣的政协。我们为能参与过这样的政协工作与活动而感到自豪。

委员的身份与名称当然是重要的，但是原委员、原常委、前常委的身份更长久也更责任重大。我们仍然是不在编的政协事业与活动的支持者、志愿者、关心者与热爱者。我们仍然有可能以“原”与“前”的身份关心政协、爱护政协、支持政协，反应社情民意，参加某些适宜的政协举办的活动。尤其是，我们仍然是各行各业各界各民主党派与科学、技术、学术、艺术领域的识途老马，是中华人民共和国的有觉悟的公民，是中国共产党党员或民主党派成员或无党派人士，或者是一些工作与科研机构、人民团体组成人员。老骥伏枥，志在千里；烈士暮年，壮心不已。我们希望能够在有生之年继续为祖国为人民尽心尽力。政协由各行各业各界人士组成，政协关心各行各业各界。纪念牌不但表达着政协领导机构对于老委员的关心与期望，也鼓励着我们在各行各业各界就本职工作业务继续努力，做出不愧是原政协常委的成绩。

再过几天，北京奥运会即将开幕了，我们这些老人，仍然是要焕发精神，以奥运健儿为榜样，同样以更高更快更强的精神，做好自己的业务工作，履行自己的社会义务，不辜负这光荣的纪念牌，显示出我们原常委前常委们的拼搏精神，团结精神，责任心与智慧，同时爱惜身体，增进健康，贻养天年，亲身体验与见证全面小康社会的幸福生活。藉此机会，我愿以上届原常委与我自己的名义，为十一届政协各位领导各位委员的工作胜利、健康快乐而表达我们的衷心祝福。

谢谢大家。

我看儿童文学

现在的儿童，他们生活在一个和过去，和我们这一代人甚至是我们的下一代人完全不同的环境里，他们获得的信息、生活的环境太不一样了，和我们小时候太不一样了。所以，我们如果探讨一下当今少年儿童的精神生活、信息环境，他们面临的各种条件、各种启发、各种诱惑和各种干扰，这是一个非常重大的事情。但是由于我没有认真地学习有关儿童文学的理论和创作，我只能就我自己的经验，特别是早年的、小时候的阅读经验，谈一点看法，仅供大家参考。

第一，根据我小时候的阅读经验，我非常希望能够编写、出版各种经典作品的儿童版、少年版。现在回想，我读的许多书，还真是靠小时候读的。旧中国其实有一套儿童版的东西，最有名的就是《唐诗三百首》、《三字经》、《百家姓》和《千字文》。但是显然这些东西不完全符合现在的时代，里边还有一些落后的、腐朽的东西。这几年很多地方，写了新的《三字经》，也有很大的发行量，但是质量，并不是那么理想，没有能够完全被少年儿童所接受。我们小时候对另一类经典，采取死背的方法，但是有没有可能，使我们真正的经典，能用一种少年儿童能够接受的方式？我觉得这里边比较成功的就是《一千零一夜》，我小时候接触到的《一千零一夜》，不是《一千零一夜》的原作，我接触到的是两个英国人编写的，我们把它翻译成《天方夜谭》，写得非常优美，非常适合儿童的阅读。所以我就设想，包括我们的一些最著名的文学作品，像《红楼梦》、《水浒传》、《三国演义》、《西游记》，《西游记》当然儿童容易接受，但是里头也有一些有害的信息，能不能经过一些编排整理，出版这种经典作品的少年儿童版。但是这个东西谁来做，我也不知道。这是我想说的第一点。

第二，我想探讨一下对儿童的爱心教育。我回想小时候读的作品，我记得最感动我的几个作品，以至于大了还是在读仍然还在感动的，往往都是由于它们能够启发人的爱心。比如说意大利的《爱的教育》里边，从文明、礼貌，一直写到母爱。六千里寻母，我们上小学的时候，老师在课堂上给我们念，那时候才小学二年级，我还不满7周岁，我听得当时真是热泪盈眶。在小的时候我最喜欢的童话莫过于《木偶奇遇记》，我太关心这个木偶的命运了，当他由于说谎鼻子变得长了的时候，真是有一种牵心挂肚的感觉。还有这个木偶由于自己的不听话、不慎重把自己的腿烧了，也是让我着急得不得了。而这个木偶最后得到了一个比较光明的下场，使我得到非常大的安慰。再比如冰心的早期许多作品，《寄小读者》一个是讲母亲，一个是讲大海，让人非常感动的。比较起来呢，我们国家的少年儿童，从历史上来说，因为长期生活在一种非常严峻的生活条件下，外有帝国主义的侵凌、侵略、压迫，内有反动政权的压制，很多人都是生活在饥饿线上、死亡线上。所以，我们中国的儿童，长期以来缺少一种发展美好的爱心的环境。因为没有这个条件，讲得太多了你觉得脱离实际，它是一种奢侈，在日本人的占领底下你爱谁去？它变成了一种奢侈。直到20世纪80年代的末期，我们还有很重要的报纸，很重要的老作家写文章，批评爱心的说法，认为爱心是资产阶级的东西。我们从小在一个比较严峻的环境里边，所以，我小时候学会的民谣，还会唱的"高粱叶子哗啦啦，小孩睡觉找他妈，……"这就是我们这一代学会的第一支儿歌，最后是麻胡子来了我打他——来源是元代悍将人称麻胡子，用来吓小孩入睡。我们学会的第一个民间故事，在中国最有名的就是《大灰狼》，有的叫《果园三姐妹》，母亲不在的情况下，大灰狼假装外婆，不是披着羊皮是披着外婆的皮的大灰狼来了，最后怎么样来和这个大灰狼作斗争。我们想一想，我们多少世世代代的儿童，就是在大灰狼的阴影下来度过自己的童年。所以，我们今天情况毕竟有一些不同，不是说现在就不能作斗争了，或者说现在就不能够讲大灰狼的故事了。当然大灰狼的故事我们还要讲，现在唱“高粱叶子哗啦啦”的少了。我们的儿童也应该有一种自我保护的意识，应该有一种警惕坏人的意识，但是毕竟最动人的东西是写人和人之间，表现人和人之间，人和自然之间，人和物之间的，那种比较美好的、比较亲近的、比较爱恋的一种亲情。这是关于爱心教育的问题。

第三，我由这里想到了童话。相对比较起来呢，我们当然也有一些好的童话，但是非常具有诗情画意的童话，相对少一点。我们的童话有一批是以民间故事为基础的，往往是侧重于善恶报应。我们这一类的故事多，而那种充满诗情画意的，就像安徒生那样的故事，我们确实是非常地少。安徒生对我的感动，是无法比拟的。我也喜欢看王尔德的童话，虽然王尔德不是以童话为主。他的《快乐的王子》是绝对的经典，他的骄傲的小王子的故事，还有由星星变成小孩的故事，让我想到日本的民间故事《桃太郎》。我们中国自己写的童话，对我个人来说，我觉得叶圣陶早年有些童话有点这种追求，那个《稻草人》就太像那个快乐的王子，就是看到了这个世界上许许多多的黑暗，但是完全没有办法，让你看完了很悲伤，带有一种社会批判性质。后来我发现宗璞有几篇童话真是写得好，有一个写彩色铅笔啊什么的，我曾经当面向宗璞说过，我特别羡慕这个写童话的人，我当年不是没想过自己也写两篇童话，真是写不出来，可能我这一脑子都是斗争了，就好像很难回到一个那么清明、一种像天使一样的心灵世界里去。但是不管怎么样，我觉得少年儿童，如果有美好的童话可读，真是幸福。我小时候是生活在非常困难的情况下，有时候连温饱、连吃饱饭都做不到，但是我的父亲是一个不大实际的一个人，他给我从当时还在日本占领时期上海的商务印书馆买一种玩具，这种玩具，就是白雪公主和七个小矮人，它可以摆在那里，然后用球打，有点像现在打保龄球，但是规模要小得多。它给我的童年增加了那么多的幻想，那么多的美梦。

我们的童话创作，有很明确的教化目的，这是当然的。就是安徒生的、叶圣陶的、宗璞的也都有这样一个目的，但是与此同时呢，确实又有一种诗情，这也是我们所期望的。

我还想讨论一个问题，这个问题我始终弄不清楚，就是科学幻想作品。科学幻想作品在欧美尤其是在美国，成为少年儿童阅读得最多的一种作品，成为畅销书的一种。科学幻想的东西是最畅销的东西，科学幻想的电影也是最受人欢迎的品种之一。但是在中国就是发展不起来，我们的思维好像有另外一个路子。我们也喜欢幻想，我们的幻想最典型的就是金庸的作品，金庸的作品吸收了许许多多的人情世故，同样有一种很强烈的道德上的一种倾向，他否定一些小人，否定那些奸诈、丑恶、卖友求荣、言行不一，或者是残忍无度，他反对这些。但是金庸的作品，他很少从科学技术上来设想，他设想的都是人体的功能，都是通过一些很特殊的、稀奇古怪的修炼：有的是靠不吃饭修炼，有的是靠不睡觉修炼，有的靠裸体修炼，……这种稀奇古怪的、匪夷所思的修炼，使人体产生了特异功能（用现在的话说）。可是西方的科幻作品是通过技术，通过工具，通过新研发的新开发的产品，通过新开发的设备，同样也是具有匪夷所思的能力和能量的这样的一个“器物”，来达到特殊的成果。所以这个思路与我们不一样，这个对培养少年儿童的科学的兴趣，对科学的钻研，我想是有关系的。最近，我是阴差阳错看了一本畅销书，就是《达·芬奇密码》。《达·芬奇密码》可以看得出来也是往畅销书上写，但是它尽量地运用历史的知识、宗教的知识、绘画的知识、艺术史的知识、教会的知识，还有各个地区，写到巴黎，写到米兰，写到梵蒂冈，写到纽约，写到苏黎世银行等等，运用这种历史的、地理的、艺术的、考古的知识来构造非常离奇的，那种密码凶杀案的故事。我一看这部书，我就想到金庸的《连城诀》。因为《连城诀》也是寻找密码，同样也是从一个文学名著里边，从《唐诗选》里边来寻找出连城剑法，又从连城剑法里边来寻找一个宝库，也可以看出这个路子。我是觉得像科幻作品、科普作品，反正在我们国家是非常薄弱的一项。

还有一个问题也引起我的不安、忧虑或者困惑，就是现在有的所谓低龄作家的作品，就是中学生的作品，现在越来越多。原来有个韩寒，现在比较热烈的是郭敬明，还有一个是春树，不是日本的村上春树，而是写《北京娃娃》的那个春树，春树还上了美国的《时代周刊》的封面，等等。这些作品我并没有认真看过，但是这些作品，给人一种感觉，现在我们对于少年儿童的教育并不是非常成功，因为这些作品里头，反映的是对现在的教育加以嘲笑、加以抨击、加以解构，甚至带有某种对立的一种心理，它们确实受到少年儿童的欢迎。

所以我就在想，我们的儿童文学，能不能使我们今天的孩子能够享受到一种比较美好比较快乐的精神生活？而不是整天在课业的负担之下，也不是在一种刻板的要求下说套话。因为我常常由于各种原因去参加跟文学有关的一些活动，在这些活动上，我就发现我们所有的中学生、小学生，讲话的时候手里边也都拿着稿，一上来也都是“尊敬的……”，最后也都是“祝大会圆满成功”！已经形成了一种模式，这里头有一种逆反的一种暗示。那么，我们的文学作品能不能够慢慢地填平这样一个教育和儿童的天真活泼间的鸿沟？能够填平课业的负担和他的那种追求创造、追求快乐、追求游戏的那样一种儿童的天性之间的这个鸿沟？填平这种说套话、讲套词、发套腔和他的自然而然活泼的存在之间的鸿沟？这是我的一种愿望。因为当我看到目前的这些孩子的时候，我有时候甚至于产生一个问题，就是现在的孩子，应该说比我们那个童年时代，要幸福得多。营养比那个时候好，穿的服装比那个时候好，他们很多人自己还会上网，还有电脑，有 DVD、VCD，他们知道的事情也非常地多。但是他们并不快乐，他们并不天真。

上海《萌芽》杂志，他们搞新概念作文大赛，我去过几次，非常惊叹有些孩子写的作文那么好，那么成熟，我非常地赞美；一方面我又非常的忧虑，他们怎么就没有孩子气呢？他们怎么写得这么成熟？好像对人情冷暖、世态炎凉的这种叹息，这个疑惑，这个怀疑的，相对比较低沉的那种心理。遇到这种情况，我就宁愿希望能看到一些幼稚的东西。我也不知道该怎么办，我只能表达一种愿望，我相信我们儿童文学写作的同行，一定能够在改善我们的少年儿童的精神面貌，在为少年儿童提供精神乐园方面，做出自己的贡献。

附记：本文是王蒙先生在2005年5月14日青岛“中国原创儿童文学的现状与发展趋势研讨会”上的演讲。温奉桥根据录音整理。

改善高校的人文环境

各位好!

我对大学教育有关的事情知道得很少，但是，我还是愿意来参加这个会，来听一听各方面的说法，同时表达我对天津大学、对我的好友——冯骥才先生主持冯骥才文学艺术研究院的努力的钦佩之情。

现在好像是大学里的人文教育、人文精神出现了一些问题，也有一些稀奇古怪的例子、事情发生，在媒体上都有所报道。我想可能有这么几方面的问题和原因。

一、官场化的影响也侵入了大学，官本位的影响也侵入了大学，我就不举例子了——此处无声胜有声。

二、市场化、急功近利、学术腐败、各种不良操作和不良竞争、道德失范、价值失范，不知道哪些事情是大学里的师生员工所绝对不可以做的，现在许多人不知道。在某种程度上有些“礼崩乐坏”，但是，我也不主张把这件事情太夸张，因为我们整个民族吃饱饭没有多少天，刚吃饱饭就这个不行、那个不行，我心里也挺难受。我说，让他们吃饱了，再饱几天，慢慢来。所以，我也不主张太夸张地谴责“世风日下，人心不古”，说得太多了，也带着一种“作秀”的味道。

三、由于社会分工和学科分工越来越专、越来越狭窄，应该有的人文的知识和人文的教育都没有。语文水平越来越差，错别字满天飞，对联不像对联，最普通的中国和世界文学名著都不知道，闹出各种笑话，越来越多。比如说，有一批高级知识分子——国防科学专家或医学专家，信奉邪教。这都由于学问过细过专，反倒没有作为文化人或大学工作者最起码、最基本的辨别力。我想这也可能是一个原因。

四、我想是由于媒体的情况发生很大的变化。人们获取信息的渠道越来越宽广、多元，同时非常地轻易。你也可以躺在床上听音乐，你也可以半睡半醒地看电视，你与其去认真地翻参考书，不如在网上敲两下，各种真的假的资料都来了，所以人们包括我自己都受这个影响。我不是光说别人，也有我自己的反省。人们已经习惯了吸收那些浅思维，跟着时尚的做法走，或者是跟着并没有仔细考察过原文的说法走。人们越来越不习惯用自己的大脑，用自己的分辨能力，用自己的推敲、衡量的能力。通俗化本来是一件好事，任何一个真理都希望它能普及，但是普及的结果使真理发挥了强大的力量，普及的结果也会使真理变得通俗化、简明化、平滑化，甚至会修正真理的面容和实质，使一个很深奥、很重要的、很全面的真理变成一个简单的口诀。有时，在通俗化的过程中会使真理大大地贬值。

五、最后，我再说说在大学、在社会中，一些本来已经被历史所淘汰的东西，又在新的名目下，或者是在弘扬传统的名目下，或者是在现代、后现代引进的名目下开始复活，乃至于泛滥。比如说占卜、看八字，尤其来势势不可挡的是风水。风水我也并不完全否定，但是现在风水已成为势不可挡的东西，快成为中华品牌，到了向外兜售的程度，让人觉得很悲惨。比如说“黄赌毒”，这些东西在大学里有所反映。以及各种“坑蒙拐骗”的做法。

我说的这些我也没有什么好办法，我想提几条具体的建议，都是比较容易的，从你身边的事做起，从你自己做起，这个建议是否可行，我也不知道，我只是姑妄言之。

第一，我建议，在大学校园内原则上不称官衔，一律称“老师”、“先生”，就足够了。

第二，我希望在学校里进行人文素质的讲座，或通识讲座，香港许多大学都这么做了，在座的李焯芬校长他们港大我也被邀去过，叫作通识讲座，或者叫素质讲座。

第三，我建议设立一些选修课，也算一些学分，其中特别要强调像艺术、民俗、宗教、伦理等等。

第四，我希望我校，或其他学校，不一定只针对天津大学，注意保护弘扬的内容——设立戏曲、国画、书法、中国功夫（即武术）、民间文化、文物、考古等等，建立研究中心。

第五，我希望各个大学注意缅怀自己的人文遗迹，积累人文资源。其实每个大学只要有一点历史，必然就有它人文教育的历史。还有各种各样的人文大家，到这个学校来过，开过课程。或者是有各种各样的渊源，这个资源只要能够积累起来，这个大学的气氛就会有很大的不同。问题是有的大学不重视，重视跟不重视是不一样的。

第六，我希望每个大学都认真地做好自己的校歌、校训和学校的代表性、纪念性的建筑与文字的保护工作——包括学校里一些建筑的命名，一些地方的匾额，中国的传统是非常重视匾额的。

第七，我希望我们的大学有一个很好的人文环境，对于大学内部实在不像样子的破坏人文气氛、人文档次、人文环境的东西要适当地加以清理，如大学里贴上一些江湖假药的广告，或者在校内临时摆摊，出售旧物。最难看的是一个堂堂的大学乱停汽车。最好原则上，尤其是校园没有专门的停车处的话，汽车应停在校外，起码可以做到全部汽车停在地下车库。我们为特别年老的人可以有一些电瓶车送一下他们，基本上校园不进汽车。当然我这是带有乌托邦的想法。

第八，我希望我们建立驻校作家、艺术家和人文大家的制度，因为有些作家和艺术家跟学校的很系统的正规教育并不完全一致的。但是没有关系，我们就请他来驻校，请他来写作，学校应该给他优待，应该为他提供教工食堂的饭票、菜券和其他的方便，及一定的津贴费用，就要求你的身影、你的姓名在校园出现，能够改善学校的人文气氛。

我们需要解决的事情非常多，关注的问题非常大，但是我们可以大处着眼，小处着手。我作为一个外行随便地说一说。

文艺与异端

——在北京大学第二届书法研究生班上的演讲

时间：2007年10月8日下午

地点：北京大学理教123

刚才金（开诚）老师讲得这么好。实际上哪里有这样的人，写的文章跟司马迁一样，而且还没受过宫刑。（笑）我有三个孩子，好几个孙子。而且还能够说是一身的君子气，又从来不板着脸，已经达到完美无缺的程度。我觉得他给我们描绘了一个金老师之梦，让我们想像他的梦境。我个人觉得没有做到，而且我经常陷入狼狈。最近有一些媒体也正在攻击我，就是说我介绍了郭敬明参加了中国作协，有的报纸还发表了本报评论员文章，就说怎么能够介绍一个有过抄袭行为的孩子，一个二十一二岁的人加入中国作协呢？所以我经常陷入窘境。与其说是智慧太多，不如说是傻气足冒。但是经过了开诚兄的梦境的美化，我开始觉得坐在这儿美滋滋的，坠入云里雾里了。

那么今天我想在这谈的题目叫作《文艺与异端》。这里是故意用一个比较吓人的题目，事实上胆子不大，说着说着就又会都给拉回来。我们研究了一下，世界各国都多多少少有一种把文艺看成异端的倾向。最明显的就是在《红楼梦》里，林黛玉说话的时候引用了一些《西厢记》里的词，薛宝钗就把她拉到一边：你刚才说什么来着？怎么能看这些东西呢？这些东西我小时候很淘气，不听大人话，也看，后来家里面大人打的打，烧的烧。这就是两种对异端的方法：一个是接触文艺的用打，另一个就是把文艺作品烧掉，这样才好了。就是说，你看这些东西，这些东西也好看，但是你看了之后会移了性情，你的灵魂会受到病毒侵害。移了性情就麻烦了，事情就闹大了。我们再举一个例子，也是把艺术说成异端。底下这个故事，半褒半贬，以褒为主，但是非常可爱。就是英国人毛姆（Maugham）写的小说《月亮和六便士》，它取材于法国画家高更。高更原来是股票公司里的一个很平庸的职员。在他40岁左右的时候，忽然迷上了艺术，变得神经不太正常，也不回家了。在这种情形之下，他的太太就委托了一个私人侦探，说我怀疑我先生有了外遇，请你们去查一查，他跟哪个女人搞上了。私人侦探就做了认真负责的调查，外国人是很敬业的，收人钱财，为人消灾，绝没有胡来的，极其认真地调查之后，最后给他太太报告说：高更先生没有和任何女人有来往，他现在迷上的是艺术。他太太一听，哭了。完了！她说，如果他迷上的是另外一个女人，最多三年，三年之后他就会厌烦（这是我的记忆了，可能和原文不太一样），而我呢（她太太对自己有足够的信心），我的魅力不是一般的其他的那些女人赶得上的，我一定能把他的心夺回来，最多三年。如果他是迷上了吸毒，这也好办，我们想办法给他送到戒毒所，两年可以换成一个新人。迷上了黑社会，更好办，没有多久就被公安局抓住了，关进监狱，释放出来之后就老老实实了。迷上了艺术，我这一辈子就完了。然后她委托这个侦探，说你现在要给他散布一个谣言，就说他和某个女人有外遇，打得火热，这样的话就不影响他的威信。一个四十多岁的男人，正是潇洒、健康的时候，有那么一两个girlfriends，这是光彩的事情，而且在这种情况之下，我还可以显示我的神通：虽然他迷上了几个女人，最后还是在我的手心里，我比哪个同性都更坚强，更有魅力。相反，你要说他是迷上了艺术，完了，没有任何一个公司敢给他贷款，没有一个人把他当正常人，没有一个教堂欢迎一个迷上艺术的人去作祈祷，他就会成为社会的弃儿。这段描写我觉得太可爱了，就是一个人迷上艺术以后，怎么会这么坏？宁可你去嫖娼，赌钱。对了，里面还提到赌钱，如果迷上赌钱，最多一年，钱输完了也就不迷了，宁可迷上赌钱，不要迷上艺术。薛宝钗也好，高更夫人也好，都是具有相当层次的人，还有没有层次的人，我要说的是我个人的一个经验。应该是在1970年，我们在座很多人是1970年以后出生的，当时中国正在进行文化大革命，进入了清理阶级队伍的阶段，叫“一打三反”。那时候我还在新疆，在新疆维吾尔自治区伊犁哈萨克自治州伊宁县红旗人民公社第二大队，在清理阶级队伍当中，就有红卫兵和大队干部进行了一次搜查。和我们一起劳动的一个农民，在他家里搜出了六七本小说，都是在苏联出版的维吾尔文的小说，其中有一本是高尔基的《在人间》，还有写维吾尔乌兹别克诗人的几本小说，这些小说就被没收了。没收之后，我亲耳听到一个非常好的农民，维吾尔二大队的书记，他叫阿希姆，他对这个青年农民进行教育。他说，兄弟，不要看小说，看了小说，你的思想会发生变化，你的心灵会发生变化，太危险了。把文艺当成异端，我起码可以找到这样三个例子，说明中、外还有都是这样。

比较起来，我觉得书法特别幸运。很少有人把书法看成异端，认为书法特别危险，甚至把书法看成防止异端的方法。贾政对贾宝玉进行教育，经常采取的一个方法就是写小楷，而且要求他写得非常多，以至于林黛玉还给他做枪手，替他写。居然林黛玉的字和贾宝玉的字能够很像。这主要说明贾政糊里糊涂，只知道压孩子，并不是真正懂得什么东西。书法比较幸运。

为什么文艺有时候被认为是异端呢？我就想这个问题。我想，第一条，文艺强调创造性，而创造永远是对平庸的一种挑战，任何创造都是挑战，任何创造都会引起极大的反响。尤其如果这个创造有点超前，和人们已有的审美习惯、思维习惯不太一样的时候，会出现非常强烈的场面。雨果当年写过一个以绿林好汉为主角的戏剧——对不起，我因为今天是从别处过来，一下子想不起来了——这样一个戏剧在演出的时候，剧场外有游行，就是我们现在叫作“群体性事件”，抗议这样的“诲盗”。我们国家说“诲淫诲盗”，他这就是诲盗，居然歌颂一个绿林英雄，这是多么的危险！中国也是一样，认为《水浒传》就是诲盗，《红楼梦》、《西厢记》就是诲淫，就是教给你男女之情，这些本来不可以说，不可以教，不可以传播的事情。我想，创造对平庸是一个威胁。所以很多有创造性的人，使人感到不安，创造本身又没有一个标准。那么创造和骗子的区别何在？明明水平不太高，明明是胡闹的事情，但是他说是创造，或者明明是创造，别人说他是胡闹，你怎么办？你怎么判断呢？我们知道，四川有个著名的剧作家，也是政协委员，魏明伦，他号称“巴山戏鬼”，他的个子比较矮，人很精明。他原来是演川剧的，而且是演丑角的，但是人非常聪明，没有受过正规教育。他写了很多著名的剧本，比如《乔老爷上轿》，还有《潘金莲》。比如这个《潘金莲》，演出的过程中，有安娜·卡列尼娜为潘金莲辩护，因为安娜·卡列尼娜也是有婚外恋的。(因为)有这样一些情节在里面，姚雪垠先生就写文章，明确说《潘金莲》是“胡闹台”。姚老是河南人，我不知道河南话怎么说，用河南话发这个音很好听，“胡闹台”就是说认为他是胡闹。这个东西你分不清楚。

这种在文学上的争论，有时候还没有在建筑上激烈。在建筑上，这种争论太激烈了。埃菲尔铁塔至今法国还有人提起来就痛心疾首，说它就是一个铁架子，哪有这种塔！欧洲没有这种塔，它和巴黎整个的比较淡雅、比较高贵的情调怎么配合！我在巴黎的时候听见有人给我讲了一个故事，就是巴黎有一个最坚决反对埃菲尔铁塔的人，在埃菲尔铁塔修好了以后，他每天在埃菲尔铁塔上度过，因为埃菲尔铁塔上有咖啡馆、展览馆、餐馆等等。别人问他，你那么反对埃菲尔铁塔，为什么频频照顾埃菲尔铁塔呢？他说，全巴黎只有一个地方看不见埃菲尔铁塔，就是埃菲尔铁塔上。否则，我在赛纳河畔一抬头，埃菲尔铁塔；我到了枫丹白露一抬头，埃菲尔铁塔；我到了凡尔赛宫，还是埃菲尔铁塔……走到哪儿都是埃菲尔铁塔，你躲不开它。可是咱中国的司机最欢迎埃菲尔铁塔，迷了路没有关系，只要找着这塔尖，你最后都能找回去。然后卢浮宫请贝聿铭给设计一个罩，他做的是一个金字塔形的，又引起了极大的争论。巴黎还有一个蓬皮杜博物馆，这个博物馆用的是一种工业化的思路，就连电梯都是设计成大玻璃管子里面，透明的玻璃，或者是塑料，远远的就能看见。人上下都在管子里，就像运料一样，就像一个大的混凝土搅拌机，把人运上去，里面也是这样。把工业化的东西做成一个建筑的艺术，法国人在搞这一套。

现在法国人的这个争论已经带到中国来了，就是我们的国家大剧院，有人称之为坟头，有人称之为鸭蛋。鸟巢也是法国人设计的。最近我收到一位朋友，台湾背景的，加拿大籍，是个建筑学家，他自费印了本小册子，到处散发，痛斥北京的“三大怪物”，一个是鸭蛋，一个是鸟巢，还有一个是中央电视台的Z字形的斜楼。这事让人非常难办。我可以在这透露一个真实的情况，我曾经被文化部有关的副部长请去对设计方案提意见，来投标的设计方案就多了，摆成几圈，详细的方案一共将近70个，其中认为比较好的有十几种，里面也有清华的，也有美国的、英国的、德国的，国内的有南京的、上海的，各种设计都有。但是最后我个人是赞成了这个大坟头，就是鸭蛋。因为它想像力比较丰富，没见过。当然，我刚说的建筑学家彭先生说这不是第一个，国外曾经有过，但是在中国它有这一面，就是它比较新、奇、怪。里面很正常，进去以后就看不到这个鸭蛋了，最近我进去了一回，里面非常好。而且请设想一下，我们这个国家大剧院，建国快60年了才修起来，我们把它修成什么样？就在天安门广场，就在人民大会堂旁边，就在中南海斜对过，就在天安门城楼旁边。如果修成中式的，能修成一个大殿？或者五个殿，一大四小？或者一大一中三小？中国传统上没有剧院，中国有戏楼，戏楼也很可爱，而且要好好保护。颐和园有个戏楼，恭王府有个戏台，恭王府这个戏台是我在文化部的时候给他们提过，我说这个就非常好，要好好保护，中国的京戏不一定要现代化的剧场，转台啊，灯光啊，我说这个戏台非常好，一头上，一头下，然后下边摆上一些桌子，又喝茶又吃点心，京戏就这么看。侯宝林当年说相声，讽刺中国没有戏剧没有文明，就说一边看戏一边还有嗑瓜子的。当然，有些混乱要适当改进，但是，中国戏的演法和西洋看戏的方法方式不一样，它节奏比较慢，要慢慢品味，坐在那儿一边喝茶，一边吃点心，一边看，很舒服，不见得不可以。那么现在到了21世纪，你模仿维也纳的金色大厅吗？模仿伦敦大剧院吗？模仿莫斯科大剧院吗？那些欧洲的大剧院，它的特点是，第一，要突出雕塑，它本身就像是雕塑，而且还有各种美好的雕塑；第二，要突出地毯和壁画，还有顶画，天花板上要有很好的画，而且这些画往往和宗教有关；第三，要有好的喷泉；第四，它的建筑材料要突出石头，大理石，花岗岩，或者其他什么石头。中国我们民族的建筑很少用石头——这都不是我熟悉的领域，我在这随便说说——我在杂志上看过，说因为中国人讲究阴阳五行，石头是建阴宅的，你看十三陵，还有东陵、西陵，都是石头，十三陵的地下宫殿，都是石头。石头是死东西，而砖木是活的，它本身是有毛细作用的，能呼吸的，它也能吸收潮气，发散潮气。空气经过砖木，仍然能有它的交流、交换。有时候我想，文艺这东西出现一点让你感到不习惯的，有冲击力的东西，我们至少可以看一看，我可以说，我甚至于怀着一种带一点点恶作剧的、顽童的心情，好好支持一下这大鸭蛋，瞧瞧这大鸭蛋就摆在人民大会堂旁边，能对中国文化，对我们中国的艺术造成一些什么样的冲击。能带来思想的解放？能带来中华文化的灾难？灾难不会比日本入侵，卢沟桥事变，或者“九一八”事变更严重，我想不至于。能带来中华文化的毁灭？传统的毁灭？从很坏的方面来考虑，我觉得可能性不大，说不定倒能够表现一点我们改革开放中的一种新的胸怀。我又想，不知道在座的朋友有没有到过巴塞罗那，巴塞罗那是西班牙的一个少数民族叫做加泰罗尼亚自治州的首府，加泰罗尼亚有加泰罗尼亚语，和西班牙语不完全一样，但它的人才特别多，比如说多年领导奥运会的萨马兰奇就是加泰罗尼亚人，再比如说欧盟的索拉纳，当年是北大西洋公约的发言人，也是加泰罗尼亚人。它那有个建筑家，叫做高迪，他的建筑你如果见了要吓一跳，因为他的窗户、门、柱子都是歪歪扭扭的，就好像一个人不正着站着，那样歪着站着，你甚至以为是坏了，要塌，可它不是，就是那样的建筑。他当时被称为“建筑业的疯子”，但是他现在是加泰罗尼亚的一个品牌，是巴塞罗那的一个品牌，到巴塞罗那一定要去看高迪的建筑。所以说，有创意的文艺本身带有一种挑战性，这种挑战性甚至让你感到非常不安。

但是事物又有另一方面。我说的另一方面是什么意思呢？就是真正的艺术，所谓达到了炉火纯青这一步，它就不考虑挑战性，它甚至也没有叛逆性，它没有任何一种有意识的、刻意的搞与众不同，搞一鸣惊人。越是炉火纯青的东西，越让你觉得比较普通，比较能够接受，但是这个接受之中又有不断的新的东西涌现。当年胡乔木先生特别喜欢给我举这方面的例子，他说英国作家高尔斯华绥有一篇文章，里面提出一句名言，叫“小溪最喧闹”，就是说，闹得最厉害的是小河小沟，大江大海顺势流就对了，没什么需要闹腾的，需要吵闹的，需要作态的，需要摆姿势，需要发疯的，不需要！你充满了信心，有十足的把握，以表现你的至情，表现你的智慧，表现你的胸怀，与人为善的胸怀，而不是一种恶魔的胸怀。第一，不需要把自己恶魔化；第二，不需要把自己孤独化，那么孤独，那么与人为恶，那么与社会为敌；第三，不需要疯狂，你就正常地表达出来，就是大江、大河、大海。这样的例子也同样非常多，这些都是非常敏感的话题，同时也都不是我的长项，但是我在这儿借用别人的一些说法。比如说，上海有一个很优秀的作家，叫王安忆，她讲过一个意见，我非常同意。她说，我并不注重风格化，她说，越是特异的标新立异的风格，就越容易被模仿，越容易失去自己的特性。我想我就不解释了，她的话已经说得很好了。但是我亲自经受过这样的事例，就是一个作家，他写的作品非常怪异，受到了抵制，在受到抵制的时候，他显得光芒四射，因为没有人这么写作。他用的语言和别人不一样，他经常使用语法家所不能容忍的语法，他抒发的情趣和别人也不一样。我喜欢管这种闲事，就是容忍怪异，包容怪异，保护怪异。当然，当他经过我，或者类似我的一些人的保护之后，他的怪异不让人反感了，别人也慢慢接受了。那么这个作家反倒碰到了一个问题，就是难以为继。因为这种标新立异的东西很窄，它最后只剩下两个选择，一个就是不断重复自己，使标新立异成了不断重复，标新立异的吸引力，它的叛逆性，它的陌生感，它的冲击力，都是不可重复的。你不断重复自己，尤其是在没有人声讨的情况下重复自己，反倒让大家审美疲劳了，麻木了，没有什么新鲜感了。你老稀奇古怪，就不稀奇古怪了。所以中国人说“见怪不怪，其怪自败”。第二个呢，我也曾劝导过他——这都是我的缺点，这也是我很后悔的事情，“人之患在好为人师”——我曾经劝导说你不要自己拘束自己，可以写一点怪异的小说，也可以写一点正常的，普通的，记述的，描写的，和旁人没有很大不同的作品。他也接受了我的意见，当他写了那个比较普通的作品的时候，读者又感到巨大的失望，感到他的风格已经没了，他的个性已经没了，他的特点已经没了。

我想，这一类的例子确实有。用一种很怪诞的文风，用一种匪夷所思的修辞手段，用一种所谓“颠覆阅读”的手段，就是你怎么爱看，我怎么不写，这样的手段写出来的文学作品，往往一下子能把你镇住。它的冲击力，爆破力，新鲜感，那种另外开辟了一个世界的感觉，使你五体投地，但是它难以为继。相反，有一些最最普通的东西，比如说真性情，宽阔的、高尚的胸怀，对事物、客体的细致入微的体贴，最准确的遣词造句，绘画上的用笔、颜色、明暗……这些有好的，才能长久打动人。所以说这个确实又是非常大的矛盾，就是说，异端的东西往往有可能是很新鲜的创造，所以在艺术上千万不要轻易地排斥异端，但是那种真正大气的创造，往往又比异端的东西多了一点适应性，多了一些免疫力，不容易被攻击。异端创造的东西很容易被攻击。我很喜欢用一个词，我老说真正的艺术，真正的创造，是有“免疫力”的。所谓有免疫力，就是不太可能突然被捧起来，或者突然被抹杀下去，因为它不极端，不那么刻意为之。它对宇宙，对人生的宽阔的理解和表现之中，包含着一种体谅，一种更大的空间。所以，有许多许多人都说它好，你很难把它否定掉。那种很容易把它否定掉的东西，很可能是极端的一枝一叶一花一梦，也就是很可能是一条漂亮的喧闹的小河，它不是大江，更不是大海。

我这样有点说两面话。我们看到了文艺有异端的色彩，但是文艺也还有一面，就是它对人的亲和，因为文艺很难用强迫命令，或是实利引诱的方法，让人们去接受。当然实利引诱也有作用，比如说收藏，书画收藏的利益、效益，它会影响你。但是总体来说，文艺不是为实利所引诱的，它靠的是喜爱，靠的是人们喜闻乐见。从这个意义上说，文艺并不是一个骇世嫉俗的东西，也不是一个与公众为敌的东西。现在回过头说，文艺又常常遭到误解，常常被公众所拒绝，那么其中原因之一，就是公众往往以所谓看得懂、看不懂作标准，但是这个懂和不懂本身并不是一个科学的方法。比方人们看字，看得出你写的什么字，就是看懂了吗？你写的是“中华人民共和国万岁”，远远的一看，“中华人民共和国万岁”，这是看得懂，如果写得非常潦草，看不出来，不知道写的是什么，那就叫不懂吗？绘画更是这样，一幅画，这个是猴，这个是牡丹，这个是石头，这个是竹子，这就算懂得这幅画了吗？有几个人懂得这幅画？反过来说，如果看了之后，两个人争半天，说这画的是什么呀？这个人说这是石头，另一个人说不对，这是土堆，那就算他没懂吗？这是一个说不清楚的事情。文学作品更是这样。什么样叫懂，什么样叫不懂？文学作品有一些十分古怪的现象，第一，这个作品十分流行，家喻户晓；第二，谁都说看不懂。你说谁都看不懂为什么人人喜爱呢？那么家喻户晓呢？比如李商隐的诗，高小以上文化程度的，几乎人人都喜欢，很多人都会背诵“锦瑟无端五十弦”，“春蚕到死丝方尽”，但是要是争论起来，永远谁都看不懂。所以这里我又想到一层，就是我们接触文艺的时候，除了要懂以外，而且更要去感觉它、欣赏它、有很多东西是靠感觉，靠欣赏，和懂不完全相同。这方面我也有些个人的经验，相对来说，外国人比较提倡感觉，因为我赶上改革开放的好时候，我常常在境外参加一些交流活动，我多次参加过这种朗诵会，这种朗诵会是什么呢？就是有一个拉丁美洲人，有一个德国人，有一个印第安人，有一个土耳其人，有一个中国人，我们每人朗诵一段自己的作品，谁也不知道对方讲的是什么，英语的有时候还能听懂几个词，其他的什么也不知道，但是大家都听得津津有味。而我的一个好朋友，和我同龄的一位作家，他被德国人请去参加朗诵，参加完了以后他回来就写了一篇文章，说感觉受到了侮辱：我明明是一个中国人，我一句德语也不懂，英语也不懂，让我去听那一大堆德文朗诵和英文朗诵，这个是不友好的表现，是对中国人的歧视，为什么不给我们配翻译！朗诵的时候怎么翻译啊，我的天哪，哪有这种翻译？你翻译干什么？翻译的话，你去读翻译的作品的书就完了，就是让你来听他的声音，看这个作家的风采的嘛。有时候你感觉这个作家神神经经，有时候你感觉这个作家羞羞怯怯，有自闭症，有时候你感觉这个作家小说写得好坏不知道，长得还不错，有时候你感觉这个作家他写得再美，他的形象实在是不敢恭维……他就是让你得到这么一点印象。这个中国人觉得不能接受。1985年，我到西柏林去参加过地平线艺术节，与此同时，南京的江苏昆剧院也在那儿演出，好像演的就是《牡丹亭》，演《牡丹亭》的时候我们准备了大量的幻灯片，演出方说，你们的幻灯片不能放，第一，这个里面德语翻译得令人非常莫名其妙，人家看着一点都不优美，只能降低人家对你作品的印象；第二，这个幻灯片太多，如果一直这样不断刷刷刷的变化，又会影响大家对这个戏的观看。那么怎么办呢？我们给你一个说明书，把这个故事整个讲一遍，我们来看这个演出的人都是有一定戏剧修养的人，说明书看完了以后，然后他看这个戏，（演员）手这么一比划，声音是高亢的，带着哭或者带着笑，全明白。中国人就是不接受。争论了半天，还是用了德国人的意见，不放幻灯片，结果效果特别好，他们接受了。所以说培养出好的艺术感觉来也能够使我们对这种所谓带有异端色彩的文艺作品，也能够增加一些理解。

最后，我想说一点我对文艺的一种追求，一种幻想，或者我的一个梦。

我就是想，能不能做到，在冲出个性，而且是绝对不随便、随俗，和湮没自己的艺术个性的同时，来实现与公众的一种和解。因为你说下大天来，你在你的作品里表示了愤世嫉俗，但是你这个愤世嫉俗表现出来了，无非是说你胸中有很多块垒，你有许许多多对这个世界的怀疑、困惑、不满和抗议。那别人呢？别人对这个世界同样有很多怀疑、困惑、不满，那么他在阅读、欣赏、观看、听取你的作品的同时，不就达到了和你的交流了吗？文学作品里这样的东西很多，尤其是女作家，比如说她写完一个作品，中心意思就是说全世界男人，一个好男人都没有，千万别相信男人，男人全是坏人，全是狼，全是狗。我看完了以后，我的思路也怪，我的感觉是，她多么渴望有一个好的男人啊！她这种对男人的痛斥，正是表达了她对男人的渴望，对好的男人，对有道德的男人，对有人性的男人的渴望，这不是很容易理解吗？她何必孤单呢？谁不希望有这样一个好的伴侣？男人希望有好的女人，女人希望有好的男人，很正常、很普通。比如说，同样，有人拼命写生活中的黑暗，尔虞我诈，到处是设的局、设的套，到处给你使计策，到处让你不知道什么时候就跌入陷阱，在这样的作品中，我体会到，是对人的真诚，纯洁的心灵，对一种美好的心灵的呼唤。他为什么写得这么黑暗呢？无非就是他希望更纯洁、更美好的心灵。所以我就觉得，一个人的思想见解达到一定程度以后——这个当然说得过一点，说得悬一点——他真是能够达到对一切的理解，而且从这种理解当中，得到一种心和心的相通。一般情况下，当然除了很特殊的情况，国家发生战争啦，外敌入侵啦，或者还有什么其他稀奇古怪的事情之外，文学和艺术传达的仍然是一种爱心，仍然是一种美好的心情，而不是一种灾难的预告。我觉得我们是可以做到这一点的。

文学艺术还有一个很大的好处，帮助我们实现和公众的和解，就是它本身是一种寄托。比如说它表现出了很大的愤懑，从另一方面来说，这种愤懑表达出来之后，就得到了一些梳理。我常常举的一个例子，有人很不喜欢我的这个例子，但我说的也是实话，就是说歌德年轻时候一个著名的著作《少年维特之烦恼》，他写失恋，写自杀。据说歌德这个作品一出，德国有很多人学着维特和女主人公的样子穿衣服，而且学着维特的方法自杀。但是我们要研究一个问题：歌德没有自杀，歌德不但没有自杀，歌德是世界上最长寿的作家之一，歌德在80岁的时候还结了一次婚，他很棒，和我们的杨教授一样棒，八十多岁了还和一个年轻的、美貌的女孩发生了恋情。所以说明文艺从它本质上来说，它不是教人颓废的，它可以写很多颓废的东西。它不是教人悲观，也不是教人自杀的。而是当你把这些愤懑，这些块垒都通过艺术的形式表现，它就使你的悲愤免疫化了，就是我刚才使用的那个词，它不会使你走向特别极端的路子。

这个是随便和大伙聊聊天，但是我非常欢迎和大家交流，通过交流，可以弥补一下我刚才讲的疏漏，或者大家听得不尽兴的地方。谢谢大家。（掌声）

问：我是来自湖南郴州的张国才，我从小很崇拜您。我的问题是，我们的文字改革改了很多次，我一直有一个问题，就是繁体字招牌，当前工商，城管说不行，要罚款，说是文字改革中的规定，请问王老，怎么看这个问题？作为一个搞书法的人，我觉得很痛心，因为文字本身是简体字繁体字可以同时存在。

答：据我所知道的，书法里面是不限繁体字和简体字，没有这个讲究的。但是这个非书法的，比如一些招牌，应该是用简体字，我们要求是用简体字。有没有罚款的规定，这个我不知道。现在我们国家早已没有文字改革委员会了，只有一个国家语言文字委员会，是由教育部代管的。我可以举一个例子，你看毛泽东他是严格地按照简体字来签名，但是江泽民的泽字从来都是写繁体字，我估计没有人敢罚他的款。（笑）题字大概没有这种问题，印刷还是应该用简体字。一般的书法都很少用简体字，繁体字比较好看，但是简体字我也不主张抹杀，简体字是方便，尤其对小孩学习的时候来说，我们很多简体字也并不简单，也都是有根有据的。

问：请您谈谈，从政之后对您的创作是一种促进还是阻碍？

答：这也是一个很有趣的问题。我首先说明，因为我从小就参加了政治活动，我从11岁就和北京的地下党建立了固定的联系，我14岁就参加了地下党，我15岁的时候北京已经解放，我是北京团市委的干部，我从政在先，不存在从政的问题，我是原生性的。而我从文是到了五三年，开始从文，我有我的这样一个特殊情况。那么当然政和文的要求是不一样的，我刚才讲了，文对政来说有时候也会成为异端，因为它比较强调个性，它喜欢说别人没说过的话，你这么说，我偏偏不这么说，用一种个性化的方式来说话。而政呢，有它的要求，我们外交工作经常要求口径，什么问题，不管谁答，只要你是中华人民共和国的官员，你都不能出这个大框，就按这几段来回答，有这种口径。还有从政要开很多的会，这些是从文的人不一样的。从文的人有时候喜欢独出心裁的表达，这有时候也使领导反感，所以这是互相矛盾的地方。但是也有互相一致的地方，最大的一致的地方，就是政治是中国人，尤其是从20世纪三四十年代，或者20年代大革命以来的人们的生活的一部分，是很多人最重要的一部分，这是事实。比如“文革”当中，说上山下乡，都上山下乡了，说上五七干校，都上五七干校，生活都变了样了，说回来又都回来了，说“四人帮”倒了，中学要开学了，该干什么干什么了，所以政治也是生活，你如果完全不理解政治，你也无法理解人们生活的变迁。在这个意义上来说，政治同样是文学所描写的对象，而政治反过来在一些重大关头又给文学一些重大影响。从我个人来说，特别是我担任过十年的中央委员，担任过不到四年的部长，这里面也有使我开阔了眼界，积累了新的生活层面，这方面的积极的意义。

问：请谈谈您对中国书法艺术的看法。

答：我对书法有一种敬佩，我觉得中国的书法是一个非常高级的艺术，因为它相对比较抽象，笔画啊，架构啊，笔势啊，尤其是在文字当中表现出来的书写人本身的境界，他的性格，他的情趣，以至于这方面解释得太过分、引用得太过会走火入魔，以至于有时候看一个人的字可以帮助你诠释一个人的命运，他的遭遇，和他在一些关键时刻的选择。但是也不能说得太过、太绝对，坏人写出好字来的，好人写不出好字来的，这当然也有。但总的来说，书法是非常高级的。外国有一种说法，说音乐是唯一的不含有罪恶感的艺术，我想它说的罪恶感就是说，其他的很多艺术，它离不开人的情欲，不可能完全回避人的情欲，绘画也好，文学也好，戏剧也好，都会写到人的情欲，但是音乐里面相对来说就少得多。我想如果音乐是一个不含罪恶感的艺术，那么书法也是更不含罪恶感的艺术，它是从更高的层次上来表现人的精神，所以你也很难把很多教条用在书法里面。我个人对目前兴起的这样一个“书法热”表示非常赞成，而且我也希望我们中国有越来越好的书法家出现。

问：我们常说“文如其人”，但是现在有很多教授，在讲台上说得非常好，但是背后缺乏道德，这个您怎么看？

答：“文如其人”啊，不一定是指道德评价，因为道德评价受价值观念影响，文如其人讲的特别是人的个性，个性本身是个中性的词。个性本身可以发挥的很好，就看用在什么样的地方。比方说，急躁的人，急躁本身并不是一个褒义词，但是也可能一个急躁的人他心直口快，办事利索；怯懦的人，怯懦本身也不是什么好词，但是一个怯懦的人也有他小心谨慎，而且很少伤害别人的这一面。所以我觉得，我们现在说文如其人，并不是说文品等于人品。因为人品里面有更多的道德评价，是一个价值的判定，这个价值判定的问题，就不仅关乎一个个人的精神境界，还有和社会力量的对比，思潮等很多东西有关。文如其人是对的，比如说我读过巴金的作品，再看到他，我就觉得巴金是一个非常真诚的，充满感情的，而且特别热爱青年，寄希望于青年的人。你如果读过冰心的作品，再接触冰心的人，你也会觉得冰心是一个高雅、慈祥、善心的人。但是毕竟文和人又不完全是一回事，那么为什么又会有这样的情形呢？我就觉得，没有任何人可以在文中百分之百地表现他自己，他怎么能把自己的百分之百都表现在文里面呢？比如说他的头发，是长得很好，还是有点发秃，这又没写，你怎么知道呢？比如说，他经常有没有口臭，嘴里是消化良好，还是常常有不好的气味，这个很难判断。你要经常和他接触，假如说他嘴里经常发出不好的气味，总是可以看出来的。但是在小说里，这种不雅的气味是看不出来的，相反小说写得还都是清香的，这个是完全可能的。所以文和人之间很有一点距离。我们说一个人的人格肯定会影响他的人，一个人的人品肯定会影响他的人，一个人的性格肯定会影响他的人，一个人的智慧更会影响他的人，但这个影响出来以后是多种多样的。人总是把自己最好的东西表现在外面，他那些次好的和不好的东西他就回避了。我曾经接触过一个我很尊敬的诗人，我不能说名字，这个诗人非常的可敬，但这个诗人我发现他在生活上有一些很不拘小节的地方。我举一个很简单的例子，我们俩坐一块吃饭，吃完了饭以后吸烟，吸完烟以后他就把烟灰掸在我面前的一个菜盘里，他不掸在他自己那个菜盘里。他老婆就提醒他，说你怎么把烟放到人家王蒙的盘子里，他说："他年轻嘛。"年轻和这个菜盘当烟灰碟有什么关系？（笑）没有什么特别的联系，后来我就得出一个结论，他把最美好的东西已经献给了读者，给自己留下的是比较丑恶的那一面。（笑）所以别以为文章写得好的人就是特别好的人，也不一定。

问：按照您刚才对文艺作品的说法，是不是艺术作品受欢迎的就是好的？

答：这个问题，一千个作品，就有一千种情况。有一种情况，就是你的作品可能有很高的艺术价值，但是很少被人理解，甚至不被理解。这样的事情也有啊，我们的四大才子书从一开始都是禁书啊，我去爱尔兰，我最有兴趣的是参观 James Joyce 纪念馆，他写完《尤利西斯》，受到社会一致的责难，那儿卖一种文化衫，文化衫上用英语写着 James Joyce 的一句话，他说对付这个世界我有三种办法，第一种办法是 silence，就是保持沉默；第二种办法是 escape，就是逃避，躲避；第三种办法就是 canny，耍一点小的花招，智谋。我看了以后觉得很有意思，我还以为 James Joyce 是中国人呢。所以说这种情况是有的，但是它不会永远这样，慢慢慢慢地随着社会进步，智力的发达，文化的发达，逐渐地被接受。还有一种情况，就是经过一段时间之后，它能做到雅俗共赏，这个最突出的表现就是《红楼梦》，《红楼梦》真是雅俗共赏，很少有对《红楼梦》不感兴趣的。毛泽东喜欢《红楼梦》，而且毛泽东上纲上到什么程度，他说：我们中国也没有什么了不起，无非就是地方大一点，历史长一点，我们还有半部《红楼梦》。这都变成了我们的立国之本了。而且后来有人查过，说他原来说的是半部《红楼梦》，后来出《毛选》的时候，觉得说半部太不好听了，改成说一部，《毛选》里印的是一部。共产党也可以喜欢它，国民党也可以喜欢它，毛主席也可以喜欢它，张爱玲也喜欢它，白先勇也喜欢它，《红楼梦》可以做到这一点，当然这个非常幸福。但是这个幸福也与曹雪芹无缘，曹雪芹活着的时候他看不见这个。也有的呢，受到公众的热烈欢迎，然后两年后被忘得一干二净，这样的也有，所以各种各样的都有。受欢迎和它的艺术质量之间，暂时来说是两回事，但从长远来说，（艺术质量高的作品）应该是能够被理解的，能被接受的。所以说最终一个人也没接受，而又成为世界杰作的，这种事很少。这里面有偶然，这就是幸运的问题了。比如波斯的几个大诗人中，其中有一个叫奥马尔·哈雅姆（Omar Khayyam），他写的有一个叫《鲁拜耍》，新疆人则称之为《柔巴依》，当时在波斯已经流传了几百年了，没有人注意，后来翻译成英语之后，在欧洲轰动，最后回过头来波斯也把他算成几大诗人之一，他有这种命啊。你说现在还有没有别的这样的作家，非常少，至今还没有中国人能够这样，但也不能说没有，所以世界上的事很难一概而论。

问：王老师您好，我是北大的学生记者，想请教您一个问题，政治和文学看起来好像是有很多矛盾的，好像一个是压抑人性的，一个是解放人性的，那么政治家和文学家，您觉得有没有可能达成统一呢？

答：政治和文学的统一，这样的例子也有。比如说法国的一个作家马尔罗，他曾经担任过文化部长，他曾经写过反映中国大革命的小说，他会见过毛泽东主席，而且他一直主张法国应该对中国友好，他一直赞美毛泽东是一个非常难得的伟人。再比如说，秘鲁的作家略萨，他曾经竞选总统，虽然没有成功，但说明他至少也算半个多政治家，否则他很难操作到竞选总统的程度。再比如说，哥伦比亚的作家加西亚·马尔克斯，他政治上非常激进，他是古巴领导人卡斯特罗的好友，他用高尔基歌颂列宁的态度来歌颂卡斯特罗，并因此受到了略萨的抨击。还有一个不是让文学，也不是让政治感到光荣的例子，就是被处以绞刑的伊拉克原独裁者卡塞姆·侯赛因，他是一个小说家，他写过小说，而且有的小说构思非常妙。他写一个部落的首领，伊拉克非常落后，这个国家发生了政变，这个部落的首领就要去拍一封电报给领导政变的将军，表示祝贺，来讨好这个将军，但是由于赶上了下雨，在伊拉克拍一个电报要走两天才能走到那个电报局，说明拍电报是个非常不容易的事。到了电报局以后，他写好了给政变将军的电报，电报员告诉他：你怎么拍这个电报呢？这个政变已经失败了！国王已经胜利了，这个发动政变的将军已经枪决了，这个首领一听，说，哦，那很好嘛，立刻改成给国王拍电报，祝贺他平息了一次叛乱。（笑）这个小说写得很尖锐啊。1996年我曾经收到当时伊拉克驻北京使馆的请柬，要请我参加卡塞姆·侯赛因小说集的首发式，但是因为它和我去英国矛盾，所以我没能够参加。我如果要不是去英国的话，那我没准还有这么一个机会，支持卡塞姆·侯赛因的小说，实在是并非非常光荣的事情。所以搞政治的人，或者有政治激情的人，或者参与政治活动的人，又同时是文学家（比较难）。当然也有成功的例子，比如丘吉尔。丘吉尔是获过诺贝尔文学奖金的，他的散文写得非常之好，他当然是大文学家。当然还有我们的伟大领袖毛泽东，毛泽东的诗，毛泽东的书法，是不能够等闲视之的。所以说，文学与政治的关系有各种情况。当然也有作家搞政治，搞到最后掉了脑袋的，出了洋相的，发了疯的，自杀的，跳楼的，这样的也有，人生是千奇百怪，无所不有。我再回答最后三个问题。

问：王老师，文学上有延安文学、上海文学，还有北大荒文学这样的分类，我想请问您的个人创作是属于哪一类？能不能把您的创作经验和我们分享一下？

答：首先我个人不太赞成这样的文学分类法，比如说延安文学、上海文学，或者是什么北大荒文学。因为我觉得文学都有它虚构的一面，有它的普适性，就是说我们希望我们写的东西不是仅仅地域化的，仅仅针对某些人的。当然我生活时间最久的是在北京，我在新疆有19年的生活经验，我有一些作品是写新疆的，我的故乡是在河北省沧州市南皮县龙堂村，所有这些经历对我都是有意义的。与此同时，我又走向世界，我在谈世界，我去过56个国家和地区，我写的东西也会涉及到它们。所以我不赞成将文学按照地域来划分，比如说鲁迅是浙江人，茅盾也是浙江人，郁达夫也是浙江人，但是他们的风格又完全不一样，鲁迅的作品早已经跳出了绍兴，或者是浙江的范围，他有在北京写的，有在广州写的，有在上海写的，有各种不同的作品，郁达夫还有一部分作品是在日本写的，是描写日本留学生的生活的，所以我说，还是不那么划分，更好。

问：王老师，请问您是政治家吗？请问您怎么看现在禁书的问题？

答：第一个问题问我是不是政治家，我不是政治家。我谈不上是政治家，但我也是政治生活一个积极的参与者。第二个问题是关于书的结集出版。每一本书的出版情况都有不同，但我从原则上我是希望出书出得越宽越好，给读者更多的选择的机会。现在采取禁书的方法，据我所知道的，并不多。但是现在有一些比如说这本书出的问题太大了，给出版者一些批评、警告，一直到采取撤换的办法，这个是有的。另外，人们现在获得书，信息的渠道，说老实话要多得多了。比如你可以从网上看到，可以托亲友们从境外带到。所以大体上，我认为在多数的情况下，你需要阅读的是可以满足的。是不是这个样子，也许我说得不太准确。

问：王老师您好，今天很荣幸。我有一个小问题，我比较喜欢您的小说，也比较喜欢李敖的小说，以我的判断，你们是同时代的人，他也来过北大讲演，他说过一句话，就是中国近现代写白话文的前三名是李敖李敖李敖，请问您对这个问题和他的文章的看法。谢谢。

答：他比我小一岁。像李敖的这个说法，这是他的个性，这种个性当然和他的环境，他的遭遇有关系，因为他坐国民党的监牢坐了非常长的时间，所以他是憋了很大的火气。至于比如说在我们中国大陆，我们就很难容忍，一个作家比如说在自己的作品封面上写着“第一是我第二是我第三还是我”，这样会被认为是有些失常。其实写作很难说谁是第一谁是第二，李白是第一？屈原是第一？司马迁是第一？曹雪芹是第一？鲁迅是第一？还是谁第一？这个很难说清，也不需要这样排。这个作品如果你喜欢看，那么他是第

一百八十六，也可以看，如果作品你不喜欢看，哪怕是第一，超第一，也可以不看。（笑）

问： 王老师，我有一个现实问题。我们书法班提出“文化书法”，希望通过书法来弘扬文化内涵。我们是写书法的，我自己也喜欢写新诗，我的问题是：新诗容易不容易写？现在有些人，随便说两句话，拿出来就是新诗，写下来就是对联。我想请王老师指点一下，如何写新诗？

答： 这个问题比较难以回答。但是您说的这个现象我是看见过，现在的对联越来越不讲究了，平仄不对，虚实词不对，怎么着都对不上，怎么弄上就成了对联了？有时候电视台里，有时候电视剧里，有时候电影里，有些对联让人看了以后有痛不欲生的感觉。全民的语文水平的下降，这是非常可悲的事情。这方面我和金（开诚）老师我们都交换过意见，我们都能举出无数的例证来证明。新诗呢，我觉的写得好的毕竟也还是有的，我们去看一些好的新诗，至于有一些完全不成为新诗的，自己把它分几段，就称为诗，他也不犯法，你很难采取行政手段、司法手段来加以禁止。我想比如说闻一多的诗，艾青的诗，徐志摩的诗，臧克家的诗，年轻的舒婷的诗，更老的当然冰心也写过诗，这些当然都非常值得看，如果你多看这些诗，就会少看那些让人看了生气的诗。我今天回答问题就到这儿，谢谢大家。（掌声）

在纪念萧平创作五十周年报告会上的讲话

各位老师、各位同学：

我这是学校更名为鲁东大学以后首次来到这里，在此之前烟台师范学院我也多次来过，在80年代末和90年代初，我有好几个夏天都是在烟台度过的，但是也有十几年没有来了。今天看到了一个蓬蓬勃勃地发展着的烟台，看到了一个蓬蓬勃勃发展着的、面貌一新的鲁东大学，我非常高兴，尤其是看到我们这位老朋友，应该算老大哥——萧平老师。

萧平老师比我大8岁，身体非常好，使我对今后的年龄的增长增加了信心，减少了消极悲观的情绪。今天能够来参加他的50年创作报告会，其实是50多年，要将近60年，我当面向他道贺，也是一件非常高兴的事。虽然他比我大8岁，但我们走上文坛的年代却差不太多。刚才介绍说《海滨的孩子》是1954年发表的，他参加工作是1944年，刘书记一激动说成是1994年，1994年参加工作，就是他在退休之后参加的！（笑）尤其是1956年，全国举行第一届青年创作者会议，当时怕叫青年作家，但是叫成青年作者以后，还是倒霉。我当时因为一篇小说叫《小豆儿》，所以也分到了儿童文学组。当时由青年文学出版社出版了《青年文学创作选集》，那本《儿童文学创作选集》的题目用的就是《海滨的孩子》。看完了《海滨的孩子》，我实在是非常地佩服，看完《海滨的孩子》，我就觉得早知道有《海滨的孩子》这样好的作品，我还有何面目往儿童文学创作选集里挤上自己这样不成样子的作品？尤其是在那个时候，《海滨的孩子》表达了一种自然而然的人的美好的东西，农村、老区、大海，非常朴实的、非常可爱的儿童，他并没有任何外加的东西，不是刻意地做什么宣传，做什么教育，而是生活本身所具有的，童年本身所具有的，故乡本身所具有的，大海本身所具有的，这样一种感人的力量，还有儿童之间那种友情、那种活力。里面有一个很关键的情节，是说涨潮了，一帮孩子回不来了，站在那里直哭，但他们当中一个大孩子，就教大家把裤子脱下来，还用海水泡湿了，然后迎风一抖，把裤腿一扎，于是就变成"救生衣"了，大家就得救了。（向萧平老师问）你有这种经验吗？哎呀，我觉得这个比庄子抱着大葫芦游沧海还方便啊！连大葫芦都不需要，虽然穷困，好赖能混一条裤子。显得那么感人、那么动人，而且不受条条框框的约束，充满了一种天籁一样的，对人生、对家乡、对童年的赞美，那是一篇醉人的作品。

后来，对《三月雪》我也是非常感动的，我还记得那一期《青年文学》也和儿童有点关系，那一期上还有海子写的《妈妈的故事》，都是写的革命与先烈，展示了萧平他们"老区"那方面的优势。老区的生活，有一种纯朴的、对革命的忠贞。他写先烈，写得自然而然，并不是非常刻意地亮相，不是什么豪言壮语，让人觉得就是那样普普通通的人，像你一样，像我一样，真正的是一个老百姓、一个农民，但是他们投身革命后，他们有一种忠贞，他们有一种纯洁，他们有一种忘我的精神，这确实是。

后来又有反"右"啊、"文革"啊，个人顾个人，自顾不暇。时隔若干年以后，乾坤旋转啊，到了1979年，第一次中国作家协会委托《人民文学》杂志社举办全国的短篇小说评奖，我又和我们的萧大哥成了搭档。当时由于根据各种情况也排了一个名次，比如说第一名是刘心武的《班主任》，第二名还是第三名就是王亚平的《神圣的使命》，这和题材有很大的关系，后来王亚平出国留学去了，他也很少写作了。我好像又是紧随萧老师之后。我记得是咱们三个人，还有陆文夫，也是个老朋友，他年龄跟你差不多，但他已经去世了，而你现在还这么棒，说明烟台这一方水土好啊，有利于作家的健康创作，尤其是咱们烟台师范学院——鲁东大学的水土好！刚才看咱们烟师作家群的展览，本来是学校领导让我给题个字，但是人太多了，我相当紧张，我怕我写了错字，所以就没敢写。但是我当时想些什么呢？我当时想写“人杰校灵”。在《滕王阁序》里有：“物华天宝，人杰地灵。”咱们有那么多作家可是说是“人杰校灵”了。什么叫“人杰校灵”呢？就是烟师灵，鲁东大学灵。对于陆文夫，我现在想不太清楚的是，我是夹在你和陆文夫之间呢，还是我在你们两个人之后？我觉得你在我前面，陆文夫在我后面，给我稍稍地安慰一点自己的自尊心——虽然落后于萧平，但是略优于陆文夫。我得回去再查查，如果错了的话得赶紧纠正，萧平的获奖作品是《墓场与鲜花》。给我的印象非常深刻，就是说它不是一个一味煽情性的东西，不是单纯的“吐苦水”的东西，它仍然有一种从容，有一种思考，有一种对人生、对历史的深邃的思考。

《光荣》我也看过，说的好像是一个军属，搞的是地下工作，但是他不能透露自己的身份，这样一个题材。大家想想，他需要承担的有很多风险，不但有敌人的破坏，还要承担周围群众的误解、冤枉。那种群体的又是可以理解又带有伤害的行为，是非常刺痛人的心灵的。我就不一一介绍萧平的作品了，大家可以自己看一下，但是我觉得如果单纯从数量上来说，我要祝贺他创作的六十周年，虽然不是最多，但是他的作品都非常的动人，非常地深沉，非常地诚挚，非常地有情，让你事后读起来仍为之叹息，仍然被它征服。

当然现在的情况和当时有很大的不同，你喜欢也好，不喜欢也好，热点，阅读的口味，时尚的风格，一直到所谓出书的卖点，都是在变化的。但是我们要相信，在这些创作的变化中，还有一种不变化，总有一种价值，还为人们所珍视。我想起码还有一种价值，那就是作家的真挚、真诚，起码还有一种价值使作家和土地、和人民、和家乡、和历史这样一种割不开、割不断的价值联系。

萧平在我们这些人里面还有一个优势，第一那就是老区，他很早就参加革命；另一个优势，就是他很认真接受了良好的教育，在北京师范大学读过书，还在内蒙师范学院教过书。不管是他受到的教育也好，他的生活的经历也好，都是非常优越的；还有一点，就是我非常佩服萧平后来兢兢业业地从事师范学院的工作，我当时是在一种什么场合呢，就是很幼稚，很不懂事，我不记得是在什么场合，我记得我跟你说过：“你当院长干什么？你不写你的小说去？”我觉得世界上的事物是非常复杂的，人生是非常广阔的。当时对于写作，他有这个条件，但同时他又有院长的任务。现在他写的作品既是连续不断，但又很慎重。有些人呢，写东西一定要东拉西扯，装腔作势，从这方面说我觉得萧平在文学上保持了一点清高，这也是我敬佩的地方。

我相信，有些时尚的东西来得快，走得也快；有些热销的东西3年以后就被忘记了。但是，就像《海滨的孩子》，时隔53年，比在座的绝大多数人的年龄都大，但它不会被忘记，《三月雪》不会忘，《墓场与鲜花》不会忘，《光荣》不会忘，萧平的作品永远保持着一种清纯。

我今天能有机会和萧平坐在一起，和咱们的鲁大作家群坐在一起，和鲁东大学的师生们坐在一起，来表达对萧平的创作和为人的敬意，是2007年春季一件值得欣慰的事情。谢谢大家！谢谢！

昆曲的青春

李焯芬：各位学者早安！我们马上开始今天的研讨会，上午我们有两场的主题演讲。我们大都是在大学里面教书的，大学里面每天都有各种研讨会，每个礼拜都要当主持人。我的看法是，今天我当主持人是容易的工作，为什么？我们两位主题演讲的学者大家都知道了，不用介绍了。他们两位是中国当代最著名的作家，在文学文化界都有很大的成就。我按白老师的安排，我们先请王蒙先生讲，我就介绍他是作家，是前文化部长就行了，他也完全同意。如果你连王蒙先生都不大清楚，你肯定是来错会场了。现在我们以热烈掌声欢迎王部长！

各位好！我有点诚惶诚恐，因为我对昆曲知道得很有限，但我也算是喜欢看昆曲。我有幸承蒙白先勇很早告诉我他的大略，我在北京看过正式演出，又在青岛聆听过白先勇介绍青春版《牡丹亭》美国演出的情况，我也看了有关的录像和图片。再加上香港大学、中国艺术研究院，这两个单位都算我的老板，因为我在他们那讲过话，我都不敢得罪，苏州昆剧院当然也是很友好的地方。

一开头对《牡丹亭》青春版，我心里略略有点嘀咕，因为《牡丹亭》是这么古老，这么有分量的一个剧作，怎么弄成一个青春版？他们要给《牡丹亭》怎么打扮一下？青春是非常好的话，我非常喜欢青春这句话，但是青春又让人觉得分量差一下，后来看了以后就放心了。我临时做的题目是“昆曲的青春”，在这样全球化背景下，在现代化声浪很高的形势下，我们的《牡丹亭》能有今天的成绩，而且今天晚上要在国家大剧院上演，确实是很有象征意义的事情。这说明了昆曲有可能迎来自己新的青春。中华民族近一两百年来多灾多难，动荡变化。我们传统文化，我们的传统戏曲，尤其是比较雅的、相对阳春白雪多一点的昆曲受到很大的挑战和触动。我觉得它受到挑战和冲击，一个是和整个国家和民族所受到的挑战有关。我们长期闭关锁国造成了我们很少接触有分量的东西，一下子接收到以欧洲为中心的文化，包括戏剧文化的冲击，会引起我们很大的反响，会对我们构成一个很大的挑战，也使我们惊叹，使我们佩服。尤其是欧洲戏剧，第一是它的现实性，它更贴近现实，它更反映社会底层人们的疾苦和困难。再有像欧洲中心的话剧，意大利歌剧，那种尽情表达人的欲望和愿望，也可以说它有煽情的传统。也就是说，第一，它刺激生命的力量；第二，尤其对于中国人来说，它符合激进的社会革命的思潮。

我们的戏曲是另一种审美体系，它和现实保持相当的距离，它不是非常现实的东西，与其说它是现实的，不如说它是唯美的。不管什么东西，要表现得非常美。我看《杀嫂祭兄》，武松是坐怀不乱，潘金莲是罪大恶极，可是有时候还想看，因为表演得太美了。连潘金莲被追杀，都能演成那么好的舞蹈特技。从总体来说，戏曲又要表现某种压抑，表现了真正男子汉不受不正经女人的影响，但是你最后看的时候完全是欣赏。不管多么悲哀，多么不正义，多少封建，但是他表演的是个体，表演的是技巧，表演的是你所不可思议的那种精致。我年轻的时候看《武加坡》，年轻的时候我很生气，觉得男主角毫无心肝，王三姐应该杀了这种男人就好了。但是看得多了，就觉得不必在这上面较劲了，应该是以表演为目的，而不是以非常合乎逻辑、合乎价值标准的表现来衡量，它有自己的审美体系。我作为一个外行看昆曲，我觉得它美得不得了，而且手段那么多，可以表达这种情爱，甚至也可以表达性爱。

我看过一些印度电影，电影里出现战斗场面，就把它高度舞蹈化，如果功夫化肯定拍不过中国电影，但是舞蹈化以后，战斗完全是舞蹈，我觉得这也很好看。同样中国戏里面表现爱情，我们用我们自己的方式，一种优雅含蓄的，有时候还是含羞的，其实大家都明白怎么回事儿。我有一次旁听白先勇他们在讨论“情”,《牡丹亭》里面强调一个“情”字。这个“情”字和英语里面的爱情不完全一样，“情”反映中国汉字追求本质化的一种东西，它试图把性爱，把它最后归纳成一个“情”字，说这是一个情种，以至于到“情”可以使你生，也可以使你死，还可以生了再死。现在看起来这些东西，我刚才讲现实主义煽情冲击之后，在我们很多反省之后，在很多断裂之后，我有不少朋友，我听过这种预言，说中国戏曲死亡不可避免，经过这些以后，在相对比较安定的情况下，我们又看到这样精致、这样认真的青春版《牡丹亭》,使人们觉得有理由寄予希望，我们中华文化还可以迎来自己的青春，我们的戏曲艺术可以迎来自己的青春，我们的昆曲，我们的《牡丹亭》都可以迎来自己的青春，这实在是激动人心的事情。

这和社会的背景也有关系，我老想处在社会革命非常激进的过程当中，这时候让人踏下心来，一本一本地看昆曲，一本一本地听唱，大家还都没有耐心去听，全国在焦躁、不安、恐慌、紧张的气氛中，肯定觉得戏曲完了，慢悠悠，一个袖子转半天，一个声音要拉半天，现在我感到非常庆幸，昆曲有可能迎来自己的青春。这方面我觉得白先勇老师，起着非常大的作用，他作为一个个人，居然能够创造出这么辉煌的成绩，实在是令人赞美、令人祝贺。我高度地赞扬，在迎来昆曲青春这一点上，两岸四地所做的努力。香港大学成立昆曲研究发展中心，这也是值得祝贺值得赞扬的。我希望在我们内地有更多大学成立昆曲研究发展中心。

我听一些专家跟我说，台湾爱好昆曲、研究昆曲、表演昆曲，有许多方面做得比大陆还好，水平非常地高，这也是令人特别高兴的。香港有很多人花了心血、时间、金钱，使出自己的力量，大力地支持昆曲，澳门也有许多支持者。两岸四地共同发展昆曲事业，有利于在全球化时代，使我们昆曲适当地国际化，被更多境外人士所接受所了解。我看了演示，我知道《牡丹亭》青春版在美国演出的盛况，很快还要到英国去演出，我想这样一个操作，也是非常值得赞赏。我看内地对它的报道和宣传，还可以做得更多更好一些。在国家大剧院演出太好了。我顺便说一下，对国家大剧院有各种不同的见解，有一些非常尖锐。说它是三大怪物之一。中华文化需要继承，中华文化也是允许怪物的，整个说来中国文化缺少怪物，没有外国怪物多。在北京弄出一个大怪物来咱们看看，看看对我们伟大民族，对几千年中华文化能带来什么刺激、什么冲击、什么变量、什么灾难？如果说白先勇先生主导的《牡丹亭》是青春版，国家大剧院就是中国剧院，乃至于世界剧院的青春版，国家大剧院没有给我任何好处，我只是把个人的意见发表一下！

人物

大约是我四岁的时候

大约是我4岁的时候，父亲那年担任北京的市立高级商业学校校长，我们租了位于大翔凤的一个二进院落居住。父亲作了装修，安装了当时极为罕见的上水下水、抽水马桶等卫生设备，迎接傅吾康叔叔的到来。

傅吾康（Wolfgang Frankle）是德国的一位汉学家，他与父亲过往甚多，在北海公园，他们似乎共同拥有一艘小木制游船。傅教授多次把我放在他的肩上，与父母姐姐一起，到达北海公园后门，先上船坞，取出船来，再泛舟太液池上，一享清爽，我们还有在五龙亭吃小窝头、豌豆黄的经验。那是先父一生中短暂的生活比较优裕的一个时期，也是我的父母关系相对稳定的一个短暂时期。这个时期，对于我，是与对于傅叔叔的记忆联系在一起的。

后来直至“文革”中，我听父亲说，傅教授曾在中国与联邦德国建交时随同德方的政府代表团重访过北京，他们也见过面。我当时在新疆，不知其详。

1980年我首次访问联邦德国，有一站是汉堡，听说傅教授家住那里，我很兴奋，似乎有缘与童年的、后来中断了的记忆有所续接。果然，经汉堡大学协助安排，到达汉堡当天晚饭后，我到了傅先生家，可惜，傅先生不在，我只见到了傅夫人，华裔的胡隽吟女士。我在他家的客厅墙上看到了小时我家里常常看到的郑板桥的书法拓片："难得糊涂"。我想，也许这是父亲当年送给傅先生的吧，如果不是傅先生另有来源的话。反正我们家里，后来再没有见过这个"难得糊涂"。

胡女士原在京有房产，改革开放后落实政策，她得到几处公寓房的补偿，他们一家，来中国、来北京越来越勤了。

1985年，我率团参加于西柏林举行的"地平线艺术节"时，又有缘与傅先生的女儿傅复生相识，我们成为了很好的朋友。

1993年，是时在吉隆坡大学作访问学者的傅先生帮助安排了马来西亚《星洲日报》的邀请，我与妻子首次访马。

逝者如斯，胡女士与傅先生先后作古，我也年逾古稀了。2008年访问德国时会见了复生，得知不仅是傅吾康先生，傅先生的父亲也是一位德国的著名汉学家，他们的治学历程，正是中国发生着巨大变化的历程；他们是汉学家，他们也是中国历史的见证者。

现在，由傅复生等翻译的两代德国汉学家的回忆录即将在上海辞书出版社出版了，我很高兴。历史并不仅仅是一个记载，而且是友谊、是情致、是见闻，也是命中注定的悲欢离合、喜怒哀乐，历史将刻骨铭心，并一代一代传下去。

历史多情，历史多思，读了两代德国汉学家的回忆录以后，我们将会有所感悟、有所慨叹。我们会尊敬与怀念在复杂得多、困难得多的条件下致力于不同文化的交流的前人，我们会在会意的笑容中泛起一层泪光，愿这个德国家族的前辈友人安息，愿中德文化人的情谊千秋万代地继续下去。

告别两位学者

季羡林与任继愈两位著名学者差不多在同一天去世，标志着一个时代的结束。在这个时代，我们拥有一批在旧中国受到教育并在专业上建立了根基，而在新中国的近60年来，与人民同甘苦，与国家共命运的专家，他们为新中国的学术事业以及文学艺术事业，撑起了门面，做出了自己的贡献，也付出了自己的代价。

今后，看新中国的了。我们的作家艺术家，我们的学者教育家，我们的学术理论与文学艺术的成果，我们的专家与领军人物阵容，我们的已有的与将有的新局面，能不能满足时代的需要，能不能符合中国在世界上的地位，能不能无愧于我们的先人与经得住后世的检验，看咱们新中国的成就与本事啦。

我们可能不无汗颜。我们需要加倍努力。我们也需要总结经验。人才人才，科教兴国，人才强国，我们讲了老大一阵子了，收效如何？有什么可以改进的空间？江山代有才人出，新中国将写下怎样的记录，刻下怎样的丰碑？

直到季先生的遗体火化了，我们的媒体才有一个对于先生的身份的实事求是的说法，那就是“中国共产党的优秀党员，北京大学资深教授，国际著名东方学家、印度学家、梵语语言学家、(王按，以上三个“家”的说法嫌啰嗦，其实可以合并)文学翻译家、教育家”。其实季老也是优秀的作家。

媒体上不再采用“国学大师”之类的随意之词，这令人信服，也令人慨叹。我们的国人，喜欢作价值判断，例如高度评价季老的社会地位与学术地位，这完全是应有的评价，但是不注意作认知判断，即对某人某事某个领域某种学问缺少最起码的了解。这提醒我们，要提高与普及全民的特别是媒体人的人文知识，提高全社会的人文判断与汲取能力。

前不久，网络上有票选“国学大师”(？)的活动，结果头一名是鲁迅，这样的结果未免滑稽。

遥想当年，任继愈先生曾在《人民日报》上著文，提出，我们的国家不但要脱贫而且要脱愚，善哉斯言，任重道远也哉！

任继愈老自1987至2005年任北京图书馆(后名国家图书馆)馆长，2005年以后任国家图书馆名誉馆长，在为任老治丧的报道中，有的没有提这一点。国家图书馆馆长，在世界各国都是一个耀眼的职位，我这里补充提一下，也许是必要的。

怀念育之

育之离开我们已经两年多了，我仍然不能忘记他的谦谦君子的风度，他的仗义执言的诚恳，他的实事求是的学风，他的温俭恭良的态度。

我并没有太多机会向育之请教，与育之谈天说地。但是我知道他的平和，他的宽厚，他的认真，他的对于真理的坚持。我相信就是年轻时候，育之也具有一个成熟厚道的学者的长者之风。

他曾经在宣传部门工作，有时候也会接触到参与到一些文艺争论上，他是坚持与人为善的，坚持改革开放与“双百”方针的，我们有许多共同的感受，来不及及时交流，却能够互相响应，凝聚共识，共尽小绵薄。

他研究马克思主义的科学观，研究自然辩证法，他对于不知从哪里兴起的批判科学的思潮不免忧心忡忡，在中国这样一个愚昧迷信还有极大势力的土地上，突然嫌恶科学太多了，突然发现科学并不能给我们带来许多万能的好处了，这不是太过分了吗？他为此写过文章，我当然赞成他的观点。我邀请他到中国海洋大学讲讲这个问题，他欣然同意，抱病来到青岛，作了热情洋溢的讲话，他希望科学和人文之间不应该相互指责、相互交恶，而应该相互沟通、相互交融。可说是深得吾心。

育之在《读书》上刊登的《大书小识》专栏，我也极其喜爱。他充满敬意地但又是实实在在地谈论考证毛泽东的一些文章言论的背景与始末，给人很多启发。

他也向我讲述过出席毛主席参加的哲学研讨的事，他尊重领导，尊重事实，尊重历史，尊重科学，从无投机跟风的轻薄与庸俗。

育之坚持马克思主义，他坚持的是马克思主义的正道，是马克思主义的科学之道，是马克思主义的君子之道。中国是个大国，中国共产党是个大党，即使仅仅从外表上来看，也需要龚育之这样的马克思主义的君子，而不能只会斗斗斗，在斗争中红了眼珠子，走哪里都成为不和谐的因素，成为小土地雷。那恐怕不是真正的马克思主义，而是伪马克思主义，装腔作势，藉以吓人。

难忘的天云山

用浩然喜欢说的话，作家们都是些个人精人核儿（北京话读胡儿）。人们的印象是，这类人多半是些口出狂言，任意臧否，喜激动，爱放炮的性情人物。加上“文革”遗风，更有些满嘴脏话，以野蛮为本真，以最最起码的文明规范为虚伪的廉价愤青儿们。

身为货真价实的作家，不是以写作之名混名混利混级别的混混，而能谦恭谨慎、与人为善、心平气和而又正派执著、始终如一者，不甚多见。

（陆）文夫是一个，只是喝多了、谈深了，他会流露一点孩子气的自我满足。他的自鸣得意，小有吹擂，相当可爱，至少比满嘴恶毒，认定所有中外人等各欠着你两万美元可爱——和后一类同行在一起，我也会惴惴不安起来：乃至怀疑自己是不是借了他或她的钱没有及时销账。

彦周则是无瑕的兄长，他想的更多的是他人的长处、好处。2005年（？）我去合肥参加他的文集的发行式，他激动得几乎落了泪，他说的是感谢的话，他心里装着的是感恩的情。

2003年他组织“迎驾笔会”，我要说的是应约到了的有影响的作家比一个有关单位组织的正式会议还要全。彦周则能使这些人精人核儿们个个满意。他与老伴，直爽诚恳的张嘉，照顾旁人十分周到。同行们风流自炫者有机会风流自炫，言谈微中者有机会“闲”谈微中，忧思邈邈者自然仍是忧思邈邈，东张西望者则尽可以东张西望。个性不受钳制，却又有一个基本健康的调子，亲近祖国大地，赞美安徽名山，同行相亲相敬，追求文明进步。

看看“文革”后所谓复出后彦周的家喻户晓的名作《天云山传奇》吧，你已经知道了他的真情、他的取向。他从来都不接受那些装腔作势、藉以吓人的棍棒，他从来都站在祖国的发展、进步、文明、开放的主潮中间。我曾经实话实说，安徽最知名的山有两座，一个是黄山，一个是天云山——这座只存在在彦周的艺术虚构里的充满苦难和正气的山岭。

不论是他早年写的《归来》还是《找红军》，不论是他写的《阴阳关·阴阳界》，不论是他写《廖仲恺》还是最后一部七八十万字的长篇小说《梨花似雪》，也不论他是写话剧剧本，电影剧本，长、中、短篇小说，不论他是写前清写民国写解放写“文革”，他从未改变过他对于文明、民主、社会进步与祖国繁荣的追求。他还有一种诚挚与稳健，创作上大胆出新却并不一味求怪异，保持严肃仁爱与理想主义却不膨胀自恋，从来都注意阅读与接受效果、尊重受众但绝不媚俗，追求真理但从不大言欺世……

他大我6岁，已经先走了。他的音容笑貌，他的风格，他的好意仍然令人快乐着。想到世上毕竟有过鲁彦周这样的好兄长式的作家，诚恳而又和气的作家，勤奋而又常带笑容，多情却又沉得住气的写作人，而并非都是恶少、救世主、巫毒、候补肉弹与文化骗子，便觉得咱们这里的文学这一行可亲了许多。

他是我们的一面旗帜，也是榜样

我见过不少作家了，最本色、最谦虚、最关怀青年人爱护青年人的就是巴金。他常常显得有点忧郁，他不算太幽默，他的文章也像是与你喁喁谈心，而每一个字都燃烧着热烈，都流露着真情。他提倡说真话，提倡文学要上去，作家要下去，提倡多写一点，再多写一点，尊崇像俄罗斯民间传说里的志士丹柯那样，用燃烧的心照亮林中的黑暗，带人们到一个光明的地方。这些论述似乎平淡无奇，似乎不算什么理论更不现代和后现代，不会吓人也不算高深，但是这是肺腑之言，是他本人的生命体验。他甚至于不承认自己是文学家，他不懂得怎么样为艺术而艺术，为文学而文学，他是为祖国，为人民，为青春，为幸福，为光明和真理而文学而艺术的。

他说话声音不大，用词也不尖刻，但他很执著，他充满了忧患意识。偶然他也笑一笑，有一次谈到一位女作家的讽刺小说，他笑了。有一次谈到我的一篇被大大夸张了危险性的小说，他也玩笑地说："成了世界名著了。"他的吐字清晰的乡音——四川话，甚至在说笑话的时候也像是认真得近于苦恼。有时候，他显得不那么善于言词。很早很早以前他就说他的生命快要走到尽头了，但是他不悲观，他寄希望于青年，于文学。这样的心胸是伟大的。

他是我们的一面旗帜，也是榜样。与他老人家比较，文坛上的那些个浮躁，那些个咋呼，那些个爆破和牛皮哄哄，那些个洋八股党八股，那些个装腔作势、夸夸其谈是多么渺小啊。

巴老离开我们已经一年了，斯人已逝而风范长存，让我们通过这本画册重温他的谦和、他的诚挚、他的仁爱与他的热烈吧。文如其人，相如其人，举手投足，音容笑貌都是无限宝贵的与永恒的了。巴金永生！

我在政协会议上认识了朱永新先生

我在政协会议上认识了朱永新先生。我常常会在政协常委全体会议上听到他的发言，每次都是谈教育。我也知道他是在如何地为突破填鸭式的应试教育而进行着认真的，有时候是苍凉的努力。

教育，是大家最关切、最有意见的话题之一。一个中小学生负担过重，就闹了不知多少年，中央领导也说了话，是不是还有什么文件？反正是越减越重，情况只能恶化，并无解决的希望。还有一个什么收费的问题，也是说归说，做归做。一方面是大家关心，批评责难；一方面是积重难返，依然故我。

老百姓说的是表面现象，是那个“怪圈”，但是朱永新说的是本质，是教育的出发点，是教育的人文性质，是教育的核心价值与整体评估。

至少朱永新的许多关于教育的论点感动了我，我觉得清新，我觉得感人。他把爱放在教育的基本方针层面来讨论，他介绍，某某国家是用一种宗教的虔诚来进行全民阅读的。他一次次地建议设立阅读节，屡败屡战。他主张幸福的童年，幸福的教育。单这两个幸福，已经催人泪下。他说教育的力量在于改变人。他主张通过长期的实践来实现自我，甚至为此设立了“成功保险公司”。他的心教育、新教育的主张与实践也令人耳目一新。

全国范围，人们是越来越重视教育了。从事教育工作的人多矣，这样有头脑，有心灵，有创意，有理论，有实践，有文采的教育家我所知有限。朱永新先生是其中一个。他的不无理想主义的教育观感动了我，我祝贺他的新书的出版，我等待着他的新思想、新观念、新成就。

想念文夫

说起文夫，大家都觉得他可爱、有趣，有人缘也有文缘。

他的《小巷深处》与我的《组织部来了个年轻人》都收在中国作协编的《一九五六年短篇小说选》里。然后，在五七年那一“劫”里，他和一批江苏青年作家因为什么“探求者”一“案”被搞得不亦乐乎，他还好，被弄成“中右”。而更多的人与北京的几位一样，彻底打入了另册。到60年代，似乎他也搅到什么“中间人物”一“案”中了，干脆被下放去当工人去了。

这样，一直等到70年代末，“四人帮”倒台，住在北京电影制片厂改剧本的他居然能找到我在京的亲戚那里，意外地让“关系”尚在新疆的我见到他与老管夫妇并共进午餐，真是太令人惊喜了。

他有江南秀士的风姿，他有土生土长的纯朴。1986年我们一起作为国际笔会的特约嘉宾去纽约开会的时候，他不喝泛美航班上供应的饮料，而是只要开水冲泡自己携带的绿茶，用餐时则拿出家乡的洋河大曲。1991年我们同去新加坡参加作家周活动，他每顿饭都要索取一盘炸花生米。当时他的名著《美食家》已经名震中外，他已经当了一年的法国美食俱乐部的荣誉会员，还在1989年秋到法国吃了一圈。

他的作品与他本人一样，亲切多姿，别人容易接受。他写起来就自然做到了怨而不怒，哀而不伤，乐而不淫。他说实话多，说大话少。说老百姓的话多，说字儿话、官话、显学问的话少。他从生活中来的体会捉摸甚多甚多，云端立论、巅峰抡斧甚少甚少。他天生实事求是，从来没有大言欺世。他颇有趣味，但绝不油滑耍嘴。他也关心自己，但是并不高调压人。他或有自我感觉特别良好的偶然机遇与天真表现，但是绝不中伤嫉妒旁的同行。

或称之为陆苏州，苏州因他而更加苏州，文夫因苏州而更加文夫。一方水土养一方作家作品，一方作家作品使这一方更加凸显特色。

他住在苏州，不但与北京也与江苏首府南京稍稍有点距离，客观上带点自我边缘化的聪明和狡黠，但也有谦虚和本分。他自诩过“闲云野鹤”。他的作品有苏州园林的精致，但是并不雕琢、不较劲，而是偏于行云流水。他的作品不乏对于时弊的针砭，但是绝不风风火火。他的短篇小说《围墙》曾在河北省委的三级干部会议上印发，作为空谈误国、实干兴邦的学习材料。他喜欢没完没了地说话，但是不说是非，不传长舌。

他喜欢烟酒。他当人民代表那些年每到北京“两会”，都要到我家小饮。他的评论是：“王蒙家的酒可以，菜不怎么样。”边饮边谈，他对诸如世态人情、三教九流、文坛争拗、官场沉浮无不了然于心，他有自己的臧否，也有付之一笑的超脱。他有兄长之风，但没有兄长的人之患在好为人师。历次北京开作家代表大会，他的得票老是很多，当非偶然。

2004新年前我去苏州，登门拜访，他身体不好，又经历了丧女之痛，我与他们夫妇交谈时只觉辛酸。他们对我的友谊仍然火热，他那天很兴奋。一年多后，他走了。所谓50年代（露头角的）作家正在凋零，张弦早就走了，刘绍棠也没有了。还有老的、病的，不写了的……我曾经十分感叹一些文学老人的离去，现在轮到自己这一辈人了。我能说什么呢？陆文夫是个好人，好作家、好朋友、好兄长啊……

飙歌

在涵洞里行车，感觉像是入了地道，刷刷刷地开着车，看不见头，说是亚洲最长的隧道，18.2公里。幸亏公路管理方面为了安慰旅客不断地用灯光预告，离洞口距离12公里、10公里、8公里、5公里了，免得你误以为再走不到光天化日之下，叫做永无出头之日。甚至在涵洞里还预备了人造的树木花草，人造的蓝天光辉。够人性化的啦。

我问了半天，有的说是70多个涵洞的，有的说是更多。

出了洞紧接着是桥，是深谷看不见底，这是我75年来在几大洋几大洲走过的最惊险的高速公路。从西安通向安康市，195公里，走了两个多小时。过去由于地形复杂，坐车绕行到那儿，约需好几个小时。更早是靠火车绕来绕去，要走十几个小时。

我去安康一道同行的有文友、贾平凹与谢有顺。安康位于陕、鄂、川、渝四省市交界之处。这里有清洁丰沛的水资源汉江，南有大巴山北有秦岭，各种历史古迹，还有什么医疗保健效用神奇的富硒水富硒茶，和别具特色的地域文化等等。这里的城市新貌也正在展现。这几年我到了那么多地方，各地都是面貌一新，变化发生在每一个远的与近的、大的与小的角落，令人赞叹感慨，太不容易了。真是没有想到有这一天。

安康的人喜欢唱歌，他们的歌有一种接近四川的民歌风味。年轻的女作家王晓云，在上海过过类似打工的生活，并在江南写作成功，被安康的领导招聘回乡。她在路上就唱了一首安康情歌，给人印象最深的是将自己的情郎说成“那个挨刀子的短命的……”什么什么，心爱极了只能骂啦，歌词里还说是听了“那个挨刀的”的歌，姑娘手也软了脚也麻了，怎么能不恨死他呢。

我特别要记一下的是平凹。这天我们一起午饭，王晓云等唱完了歌，平凹说是他要唱歌了。平凹唱歌，我没有听过，也没有想到，相对来说，他给我的印象是不太爱说话，比较内向，也比较腼腆羞怯的。他曾在农村生活，对这里感情很深。他唱起歌来忘掉了一切，嗓音不是最大，但十分动情投入，扶着椅背，脸上的表情充足得要溢出来，最动情时便弯下腰，摇着头，浑若不胜其情。他前后唱了三首，都是民歌。他写的长篇小说《秦腔》是那样精彩，我想听他吼一声秦腔唱段，他说不会。他唱的有一首里有“泪蛋蛋”字样，我给我的妻子解释，不叫泪珠，不叫泪滴，叫蛋蛋，倒也别具质朴的魅力。陕西人爱唱歌，所以解放区的歌声震天，有助于革命的动员与热气。

平凹还有一首加唱的歌，内容是与情人相好了半天，做了许多物质上的准备，但没有能成其好事，无限地忧伤遗憾失落。

歌唱的是遗憾与失落，唱歌人表现的却是快乐、豪兴与舒坦。平凹回答我的提问，解释说他最近几年忽然想唱歌了，想活得更开阔热火一些。为此专门请了人教。他唱的时候加上了许多情感方面的细致处理，使歌曲更加动人。他说起唱歌来时，丝毫不忸怩退缩，而是当仁不让，也决不估低自己在唱歌上的成绩。

我与平凹是在1979年的短篇小说颁奖会上认识的。我们很感慨地回顾，“文革”后的第一次小说评奖，许多“同科”已经不知去向。当时他是27岁，我是45岁。同时领奖的富有农民的机敏的贾大山不幸英年早逝。也有些同科老友如韩少功等情况很好。

我也回报了一首俄语歌曲。被有顺夸奖，说是震了。后来陕西的网上出现了贾平凹与王某人飙歌的报道。想不到我老了老了还有这样的意气情怀与英勇记录。我祝福平凹越唱越好、越痛快响亮，祝福安康百业发达，祝福每个有歌要唱有话要说的人都能阳光万丈，尽兴痛快，要不怎么能叫全面小康呢。

冯骥才

——灿烂的笑容

提起冯骥才，首先会想到他的大个子，为中国作家争脸的身材。记得80年代一位英籍国际笔会的副主席埃尔斯托普来华访问，我们见面时谈到了冯骥才刚刚结束的英伦之行。这位英国作家笑着说:“他的身材太引人注意了，英国的女性都非常喜欢他。”名声到了英国，走向了世界。不过还好，据我所知，他对妻子小顾是靠得住的。不论什么时候，他都以极好的态度对待妻子，一提到小顾就笑容灿烂，与小顾在一起时不停地笑着，平常说话他也是小顾小顾的不断地引用着顾同昭语录，像是一个“五好”丈夫。

由于个儿高，我记得在备受争议的第四次全国作家代表大会期间他对我说:“我建议作协主席按身高轮流担任。”真是太妙了，这对那些把作协视为衙门，把作协的跑腿管事人员身份视为争来夺去的乌纱帽的文丑们，无异于一副清凉剂。不是吗，一个作家写不出好书来，再大的乌纱帽也徒然凸显了帽下的空白——叫做名不符实。那么大冯这样说是不是也从潜意识里表达了他的过把主席瘾闹闹的儿童心理呢，我就不知道了。

由这个大个子写一篇《高女人和她的矮丈夫》就特别哏儿，哏儿完了又挺伤感，特别是描写高女人死后，她的矮丈夫遇到雨天仍然高高举着一把伞，令人感到那伞下有一个空白一节，读之难忘，读之唏嘘不已。

大冯就是这样的人，个儿大，心细、心柔。对谁都是一脸的微笑，亲切、谦虚、体贴、幽默，总是令人愉快。他不是那种总让别人觉得欠了他二百吊钱的作家，也不是那种见谁臭谁，绕世界抹黑散味的霉变物。在与他的交往中你会感到自己是受关心受友爱的，而不是被勒索爱心的。大冯常常和我谈到我的新发表的作品，他作为同行的这种细心和友谊，使我感到十分熨帖。他也会关心旁人，每次见面嘘寒问暖。在去年冬天我因割除胆囊住院期间他来了一个传真，说是："闻君小小有恙，我亦大大不安。"有些了不起的作家是十足的利己者，他们只要求被知道被围绕被注意被关心。现在有"送温暖"一说，大冯确是一个会送温暖的人。如果作家队伍里多几个大冯，少几个呲呲冒烟的手榴弹，少几个由于难产而憎恨一切鸡蛋的鸡，文坛的气氛会祥和得多。

我常常忆起1979年（1978年？）第一次在人民文学出版社总编辑韦君宜同志那里见到他的情景，君宜个儿矮，与大冯成为很可笑的对比，但由于大冯的谦虚天真善良如儿童的笑容，你很快接受了他们的愉快相处。你个子再小，在大冯面前不必不安，因为大冯从精神上更像是个孩子，他懂得尊重别人，这正是他的魅力。

他又那么聪明，多才多艺。他写义和团写神鞭写英国写"文革"写船歌也写乒乓球运动员。他的画很有味道，也有功底，听说还颇有效益。他的文化评论写得有见识有趣味。他为保存天津旧文物做了大量工作。

他这个人也极有趣，每年政协开会期间听他与张贤亮斗嘴，你觉得好玩得不得了。一物降一物，有了冯骥才，牛皮张贤亮才受到了一点约束，不至于"上房揭瓦"，张贤亮常常在与冯的舌战中处于下风。

70年代末期或80年代初期，我头一次去他天津的家。一间房子里摆着钢琴摆着床与桌椅摆着有真有假的许多文物古玩。房子和他的聪明一样，满溢得快要爆炸了。后来，几次搬家，他现在的住房可是鸟枪换了高射连发火箭炮了。他给我以功成名就生活猛往上蹿的感觉，应该祝贺他和类似他的作家赶上了好时候，祝贺他们事业有成。同时劝他保重再保重，踏遍青山人不老，我们还等着读他的新作，好事还在后头呢。

谢谢尼娜，谢谢老托

1984年6月我第一次在莫斯科与托洛普采夫见面，他与科学院远东所的萨罗金一起到俄罗斯饭店，主动来找参加塔什干电影节的我。经过了那么多变化和复杂形势，我们的见面似乎有点怪气。但毕竟有太多的互相了解与相互的兴趣，有太多的共同的经验，更有完全一致的话题：文学；想彼此如何如何之对立、警惕、敌视，也难，远远不如一起切磋文艺更自然。

我去过了他的家，认识了他的妻子尼娜、他的女儿喀秋莎，吃了他们做的大馅饼。从个人对个人来说，我们是同行，也是朋友，都是好人。他那么执著地研究中国文艺，就作品论作品谈的看法，他的见解是中肯的。

他不久就到中国来了，据说由于他接受中国国际电台的采访，几乎给他找了政治上的麻烦。而尼娜到上海见到了与我同行的《青春万岁》的导演黄蜀琴的父亲、老前辈黄佐临先生。尼娜一见到我就说她是如何地为黄老的风度所倾倒，太妙了。

……倏忽已是今日，四分之一个世纪过去了，中国已经不是当年的中国，俄国也尤其不是当年的苏联。有趣的是，我们的友谊却几乎没有变化。从1984年，被大量中国朋友们称为老托的这位学者，头发变白了，走路的样子也不完全像1984年了，他对于中国电影、中国文学、中国古典文学特别是李白的研究始终如一。他与中国文艺家、俄语专家们的亲密感情与密切来往始终没有变。他对我的关心、善意与兴趣，始终没有变。我经常在新年、在春节、在十一、在我自己的生日得到他的祝福。我几乎每次都会在他造访北京的时候与他见面交流。2004年，他组织出版了我的作品的新的俄语译本。2007年，他组织出版了包括铁凝、冯骥才与我的作品集与我有关的评论文集。他的妻子尼娜也是一如既往地研究着中国教育。他供职的俄罗斯科学院远东研究所，为发展两国关系做出了许多贡献。2004年，在他与所长季塔连柯的关心下，我还专门去了一趟莫斯科，接受远东所授给我的荣誉博士学位。2006年，当铁凝当选为中国作协主席的时候，他发短信表示热烈的祝贺。他似乎常常把中国的文艺生活看作自己的事情。

现在，他与尼娜的一批有关中国的研究成果将要结集出版了，多么令人高兴。几十年的成果，为我们提供了新的讨论中国的文艺教育生活的角度，对于中俄两国的读者，都是极有启发、极有趣味的事情。

老托与尼娜是好的学者、好的朋友，好人。在困难的情况下，复杂的情况下，顺利的情况下，他们充溢着对于中国、中国人、中国文艺与教育的强烈兴趣，数十年如一日地进行着科研工作。这样的人至少在我国并不多见。老托专门写的对于我的作品的评论也颇有可观。我要说的是：

谢谢尼娜，谢谢老托！

永远的同学

马森是我的高中同学，1948年我们同期考入位于北京地安门的河北高中。同年我加入了中国共产党（当时还是地下党）。1949年后，我义无反顾地离校当了团干部，他则在报名加入南下工作团、整装待发时被家人带到台湾。人生就是这样充满变数，他本来可能成为红色中国的“干部”，他已经向往南下与革命。命运使我们分道扬镳，且行且远。他此后成为著述颇丰的文学艺术家，我也进入了文学的行当，命运又使我们渐行渐近。

20世纪80年代以来，我们多次在北京、香港、台湾会面。1986年我担任文化部长时，他发表过给我的公开信，他的善意与心愿我是理解的，我在可能范围内努力做好。1993年在香港岭南学院，我们有机会几乎是朝夕相处达一个月的时间。我更了解了他的持重、诚恳与好心助人。我与妻芳得到他与已经怀孕的太太的照拂。听他讲起当年参加南下工作团的状况，他说他为了走出解放区还化了装。我们不胜唏嘘。

大河同源，分流陌路，终有交汇。马森兄自称是犯了驿马星，亚欧美欧亚地转了几圈，马兄固洋矣，仍归故土。我呢，革命（包括革人家的命与自己的命）也算革得激烈淋漓，不亦乐乎。然后改革开放，我也转了大半个地球，虽然是走马观花多，下马种花少。世界毕竟是同一个世界，善良毕竟是同一种善良。命运本来可以这样也可能那样，我们毕竟不能因为命运的捉弄而长期隔膜。而文学毕竟是文学，同学永远是同学。

1993年在台湾参加《联合报》举办的“中国文学四十年讨论会”时，我们同为《联合报》的客人。他听了我的晚餐讲演，我讲到善良，讲到鸽子白色的羽毛，讲到轰来轰去心灵只剩下一片焦土，讲到文学可以成为一股清风。马森同学竟同感地流下了泪水。我则感动唏嘘于花甲之年的他的纯洁与真情。

我早就拜读过他的评论文字，我知道他学贯中西，也感觉得到他与我太不同的文化与历史——经验背景。这次又读到他的《旅者的心情》。文如其人，他写得真诚、实在，绝无巧言令色，近乎质胜于文，干货多而不掺水分。同时又有独特的感受与想像，是一个诗人与艺术家的感受与想像。我也是一个爱旅行——我喜欢用的词是漫游——的人。我也走过他提到过的那些地方，或者可以说是更多的地方。但较缺少他的那些相对长期的定居经验。我惊异于他所讲的一些想法，例如他说加拿大的温哥华是天堂，但是，是“无人”的天堂。绝了。一句话包含多少感受与忧伤、欣赏与遗憾。他刻画各地的风土人情与风光特色，令读者身临其境。既能敏感到他们的生活方式与故土中华的不同，又能看出世界与人类的一致，看出“四海之内皆兄弟也”的广阔与通达。他的一些貌似简单的概括，其实心意深广。今天的世界，一个不懂得世界的人很难懂得自己的地域；一个对世界动辄做出轻率的判断（不论是正面的还是负面的）的人，很难正确地判断自身，也很难正确地理解所属的国家与地区，以做出正确的选择。马森的书对于今天的内地读者，是有趣的，更是必要的。书名虽然叫《旅者的心情》，但我认为这不只是一本旅行的书，更是人生的书、世界的书、文化的书。近百年来的经验告诉我们，要了解世界，也要了解自己。我们对于世界和自己了解得还都不够。我们需要多几个马森这样的旅者，把心语告诉我们。

子云走了

5月21日与22日（编者注：2009年），在上海连续两天我都见到了李子云，她气色不错，但是显得非常衰弱，走路时紧紧靠着搀扶她的安忆，说话也比平时少得多。

想不到6月10日，她就走了。说走就走了，几乎没有过程。

她是一个爱说话的人，过去每次在北京见到，光与她说话也超过四五个小时。

谈对文学、作家作品、作协文联等的看法。谈话中她锋芒毕露，时有批评指点，不跟风，不趋时，不从众，不看批评对象的高低贵贱，不管你具备老虎或者老鼠屁股，也就不留情面。包括对我的作品，她认为好就是好，她认为不好她绝对不会说好。一种她认为是我的炫技之作，花样翻新，却并没有能触动她的心田，她当然不喜欢。一种她认为是我的和稀泥之作，名为温暖和谐，实为欲说还休，却道天凉好个秋；她说她读了好难过。还有一些观点与我不同，例如她不那么喜欢俗文学，我却觉得应该包容。

我们是和而不同的。大致上谁也没有说服谁，但又互有很大的影响。

最早一次见到她是在四次文代会上。听她谈了在上海的一些有关文艺问题的争论。她在编《上海文学》，她发表了长文，对于文艺为政治服务的说法提出质疑。她被某些人所不喜，又为某些人所支持。她曾经在夏衍同志身边工作，从她身上可以看出夏老的清晰、清高、清纯与分明。

世界上的事都能那么分明吗？到了1979年，到了我入党已经31年，中间被开除了22年，终于又回来了，而且一片形势大好的时候，我身上未必没有难得糊涂的阴影，即使那时候抱有的希望如火如荼。我甚至私下觉得子云何必那么较真，为什么不能牵就牵就、凑合凑合呢？文艺文艺，争那么多做啥，争论终将忘却，作品、好作品仍然存留。尤其是遇到一个什么直接领导，你怎么能不善自调和一番呢？

但是她的鲜明与文艺良心仍然给我深刻的印象。对于她，文学与良心完全一体，违背了良心绝对没有文学。她要求深度，她要求感动，她要求直面人生现实，她要求触及真相与灵魂，她要求精美与严肃，要求真情。她压根不信并且讨厌炒作、关系、促销手段与拉拢公关，她也从来不被大话、热昏、潮流所唬住。

“某某写得笨”。她一句话就扎到了一个死穴上，虽然人们都认为某某写得真诚。“对某某某吹捧得太高了”，她说，尽管高高之说已经实际上被许多人所接受，已经成了气候。她全然不顾别人的哄抬，对于她，任何哄抬等于零。“某某心思很高，但是常露出马脚。”她又说。我甚至觉得她说得太穿透了。她说到了那些可爱的同行的不得体的、偏于下作的举止与文字，实在令人摇头，令人沮丧。不说不行吗？例如在大街上看到一摊污秽，是指出还是赶紧转过头去好呢？

她不无洁癖。她感到吃惊：怎么某某的言词像是流氓？怎么某某的腔调像是应召女？怎么某某变成了死官僚？

……她不完全了解我们的生存环境吗？她以为文艺界当真矗立着什么象牙之塔吗？

她为什么不把这些都写出来？她当然写过不少的批评、评论文章，有棱有角，我听到过被批评的作家的叫苦。但是没有写得更多。我替她难受，怕什么？搞了一辈子文学评论，连一些贻笑大方的作家都没有认真得罪过，不是太憋屈了吗？

但是听她说说仍然有趣，有时颇为痛快。她对文艺工作方面担任过领导职务的人的情况直至音容笑貌也都学得惟妙惟肖，评得入木三分。无怪乎1983那年闹批现代派，竟然把冯骥才、刘心武与在下的妄言，归罪到她，竟然几乎把祸事转移到李子云身上，因为说是上海支持了现代派（？），夏老、巴老都说了让某些自命领导的人不那么爱听的话，他们怀疑，是子云在那里牵线搭桥，兴风作浪；忙于什么要把她调离文艺界，敢情文艺界是这样可爱肥厚。现在的80后90后们，当然无法想像当年的文艺斗争盛况，应该说是弄假成真、装腔作势、藉以吓人，终于空无一物的盛况。

屡屡成为目标，有点风风雨雨的意思，同时她该怎么样就怎么样，从前是这样，后来还是这样。她住在淮海路上一个里弄的一间不大不小的老旧房间里，30余年如一日，陪她的有一个老保姆，她就在子云家里养老了。其他人包括我本人在此期间已经搬了不知多少次房，住房面积扩充了有的达十几倍。她从来没有为自己个人的处境生活待遇等与我透露过一个标点符号——说实话，我也没有相问过。而另一位写作人，刚发表了第一篇大作就开始闹腾待遇了。他的各种言词令人作呕。为什么同为文艺从业人，低俗的就俗出个蛆虫来，而清高的就只能清高出凉风阵阵？我接触过的夏衍张光年包括林默涵等也是这样，他们只谈文艺与政治，绝对不谈个人得失，他们不关心这些，不论是他们自身的还是旁人包括谈话对象的。他们的骄傲是他们的思想观点，你让他们改变自己的观点，根本不可能。子云在评论界有相当的影响，我知道有些作家希望得到子云的好评，有某些努力，但是无用。现在还有这样固执的、不妨说是方正无私的或者不无迂腐的评论家吗？像李子云这样的评论家会不会逐渐绝了种？

她比较毫不吝惜地赞美过的作家之一是冯宗璞——兰气息，玉精神。她这样说宗璞，她在宗璞身上，找到了某些方面的自己。

然而李子云又不仅是书生才女，她绝对不是书呆子，她太不呆了。你到上海，如果得到子云的照拂，那一定是如沐春风，哪里住、哪里吃、哪里散步、哪里谈天、哪里购物与购什么物，她的建议永远是最佳答案。

有时候她有点娇气，她从不要求豪华，但是一点点不适她会有超强的反应。到北京来，她喜欢吃我们自家做的饺子。但是一个小馆如果被她查觉出来不洁处，麻烦了，她只能选择绝食。还有一次在某地开会，她到了，觉得不适，立即躺倒，然后立马回上海。也许这是她那时已经有点心脏病的表现。

她不接受肮脏和俗鄙。当一个土包子出了趟国，回来拿上个小玩意垂涎三尺地讲述国外的繁荣讲究与自己开洋荤的兴奋的时候，李子云的反应是："我们早就选择过了。"张承志无数次提起此事，他感佩李子云的尊严。他反感某些写作人的无耻，当然。

子云走了，她的风格与见识仍然与我们相伴。我们无法忘掉她。

我早晚要做一件事：冒大不韪，把她口头上多次评论过，却一直没有写出来的那些话公之于众。如果说我没有得到授权，那就算老王的又一次王说李话，借题发挥吧。

相信我写到这里，有些人读到这里，也许会吓出一身汗。

读聂绀弩旧体诗

庾信平生最萧瑟，
暮年诗赋动江关。

杜甫的诗竟像是专门为一千二百年后的聂绀弩写的。

我没有见过聂先生，从年龄上说他是前辈，这个名字我所以记得，最早是在批判胡风的高潮中，我在《人民日报》上读到了聂先生的批胡文字。我无意在这里哪壶不开提哪壶，更无意在这里丧尽天良地横扫一切，我只是说我们并没有假装全部忘记了我们的昨天，我们也不会因为某些人的毫不腰痛地站着说风凉话就信了他们的胡说八道。

直到“文革”以后，聂诗流传到我耳朵里来了。我强调是流传，因为我未见其书，未知其人，未索其句，它却硬是进入了我眼我心。例如这一类句子，最早是从友人的信中看到的：

哀莫大于心不死……
无多幻想要全删……

这样的句子直击要害，见血封喉，一看，你傻了。

何处有苗无有草，每回锄草总伤苗。培苗常恨草相混，锄草又怜苗太娇。未见新苗高一尺，来锄杂草已三遭。停锄不觉手挥汗，物理难通心自焦。

聂的锄草诗，与我的生活经验百分之百地一致。其实这里有接受改造的含意，说明下乡劳动是何等艰难、何等伟大，知识分子是何等无能，何等汗颜。不，这里绝对不包含诉苦，农民锄个草还不是小菜一碟。人生本来就不公平，庄稼本来就不好长，未见新苗高一尺云云，倒是有点不快不顺气的感觉，本来那个时期人们都说是大丰收，放卫星的。锄草三遭，苗未长一尺，看来聂公那时已经开始删除幻想了。

此外聂老还写过许多诚恳地乃至是诗情画意地描写劳动生活的诗，例如搓草绳之类的题材。他本来是宁愿在热爱劳动的高调中逆来顺受的。

此后定难窗再铁，何时重以鹊为桥？携将冰雪回京去，老了十年为探牢。

聂诗中有许多写给他的妻子周颖女士的诗，悲怆中不无自嘲，震惊中仍有调笑。例如：

孤山与我偶相携，我赠孤山几句诗。雪满三冬高士饿，梅开二度美人迟。吾今丧我形全槁，君果为谁忆费思。纳履随君天下往，无非山在缺柴时。

此是三首诗中之一，诗前注曰：

出狱初，同周婆上理发馆，览镜大骇，不识镜中为谁。亦不识周婆何以未如叶生之妻，弃箕帚而遁也……

患难夫妻百事哀，哀而成诗，诗而成绝唱，绝唱中有血有泪，有寒冬雪梅之傲，亦有情有趣，有美人云云，有《聊斋》中叶妻见到叶生做鬼归来，吓得落荒而逃的故事。把镜中自己的骇人形象说成是《庄子》中的得道真人南郭子綦的吾丧我的境界。这也是我喜说的“泪尽则喜”的意思吧。

谁说读书无用，至少可以用来打趣自己的噩运。

> 狂热浩歌中中寒，复于天上见深渊。文章信口雌黄易，思想锥心坦白难。

以上是他为冯雪峰写的诗，头两句取自鲁迅散文诗，而后两句，声声泣血，字字钻心。只这八个字，就如闻霹雳，如见闪电，足以振聋发聩，力抵千钧。所谓旧体诗竟能写到这样真挚深情、奇突穿透、警醒骇世。聂先生有学问，更有血性，有词儿有掌故，更有“摇落人间六十年，补天失计共忧天”的如磐忧思。

即使忧愤如铅，阻挡不住聂先生的豪情：下面的句子永远令人豪迈，即使是“十年牢狱千夫指”了，你还是拿聂老这样的文人毫无办法：

> 二十岁人天怕我，新闻记者笔饶谁。
> 世有奇诗须汝写，天将大任与人担。
> 今世曹刘君与妾，古之梁孟案齐眉。
> 奇诗何止三千首，定不随君至九泉。
> 男儿脸刻黄金印，一笑心轻白虎堂。
> 昨梦君立海边山，苍苍者天茫茫水。
> 天狗吐吞唯日月，鲲鱼去住总沧溟。

聂绀弩是有一些可怕的经历的，例如下面这首诗：

> 解晋途中与包于轨同铐，戏赠。
> 牛鬼蛇神第几车，屡同回首望京华。曾经沧海难为泪，便到长城岂

是家……

是说在那个无法无天的时期，他与“同案犯”包先生铐在一起起解。诗很厉害，令人难以正视，但是文词之美又带来几分患难的浪漫与风流，犹能屡屡回首望京华？犹能沧海呀长城呀地忽悠一番。却乎是苦难也成诗，也成豪兴，也成佳句，抒忿之吵仍有自慰，与文字的匠心独运。

现在，中文圈子中聂的旧体诗是一座奇峰。从伟大中华历史来看，这样的诗篇也属空前绝后。屈原的《离骚》当然绮丽繁华、忧愤沉郁，但没有聂的芜杂中的真挚，俚俗中的古雅，纷纷世相的真切刻骨，荒唐经历的难信堪惊。他老先生是无事不可入诗，无词不可入诗，无日不可入诗，无情——愤怒、无奈、叹息、感激、惭愧、戏耍、沉痛、悲怆、惊讶、坚忍、豪兴、大方——不可以入诗。他的诗如怪石，如荆棘，如黑云，如利刃，如泄洪，如哭号，如骷髅造型，如古树参天，如碾压，如旋风，如断了线的风筝，不知将冲破几重灵霄宝殿。

现在，《聂绀弩旧体诗全编》出版了。我本无资格对聂绀弩先生其人其诗置喙，经不住编辑先生的抬举与不懈要求，只得零零星星地写下一点读后感，表达我对这位天才诗人的怀念尊敬之意。往者已矣，来者可追，中国诗，大有得写呀！

文学和艺术

王蒙答斯洛伐克汉学家高利克问

2007年9月13日，王蒙先生在斯洛伐克首都布拉迪斯拉发的多瑙河(Danube)宾馆接受了该国社会科学院的汉学家高利克先生的来访。

高：在过去的两天里，你看了斯洛伐克乡下的一些地方，还有布拉迪斯拉发，你对我们的国家有什么感受？

王：我们在斯洛伐克短短的两天，感觉非常愉快。这是一个得天独厚的国家，她的自然条件非常好，气候条件，山、河。(高：没有中国那么漂亮)还是很漂亮的。有些过往的建筑，让人看着很舒服，我们感觉这里的人民，这里的老百姓生活还是比较轻松的，很愉快的，让人感到很高兴，能在这里逗留几天，也是我们的幸运。

高：你在捷克、俄罗斯都是很知名的作家、文艺批评家，你的写作生涯长达50多年，有着很复杂的生活过程。你能不能讲一讲你的生活里最重要的几件大事？

王：我经历过中国及世界的太多的变化，我的生活道路上经历的事情太多了，都是重要的，几乎没有不重要的。但要我简单地说，也许可以说几件事。第一件事就是在我的少年时代，我就变成了一个反对当时的国民党政府的这样的一个少年，甚至于，至少我自己以为我自己是一个革命者，而且在我差5天才满14周岁的时候，就参加了中国共产党，成为共产党地下组织的成员。我积极地参加了从旧中国到新中国这样一个翻天覆地的历程与革命。第二件事情是1953年我就决定将自己的一生献给文学，所以文学对我太重要了，太有吸引力了，别的都可以做得差一点，但是一定要好好地做文学。然后一直到今天，无论在什么情况下，最好的情况和最差的情况下，我一直喜爱文学，愿意多读和多写文学作品。那么第三件事呢，1957年到1958年，在中国的反"右"派的运动当中，我莫名其妙地成为了"右"派分子，成为了一名反对共产党的"右"派分子。现在看来有一点可笑，但是当时对我是一个很严重的打击，之后我有差不多20年的时间，我保持沉默。但是我个人在新疆，有好的与不好的经验，仍然有很多高兴的事情。第四件事情就是后来的改革开放。改革开放使中国的情况完全变化了，使我个人的命运完全变化了。我无论写作，还是社会生活上，都保持着一种积极的劲头。我要特别强调1979年我的小说《夜的眼》的发表，苏联的外国文学杂志在停止了许多年以后，首次介绍中国当代文学发表的是此篇。美国80年代初出版的中国小说集《玫瑰与刺》也收了此篇。

高：你和我的朋友顾彬教授在几天以前给我写了一封信，他告诉我，他认为你的最好的作品就是《组织部新来的年轻人》，这篇小说我是1958年读过的。我很想把你的这篇文章翻译成斯洛伐克文，但当时我们国家的人都认为自己国家特别好的，我没敢翻译出来。你对于顾彬教授的认定有什么意见呢？

王：我写的作品比较多，风格、题材的变化也比较大，所以对于我的作品哪一本是最好的评价，至少我知道的就有5－6种说法。一种认为是《组织部新来的年轻人》，与顾彬教授认为的一样，在香港出版的《亚洲周刊》，他们评中国20世纪最好的100部作品，也选的是顾彬教授所喜欢的这部作品。另一种说法呢，正如好多人都认为的，是我描写新疆的一些作品。除了谢教授之外，上海很著名的作家王安忆，山东很著名的作家张炜，他们都说我最好的作品是写新疆的。（高：我也喜欢）谢谢！还有一种说法认为我最好的作品是我的长篇小说《活动变人形》。在中国的几个大的出版集团他们也评选了20世纪中国最优秀的100部作品，他们评选的就是《活动变人形》。《活动变人形》翻译出去的也比较多。英语、德语、日语、韩语、意大利语、俄语等，也还有相当的效果。这是一种说法。再一种说法认为我最好的作品是我最早的长篇小说《青春万岁》。这部小说是1953年我开始写作的，但是正式出版是在1979年，也就是过了26年才出版，现在每年或过一两年还都在再版。还有一种说法是我最好的作品是我的一批散文与评论，特别是在《读书》杂志上发表的那一批，说它们好于我的小说。我很高兴我的小说《十字架上》得到高利克先生的重视，当然，这也是我当年很重视的一部作品。我想，有那么多的学者、读者对我的作品从不同的角度提出了他喜欢哪个，不喜欢哪个的说法，对我来说是个非常好的事情，所以我自己不应该站出来说我的哪部作品是最好的，这样就打击了一大批喜欢我自己其他作品的人。而且我愿意看到别人议论我的作品哪部是最好的。

高：你说你是个革命家，但我觉得你充满同情心。你写的《十字架上》，没有哪个中国作家写得那么好。茅盾先生也写过类似的小说。你写得非常好，你把自己放在十字架上，而你那时是文化部长，你认为在中国做文化部长是那么困难的事情吗？

王：我认为是这样，《十字架上》这部作品里头，实际上我的核心，我最关切的是对于弥赛亚与弥赛亚情结的这样的一种关注。相反，也有一种跨越，超过那种弥赛亚情结。在这一点上来说，我觉得一个革命者，同样也有一个弥赛亚情结。革命者以为我们进行着的革命，就是我们的弥赛亚，他要解救人民。认为中国以前全部都是黑暗的，然后从这个革命以后，你就有一种使命感，这种使命感从某种意义上和耶稣是一样的。耶稣有一种使命就是拯救人类的罪恶，那么革命也是要消除，当然是用强硬的手段，而不是用传教来消除黑暗。所以我能有这样一种心情，体会这个弥赛亚使命。这种使命，既是令人向往的，又是非常痛苦的，又是不被人们所理解的。（高：所以你在《十字架上》里面写道，中国人民也不理解你）是的，也还要骂的，你看耶稣直到被处死，仍然有很多人在骂他。

高：如果在中国有更多的人能实现仁爱、宽恕，社会会好一些吗？

王：当然！在革命当中强调斗争，强调硬的手段，强调不要向敌人屈服，这我完全是理解的。但是在革命取得胜利以后，不能老是斗争斗争，如果老是斗争，那么这个国家就没法发展了。

高：马克思认为斗争是最重要的，也就是毛主席说的阶级斗争为纲。而耶稣认为最重要的是和谐。

王：现在中国也讲和谐了啊！马克思所设想的社会主义和共产主义应该是没有阶级的，没有阶级，也就没有阶级斗争。你知道我也有一篇有争论的文章，我在《读书》杂志上很早就提出来了，鲁迅有一篇很著名的文章，叫《费厄泼赖应该缓行》，中国实行不了 fair play，但是我说中国已经缓行了这么多年了，现在中国应该 fair play 了。现在马上要在中国举办 Olimpic Games，没有 fair play 怎么行？所以你说的宽恕、公平、慈爱、谦虚，谦虚这是中国最古老的品德了，和谐、和解，就是斗争的双方，也不一定是到最后是我把你杀了，你把我杀了，也可以和解。我们昨天斗争，后来就不一味强调斗争了。中国与美国的关系也有很大改善，中国与俄罗斯的关系也越来越好，可以和谐相处。这些东西我觉得对于中国社会都是非常必要的。同样，基督教博爱的精神，我以为对于中国社会也是有好处的。佛教的普度众生，慈爱、慈悲，也是非常好的。很多佛教国家是很和平的，你看泰国。（高：佛教没有宽恕有超度）

高：8月28日，你的也是我的朋友顾彬教授获得了中国国家的文学奖，他是一个很厉害的批评家，你如何看待这件事情？

王：我觉得这是很应该的，你说的这个奖我不很清楚，应该是中国作家协会发的奖。你说的厉害是个观点问题，但这有个前提，就是他关注、介绍、翻译、研究中国的当代文学作品，做了大量的工作，很有贡献。比如说我有一篇德语的小说，叫《夜的眼》，刚才我忘记说了，也有人说这才是我最好的小说。他翻译了这篇小说，并与别的小说一起编成了一本书，是在瑞士的一家出版社出版的，而不是在联邦德国。他还翻译介绍过张抗抗的小说、孔捷生的小说，很多很多别的中国作家的小说，所以，当然应该奖励他。至于他对于某些问题的看法，这是他个人的事情，个人观点他比较 progressive，比较激烈，但是他也与你一样，关注中国文学、翻译中国文学、介绍中国文学、研究中国文学，在这方面，我觉得顾彬教授是高于一些研究者的。最近中国作家协会还奖励过包括俄罗斯在内的一些国家的汉学研究专家，托洛普采夫也得过奖，还有李福清。刚才说到的这样的人还很多了，包括像您、黑山，都做了大量的事情。我有很多的汉学家朋友，像墨西哥的汉学家白佩兰，德国的就更多了，他们都很好。

叠印与你的花园

作为一个七十好几的人，我常常惊异于我们的生活的日新月异。早在80年代初期，我去美国的时候，听到当年给毛主席献红卫兵袖标，并按照领袖指示改了名字的小友，此时已胜任愉快地在美留学，我不能不赞叹中国人的戏路子实在太宽太野。

但老王我毕竟看到太多的往事与叠印，70年前、60年前、50年前，直到最近刚刚发生的事情重叠在一起，成为一个分量，成为一个故事的契机，成为一个对于想像力的超越与逗弄，成为泪水与幽默。

中国很古老，中国又很年轻，有时候是天真与孩子气。一时间，豪宅啦、大款啦、移民啦、前卫啦、老板啦、网络啦、八〇后啦、洛丽塔啦……与知青啦、“文革”啦、三种人啦、政工组啦、又红又专啦……交织在一起。多么好的小说材料。

再说我长期以来是用非小说的眼光来写小说的。老了老了，也不妨把小说当作极其小说的小说来写，当作小字辈的小菜一碟来烧。王某老矣，尚能一闹也。

我常常回忆起德国作家托马斯·曼的话：“愉悦这个可悯的世界吧，我们还有小说。”（大意）50年代的那次运动里，为我对于此话的钟情，有那样的同志感到义愤填膺与无法理解。他们为啥火了呢？我也想到了那些描写花园的大家，例如博尔赫斯。

严重说明：大约第二十五个自然段中，“……而具有爱丝或干脆是爱玲的脸型的年龄不到三十的才女小说写手，则讲到了男人的虚恭，英语叫做破风或者法尔蒂的。她有过一个情人，第一次用声响，第二次用气味使她大哭了一场。”“虚恭”二字被《收获》杂志误改为“虚荣”，完全拧了，麻烦《北京文学》的编辑仍将之改为“虚恭”（即放屁）。

歌声涌动六十年

解放以后，各种革命歌曲，其中大量由民间曲调填上了新的政治鼓动内容的歌词，像浪涛、像春花、像倾盆大雨一样地到处汹涌澎湃。

有一首郭兰英首唱的《妇女自由歌》，给我以深刻的印象，歌者因为演唱此歌，在苏联主导的一次世界青年联欢节上，得了铜奖。

旧社会，好比那，黑咕隆咚枯井，万丈深，
井底下，压着咱们老百姓，妇女在最底层……

是山西民歌的调了，伴奏让我想起晋剧，悲伤、郁积，像控诉、像哭，闻之怆然。

——没有这样的彻骨的悲怆，就没有革命的搏击。

多少年，多少代，盼着那个铁树把花开，
共产党，毛泽东，它领导人民走向光明……

是突然释放的热情，是好不容易搬开了压在头顶上的石头，是成千上万的姐妹们由衷的笑脸，中国的女子有救了，历史从1949重新书写。

就像另一首歌里所唱的：

铁树开了花呀，开呀嘛开了花呀，
哑吧说了话呀，说呀嘛说了话呀……

谁也没有办法否认这样的事实，这样的历史，这样的民心。情是这样的情，理是这样的理，激愤、期待，也充满信任。无怪乎据说一些老解放区的歌唱家聚会的时候，在酒过三巡以后，他们宣告：革命的胜利是从他们的唱歌儿的胜利上开始的。

我想起1949至1950年苏联协助拍摄的文献纪录影片《中国人民的胜利》与《解放了的中国》，后一部影片解说词执笔人中方是刘白羽，苏方是西蒙诺夫。

也许你可以追溯到蒋的1927年的“四·一二”血洗，也许你可以追溯到秋瑾与黄花岗烈士的就义，也许你可以追溯到1840年的鸦片战争。也许你可以追溯到窦娥冤、秦香莲、杜十娘直到黛玉、晴雯、鸳鸯、金钏……也许还应该提到《兰花花》与《森吉德玛》，应该提到遍布神州的节烈牌坊与牌坊下的冤魂厉鬼。风暴与渴望孕育了几十年、几百年、上千年，点点滴滴、零零星星、血血泪泪，终于汇聚成了改变中国也改变世界的狂风暴雨。只有不可救药的白痴，才在全面小康着的中国冷言冷语：“有那个必要吗？”“代价太大了啊。”“如果没有这一切，一直搞建设多好！”

民歌的力量

旧中国城市里的流行歌曲，尽管也颇有可取，如《马路天使》《渔光曲》里的插曲，但同时也确实与旧社会一起透露出了土崩瓦解、鬼哭狼嚎、阴阳怪气的征候。例如1948年流行的《夫妻相骂》，女骂男：“没有好的吃，没有好的穿，也没有金条，也没有金钢钻。”男骂女：“这样的女人简直是原子弹。”邻居骂：“这样的家庭简直是疯人院。”

而解放区唱的是“解放区的天是明朗的天”，“太阳出来了，满呀嘛满山红”，“东北风啊，刮呀，刮呀，刮晴了天啊，晴了天，庄家人翻身啦……”

我始终认为这最后一首东北民歌，是土改歌曲，饱含着感情，也饱含着斗争的严酷。它使我一唱就想起周立波的获得斯大林奖金的作品《暴风骤雨》。当然，有的人读了周立波的小说会浑身寒战。正是暴风骤雨式的土地改革使千千万万赤贫的农民走上了革命到底的不归之路。正是农民、工人、知识分子的全面革命化，成为中国革命的特点，也成为中国革命必胜的保证。

“庄家人翻身啦”一句，离开了旋律调性，它是呼喊，是叫嚷，是霹雳电闪，它唤醒了阶级，带着拼却一身热血的决绝。

与旧的流行歌曲相比较，民歌风更刚健也更明快，更上口也更泼辣。50年代的我们，认定是共产党带来了云南民歌《小河淌水》与蒙古长调，还有四川的《太阳出来喜洋洋》。早在解放前，是地下党接收了推广了并非共产党人的教授老志诚所整理的新疆民歌《阿拉木汗》《喀什噶尔姑娘》，使之成为平津学生大联欢的主唱歌曲。中华人民共和国的一大贡献是开掘了、辑录了也充分使用了如此丰赡的民歌民谣，开掘弘扬了我们的民族民间精神资源。

不知道这是不是意味着我的新疆缘分。在解放头两年的众多的欢庆解放的歌曲里，一首新疆歌儿令我如醉如痴：

哎，我们尽情跳跃在五星红旗下面，
我们快乐地迎接着美丽的春天，
太阳一出来赶走那寒冷和黑暗，
毛泽东给我们带来快乐和温暖……

你觉得这歌声不是从喉咙，而是从心底的深处，含着泪又破涕为笑了才唱出来的。人民，只有人民，让我们永远记住人民的支持和信赖、期望和贡献。

这样的歌词与真情千金难换。

老式的唱片上，一面是此首歌，另一面是器乐合奏《十二木卡姆》的一个片段。十二木卡姆也是随着解放才兴旺发达起来的。

1951年，我从一张纸上学会了我此生的第一首维吾尔语歌曲，这张纸抄写了用汉语记录的维吾尔语发音的歌词：

巴哈米兹能巴哈班尼达赫依毛泽东（我们花园的园丁是伟大的毛泽东）

阿雅脱米兹能甲尼甲尼达赫依毛泽东（我们生活的意志是伟大的毛泽东）

无论如何，这样的歌词是太可爱了，别具一格。次年，苏联艺术家访华演出，乌兹别克加盟共和国人民演员塔玛拉·哈依演唱了它，最后一句歌词是一串笑声：啊哈哈哈……她笑得十分出彩。与她笑得一样好的是哈萨克斯坦的哈丽玛·纳赛罗娃唱《哈萨克圆舞曲》。

事实如此，在民歌与流行歌曲较量的过程中，民歌大获全胜。在革命战争中，歌曲属于革命者，属于人民。对立面的窘态之一是无歌可唱。自古中国政治斗争中的失败者的遭遇就叫做“四面楚歌”。

我们要和时间赛跑

50年代初期，一首名为《我们要和时间赛跑》的歌曲打动了国人。一看这个题目，就充满了苏联味儿。古老的中国虽然有“与时俱化”“与时俱进”的说法，却没有“与时间赛跑”的豪言。它的词曲作者是瞿希贤，老革命、老作曲家，我早就学会了唱她的“红旗飘哗啦啦地响，全中国人民喜洋洋”。胡乔木同志对她一直是念念不忘，他曾经约我在一个重要的时刻一起去看望瞿老师，因瞿老师不在北京，未能实现。

与此同时，我想起了一大批苏联歌曲。苏联的经济很不成功，政治也好不到哪里去，军事好一点，文学更好一点，歌曲相当成功，体育最成功。当然，这是带有戏言成分的随意之说。

瞿希贤的歌曲使我想起苏联的曾经相当发达的群众歌曲，例如《祖国进行曲》、《莫斯科你好》，例如《五一检阅歌》，后者唱道：

柔和晨光，
在照耀着，
克列姆林古城墙……

雍容、大气、坚强、乐观，你想着的是五十路纵队阔步前进。解放初期的中国。五一、十一也有这样的群众游行。瞿的歌曲同样反映了这样的气势。目前仍然被许多歌者喜爱的《莫斯科近郊的傍晚》，却给我不同的感觉。这首歌的出现，已经是中苏关系逐渐恶化的时代了。这首歌曲也不像其他歌曲那样富有意识形态的悲壮与锐利。至少对于我个人来说，《傍晚》意味着的是某种衰退与淡化。还有《山楂树》，我始终觉得它俗。

其实我最最喜爱的《纺织姑娘》的“在那矮小屋里，灯火在闪着光”，也没有什么斗争意蕴，但那毕竟是民歌，又是50年代初期传进来的，它给我的感觉是质朴与纯洁。而“二战”时的苏联歌曲，例如《灯光》例如《遥远啊遥远》，更能穿透我的心，令我热泪盈眶。

李劫夫的歌儿及社会主义好

最受苏联群众歌曲影响的还是李劫夫。特别是至今有人演唱的：

我们走在大路上，
意气风发，斗志昂扬……

他的旋律有与《莫斯科你好》相衔接的地方。这是一个作曲家最先告诉我的。1965年我到达伊犁的巴彦岱公社，更学会了用维吾尔语唱这首歌：

达格达姆哟鲁芒哎米兹

词与曲都很开阔雄强。一个作过这样的歌曲的人，“文革”中却卷入了他不应该卷进去的事情，他的晚年是并不愉快也不太光彩的，令人叹息。

他的“语录歌”应该说是勉为其难，自成一家，乐段仍然有它的优美与真情。虽然，看到天才的作曲家生产出来的竟然是这样的果实，令人不胜唏嘘。

让我们再看一下杰出的作曲家李焕之。他的作品最普及的除了《春节序曲》就是《社会主义好》。社会主义好，这当然好。他的歌词“右派分子想反也反不了”“帝国主义夹着尾巴逃跑了”，相对天真烂漫了一些。世界和中国，历史与现实，都比歌曲复杂。至于当今的搞笑段子“帝国主义夹着皮包回来了”，则是另一种头脑简单与判断廉价，如果不说是弱智的话。同时，幽默奇谈的简单化，标志着的正是历史的太不简单，是救国建国的道路的艰难与复杂。多么不容易呀！

歌曲与口号

在一个特定的时期，歌词变得完全政治口号化了，这当然很不幸。然而，歌曲总算还有一个好处，它仅仅有了标语口号式的歌词是不算完的，它还得有曲子，它的曲调仍然来自生活、来自音乐传统、来自人民、来自世界也来自作曲家的灵感。即使政治口号中包含了虚夸与过度，感情仍然有可能引发共鸣，某种情结仍然有它的纪念意义与审美意义，而音乐，一首首歌儿的曲调，是相对最纯的艺术。

“公社本是长春藤，社员都是向阳花”，这个歌儿民歌风味，非常阳光、非常诚挚，令人不忍忘却。我的妻子曾经抱着孩子面向阳光照过一张照片，一见这张照片，我就会唱起这首歌来。“革命人永远是年轻，它好比大松树冬夏长青”，也很地道，理想简洁明丽。据说有一位移民香港的内地小兄弟，打工时偶然哼哼起这首歌，结果被老板解雇，倒也看出了某些歌曲的令人胆寒的事实。“毛主席来到咱们农庄”，把人民的爱戴唱得多彩多姿。“共产党领导把山治，人民的力量大无边”，这首歌唱大跃进歌唱“盘龙山”的电影插曲，令人想起那火热的年代。我们拼了命，我们发了热，我们是多么急于打造出一个强大富裕的新中国啊——欲速则不达。十年生聚，十年教训，到了新世纪，我们讲科学发展观啦！多少代价，多少曲折，仅仅有热情和决心而没有科学精神科学态度是绝对不行的啊。

《大海航行靠舵手》是一首成功的歌曲，泱泱大度，恢宏壮阔，乘风破浪，勇往直前，至今它的旋律仍然令人神往。至于它被利用到“文革”当中，或者说它的歌词中包含有宣扬个人迷信的政治上不正确的成分，责任只能由历史与时代担当。我希望，总有一天，能够荡涤掉某些歌曲上附加的累赘与尘垢，使我们的60年歌吟行进的过程连贯起来整合起来，而完全不必要搞几次避讳与中断。

正像历史不会是直线发展、金光大道一样，断裂与自我作古，也多半是孩子气的幻想。

关于样板戏

有20年无太多的歌可唱，除了少量好歌像影片《闪闪的红星》的插曲。样板戏的说法小儿科，样板戏的唱词不无庸劣，如李玉和唱完“雄心壮志冲云天”，杨子荣接着唱“气冲霄汉”，“一号”人物都是跟天干起来没完。有些戏词比较好，如“点起七星灶，茶炉煮三江”，“一路上多保重，山高水险”，“穷人的孩子早当家”等。唱腔则很有成绩，我特别喜爱江水英、柯湘、雷刚，还有《海港》里的唱段。

京剧是我们的文化财富，“文革”思潮扭曲了京剧包括现代戏已有的基础，民族戏曲与音乐传统又毕竟由于它的根深叶茂、源远流长与群众的喜闻乐见，而具有一种抵抗（急功近利、假大空与瞎指挥）病毒、平衡“文革”污染的能力。文艺说到底仍然是文艺，你再将它们往路线斗争上拉，它仍然成不了诬告信，不是黑材料，不是野心家起事宣言。60年来的文艺经受了各种局面，经过了许多试炼，它存储了历史的鲜活，它留载了多样的喜怒哀乐，我们当然正视这一切过程与经验，我们却也不因为某些过程与经验的愚蠢与荒谬的方面就抛弃一切，更不可能回到1949以前——例如张爱玲与刘雪庵代表的大上海。

大声疾呼地催生今天的鲁迅也与催生今天的曹雪芹或者巴尔扎克一样地是十足的外行话。江山代有才人出，各领风骚若干年。

文艺的生活性、艺术性、感情性、创造性与个人的风格性是常青的，也是常变化的。我仍然喜欢唱渐行渐远的“家住安源”、“听对岸，响数枪，声震芦荡”、“面对着，公字闸，往事历历……”同时这丝毫也不妨碍我接受舒曼的《梦幻曲》(原名《童年》)，虽然后者曾经在我们的一出极好的戏剧里遭到纯朴的却是缺乏音乐熏陶的革命人的嘲笑。

绕不开的《乡恋》

新的历史时期的歌曲并不像原来人们喜欢讲的那样大喊大叫。原来新生事物有的需要或必然大喊大叫，有的则只需要、只能够潜移默化。至今没有一首歌曲叫做“我们一定要改革开放”，或者“改革开放就是好”，或者“现代化进行曲”。当然，也有内容比较全面和正规的《走向新时代》，而在《祝酒歌》中有歌词：“为了实现四个现代化，甘洒热血和汗水。”

是的，进入了上个世纪的80年代，我们的歌曲更丰富也宽敞，我们的节奏更从容也更正常，我们的生活更美好也更多样，我们的歌声更细腻也更微妙了。

李谷一的《乡恋》所以引起注意，在于她打破了那时邓丽君的独霸卡式录放机的局面，不是靠引进港台，而是我们自己的歌手，带来了久违了的温柔、依恋、沉醉与喜悦。已经习惯了厮杀与冲锋号的人们，对于柔情似水会一时听不惯，以至充满警惕。往后几年苏小明唱《军港之夜》大受争议，有同志提出：“水兵都睡着了，谁还来保卫祖国呢？”我乃戏言，文章作全就要唱：有的睡着了，有的值夜岗，吹响起床号，立马跑早操……

此后连续许多年常常听到对于歌星的责备与不忿儿。他们挣钱太多了？反正现时他们的收入是那时的几十倍，而现在责备的声浪远远比二三十年前小。甚至在第一届中国艺术节开幕式上，当听到用通俗唱法唱《十送红军》的时候，有一位同志不满地叫喊了起来。

不错，中国非常古老，同时中国非常年轻。中国有时候保守，中国又有时候求新逐异，一日千里。

歌曲创造了太阳岛

与《乡恋》差不多同时，郑绪兰的《太阳岛上》广泛流传。那种享受生活的情调那时颇为陌生，然而，生活的力量仍然是不可战胜的。直到80年代中期，我去哈尔滨的时候所面对的太阳岛，仍然只不过是自然形成的几个松花江中的沙洲。到了新世纪，太阳岛公园、太阳岛展览馆已经仪态万方地又是神气活现地出现在松花江上，成为哈尔滨的著名景点了。是这首歌早在上世纪70年代末期为公园工程立了项，是歌曲创造了生活。

乔羽作了许多优秀的歌词，他的《思念》却别具一格，“你从哪里来，我的朋友，好像一只蝴蝶飞进我的窗口……”有点抽象，有点忧伤，有点怀念，它什么都没有说，它又是什么都说了。

应该提到的歌儿太多太多。《在希望的田野上》、《八十年代新一辈》，继承着过往的时政主题。而王立平的《红楼梦》电视剧插曲愁肠百结，情深意长。那年我来到黄山，看到作为片头用的实景，一块巨石，想起大荒山无稽崖青埂峰，为之肠断……

歌声连接着世界

我必须承认，至少在唱歌的范畴，我已经落伍，人们在议论80后、90后，而我是30后。在我的孩子们成长过程中，我深深体会到，一个时代有一个时代的歌，我无法让他们与我一样地为那些老歌而涕泪横流，即使我费了九牛二虎之力将他们教会。当然也有积累和传承，会有百唱不厌的歌正像有百读不厌的诗篇。1986至1988年，我参与了组织帕瓦罗蒂与多明哥的演唱会。我完全倾倒于世界级的男高音的辉煌音质。帕瓦罗蒂告别舞台以后不久就去世了，我相信，上苍降生他到这个世界就是为了歌唱。他为唱而生，离唱而去，他属于意大利也属于中国的听众。他们的到来丰富了中国人民的歌唱生活。

首次在北京亮相后十余年，世界三大男高音再来，已经是很昂贵的商业演出了。

我也看到了人们逐渐见怪不怪的通俗歌星的大行其道。我听到我的孙子在演唱粤语歌曲。我也一度热衷地看过“超女”的歌喉。我为刘若英的《后来》而感动：

> 后来，我总算明白如何去爱，
> 可是你已远去，消失在人海……

在丰富的歌曲的海洋中我感到的是在在生机，处处迷雾。80年代当中我努力学着用英语歌唱《回首往事》的插曲，影片描写50年代的麦卡锡、塔虎脱时期美国文艺人中的左派人士的经历，由犹太歌星巴巴拉·史翠珊唱红了的这首歌曲，令人神往怀旧。影片结尾处是女主人公仍然在忙着征集和平签名，不由想起难忘的50年代，同时歌曲达到了高潮。而到了2008年，我以74岁的高龄，总算用俄语唱下了卫国战争时期的苏联歌曲《遥远啊遥远》，本来是要在2007年访俄参加中国年的书展活动时学会的，王蒙老矣，一首歌学了三个月。而早在1980年访问德国时，坐在莱茵河的游船上，萦绕在耳边的《罗瑞莱》，也是直到二十多年以后，我终于在王安忆的先生李章帮助下查出来它的歌词全文：

> 谁知道很古老的时候，
> 有雨点样多的故事……

那么多美丽的歌曲，古今中外，招之即来，唱之牵动肺腑，思之如醉如痴，60年的歌吟，60年的合唱，60年的情怀，自信人生二百年，会当击水八千里，我们举杯！

困难与跨越：关于弥赛亚情结

我说的是2007年8月25日，这是一个黄道吉日。我请斯洛伐克的资深汉学家高利克教授吃午餐，他说起我的小说《十字架上》，他认为那是我写的最好的小说之一，他惊异于我对《圣经》和基督教的理解，他认为我的解读是精彩的。用他的不无溢美的话来说，我的解读超过了欧洲人。

这篇小说发表于1988年6月，这个时间标示令我想了很多。

高利克的话是第二次令我心动，此前，这篇小说发表后不久，我收到香港基督教一个机构来信，要求受权翻译此篇作品。

当然，我不是信徒，我没有以修道院的神学观点来写耶稣之死乃至他的一生，我是以文学的、人学的观点，以人的观点、非宗教的观点，尊重宗教也不无质疑的观点乃至社会政治的观点，来写耶稣被钉死在十字架上这个核心的基督教故事的。

所以小说的开头，我就引用了《圣经》上的话：

> 假如有人来，另传一个耶稣，不是我们所传过的；或者你们另受一个灵，不是你们所受过的；或者另得一个福音，不是你们所得过的，你们容让他也就罢了……
>
> ——《新约·哥多林后书·第十一章》

这个话说得何等宽厚。来自香港的与斯洛伐克的反映说明他们确实做到了容忍“另得一个福音”。然而这里包含着信仰上的悖论，你信仰A就不能同时信B信C信D、E、F、G。信仰是美好的，信仰又是极可能排他的。世界历史与现实中，有多少战争与不同的宗教乃至同一宗教的不同流派间的争拗有关！为了追求和捍卫美好而排他，带来的会是非美好，是仇恨和纷争。应了老子的那句话，世人皆知美之为美，斯不美矣。

不仅是信仰，在这篇小说里，我探讨、我担忧的是使命、真理、人众、还有人类的包括本国的分裂和危机。

> ……唱赞美诗的黑衣合唱队站在离信徒远、离屋顶近的高处……他们的歌声从天上降落飘落洒落……当数百个锃亮的大小悬殊的铜管（指管风琴），在教士操作的鼓风机的感召之下，从四面八方震响起来的时候，庄严慈爱博大的情感使我想哭想死，就是说想自杀。人类创造力的最生动的记录就在于他们创造出令他们自惭形秽的物品……长着翅膀的安琪儿向纯洁无瑕的玛利亚传递信息，她已经通过圣灵而受孕……正是她，向人类……贡献了耶稣基督。

人类的创造会使人类愧煞，人会成为自身创造的俘虏，这既伟大又悲哀。

这里所说的耶稣基督，是一个象征，是一个含义广泛的代名词。在这个意义上，人人（尤其是自命精英的人）都可能有圣母情怀，都愿意、都梦想以纯洁的胸怀贡献一个弥赛亚，一个先知，一个救世主，一个真理，一个光明。例如雨果、托尔斯泰、巴金与张承志（但似乎不完全包含冷峻的鲁迅，虽然用“灵台无计逃神矢”来描写弥赛亚情结是再贴切不过的了）。

人总会在信仰什么，追求什么：各种宗教的人格神或物神（拜物教），还有神性概念——真理，信念，（大）道，苍天，爱，历史，规律，祖国，民族，人类，自然，价值，使命，光明，文明，全在内。尤其是使命，没有使命就没有人类的历史，使命使人人可以成为大大小小的弥赛亚。而使命感与使命又带来了多少危险与冲突！

……基督大概是最痛苦的神……他的神情充满了神圣的忧伤，还有怜悯。他好像在说：不可救药的人的种子啊……

在一篇散文中我讲过，西柏林新教堂的靛蓝的耶稣塑像给我的印象是，“他”已经对人类绝望，“他”（此处最好用示部加也的TA）已经无法再爱世人。高利克欣赏我的这个说法。

使命的承担者、与承担者心目中使命的受惠者之间，永远有一种难以沟通的痛苦，有一种无奈，有一种对立。使命与使命感，常常会受到质疑。而使命的受惠者往往会怀疑自身受到欺骗，感到迷惑。

越是没有使命感的人，越是有权对使命质疑。

小说是这样写的，如所谓“元小说”，少量篇幅写小说的写作缘起，写我在欧洲旅行的时候所受到基督教文化的冲击。而大量篇幅用第一人称写耶稣。竟然是第一人称！

耶稣在我心中，圣灵在我心中，我就是神圣。

……从小，从一记事一懂人言，我学会的最初的词不是妈妈……而是救世主——基督。我娘对我说，我爹对我说，我的伯叔姨姑兄弟姐妹乡里邻舍伙伴朋友都这样对我说。四岁的时候我曾提出质疑：我为何是基督呢……我娘闻之垂泪多多。她道：苦……哇！

一个人之子，却要使命神圣。一个神之子，却要经历人间。一大批人之子，却要膜拜神圣。一组神圣（耶和华、弥赛亚、玛丽亚、耶稣、十二个门徒……），却要接受、眷顾、救援、帮助、满足愚众凡人百千万亿。

我希望探究的是人与神的关系：

此孕乃是圣灵赐。
万民欢呼谢上苍，
巨星闪闪灵气动，
分娩之时放红光，

……

众人盼你如大旱之盼云霓。

历史是人民创造的，而人民，尤其是前现代的人民、农民们需要神圣，需要旗帜，需要先知，需要钉在十字架上的悲情英雄。需要亲手将弥赛亚钉到十字架上（！）。

有了“长太息以掩涕兮，哀民生之多艰”，就必然有“若大旱之盼云霓兮，期救星之出现”。

人民需要弥赛亚。宗教需要弥赛亚，历史与政治尤其是军事，科学与艺术都需要弥赛亚。弥赛亚——英语 Messiah，原文为希伯来文 Mashiakh，是早年犹太教中的一个重要观念，到了公元3世纪，这甚至变成了一个政治观念：期待救世主的到来。就是说早也盼晚也盼，望穿双眼，终于盼来了救苦救难的大救星，天翻地覆。历史从此才刚刚开始。

在中国的传统文化中，类似弥赛亚的范畴则往往被称为圣人，中国式的说法是，“天不生仲尼，万古如长夜”，语出朱熹，但朱熹声称他是引用的佚名诗作。类似的说法至今存在，如说没有毛泽东，革命至今还在黑暗中摸索。

与西方说法完全一致：弥赛亚出现以前，不算历史。

六岁时，因为与同伴克依利利抢夺一枚芒果而动手相打……克依利利哭喊道：“他不是神！他不是弥赛亚！他抢我的芒果！”

我大惊失色……我严肃、悲哀、恐惧、怜悯地把芒果还给了他。他大为惊奇，看着看着我，给我跪下了。

当晚，克依利利睡前在河边洗脸时失足落入河中，死了。

……奇迹从此不断。一个瞎子找我来治病……一个跛子找我来治病……他可以立即丢掉拐杖，跑步回家……我便指了他的饮水用葫芦瓢……一瓢大河之水果然立即变为葡萄美酒……

人是可以变成神的，信仰不需要论证。奇迹完全可能出现，在你需要它的时候和地点。历史会呈现新的一页。文学会出现新的杰作。宗教的创立是人类文明初期的事，时间相隔越久，越会淡化它的形而下的奇迹异闻，而余下的是形而上的激情、神秘、玄思、精神需要、灵魂升华。弥赛亚主义是激动人心感人至深的，是高耸入云，叫做冲云天，能胜天，入九天的。人当然需要虔诚和期待。需要弥赛亚。

时至今日，你再想创立新宗教，或者改名为“特异功能”，则极易变成邪教。那是因为科学，因为文明，因为数学和逻辑尤其是实证主义：理性正在检验信仰，理性正在取代迷信。

这也可能是现代性的罪过之一，所以，时尚同样需要批评科学，至少是批评科学主义。

> ……我是生活在一个何等罪恶深重，令耶和华震怒的国度啊！埃及人、非利士人、波斯人、亚述人、巴比伦人、罗马人纷纷占领我们的国土，屠杀和奴役我们的人民，强迫我们接受他们的异教，奸淫烧杀劫掠……本国以色列人和犹太人的纷争、部落纷争、兄弟纷争、父子纷争、夫妻纷争，谎言多于真话，诚实比狡猾还要令人猜疑不解，微笑后边隐藏着匕首，文才发挥在写诬陷信上，陷阱比道路还多，毒药比饴糖还要普遍，交友的目的似乎在于关键时刻予以出卖，祈祷的内容离不开诅咒自己嫉妒的人早日得艾滋病，最不怕赔本的买卖是捕风捉影入人于罪，最时兴的行当是拉几个人制造流言蜚语，双手沾满鲜血的人在那里行善，不学无术的人作威作福……上帝准备奖励他的忠实信徒，条件是给信徒的邻人以双倍的礼物。信徒深思熟虑以后祷告道：万能的主啊，请把我的一只眼睛弄瞎了吧！

由王某代拟的耶稣的话，也带上了愤青儿的味道。耶稣看到太多的罪恶，他才下决心为拯救人之罪而上十字架。他预感到了危险，非常危险。他能怎么办呢?

问题是耶稣上了十字架以后，人类的罪恶减少了几许？还是增加了许多？谁能回答这个刺心的问题?

……他们博爱众生，宽恕罪恶，打了左脸还要伸去右脸，爱朋友也爱敌人……

当仇恨和欺骗使人们变得凶恶狡猾的时候，你可以想想，我的使命有多么艰难，多么沉重！

这最后两行话，干脆是王某在1988年夏天的心声。

……众多的十字架，众多的流淌着血的胸口一起向我涌来。

我还有诗为证：

……你被崇拜又被出卖
……全部承认全部接受下来……

这就是使命的悲哀与忧心忡忡。这就是弥赛亚主义的窘境与挑战。这就是不仅王某一个人而是一些人的80年代后期。现在的知识分子时兴回味80年代，似乎那个年代是浪漫的，光荣的，激动人心的，呼啸与歌唱的。然而王某的感受与您们不同。他的感受是80年代对于弥赛亚主义的不安和困惑，他感到——对不起，这太夸张，然而沾点边——他和一些人，被架到了十字架上。

连年战乱和饥荒之后，人们是怎样的恐慌万状、无着无落……教士向人们应允天堂和灵魂得救，当人们刚刚皈依，却又被告知他们的道袍下露出来了尾巴。每个人对其他人不满，却无法不让别人对自己不满。每个人都感到别人的欺诈卑劣，却没有能力不对别人欺诈卑劣。每个人都感到别人在堕落，却无法停止自己的堕落……最后连那最起码的真诚与道德似乎也失去了信用，只有赤裸裸的野兽一样的自私……

这是我阅读《圣经》与圣经故事得出的印象，处死耶稣的时候，当时的社会情况就是这样。这种“悲惨世界”的描写不无文人的夸张与神经质。但是我早就如此写过了，批判过了，比此后的人文精神失落论者写得早得多厉害得多。《圣经》上写过的“世风日下、人心不古”，至今仍然像硬通货、像黄金一样地全球通用，千年保值。这说明，使命的承担者对于使命的受惠者既有着爱与忍让又有着正义的怒火，越正义越有火，拒绝宽容，嫉恶如仇。这还说明，靠咒骂扭转不了社会风气与历史劫难。

> 人们普遍认为……弥赛亚会到来，通过上帝的干预，人们将获得伟大的拯救……罪人们是不被接纳的。弥赛亚到来之后，将进行伟大的无所不包的全面审查与清理，像在麦场上扬麦打麦一样，成色十足的黄金的麦粒将会留下……这些罪人秕糠将被天火烧毁……

弥赛亚——先知——救世主情结是世界性现象。有人想扮演弥赛亚，更多的人盼望着天上降下弥赛亚。而那个关于麦粒与秕糠的模式，那个关于清理与审察的说法，是一种“金色恐怖”。可以对照我们关于清理与审察的经验。那么多人，期待着、惧怕着、兴奋着这大变革、这天翻地覆，这大清洗大更新的大火熊熊的一天的到来。

> 只有我……提倡宽恕。当人们恶狠狠地相互斗红了眼的时候，当他们把压倒对方看得比维护自己的生命还重要的时候，我伸出了和解的手。我说：……赦免那有重罪之人，比赦免那只有轻微错误的人还有恩德。当你的兄弟说了你不爱听的话的时候，你再去说他，不是永无和解之日了吗？即使你能得到一时的上风，一时能够是永远吗？即使你一时退让了，退让能够是永远吗……你们互相宽恕了，我便宽恕了你们。你们的一切罪恶，我愿意独自承担。为了让你们生活得好一些，我宁愿被钉在十字架上。

很遗憾，19年后作者自己读到这一段落的时候也感到了耶稣的无力。仁爱、谦卑、虔敬、宽恕，当真能够拯救一个罪恶的世界吗？仁爱常常败给凶恶，谦卑常常被骄横压倒，虔敬变成了上当的代名词，而宽恕的结果是自己不可能被宽恕。

知其不可为而为之。因为，如果你反过来，只相信实力，只相信斗争，只相信压倒，只相信计谋与损人利己，只相信押宝投机；那么，你只能以恶易恶，以暴易暴，以大言欺世易刁言恶语。

但是，为了拯救人众，为什么自己就一定要钉上十字架呢？我并不明晰。我需要继续思考。

> 人们相信了我……众口一声地说：“他是基督，他要为了我们上十字架！”你为什么还没有上十字架呢？如果不上十字架，如果和众人一样地饮水、穿衣、吃未发酵的面饼和羊羔肉……那还有什么区别，有什么神圣，有什么发言权和感召力？
>
> ……复活的前提是死，是钉在十字架上。不死也就没有复活。不死也就没有神圣……一切的信仰，归根到底是对于死的信仰。不论通过谁的手，不论通过叛卖还是举荐……要上十字架！

使命的结局是上十字架，这使我忧虑而且惊悚。顺便说一下，“未发酵的面饼”就是指新疆式的馕。尖锐对立的犹太人与阿拉伯人和邻近的穆斯林们，饮食习惯上有很大的一致的方面。只有靠得近才会那样势不两立。我写道：

> 这一刻无比辉煌。我的脸上呈现着神秘而骄傲超凡的微笑……大义凛然。我确实看到了，天使在广场上飞翔。
>
> 罗马总督彼拉多向众人说道：“今天是逾越节的第二天，按照惯例，我们可以释放一个囚犯……”
>
> 我的耳边轰地一响。莫非要释放我……那么，我自幼的茹苦含辛，圣母圣父的教导，我的一切德行，一切禁欲主义，一切奇迹，一切对于道的领悟和宣讲，我所奋斗终生的使命，我的仁慈与我的形象，我头顶上的圆光……我的上十字架岂不成了一场沽名钓誉的骗局……教育别

人宽恕的人是最难得到宽恕的。因为要别人宽恕，就把自己摆到了高于一切的地位，摆到了圣人的地位……宽恕是困难的……他们就更要睁大眼睛看你能不能宽恕，你能不能容忍。简单地说，如果罗马总督彼拉多将我释放，不出十天，我的忠诚信徒们就会把我凌迟处死活埋。

使命的矛盾，使命的悲剧。以惠众始，以不被理解终，甚至是以被无知与专横加害终。以爱始，以被仇恨终。

宗教书籍上的说法则是：

弥赛亚说："无故恨我的，比我头发还多；无理与我为仇，要把我剪除的甚为强盛。"基督由出生开始，就被人无故地仇恨。首先是被希律王恨恶，然后又遭到撒旦、鬼魔、宗教领袖们的恨恶，而实际上所有外邦人和犹太民族都恨恶他。那些领袖们，尤其是那些宗教领袖们，曾经多次企图杀害他……

谁让你是基督。

下面的引文仍然来自我的小说：

有的喊着我的名字，喊着把我释放。有的喊着我的名字，喊着我应该牺牲。又有的喊着我的名字，说："他是个骗子！别让他钻了空子！"又说："他太精明了……他要左右逢源……"又有人喊着我的名字，说："他是为了我们！我们这些瞎眼瞎心的臭驴子！"于是开始了骚乱和武斗，人们大喊着："白刀子进，红刀子出，杀死一个够本儿，捅死两个赚一个！"

于是彼拉多总督威严地宣布：根据大家的意见……严惩自称基督、自称犹太王的耶稣！

……

明明是血肉之体，

偏偏自为神圣，

你是悲剧中的英雄！
你是闹剧中的大虫！

使命至少有神圣感，有使命意识，弥赛亚主义可以带来英雄主义。而闹哄者做的是：把比自身高的人统统掀翻到阴沟里；或者先把人家捧成万能菩萨，再失望……反目成仇，将菩萨打碎以寻找新的崇奉——喊叫——打碎的目标。

在第一个钉子钉进我的左掌的时候……不是想感动众人吗？不是要为众人牺牲吗？不是要看到和解与仁慈的光辉照遍寰宇吗？我又怎能像俗人一样地哭喊呼叫呢？

……一位貌美的女子不顾行刑者的鞭打与推搡扑到了我的脚下。

一个美女由于被负心者抛弃而求耶稣，耶稣能如何？
信仰你是由于认为你有用，美女就是如此。
不用大事的考验，一件具体而微的小事，就使弥赛亚感到了自己的无力。

又有一个胡须花白的老者向我走来，他神色严肃……两眼带着杀机……“听了，耶稣！我才是真正的正牌信徒！我不但是信徒而且是卫士……我的邻居比我小十几二十岁，不提你的名字也不祷告你的言语，遇到不相信不郑重的人他也不去跟踪不去报告不去重炮猛轰……我造了二层楼房，他居然后来居上造了三层楼……而你好糊涂！你竟叫我的五层楼塌掉了……如果他的房倒塌不了你就发动一次地震吧……陪着一百人也要砸死他！”

恶人自命忠实的信徒与卫士，恶人要求钉到了十字架上的耶稣为了他而发作地震。而如果耶稣做不到，他就反目成仇，成为基督的死敌。这是使命的又一层悖论，你爱众人，包括恶人吗？你怎么样对待恶人，你为人众服务，包括恶人吗？你怎么样为恶人、为恶服务？

而如果你明确拒绝恶人，请问谁有权力划清恶人与好人的界限？为了划界限，是不是先要恶斗一场？

……他竟唯恐民主和谐的气氛会继续保持下去……这样的恶人竟自命为我的信徒，竟打着我的旗号！用那些虚假的繁文缛节，用那些虚假的不厌其烦不知羞耻的重复来证明只有他最忠于我，只有他得到了我的真传，似乎我真的给了他什么祖传衣钵专利许可证！

……然而我没有喊出一声来……请记住，上了十字架的就别想再下来……

我为使命而悲伤。我为人众而忧虑。我早就祝愿了民主与和谐。我为恶人而愤慨。我为善良者的无助而歉疚。我为大轰大嗡的举动而痛心疾首。我不相信大轰大嗡。我认定大轰大嗡凶多吉少。我闻到了不祥的气味。

不知道过了多少天，反正我醒过来了。我的形象已经完成。我的头颅下垂，又忧伤又优美。我的完全张开的手臂好像等待着准备着拥抱世人……我永远完不成对世人的拥抱……

然而我又醒过来了……

我听到了赞美诗……赞美诗使我热泪盈眶而又无比酸楚。孩子们！天真而又利己的人们，其实，你们的罪恶并不会因呼我的名而自动淡化，你们需要的想要的祈求的一切也不会因呼我的名而自动得到……

给我金钱！给我富裕！给我幸福！

给我健康！给我长寿！

让病者痊愈！让亲人康复！

让我成功！让我升迁！让我得到！

……

我要爱，我不要恨！

我恨别人，我不爱别人！

判定我的冤屈，判定我的无辜！

判定他的罪恶！判定他的灭亡！

……“他是骗子！他是坏蛋！”……

原来是那个美女……她指着我大喊："他是一个无用的废物……我本来以为他应允一切帮助一切做到一切……"

这就是使命的命运。应允得多了，便令更多的人失望。境界太高了，难以相信，更无法接受。你说你爱他，却没有给被爱者带来实惠。于是，你成为骗子，成为伪君子，成为泄愤对象。而且随之发生了混战：

"胡说！诡辩！废话！两面派！老狐狸！折衷主义！放屁！"

人们喊了起来……

"这是鸦片……用虚伪的关于天国、关于永恒、关于灵魂得救与彼岸的幸福的空谈来掩盖今世的种种弊端……"

"这是一个沽名钓誉的人的成功之路……"

……

"誓死捍卫！不准玷污！亵渎神明者千刀万剐！"

"根除邪教！还我正宗！正宗大统，异端绝不容！""你说他是假的，你上来试试！谁敢上十字架！谁敢接受四枚致命的铁钉！"

……一个彪形大汉……他用十五种语言宣布："看啊，听啊，我们在求他！我们在告他！我们在跪他！我们在等他！我们望眼欲穿！我们左等右盼！可是他呢？他看也不看我们一眼！理也不理我们一声！动也不动一下！他拒绝接见我们！他冲着我们摆架子！他居然摆十字架子！他敢情好了，他成了功了，他上了架子，他他妈的神气了！可他给我们谋的福利呢？"

对不起，写此篇小说的时候距现今已经19年。我还有太多的火气。我挖苦信徒，却同情和理解先知、使命、牺牲。我质疑弥赛亚主义，又为耶稣的命运而悲伤。但我仍然不认为他在死前就脱离了人的苦海。所以这个故事疼痛并从而感人。神则是没有痛感的，我认为他同时是人。人可以追求与崇拜神，神存在于人的思想和精神里，存在于对于无限、终极、永恒、真理与完美的向往与体悟里。然而过高的自诩不但会给自家也会给广大信众带来苦难。《圣经》的伟大与深刻就在于它表现了人之子与神之子的矛盾之统一。

时至今日，我仍然坚持认为，造成耶稣的命运的力量中不但有希律王、罗马总督彼拉多、各宗教领袖、以色列人和外邦人，还有耶稣的弟子与信徒，有广大的弥赛亚主义、弥赛亚情结的信众。

……请离开我。请保持平静。请让我一个人静静地完成神圣祭坛上的盛典。我只想说，你们的每一句话都是一枚钉子。我将死于你们的钉子下。

我知道神圣精神与大众的结合会创造出怎样的奇迹。同时我知道，大众化会引起通俗化，通俗化会阉割神圣精神，钝化高深智慧，简化甚至歪曲改变真理，制造悲剧乃至于闹剧。

所以耶稣想：

……复活以后怎么办……

小说的最后部分，我模仿《新约》的《启示录》写了四条大牛：

……于是出现了四头牛，威威武武，高高大大……

四头牛这样吹完了又互相吹，甲吹乙复吹丙捧丁，乙捧甲复吹丙吹丁，丙吹乙捧甲吹丁，丁吹丙吹乙捧甲。请计算一下有多少种排列组合。排列组合的吹完后又互相顶斗起来，互相揭露儿时丑行并认为对方应该先挨一刀。在出路问题上都推荐对方红烧，大体认为红烧要放酱油放番茄酱放葱姜蒜花椒八角咖喱焖在高压锅里。这将给对方带来更大的痛苦，给自己带来莫大的喜悦。

他们愈顶愈厉害……

我写得尖刻到位而且淋漓尽致。其中关于四头疯牛吹牛的描写接近于当今的“恶搞”，无怪现在还有小青年说网上写作是王某始作俑，虽然写《十字架上》时还没有互联网。

请看我写的第二头牛的自我标榜：

> 除了我，谁能拯救罗马，谁能拯救巴比伦，谁能拯救雅典和马达加斯加？我能够预报地震，我能够预防火灾，早在重庆飞机失事以前我已经指出，航空管理处存在着问题！早在波斯湾出现紧张局势以前，我已经揭露了海湾国家间的矛盾的危险性！我可以防止星球大战，我能教会正当的正确的最佳的做爱方式并从而从根本上消除艾滋病！我能使所有的穷人搬进五星级酒店使所有的乞丐当总统！我能叫所有的母牛不但提供牛奶而且直接从她们的乳房中挤出法式干酪与丹麦式白脱！我能令所有的公牛尿出啤酒，使所有的小牛拉出金银首饰！我能拉长男子的身高缩减女子的肥胖！我能令北极温暖如春令赤道凉爽如秋！我能令猫与老鼠拥抱接吻而不传染肝炎！

第二条牛已经呼之欲出。

写到大言我特别上火。这一辈子，我吃够了排他的大言狂言火言发烧昏言梦呓胡言的亏。包括“左”的和右的，暗的和明的，土的和西洋的，神经兮兮的和野蛮满不论的。积我七十余年的经验，我一次又一次地不厌其烦地说：凡把复杂的问题说得小葱拌豆腐一清二白者皆不可信，凡许诺万应灵丹者皆不可信，凡认为可以毕其功于一役者，皆不可信。耶稣毕竟已经离开我们二千多年，我们不可相信当今的救世神仙。

顺便说一句，我不明白为什么相声艺术家埋怨讽刺不好搞，却不好好说一说牛皮大话题材，有多少好材料呀。

当然这只是小说，只是一个侧面。而且，现在早已经不是1988年而是2007年了。

需要一个过程，从弥赛亚主义到科学发展，到小康与和谐。需要为之付出代价。

我认为十一届三中全会以来，实现着非弥赛亚主义的痛苦的进程，更正常、更健康、更富裕也更“堕落”（在某些猛人眼里）。这个进程那时经历了严重的危险和挑战。风波已经不可避免。

我国用基督教题材写作的人不是很多。海子写的长诗《弥赛亚》是值得吟读的。诗的前言说：

> 在隐隐约约的远方，有我们的源头，大鹏鸟和腥日白光。
>
> 西方和南方的风上一只只明亮的眼睛瞩望着我们。回忆和遗忘都是久远的。对着这块千百年来始终沉默的天空，我们不回答，只生活……磨难中句子变得简洁而短促。那些平静淡泊的山林在绢纸上闪烁出灯火与古道……为你们的生存作证，是他的义务，是诗的良心……
>
> ……走出心灵要比走进心灵更难……心灵娇柔夸张的翅膀已蜕去，只剩下肩胛骨上的结疤和一双大脚。走向他，走向地层和实体，还是一项艰难的任务，就像通常所说的那样——就从这里开始吧。

海子的此诗没有完成，他自杀于1989年3月。他是不是也受了弥赛亚主义的影响？他走到了地层和实体了吗？始终没有。此诗也是1988年所写的。

再有就是亨德尔的清唱剧《弥赛亚》，当唱到“哈里路亚”的时候，由英王乔治二世带头，全体起立。这个规则一直保持到今天。

我在美国买过音乐剧《超级巨星》的磁带，它是描写耶稣诞生的。其中最气势磅礴的合唱也是：

> 哈里路亚……
>
> 哈里路亚！

两三千册的新文学大系

我在一些地方讲学的时候，已经不止一次被提问：文学是不是正在消亡?

人们喜欢危言耸听，不知道是说明了浮躁还是受了商业广告忽悠文体的传染。

出版社正在忙于改制，从事业单位改成企业。对于企业，当然利润非常重要。

这个时候，上海文艺出版社兴师动众，旷日持久，一家伙出版了30卷《中国新文学大系》的第五辑（1976年至2000年）。继续走着1917年起始，赵家璧先生编辑出版新文学大系的艰难道路。而且，这次连同过去的诸卷，影印补缺，统一封面，一共一百卷堂皇登场。

仅仅这样一个出版事件，也说明，文脉犹存，文心永继，文事仍然辛苦忙碌，文章依旧刻骨铭心。中国仍然是个文学大国，中国人仍然是文学书籍的热心读者。只要是活人，只要是能讲中国话会念汉字，他或她在作完作业、下班打烊、点完钞票、看完新闻联播之后，仍然可能读点文学，仍然会有所回忆，有所慨叹。

文章千古事，得失寸心知。千古，言其长远。寸心，表其细腻。这样的大系编纂工程，优势就在于不是太赶风追浪，不是承担太多的非文学非出版的思虑干扰，不至于大而化之，我们就文学编文学，就大系谈大系，把文学适当地历史化、距离化，虽做不到千古定评，却仍然能从容评说，能倾听不是立马，而是过了十几二十年的回顾眼光、历史掂量。文学需要时间的承认，时间的筛选高明于任何权威评判。过分短命的东西，那忘记了的，就让它们永远地消失吧。

“大系”印了两千到三千多册，为13亿人口提供小几千册，大约是五六十万分之一吧？总人口数的十万分之一（乘上N）仍然寄情于文学并涉猎于历史的全面回溯，当然还有这方面的学术研究。抚摸旧日，感叹沧桑，往事甚堪回首，记忆不无绚烂，出色的笔触不失其灵动鲜活，感人肺腑，仍然会有人为它们击节赞赏直到哭一鼻子。我们应当满足。

说实在的，除了上海文艺，还有别的出版社愿意干这种吃力不讨好的事情吗？

平常心看待当代文学

文学是我们最生动、最刻骨铭心的记忆，是我们的“心灵史”。《班主任》、《于无声处》、《天云山传奇》、《芙蓉镇》、《哥德巴赫猜想》、《周总理，你在哪里？》……这些耳熟能详的篇目，仍然使我们激动不已。我们陡然回到了那个过往的年代：涕泪交流，却又是美梦如霞，仍然不乏天真与一厢情愿。

有了文学，历史就难于抹杀，激情与思考将成为永远，怀念与记取，充实着我们的灵魂。

过去30年的中国文学，比历史上许多阶段的文学，都更热闹、更活跃、更多姿多彩，但也更难以概括，形不成“文学运动”，缺少公认的优秀高峰。所以，至今许多人对于文学创作，仍然怀念从《保卫延安》、《林海雪原》到“三红两闯”（《红旗谱》、《红日》、《红岩》、《创业史》、《李自成》）的年代。

我们的文学生态鱼龙混杂，泥沙俱下。下三滥与纨绔牛皮同在；装腔作势，装时尚、装白领、装洋化与装冬烘传统同在；迎合与无定向横炮同在；口水表演与假冒伪劣同在。同时，大骂文坛的声浪也在涌动，貌似合乎时宜，其实无知而廉价。

尽管如此，你又不能不承认，是今天，人们写得更深沉也更多样，更风格也更个性，更耐读也更艺术，更人性也更动情，更富有想像力与幽默感。

从更广阔的角度来看，我们的文学是日益正常了。好的和差的，深刻的与浅薄的，独到的和迎合的，真诚的与虚伪的，都日益正常——正常的年代总是有好有坏，有真有伪，有毒素也有营养；当然，同样正常的，有对于假冒伪劣毒的揭露、批评与义愤。

有趣的是，20世纪后几年的作品中，越来越平常化、平淡化了。平常心，三个带有佛心禅意的汉字，现在变得大行其道。

国家不幸诗家幸。文学的非凡高潮，往往和社会的郁积与历史的风暴联系在一起。而相对平稳的文学积累与拓展，则更富于渐进性与细无声的润物性。

沉迷于昨天高潮的同道，难以掩饰自己的失望，甚而痛骂世人的庸俗市侩侏儒化。假定这种批评是适当的提醒，我们也还需以平常心，去面对渐渐非高潮化的社会，非高潮化的文学。你有时要懂得天道有常，与时俱化，经济建设、民生、市场等，有可能在某种意义上积极促成了自高潮化到正常化的移动。

我们也感谢时间对真正的文学的帮助。时间是文学的慈母。时间的法官会有差池，但是更长时间的回旋与淘洗，常常能自行纠正过失。时间的因素同样能制造假象，但是更长的时间的反复与不舍昼夜的思量，定能使文学自行显露真容。

事实证明，经过了30余年的洗礼，时间仍然偏爱已经被认真阅读过，并且仍然值得重读或新读的许多作品。同时，某些红极一时、人为地被哄抬的，现今已经难于卒读，某些悄无声息、长期被忽视的，如今显得光彩照人。

毕竟，耐心与静谧的阅读，终会取代急功近利及一时的喧嚣。

青春与时尚的《误读红楼》

评“红”、讲“红”、考证“红”、藉题发挥“红”者多矣。自称“误读”的只此一家。

而且“误读者”是一位年轻的女作家，是网上的著名写手，有网上的笔名“忽如远行客”与“尔林免”（不知何意）为标记。作者当编辑也写小说。我曾有缘阅读作者的一些散文，写得聪慧精细，洁净空灵，但仍属于白领小资乃至小女人写作一类——对不起。

这样，她对“红楼”的“误读”使我颇感惊喜。她的新作《误读红楼》一书颇有大气，不拘一格，振聋发聩，言前人所未言，堪称启人心智、动人心魂。

例如对于小说的前16回，闫红即忽如远行客写道：

> 这十六回与后面的风格迥异，它主题突出，内容驳杂……最过分的是第八回，先在回目上打个广告，说“送宫花贾琏戏熙凤”，明显地吊人胃口，谁知只旁敲侧击地描写了一阵笑声了事，极有为了吸引眼球不惜做虚假广告之嫌。这些手段，使得小说高潮迭起，卖点多多……远没有后面章节的从容、舒缓与自信，没有那种妙手偶得的空灵诗意，它写得太紧张，太像小说了，我觉得这暴露了长篇作者开始时的不自信。

我的天，这是评曹雪芹吗？真是少年笔墨，敢想敢抡！然而细想，她说得有理，慧眼识英豪，慧眼也容易识过程乃至疏漏，智者的一失与愚者的一得，都不应该逃脱敏锐的阅读的眼睛。这也是评“红”上的头一次吃螃蟹的记录。

底下说得就更内行，毕竟是写过小说的人呀。

> 不是每一个作家提笔时都知道要写什么，许多细节人物已堆积在他心中，他要为这些东西找到一个灵魂……在这之前，你先要上路，要在茫然的搜寻中，渐渐锁定你的目标。

信哉斯言！天地良心！你不能小看这个写网上文字的年轻人，她的误读实际上是活读，就是用自己的经验、性情、信息、聪明来补充阅读的所获，用活生生的生活来解读作品；同时以作品解读自己的人生。她是从作品中发现人生，从人生中发现文学，从人生、从生活出发，以全部积累和灵性接受作品，阐释作品，想像作品，体悟作品与感动作品。

文学阅读本来就是读者主体与作者主体的碰撞、互补、互相激活的过程。作品是主导的。作者对作品是既主导又可能处于自在的状态，即并不能完全自觉地掌握清晰。读者太主观会造成读误，读者太没有主体性了，会造成读而甚隔，读而如未读，呆读死读，把一本好书好模好样地糟蹋掉。

敢称误读，把自己放进去读，有点胆子和自信了，读出点自己的玩意来了。

她又说：

> 随着笔触的逐渐深入，越来越多深沉的感情、绵密的记忆翻涌出来，单一的主题不能承载他要倾诉的全部……不再尝试把他心灵的海洋收束到一个瓶子里……想怎么写就怎么写，抡圆了写，情感的潮水席卷过来，淹没所有脆弱的主题。

闫红描写的是怎样一种小说写作上的酣畅状态！得其三昧矣！这是创作

论。曹公虽然伟大，他的创作也是可论的。

我们再来看看她怎样分析，不，是感受史湘云这个人物，感受聚讼纷纭的“因麒麟伏白首双星”，还有宝黛爱情及宝钗的特殊地位与命运吧。她提到湘云的出场：

> 湘云出场……
>
> 接着黛玉和宝玉闹起了小脾气，宝玉打叠起千百种温存赔罪……却把个湘云撇到一边，关于她的身世背景，一字未提……
>
> 黛玉出场则有很多前期铺垫，进了荣国府，更细细描画……宝黛初相见，那种恍若前缘的似曾相识，且喜且惊的不可思议，该是曹公的亲身体验吧，历经漫漫时光，沧海桑田，人去楼空，忽而想起，依然清晰至此，五脏六腑都会重温那最初的悸动。

瞧，此人把“红”对于宝黛相见的描写转述得如此青春和时尚，几乎与最好的流行歌词相通。我们可以唱：

> 恍若前缘 / 恍若前生 / 历经漫漫时光 / 历经潮落潮生 /
> 且惊且喜 / 且喜且惊 / 曾在哪里见过 / 曾在哪里留踪 /
> 楼空人去 / 人去楼空 / 模糊又似清晰 / 欢喜却是朦胧 /
> 旧梦重温 / 重温旧梦 / 面对沧海桑田 / 分明悸然心动 /

不行，王蒙老矣，如果是闫红自己写，一定更地道，更青春也更时尚。

按：《红楼梦》本来就是青春小说，爱情小说，也是沧桑小说，政治小说，文化小说。

对于《红楼梦》老人恋其沧桑感，少年恋其青春气息，通人解其人情练达，世事通明。固然，自恋者撒娇者不希望把“红”说得那么老到。

接下来，有对于宝湘关系的一语中的的分析：

> 为何出场如此草率？难不成是曹公的疏忽……曹公特意要制造这

么一种感觉：湘云从来不是让宝玉格外留心的女孩……他从不曾检索记忆，查找她出现的最初。

……惟独对于湘云的婚事，宝玉无动于衷，大约上面几位在他眼里都是“女子”，湘云在他眼里却是个“孩子”，订婚云云，听上去像一个玩笑……

还有：

同样是“雪白的膀子”，长在宝钗身上，宝玉就想摸一下……湘云一样有“雪白的膀子”，睡觉的时候搁在被子外面，大概算红楼女儿里将身体暴露得最充分的了，宝玉却丝毫不感到性的刺激，只叹她睡觉也不老实，很有兄长之风。

解得细，有女性特点，体贴入微是也。

下面果然出现了流行歌词：

……这时的宝玉与湘云，如歌里唱的那样：起初不经意的你，和年少不更事的我……他与她都有太多的选择空间，人生如两条平行线，共同伸向远方，切近而永不相交。

闫红又设想，宝玉与湘云的关系应有大的过程、变迁，她联系张贤亮的《绿化树》里的人物终于认识到了吃饱了不饿是一个真理来想像贾宝玉，她说：

趟过苦难的河流，太多的想法都被颠覆了……

林妹妹死了，贾家败了，两个相距应该不远，宝玉没有遵守诺言，因为这时，他发现自己不能做一个职业情种。

……宝玉所能做的，只是想方设法活下去……

这种情况下，和宝钗结合就成了一件顺理成章的事。

……宝玉失去了黛玉，又失去了宝钗，而湘云寡居，同命相怜，加上相互依赖，足以成就一桩婚姻，艰难岁月里，宝玉无法再把爱情当作一宗哲学来做……

福克纳在《喧哗与骚动》的结尾说道：他们在苦熬。每次看到这句话，都不由心惊，人生本来就是受苦，冷暖交织，顺逆更替，只能享受而不能承受的生命多么单薄脆弱，无论怎样的经历，都是生命的一部分，爱生命者，当以同样的胸怀来拥抱。

面对苦熬，湘云是最适合的那个伙伴……

蓦然回首见湘云，见到的，还有那种啼笑皆非的荒诞感，你不知道老天为你安排些什么，就像阿甘母亲说的那句话，生活是一盒巧克力，打开包装你才发现那味道总是出人意表。

这些设想，对于我这个读者来说，是有一些“想像过度”（如法律上所讲“防卫过度”）了，但仍然是一个有趣的思路。正如书中闫氏的对于后四十回的设想，极为别致，当然比高鹗续书更生活化——闫红喜爱的是“红”的生命一样的自然、悲戚、难解难分。同样，这样的设想，只能弄出闫氏后四十回，不是高本，也不会是曹的原装原味。

读《红楼梦》如读山川日月、星空海洋，也如读悲欢离合、恩怨情仇，发现与重组的可能性永无穷尽。

这样，对于古老的《红楼梦》，今天的青年完全有可能进行青春化与时尚化的阅读。“时尚”不完全是一个好词儿，但也绝无先验的贬意。同样一个时尚之中，有轻浮也有前瞻，有作秀也有创造，有浅薄也有豁然的明朗。正像“古典”里“守卫”里同样有深沉和诚恳，也不排除有装腔作势的矫情与啰嗦，还有一种酸腐气。生命不会过时，情感永远鲜活，文化与规则、术语与例证，或有嬗变，但《红楼梦》对于先锋们，永远先锋；对于时尚者，永有时尚；对于少女，永远少女；对于忧患老人，永远地老天荒。

所以闫红分析尤三姐的时候能够拉扯到木子美。在分析秦可卿与贾珍之恋的时候能够想到爱情的不可能或缺的欲望方面，乃有相对宽容的同情和理解。她给可卿一个“神秘妩媚”的定性，应属无误。她有时把贾府说成一个公司，把贾母说成董事长，把小红和贾芸说成“职场精英”。从她的参照系统，你可以知道年轻一代文人的知识结构与信息储备，他们可以有他们的读解《红楼梦》的方法，以及趣味。

你有点拿她没法办，她说了是误读。但误读可能是搞笑，可能是戏说，也可以出创意，出电光石火，出长年不遇的一现昙花。有的误读可能比习以为常的正读更接近正确。误读者如果不俗，如果有智有情，有才华也有想像力透视力，也许误读是一个美丽的契机，是一个智慧的操练，是一个梦境的预演，是在尝试开辟新的精神空间。

最少是修筑一个桥梁，用更年轻的语言说事，令更年轻的人爱上传统，爱上古典，爱上《红楼梦》。

顺便说，我很喜欢闫红的语言，舒服、干净，恰到好处。

我们更应该赞美的是曹雪芹，谈论《红楼梦》的人有福了，这书提供了近于无所不包的话题和机遇。闫红能从中读出的远远不仅是青春和时尚。比如闫红说薛宝钗，就“山中高士晶莹雪”这个判词，论起高士来，她说：

> 见好就收，点到为止，宝钗从来没有得意洋洋……这种姿态，虽不是欲擒故纵，却无意中增加了她的分量。相形之下，黛玉就显得过于要强，用力太过，不似宝钗那般优裕从容。
>
> 当年谢安盘桓东山，也是一点也没耽误他推销自己，不然怎会有“谢安不出，将如苍生何”的说法，所谓的退隐不过是退一步进两步，炒作也分热炒和冷炒两种。
>
> 宝钗的志向，其实是不明确的，就像谢安逍遥东山，诸葛亮草堂高卧，并不曾琢磨着要奔着怎样一个官衔。他们志向远大，大到空茫，不复是一官半职，当然更不是皇帝老儿的江山，而是必要成就一番事业的抱负。《诗经》里谢安最喜欢的一句是：讦谟定命，远犹辰告，意思是：把宏伟的规划审查制定，把远大的谋略宣告于众。他认为这里面有一种雅人深致，他不是寻常俗吏，所追求的不是高官厚禄，正是这样一种雅人深致。
>
> 但另一方面，造化弄人，什么事情都可能发生，苦苦追求可能会适得其反，苦心经营也许是弄巧成拙，所以他们不把目标定死，只要方向

不错，可以随机应变。他们积极争取的，只是做一个有准备的人，使突如其来的机遇变成花环，一丝不错地落在自己的脖子上。

姜子牙钓鱼，愿者上钩，这是行为艺术，他摆出等待的姿态，却不做过于积极的争取，手持鱼竿立于江岸，他知道命运神秘莫测，他只静静地等待着，命运将要透给他的一点信息。

还了得吗？闫红居然能说出一套高妙的入世入仕宝鉴箴言！现在的年轻人照样能成精！但闫红又说得刻薄了，说下大天来，谢安也罢，姜子牙也罢，宝钗也罢，境界与小红贾芸（被《误读》一书称为职场精英的人）大有不同。用我的习惯用语，他们是有所不为的。有所不为的是好人，无所不为的小红与贾芸则不是好人，是坏人。写刘备仁而近伪，写诸葛智而近妖，人们有时候太仰视了，自己给自己造神，人有时候又确实理解不了比自己高三尺三的境界，也许最多理解到二尺二高，见了三尺三更不要说一丈二了，反而起火，叫做以权谋之尺度境界之腹。

作者对贾雨村的想像也极风格，似是深谙世事。她说：

目睹着贾雨村从清寒的布衣才子，学而优则仕……彻底失去本色，只觉得顺理成章。才子不是君子，有的是聪明而非智慧，他的思想框架如同平行四边形，容易变形，容易妥协，容易为自己找到借口，不但可以无耻，还可以享受自己的无耻。

只是，我常想像，贾雨村是否也会在某一个洁净的月夜，试着寻找一条回到从前的路，隔着苍茫时光，隔着欲望的灰网，望向庙里的多情少年，是否会有一丝惆怅，冰裂纹一般，从那颗藏污纳垢的心灵中炸开，文人的旧习，就像还没进化完的尾巴骨，在官袍下面，隐隐地作痛，他于是摇摇头，自嘲地笑了。

我想告诉闫红的是，文人是文人，也有三六九等，也有各种劣根性，把官场与文人绝对对立起来的依据可能是少不更事的一厢情愿与自说自话。

作者敢说话，既能女性地体贴地谈情说情，也能老到地辛辣地解剖人情事理。对于曹雪芹，对于各派红学大家前辈，她都平视，都敢抡招。当也有说得不够谦恭之处，乃至她说得露了怯，说明她对“红”是知其一二，而不明其三四五六七。“红”是小说，也是文献，对红的研究是文学也是历史，更是文化。“红”是立体的、全息的，不能看到一面就不顾乃至抛弃另一面。谈“红正”如谈文学、谈政治，忌瞎子摸象。我许多年前就爱说，“王麻子卖刀，自卖自夸”是可以理解的，搞成“王麻子剪刀，只此一家别无分号”是不可以的。同样，我喜读闫红的误读，不等于我不喜爱各种正读、(考)证读、深读、探读。大矣哉，红楼梦！

我为什么也要谈《红楼梦》

我从小小年纪就为《红楼梦》的某些篇章激动不已，共鸣不已，体会遐想不已，也为某些断言——如考察明末清初我国的资本主义萌芽，认为这才是曹雪芹的创作的关键背景或者来源——伤脑筋不已。

《红楼梦》是一部家喻户晓的书，是畅销书流行书大众书，就像后来我极有兴趣地谈论过的李商隐的《锦瑟》一诗一样。一部杰出的作品，能够被那么多人包括上层下层那么多奇人伟人下里巴人所接受所喜爱，同时又能够被那么多专家学者往高深里研究考证，能把它的有关学问探索得深不见底，能使闲人望而却步、免开尊口，这种现象实在有趣，却也颇无厘头。

我则只能作为一个读者来读来谈，作为千百万个普通读者之一来参与。我无意也无能往高深艰难里增设高深与艰难的因素。我也绝对不蹲下来把名著往庸俗通俗流俗里推演。我还不想剑走偏锋通过《红楼梦》讨论阴阳八卦、天体发生、明史清史、庭园工艺……第一我相信，绝少有读者，是为了研究学问而读红楼读李义山。有点学问当然好，但是求学问而攻红楼可能是认错了门牌号数。第二我相信，绝少有读者，是为了某本书写得和茶馆酒肆、街头巷尾、手机短信、牌桌躺椅上的忽悠一样水准，而爱读此书——换一个说法，就是说认为读者不愿意通过阅读来提升自己：精神、趣味、情感、心界……

我毕竟有自己的创作实践，人生经验，感情体验与在世事与人间“翻过筋斗”（语出《红楼梦》）的实历亲历与阅历。我要做的不是研究考证《红楼梦》的学问，我缺乏这方面的学问，一般读者也不是为了学问而读“红”。我要做的是一种与书本的互相发现互相证明互相补充互相延伸与解析。就是说我要从生活中人生中发现红楼气象，红楼悲剧，红楼悖论，红楼命运，红楼慨叹，红楼深情。同时我要发现红楼中的人生意味，人生艰难，人生百色，人生遗憾，人生超越，人生的无常与有定。我要用我的与许多亲友伙伴的人生体味来证明红楼的真实、深刻、生动、丰赡、难解难分、难忘难舍、难明难觅。我要用红楼的情节与描写来证明人生的酸甜苦辣，人生的短暂空无，却又是真实痛切，感人至深，永远珍惜，永远爱恋，回味无穷。我还要通过红楼和自己的通融来追求一种永恒与普遍，欣欣向荣与生老病死，大千宇宙与拳拳此心。

例如红楼一开始对于受到挫折后的贾雨村的描写：

> 这日，偶至郭外，意欲赏鉴那村野风光，忽信步至一山环水旋，茂林深竹之处，隐隐的有座庙宇，门巷倾颓，墙垣朽败，门前有额，题着“智通寺”三字，门旁又有一副旧破的对联，曰：
>
> 身后有余忘缩手，眼前无路想回头。
>
> 雨村看了，因想到：这两句话，文虽浅近，其意则深，我也曾游过些名山大刹，倒不曾见过这话头，其中想必有个翻过筋斗来的亦未可知。

贾雨村是个坏人，当然无意与之比附，但是这一段仍然写得有趣。我也算是“翻过几个筋斗”的了。而且，我做到了：身后有余早缩手，眼前多路自遨游。

不，其实说实话我未必做到了这一点。我有过忧心忡忡，我有过心惊肉跳，我有过灰心丧气，我有过嗟叹不已。然而，我必须做到的是打碎了牙齿咽到肚里，哭红了眼睛戴上墨镜，丢掉了钱包少花几块，愁着愁着一见来人立马显出微笑。因为我是个男人，我是从小的地下党员，我是作家，我是已经有几十年工龄的干部，而且，我是个人五人六。

我不评红谁评红？此时不评何时评？

我的对于元妃省亲时与贾政会面一节的分析，甚至得到了上海友人学兄王元化的注意，他在电话里说我分析得有启发。

> 贾妃垂帘行参等事。又隔帘含泪谓其父曰："田舍之家，虽齑盐布帛，终能聚天伦之乐，今虽富贵已极，骨肉各方，然终无意趣！"贾政亦含泪启道："臣，草莽寒门，鸠群鸦属之中，岂意得征凤鸾之瑞。今贵人上锡天恩，下昭祖德，此皆山川日月之精奇，祖宗之远德钟于一人，幸及政夫妇。且今上启天地生物之大德，垂古今未有之旷恩，虽肝脑涂地，臣子岂能得报于万一！惟朝乾夕惕，忠于厥职外，愿我君万寿千秋，乃天下苍生之同幸也。贵妃切勿以政夫妇残年为念，懑愤金怀，更祈自加珍爱。惟业业兢兢，勤慎恭肃以侍上，庶不负上体贴眷爱如此之隆恩也。"

每每读到这一段落，我就为贾政的忠心而感动，几度泪下。虽然这里充满着封建。中国封建社会的对于"忠"的宣扬、实践与记录，不是骂一句封建就可以彻底了事的。毕竟在中国，"忠"曾经成为一种道德，一种价值，一种信仰，一种维系社会政治的统一与稳定的原则。尤其是贾政所说"切勿以政夫妇残年为念"，越说勿以为念，越是充满了父母老迈的悲哀。可惜近年的学者由于事先已经给贾政定了性，属于反动的维护封建分子，才没有人说到这一点。为此元化兄颇有感慨。

我提出，曹雪芹写起鲜花着锦、烈火烹油的往事仍然得意洋洋，得意与悲凉共存。我提出，宝钗与黛玉的性格分化令作者困惑，而且说到底这两个人物仍然是同一个作者的观念与构思的产物，可以从这个意义上讨论"钗黛合一"问题。这里不但钗黛可以合一，万象也可以归一。我提出，本体大于方法，《红楼梦》的文本表达了宇宙本体、人生本体的若干特质，所以"红"具有一种耐方法论性，你几乎可以用种种文艺批评方法来解析之。我提出《红楼梦》对封建主义的批判极其沉痛深刻，同时，作者也好，宝玉黛玉也好，都谈不上有什么反封建的思想与行动。宝玉的扬女抑男也与现代的女性主义女权主义不相干。我提出人物的两个阵营的划分是简单化的。例如晴雯，有口快任性的一面，也有（比旁的丫头更严格地）维护秩序的一面，例如对待小红、坠儿的态度。我提出，由于生活水平的悬殊与思想的控制，贾府的奴才并不争取自由而是生怕被剥夺在贾府为奴的机会，达到了“不奴隶，毋宁死”的程度。我提出《红楼梦》的写作特点是生活化逼真化千头万绪化，唯有二尤的故事比较戏剧化，可见二尤故事不是来自作者亲见亲历。我提出，袭人嫁蒋玉菡，全无被诟病的道理，而鸳鸯的“殉主”也没有任何值得称颂的地方，正是贾母占有了鸳鸯的青春和生命，很难说贾母就占之有理有荣有光而贾赦占有才是罪大恶极。我还说，《红楼梦》后四十回的失落有必然性，前八十回写到那样地步，使后四十回简直难以结束。我说，虎头蛇尾是万事万物的共同规律。我说请看《圣经》，上帝创造世界的时候是何等有章法，而造出世界之后，不好办了。我说，理论上说续书根本不可能，续书而被广泛接受更是奇迹，是全世界古往今来的唯一。我说“白茫茫大地真干净”如果绝对化凡是化（对于“脂批”搞凡是化），即写成全部嗝儿屁着凉，反而无悲。兰桂齐芳的结局比死光了要悲凉酸楚十倍。我说《红楼梦》中有三重时间，女娲纪元、石头纪元与贾府纪元，这种时间的多重处理远在《百年孤独》之前。我还讨论了贾宝玉甄宝玉二元处理，与芳官的男装女装、不同名字包括法文姓名与少数民族姓名的哲学意义与认同危机、身份危机。对于新老索隐派，我也并不一笔抹杀，我认为符号的重组是一种很难抗拒的智力游戏，何况“红”本身提供了这种契机，有些时候智力游戏也能达到歪打正着的效果……如此这般，这些都是别人没有太讲过的。

文学的说法

大家好，今天有这么一个机会和大家交流一些对当代文学的看法，由于已经确定了是文学讲座了，所以还是讲讲当代文学。

当代文学从1949年至今57年，是一个很长的（时期），从文化大革命结束以后，或者是从党的十一届三中全会以来，也已将近30年了。我讲点什么呢？我想把这30年的有关文学的一些说法回顾一下，有关这30年的文学状况。我说的是一些很轻松的说法，不是经过正式概括的，或者是经过学术上定论的这么一些概念。

但是文学就是一个很活跃的现象，说好的说坏的，这么概括的那么概括的，说法非常多。所以我就把这个整个过程回顾一下，其中有些说法呢，是被，至少是被做这个方面工作，在这个领域的人所公认的、所承认的，也有些说法呢，一部分人承认，一部分人不承认。还有些说法只是我个人的一些想法。我要讲到的说法很多，有二十几种，所以呢，我也不可能每一个都讲，有的我们共同回顾一下，我觉得挺有意思。

我先从什么说起呢。从伤痕说起，说起那个伤痕文学吧，比较有代表性。是1977年11月，离现在将近30年了，29年了。1977年11月在《人民文学》杂志上发表了刘心武先生写的《班主任》。

是不是这样啊？为了能使这个讲座能够比较平稳地进行啊，咱们照相啊，是不是到现在为止了。在这一两个小时里头我的形象不会发生突然的变化，所以照相就到此结束了，否则我人本来胆子就比较小，看见那么多人照相不知道怎办。对不起啊，请咱们照相的各位朋友，你们把我最美好的形象照上去已经很感谢了，现在不照了啊。

在1978年初，在《文汇报》上还发表了卢新华写的《伤痕》，所以称之为伤痕文学，它主要写的是文化大革命给人带来的伤痕，尤其是心灵的创伤。带来的愚昧无知，带来的人和人之间的人际关系的恶化，带来的文化教育上的倒退。类似的作品还有很多。我们现在回顾一下，1977年、1978年，当时短篇小说很响的那些作品都是这样。刘心武的《班主任》、陆文夫的《献身》、张弦的《记忆》，还有后来很快发表的丛维熙的两个中篇小说《第十个弹孔》、《大墙下的红玉兰》等等。都写的是文化大革命的荒谬，写的对人造成的伤害。还有一些根据文学作品改编成的电影引起过轰动。像电影《小街》，在座的很多人都不知道这个电影，已经三十多年过去了。对这种伤痕文学一上来就有争论，一个争论就是认为伤痕文学，会不会从政治上造成一种对现行体制的恶性冲击。那么第二个争论呢，就是在艺术上这些作品是否成熟，我想这些讨论呢，都不是全无根据的。但是伤痕文学在当时引起那么热烈的反响，是今天所无法想像的。刘心武的几篇小说，有些现在的人看来写得并不是特别完美，他本人也并不认为他写得特别完美。但是他的小说前前后后光读者来信他就收到三千多封，而且他还从这些读者来信里头选出几百封编了一个集子。这在今天是不可想像的，在任何地方都不会有这种事。

那么第二个呢，我就要讲到，很快就有人提出来，就是把对文化大革命的反思向纵深伸延，所以就有当时所谓反思文学。像鲁彦周写的《天云山传奇》，这是因为拍了电影，电影拍得很成功，也得了奖，所以有很大的影响。就是写到了不仅仅是在文化大革命，还在历次的政治运动当中所造成的一些伤害。比如说像在宁夏生活的作家张贤亮写了一大批作品，有《绿化树》、《邢老汉与他的狗》，比如说像中杰英写的《罗浮山血泪记》。有许多这一类的作品，就是什么以阶级斗争为纲啊，这个没完没了的对人的折磨啊，不信任啊，造成的悲剧。所以这个伤痕文学，反思文学都引起了强烈反响。

我还要提到当时的所谓改革文学，这已经是十一届三中全会以后了。尤其是79年、80年后有所谓改革文学。像蒋子龙写的《乔厂长上任记》，写一个厂长，这个厂长叫乔厂长，他当机立断，快刀斩乱麻，他看到了当时国营企业的许多许多积弊，要采取很强硬的手段，不惜付出个人的代价，转变企业亏损、瘫痪、停滞不前的局面。用这种改革的文学表达了人们对生活的一种新的思路、新的举措、新的局面的愿望。

我在这开个玩笑，这个文学的改革比实际的改革毕竟还是要容易得多。你要写一个很棒的厂长，看得人回肠荡气，这个很容易。和你真正到一家企业去当一个厂长，这不完全是一回事。我有一个亲戚，他在文化大革命中也是折腾得很厉害，然后文化大革命以后才好容易恢复了工作，当了一个小领导。这个时候他从我这看了《乔厂长上任记》，看了以后他兴奋极了。他就决心要像乔厂长那样地工作。大公无私，铁面无私，运用铁腕改革各种的积弊。他用这个方法工作了不到半年，就被单位的人轰走了。所以这个文学作品，它毕竟不是一个操作要领，完全按照文学作品的那个方法去做，很多事情不一定成功。

在这完全不提自己，好像自己没写过似的，这不是我的真实心意。所以我就老王卖瓜，自卖自夸，美其名为“转机文学”。

这时候又出现了所谓的寻根文学。它开始稍稍地离开了“文革”啊，反“右”啊，阶级斗争啊，斗过了啊，斗错了啊，冤假错案啊这些。而更多地从我们这个民族的文化之根来寻找我们的命运的密码。为什么我们中国人，伟大的中华民族有那么悠久的历史，有那么顽强的生存力量，有那么独特的文明，但是又总是那么孱弱，简直是走了惊人的弯路。这个韩少功是这里边非常突出的一位，而且他直接提出了“寻根”这样一个口号。最早这已经是80年代往后走了，84、85年他又写了《爸爸爸》，这个《爸爸爸》也引起了很大的重视。他写一个人叫丙仔，这个丙仔就会说两句话，一句就是“爸爸爸”，逢人就叫“爸爸爸”。第二句话就带一脏字，我们就说“X”吧，就是“X妈妈”。写那种让你感到恐怖的那样一种愚蠢，那种可怖的精神面貌。以至于这个老作家严文井，是前不久才去世的，老作家严文井看完《爸爸爸》后，甚至写了一篇文章，说他自己也是一个丙仔。从那种麻木，从那种迟钝，从那种对事情的反应就是两种，要不就是管人叫爹，要不就是骂人，看到我们身上的一些毛病。当然，我们很容易从《爸爸爸》想到鲁迅先生写过的《阿Q正传》，那也是一种麻木，让人无助，让人不成样子。那么韩少功后来还写了《马桥词典》，写了在湖南的某一个地方，那种接触有限、半封闭的地方的各种风俗习惯，各种见解，各种特殊的语言。我们还可以提到山东的作家张炜写的《九月寓言》，我们可以想到王安忆写的《小鲍庄》，一直到莫言的一系列的作品。这些作品呢，我觉得或多或少，或自觉或不自觉，或无意识地，都受到了加西亚·马尔科斯《百年孤独》的影响。所以拉丁美洲的魔幻现实主义，拉丁美洲的文学爆炸，它对中国的作家，中国青年作家的最大启发，就是所有的我们感到遗憾的经济的落后，技术的不发达，科学的不进步，迷信、愚昧、保守、奇风异俗，这些东西到了文学这里都可以变成上佳的文学材料。你的经验里越有奇怪的越好，越怪的事越好。你每天吃馍馍，每天吃干菜，这个不稀奇。如果你那个地方还吃草，你不但吃草还吃苍蝇，你不但吃苍蝇你还吃蚊子，你不但吃蚊子你还吃石子儿，哎哟，这个可以成为非常奇异的文学材料。原来人的文化、人的生活，不是你所知道的那些最一般的，还有许许多多的稀奇古怪的话题，还有巫术、神汉，还有算卦，它这个文化艺术和别的艺术一些不同的东西。为什么它是魔幻现实主义呢？也就是本来今天我们看来是迷信的东西、反科学的东西，最后它都变成了在文学当中很迷人的东西，变成了哭笑不得但是看起来很有趣的东西。它变成了趣味，变成了刺激，变成了一种对想像力的一种激活。欧洲就有人评论，说加西亚·马尔科斯，他开了一条大路。所以我们国家有许多青年作家非常地崇拜加西亚·马尔科斯。莫言先生到现在提起加西亚·马尔科斯来都是做五体投地、浑身发抖的那种激动的样子。另外就是一个捷克的作家，写那个《生命中不可承受之轻》的昆德拉。就是昆德拉把这个东欧的极权统治的经验化作艺术的材料。中国就有一个在80年代中期一直到“文革”之后这个寻根文学，也有相当的成绩，有些也归纳到这里。

我又觉得很好玩，所以我又临时杜撰了一个叫“新异小说”，就是它更少地去描写，就是那个历史所留下的重压，而更多地描写在改革开放的年代生活的年轻人，他们要求有新的生活方式，有新的审美趣味，有现代价值追求，有新的尝试和实验的可能。我这里特别提到铁凝的《没有纽扣的红衬衫》，它里边写一个主人公，表达新的年轻人的勇敢，不受各种有形的无形的精神枷锁所束缚。我现在问一下，在座的有看过这个《没有纽扣的红衬衫》，作协的不算，请举手。三、五、七，不错不错，有八个同学看过，但毕竟已经是时过境迁了，它已经是过去的了。后来这个广州、深圳一带，出了一位年轻的女作家叫刘西鸿，知道刘西鸿的请举手，哎呀，有一个，我一定告诉刘西鸿，还有人知道她。因为她现在在法国，她后来在和一个法国人生活，在马赛。她写了一篇《你不可改变我》，从这个题目我们就可以知道她要张扬她的个性。《黑森林》，我是从这个词的最好的意义上说的，它写得非常时尚，你感觉她写的年轻人啊，不是进高级的咖啡馆，就是进高级的酒吧，不是喝意大利式的咖啡，就是点法国式的糕点。而且你不可改变我，我们要这样过我自己的生活。

常常和刘西鸿的一系列作品放在一块的，但是和我刚才说的铁凝、刘西鸿她们又不太一样的，我就特别想起这个余华写的《十八岁出门远行》。看过余华的《十八岁出门远行》的请举手，啊，这么多，余华这小子真高兴，很多，比刚才的多得多。这《十八岁出门远行》它甚至是不容易解释的，它里边带有幻想啊，但是它也表达了在改革开放年代，在十一届三中全会以后的年代，在一个相对要开放得多的社会里边，一个年轻人它要求去闯练，他希望经历一些莫名其妙的事情。他并不认为每一件事情都可以做出一个准确的解答、一个解释，每一件事都有一个很明确的标尺。这是很好玩的。

然后第七点，我想讲，也就是在82年、83年、84年的时候，以《文艺报》为代表，以当时的《文艺报》为代表为领导，曾经出现过一个对当代文学的一个指责，就是说现在的文学热衷于写小人小事小男小女小花小草小猫小狗小悲小欢小喜，这是忽视了历史的重大转折，忽视了时代的重大的题材，有过这样的一种争论，有过这样的一个批评。也有人提出了，说你说了这么多“小”，你还落了一个“小”，“小说”。因为小说是文学，如果按照你写的呢，我建议呢，把小说改成为“大说”，每期刊物上3篇大说，4篇长诗，5篇中论。所以这个问题大家不会有个结论，我们现在讨论这个东西，我也不想作一个批评。是不是在80年代中期，出现了把文学过分私人化的倾向。这个呢，在我们国家源远流长，就是批评这种写小事情，所谓“杯水风波”。后来为了这个“杯水风波”，铁凝写过一个短篇小说，就叫《杯水风波》。那么在60年代出现过对王安忆的母亲茹志鹃的批评，说茹志鹃写来写去都是家务事、儿女情。你可以写社会啊，写三峡工程啊，西电东输，南水北调，至少是抗战打鬼子。写来写去都是家庭事。后来大概是茹志鹃不服吧，文化大革命结束以后，她还写了两个短篇小说，一个短篇小说叫《家务事》，一个短篇小说就叫《儿女情》。所以现在家务事也有了，儿女情也有了，杯水风波也有了。

还有人批判过鸳鸯蝴蝶派。就是1980年，我想是第三期或是第四期，请你们查一下，《十月》杂志上正好登了两个中篇小说，一个就叫《鸳鸯》，还有一个鄙人写的《蝴蝶》。那个编者特别高兴，就是这回你看正好赶巧了，又有鸳鸯啊，又有蝴蝶啊。所以这里头，文学的事情，仁者见仁，智者见智，很难作出一个结论。文学的事情还常常如瞎子摸象，摸到鼻子的就说象是一条绳子，摸到耳朵的就说象是一片树叶，摸到象大腿的就说象是一根柱子。文学它常常这样，你说一个作家，他如果写了一辈子，他写的就是小男小女小花小草小盆小碗小鼻子小眼，这好像有点遗憾。但是呢，又有另一面，文学它的特点是以小见大。我们讨论一下“小说”这个词，小说这个词一开始当然和现在不一样，它最早出现在《庄子》，它指的就是和那个宏篇大论、长篇大论有区别的那些东西。所谓稗官野史，讲一点街头巷议，传闻故事，它就是这么来的。所以笼统总批评“小”的会使很多人不安，如果干脆反过来提倡写“小”，咱们写得越小越好，这个也使很多人不安，尤其是使领导不安。都去写小事了，怎么办，大事谁写啊，大事总要人来写啊。

那么在这个批评讨论这个小男小女的时候，还出现了一个说法，就是关于这个作家要不要深入生活。因为从这个1941年延安文艺座谈会以来，毛主席就说一直生活在上海亭子间的作家，针对的是一大批左翼作家，都是从上海的亭子间来到解放区的，他们应该到工农兵当中去，应该和最大范围的老百姓生活在一块，要体会这个生产斗争，体会这个阶级斗争，尤其是要体会这个军事斗争。因为那时候处在军事斗争最艰苦的时候，抗战时期。所以我们中国一直有这个传统，或深或浅吧，我们不断地组织一些作家，或者是提倡作家，能够到处多走走、多看看，在某一些地方还能蹲下来，挂职，还能干一份工作。可是在80年代中期，当时刘心武他写过一篇文章，叫做《挖一口深井》。意思就是说他比较熟悉的是城市的生活，是城市市民和中小知识分子的生活。我不可能到处去掘井，我不可能跑到工厂去掘一口井，我也不可能跑到边疆去掘一口井，我也不可能跑到这个战争前线掘一口井。所以他提出要掘一口深井。这样就引起了包括在作协工作的一些同志的不满意，所以就批评他这个挖一口深井的说法。而且指出挖一口深井的结果呢，是使写作越来越捉襟见肘。刘心武他这深井的问题我不好作出判断。但最近刘心武很红火，是因为他这个《揭秘〈红楼梦〉》，出了两本都卖了四十多万册。这个“红学”家一个个气得不得了，都是我的朋友啦，包括冯其庸先生啊、李希凡先生啊，都是我的好朋友。刘心武先生啊，都是我的好朋友。整个红学界几乎都声讨刘心武，不合乎学术规范，瞎猜谜，还有知识性的错误很多。但是人家爱听你怎么办，很多人爱听，爱听他侃这个《红楼梦》，而且他的书读的人很多，所以他这口深井挖着挖着一拐弯就挖到了曹雪芹的“大观园”里边去了。对这个问题，作家也各有各的说法。

在这挖深井的时候，还出现了一种“三无小说”，无人物、无情节、无故事。这个非常抱歉，我也很不好意思，这个“三无小说”里边好像指的就是鄙人。我写过有这么几篇，比如像《致艾丽丝》，比如说《铃的闪》。后来还写过一个叫什么《小说瘤》，把这个写小说的比喻成长瘤子，究究诸公看完了以后感到不安，不知道王蒙吃错了什么药。其实我也无意于在小说里头写成“三无小说”，我没有那意思。我绝大多数的小说都是有人物、有情节、有故事的。但是呢，我觉得小说还是可以各式各样。中国的小说的式样并不是太多，而是太少，我们可以看一看世界各国在小说上的尝试。那是一种对精神空间的探索、开拓，也是对人的想像力的一种开拓。

然后我再说一批怀旧小说。这个叫不叫怀旧小说，我还说不清楚。就是这些年我们大家都在讲改革，尤其有一个词叫“开发”，到处都在开发。但是作家和这个经济学家企业家不同，他是一批有时候找别扭的人。你搞开发吧，他老是怀念不发达时期，因为从审美角度，有时候不发达比发达还可爱。“采菊东篱下，悠然见南山”，不是太发达，在篱笆下采菊，悠然见南山。“种豆南山下，草盛豆苗稀”，这很美，但说明他种豆种得很差，你“草盛豆苗稀”

吧，你应该拿个锄头把这草除掉啊，撒一点除草剂啊，可是这种情调呢，它很优美。相反呢，你如果非常先进呢，它反倒不优美了。“敲键荧屏下，悠然见博客”，没有什么悠然啊。

有一次我去医院讲课，我说你们很先进，先进了缺少美感怎么办。“操刀灯光下，悠然见病变”，它不对。这个作家有时候老找人生的遗憾，就是李杭育写的《葛川江》系列，其中有一个写得最好的，也是得奖的，叫做《最后一个渔佬儿》。就是现在捕鱼的也越来越先进了嘛，有柴油动力，有机帆船，有大规模的捕鱼船，有各种渔网。但这最后一个渔佬呢，他一个人坚持没变。他自己划着一只破船，在葛川江里头来抓那么一两条鱼。它很优美，它这样的一种生活方式在逐渐地成为过去。张炜还写过一篇叫这个《一潭清水》，也给他发了奖。《一潭清水》写农村一个小孩，一个小男孩。这个小男孩无父无母，但人极其聪明极其可爱。他的绰号叫“瓜魔”，他特别善于吃瓜。两个大西瓜搁在他旁边，你转眼就愣了，转一下身他两个西瓜就吃完了。他有特殊功能，人体特殊功能，西瓜到他嘴巴就像吸进去。这个我倒可以和各位交流经验，因为我在新疆呆过多年，那新疆会吃西瓜的人呐，那是翻江倒海，他吃起西瓜来啊，你就看着它这瓜子儿噼里啪啦往外吐。而且它这瓜子不往外倾，他这个脸上啊，这个嘴唇上，这些地方，下巴上全部都是瓜子。吃瓜他靠吸，他不需要嚼。那个成语叫鲸吞什么的，就是像鲸一样可以把船吸进去。所以他就可以把一个瓜吸进去，然后把瓜子贴在脸上，吃完后一抹，完了。这“瓜魔”他无父无母，但乖巧可爱，所有养瓜的人……这个我也在新疆养过瓜，晚上看瓜的寂寞，就搭一窝棚，你要不看瓜的话你就不知道来多少人偷瓜，你要看瓜的话你就可以有意识地找你几个朋友一块来吃瓜，这比起撒开来让大家偷还要好一点。所以那些看瓜的人很寂寞，这个“瓜魔”一来很高兴，一边吃着瓜一边聊天。大家都拿他当自己的孩子看待。但是后来呢，包产到户了。包产到户他再去吃瓜，这个看瓜人他真着急，你吃的瓜不是队里的瓜了，你吃的是我的瓜了啊。那时瓜还很便宜，比现在便宜得多。我们假设3毛钱一个，你一会儿吃了一个，我这3毛钱就没了。吃了第二个呢，6毛，你吃了5个瓜，一块五没了。所以就慢慢慢慢地，这看瓜人就不欢迎他了。他和这看瓜人之间产生了隔阂，产生了利害冲突。这由于承包，人和人之间最美好的感情没了。其实在《红楼梦》中，在我们小说里头最早写承包的是探春，“三套马车法治”时期，探春就搞过承包。搞了承包以后，这个薛宝钗的丫鬟莺儿，黄莺的莺，到那她揪柳条编篮子。这也很美好，你想想，由薛宝钗的丫鬟，这个小女孩，十五六岁，春天的时候揪下柳条来编一个很好看的花篮，多么美丽、多么浪漫、多么温馨。可是负责承包的就来了。哎呀，别糟蹋。承包以后，这人和人之间就增多了利害的计较。张炜后来还写了很多小说，都有这个主题。在张炜的小说里头，没有比“开发”两个字更丑恶的。只要一开发，完了。你想想，你们家本来很穷，但是关系也很好。现在来开发商跑你们家开发了，你们家完了。我说这个话丝毫不等于我说有一批作家，像李杭育，像张炜，他们是反对改革开放、反对发展生产力，不是这意思。但生活当中它有这种悖论，就是你从我们的建设发展是硬道理，提高国民生产总值，从这个角度来说，我们是欢迎开发，推进开发。但是我们确实又常常在这个历史的迅速前进当中，变革当中，我们发现一些美好的东西，正在离我们远去，这是事实。那么提出这一问题的人还说了，更早的契诃夫的《樱桃园》。那个话剧最后结束的时候，就是开发商用斧子在外边劈，把所有的樱桃树砍遍了。那个束手无策的老地主在那等待着自己的灭亡。美国的电影《白玫瑰》，是美国的还是墨西哥的，反正就是那一带的。那就是得克萨斯州，就是乔治·布什的家乡，在那开发油田，把田野变成油田，井架，变出黑黑的石油把这白玫瑰毁了。

那么在80年代后期又开始出现了所谓的新写实主义，所谓零度写作。零度写作它其实是做不到这个度，做到零度是不可能的。但是它的意思就是说，不在这个作品里头投入过多的作者的感情。生活是什么样就什么样，写成什么样就什么样。比如池莉的《不谈爱情》，而湖北的有几个作家，包括池莉，他们在大学里头讲话的时候，他们就是这样回答的。当学生问她，你认为世界上有没有爱情，她回答说，世界上没有爱情，爱情是人编出来自己骗自己的。《不谈爱情》也编了电视剧，就是写这工人，一男一女，年龄也不是太大。吵架，就有些言语的冲撞，肢体的冲撞。这女方很不高兴，就走了，回了娘家了。这个男方呢，给她晾在一边后，就非常痛苦，就想办法给她接回来。这时候这女方，大家都帮着她出个主意。你回去是可以，但你要有3

个条件，5个前提，6个措施，提出很多。男方也有人给他出主意，出什么主意的人都有，就是不谈爱情。没有人考虑过他们俩是夫妻，他们俩有可能是有感情的，总觉得不到位。

刘震云有一批作品，被称为新写实主义。就是忽然之间有一种调子告诉你，生活就是这样，没有什么浪漫，没有什么激情，没有什么伤感，没有什么深沉闷透，没有什么温馨，没有什么玫瑰色的幻想，没有梦。哪有梦啊，只有现实。只有刘震云爱说的一句话，冷冰冰的现实。这是关于新写实主义。

到90年代了，有一度非常热闹。所谓河北的“三套马车”。何申、谭歌和这个关云山。他们写农村的，有的是写工厂的，就是所谓改革的阵痛，分享艰难呐。写这个国营企业难得简直就连工资都发不出来了。但是这些东西相对都沉寂下来了，也没有这“三套马车”的新作出来了。

和“三套马车”又差不多同时呢，又出现了所谓反贪小说，这个反贪小说呢，那个真正的文学评论上对这些小说的评论、介绍、阐释都不是很多。但是他们也都受到了读者的热烈欢迎。小说，都是一下子在读者中引起了热烈反响。像陆天明的《大雪无痕》、《省委书记》等等。发觉大家呢，都去搞钱去了，所以形成这个人文精神失落。那么市场经济的发达究竟是给了文学更多的空间，还是给了文学一个致命的打击。那么人文精神的失落是由于市场经济还是由于计划经济呢？是计划经济更富有人文精神呢？这些东西是不容易从理论上讨论清楚的。和人文精神的失落的差不多同时呢，它又换了另外一种说法，就是说呢，文学正在从中心走向边缘。我刚才介绍到像伤痕文学时期，刘心武他得过3000多封读者来信。《人民文学》杂志在最高峰它发行过150多万册。现在连那个时候的十分之一都没有了，现在只有几万册。那么究竟是什么原因，就有各种各样的说法，各种各样的医生都来把脉，来做诊断。一种说法说是由于文学不关心人民了，文学脱离了人民，所以人民也就拜拜了文学。人民关心的是什么呢？是反贪。文学怎么能纯呢，文学和社会是分不开的。还有一种说法，就是中国文学刊物已经够多了，全世界再找不着像中国这么多文学刊物的国家。整个美国纯文学刊物几乎没有。这个说起来可笑，美国有些短篇小说是发表在小报上，那个最黄色的杂志上。它有些文学作品是发表在上面的。它有几本文学刊物，它是发表小说的，但是它这名字死活也不像文学刊物。

俄国它现在也有几本，发行量不错的还是它的外国文学，也没有那么多。只有我们中国几百种。当然情况也很困难，有很多问题。所以这个整体来说，中国还是重视文学的，群众也还是关心文学的。否则我在这做一个文学讲座，居然能来这么多人听讲，这个在其他国家是不可想像的。我在新加坡做文学讲座，如果能来50个人已经非常多了。但是有一次新加坡一佛学团体“功德林”请我做文学讲座，来了上千人。为什么呢？它信佛的多，而且包括各个大学，他们要搞学术活动，要向“功德林”申请补助。所以“功德林”说举行王蒙先生的文学讲座，那些爱听的不爱听的，都假装很高兴来听。这是一个非常复杂的问题，就说在这个市场经济的年代，讲物质利益、讲钱，这种情况我们的朋友张贤亮还讲过，他说今后搞文学的人只有两种，第一是真正的天才，第二是傻瓜。这当然是玩笑话，不是非常正规的说法。

前边讲的“小小小”，有一度这“小小小”又具体到一部作品，这也是90年代后的时候，就是“小女人散文”，这个是从南方出来的说法。讲小女人散文。我们今天发奖的这个巴蜀青年，也是女性比较多。这个给副刊写散文的女生比较多。为什么叫小女人散文呢，因为大家不太想在这个散文里头写特别宏大的问题。树立新的道德风尚，科学发展观，因为这些东西可以在别的上面来写。它写来写去，我是看过，就是有很多题目就是“我的……”：我的厨房，我的饭碗，我的茶碗，我的猫，我的狗，我的先生，我的儿子，我的孙子，我的玩具。

就小女人散文同时受批评的呢，还有一种叫晚报文体。这个我们大家都知道，晚报相对轻松一点、软性一点。大文艺报都是机关报，代表领导的。但写来写去都成了晚报文体了。别人问我对晚报文体的看法，我个人认为晚报文体本身很难构成一项罪名。晚报文体我想比那个大批判文体要好一点，比我们的小报告文体，低头认罪文体好。无非就是大家轻松一点而已。还包括“私小说”，因为“这私小说”啊，“私”其实就是“我”。就刚才我说的“我的”，“私”是日语的说法，就是“我”。因为日本有一批女作家，对不起，我的意思并不是只有女作家才这样写。男作家他装腔作势一些，他明明是写的个人的一点细微的不幸，但他也描写他的这个不幸是和整个国家、民族、人类前途一致的。因为他脚上常常长针眼啊，长鸡眼，影响了他这个考察的视野，人类还没有考察过的事物。男作家一般都这样写，一般的女作家都那样写。这些东西也有过议论，它这个议论完了也就完了，现在也无所谓了，也没有人考虑什么是晚报文体。

那么这几年还有关于对文学的一种批评、一种讨论，说现在批评缺席了。最早说批评缺席的，有一个旅美作家叫周什么呀，写《曼哈顿的女人》，周莉，对。周莉写《曼哈顿的女人》，上海的余秋雨先生就非常称赞这个作品。后来吴亮写了一篇文章，说批评的缺席。说这个作品很不好，很差，结果没有人来批评。那么现在对批评的批评也非常多，但是你越批评越没有好的评论。有的也说是由于现在这个批评家，说他有很多批评文章呐，都是由于这个传媒啊，出版商啊，出版社啊，开研讨会，开完研讨会还给他送红包写出来的。连这个问题都讨论过，说批评家可不可以拿红包。但是现在好的文学批评并不多，很严肃很认真的文学批评并不多，这是事实。

还有当然我们也知道关于性描写的各种各样的议论。这里写的早恋，同性恋，婚外恋，出轨，还有王安忆的“三恋”《山城之恋》，什么之恋。还有贾平凹的这个《废都》。贾平凹的《废都》我就不再仔细地说。我在《河北日报》看到过，说是某个地方非法贩卖淫秽读物《废都》，那卖书的人已经被收审了。昨天黄济仁主席告诉我，说你给我讲点信息。这里还有一个笑话，有一个报纸登出来说《废都》获法国女评委奖。最近中国模仿设立一个女评委奖。为这个事我就委托人，委托文化部驻法国的官员，我本人也去做了多次调查，我终于弄清楚了。这是一个乌龙，这是一个笑话。它为什么叫女评委奖呢？就是这奖它叫 Fcmalc Prizc。这个很奇怪，它当然是女性的意思，就法语这个 Female 大体上也是这么拼。怎么念我不知道，我不会法语。但是几个法国人告诉我，说 Female 是因为这个人的名字叫 Female，你只能翻译成“菲梅尔”奖，不能翻译成女评委奖。他本身不是女的，他是男的。所以这个世界真奇妙。这就是假设，比如我的命名，小时候被父母起名叫王女儿，我设立一个女儿奖，大家一看就是女评委奖。它不是，是男评委。但是我不知道我这个情报对不对，请你们参考一下，你们可以从网上再研究一下这个 Female 奖。他得了这个奖。

然后是关于这个痞子文学。痞子文学也曾经受到过很多责备，现在呢，因为这个代表人物王朔也是销声匿迹，作品也很少了，所以也就慢慢下来了。这个声浪也渐渐小了。我倒不想谈作品，我举一个例子，举一个非常有趣味也是耐嚼的例子。这个例子应该受到什么样的评论呢，我在这里不想仔细说。我请大家来研究。我读过同名的两篇小说，这小说的名字叫《湮没》。第一篇小说是在1979年，是由北京的女作家韩蔼丽写的。这个韩蔼丽已经去世大概有三四年了，对，已经三年多了。她已经去世了。韩蔼丽的《湮没》啊，她写的是什么呢？用第一人称写我在上大学的时候，和一个哲学系的男生恋爱。后来这个哲学系的男生呢，被错误地划成了“右派”，戴上了“右派”的帽子。然后就把这个人弄到内蒙古去了，临走的时候，这个男生就对他相恋的女生就说，我呀，现在这处境已经没有办法和你花前月下、共度良宵了，我们的爱情是没有前途的。反正死活要断绝这关系。但是这个女生呢，她此后几次被人介绍对象，交朋友。不知道重庆喜欢怎么说，山东那边，烟台就叫对象。他们非常哲学化，连已婚的很老的年龄的人称自己的配偶，也是我那个对象。她一搞对象，凡是到了关键时刻，我们假设俩人拥抱在一起了，马上就要kiss了，这时候她一下子就想起被轰到内蒙古的男生。她立刻感觉就没了，所以她几次搞对象都失败了。她变得非常恨那个男生，说这个男生害得我一辈子永远不想和男生在一起了。他不但害了他自己，他也害了我。写的这么一个很煽情的故事。叫《湮没》，就说这个人从此消失了，以后形势变化了，平反了，再也找不着了，他已经湮没了。然后80年代后期我又读了一个年轻的东北作家叫洪峰写的《湮没》，这个太有意思了，你比较这两个《湮没》。由于我这个记忆常常失误，我只能以你们回去以后查资料为准。它写什么呢？就是写一个男生，这个男生的女朋友啊，告诉他，说我跟你交往了一段时间以后，我觉得你很讨厌。我决定不再跟你交往了，这男生说那好吧。反正也无所谓。女生说虽然我不想和你交往下去了，但是我还有一个伴，我想把这个伴介绍给你。你看你们俩试试，看看有戏没戏。男生说行，可以。于是又介绍了一个。第二个女生对男生挺热情，不错。这个男生对第二个女生也并无恶感。俩人经常一块玩一块说话。但这个女生就喜欢问这个男生一个问题，就是“你爱不爱我呢”。这个男生就是不愿意回答这个问题。这个男生回答说，我没说过我不爱你啊，咱们这不是在一块了吗？这不是挺好的吗？反正他绝对不说一句话，I love you！他不说这个话，他死活不说这个话。有一次他们俩人划船，在一个很大的湖里边划船。于是这个女生就问，你到底爱不爱我。他就回答说，哎呀，不问好不好嘛，我从来没有说过不爱你嘛。这女生又问，如果我现在跳到水里你会不会救我，这个男生说我也没有说过不救你嘛。后来这个女生，"嘣"，跳下去了。这男生就吓傻了，他不会游泳啊。他两眼就盯着这女生，扑通扑通，最后就淹没了。这么一个小说。它和韩蔼丽时期的《湮没》怎么就有那么大的差别呢。韩蔼丽这个《湮没》有种政治含义，有种痛惜，有一种身心的痛苦。而现在变成了无所谓，爱和不爱没有多大的区别，爱这个和爱那个没有多大的区别，救和不救没有区别。她掉在水里，咕咚咕咚，你就咕去。一个人和一个坛子，一个容器没多大区别。所以这两个《湮没》一直在我脑子里留下了很深刻的印象。我至今也没弄明白，我希望重庆的高人，帮着我分析，使我正确地认识这两个《湮没》，应该对它们怎样评价。

谈几个大问题。一个叫做抵抗文学，有人提倡抵抗文学。就说现在的文学要抵抗，要抵抗世俗，抵抗市场，抵抗拜金主义，抵抗这个什么东西都讲钱，要抵抗这个钱。我拒绝合作，拒绝和社会世俗合作，要坚持理想，说现在理想主义也缺失了。北大专门开过关于理想主义缺失的课，要以笔为旗帜，来和这些作斗争，和这些世俗化、金钱化作斗争。

而在提倡这个抵抗的时候呢，所有提倡抵抗的这些作家，他们都树立了一个最崇高的形象，就是鲁迅。然后就说中国没有鲁迅了，中国现在一个鲁迅也没了，谁也不像鲁迅。还有的说中国的伟大在于它产生了一个鲁迅，中国的悲哀在于它只产生了一个鲁迅。这些说法啊。还有的说鲁迅是一个人在和全中国在战斗。这些说法都很激昂，都很慷慨，都很机灵。但它并不完全经得住推敲。因为大作家都是各式各样的，都是不可重复的。中国只有一个鲁迅，英国也只有一个莎士比亚，一个狄更斯，法国只有一个巴尔扎克，哪有俩巴尔扎克啊，俩就不值钱了，俩不就是克隆了吗？美国也只有一个惠特曼，那中国也只有一个曹雪芹。所以这是第一点。所以中国作家好像一直背负着罪名，两大罪名，待会有个罪名我还要讲。第一个中国现在没有一个作家出来说，我就是现在的鲁迅，没有，也没有别人说某某就是现在的鲁迅。第一，无鲁迅。第二，没得诺贝尔文学奖。中国作家的这两大罪名够中国作家抬不起头来了。可鲁迅有鲁迅的时代啊，他那是一个酝酿革命的时代，那时候任何的对社会的批评、谴责、讽刺、挖苦、仇恨、愤懑、埋怨、牢骚都纳入了整个的革命大潮之中。因为那个时候，旧社会处在一个解体时期，这叫“国家不幸诗家幸”。这个国家是非常不幸的，正是因为那个时候，所以人们看到谁说话说得尖锐，说得深刻，说得一针见血，入木三分，入木三尺，入木三丈，入木三公里，谁就是导师，我们的精神导师。你很难考虑现在还能这样。现在咱们谁站起来，说我就是当今重庆的鲁迅，我们马上觉得他神经有点毛病。鲁迅精神当然我们要继承、要发扬，但是它不可能是重复的，鲁迅的地位、鲁迅的风格，都不可能重复。怎么样才能够出现当今的鲁迅，或者怎么样才能够培养出鲁迅来，我不知道这个问题好不好讲。当然也有人反过来攻击鲁迅，这个也没意思，反过来就说鲁迅并不怎么样。

那么中国作家的另一个罪名，也是我讲的第二个问题，就是你的作品还没有走向世界啊。尤其是你还没有得诺贝尔文学奖。其实已经得了，如高行健。但是他又加入了外国国籍了。而且高行健我国对他也不是很感兴趣。这个诺贝尔文学奖的问题，诺贝尔奖，到目前为止，仍然是世界上最有影响的文学奖。第一，它的历史悠久。第二，它的奖金优厚，一百万欧元。你们都会得的，你们已经表现出了你们的向往和羡慕。我们中国最高的文学奖，茅盾奖是三万还是四万，是三万人民币，有说两万的。诺贝尔文学奖它还有些特立独行，它经常给你一个出其不意的奖，别人不知道的。它有时候给西方的一些左翼发奖。它也专门给社会主义的一些持不同政见者发奖。就是那年葡萄牙得奖的，他是葡萄牙共产党领导人（何塞·萨拉马戈 Jos é Saramago，1998年获奖），我已经想不起来了。拉福，也是意大利的左翼，拉福得奖的时候，意大利人觉得很奇怪，他自己也不相信。1980年诺贝尔奖励给西德的海恩里西·伯尔，海恩里西·伯尔也是对西德进行了狗血喷头的批判，那个批判得真是体无完肤。1981年奖给法国的西蒙，那个西蒙是专门做一些形式的实验，别人很难看懂的一些作品。西蒙那个老头人是挺好的，也有些自闭症，不愿和人接触。最近，去年吗？是前年？给奥地利的女作家，奥地利的那个女作家到最后她不去领奖，她怕见人。我也确实非常佩服这样的作家，一百多万在那等着，即使再胆小如鼠的人，在这一百多万欧元的鼓舞下，应该是义无反顾地冲过去了。我们回顾一下诺贝尔奖的历史，对世界文学有巨大影响的人很有限。近几十年来，诺贝尔文学奖这一百多万欧元大家都很向往。你们谁读过他们的作品，影响大的，我觉得一个是海明威，50年代初得奖，海明威名很大。加西亚·马尔科斯影响大。其他的我几乎说不上。得奖的人多了，每年一个，有什么影响啊，有多大的影响。反过来我们又可以回顾一下，有多少大作家他没得奖，但是他对我们的影响大。这个你没有办法。所以这个诺贝尔文学奖的事呢，如果我们在座的也好，不在座的也好，中国的任何一个作家得到了奖，我觉得都是非常好的事情。如果得不到奖，中国作家也……这跟足球毕竟不是一回事，足球它起码有一个统一的规则，而诺贝尔奖没有统一的规则。我们即使把米卢请来当中国作协教练，也不可能帮助中国作协的任何一个人得诺贝尔奖，所以这事呢，我们还是要抱着一种心平气和的心态。奖金再好也是钱，文学并不是用钱能够衡量的。我在很多地方讲过，我说这个有一个广告，河南有一个冰箱，叫新飞。这前几年，“新飞广告做得好，不如新飞冰箱好”，在座的都知道。所以“诺贝尔文学奖搞得好，不如文学创作好”。你文学创作好，你什么奖也没得，仍然是好作品。你得了许多奖，被人遗忘，被人丢在粪土里，你仍然是粪土。

还有其他的许许多多的说法。我在这不一一介绍了。关于朦胧诗，关于非非写作，关于一些新的畅销书，关于低龄写作。这个低龄写作也是越来越低，已经低到我这个智力所不能达到的范围。有16岁写长篇小说这个一点都不新鲜，因为肖洛霍夫开始写《静静的顿河》时他是16岁。但最近有5岁出诗集的，这我就傻眼了。

我觉得我们这30年来有的时候是很热热闹闹的，有时候也是冷冷清清的，有时候是很曲折的，有时候又是很平常的，这样的文学状况。实际上有三个问题一直困扰我：第一个问题是市场经济到底和文学是什么关系？我们一直有，既有领导也有从业人员对这个市场经济下的畅销书啊，书籍的炒作啊，大量的通俗读物啊，把文学消费品化，文学批评被传媒牵着鼻子走，服从于促销的目的，是深恶痛绝。一直有这样的舆论。其实类似的问题不仅仅在文学领域，艺术领域的也有。超级女声啊。你太红火了以后，你从另外一个角度去看它有很多不足，有很多人不满。市场也有另外一方的声音，就说市场啊，它代表了读者接受的程度。你完全眼里头看不见这市场，并没有多少高明。市场并不能决定艺术的成败。古今中外都有在市场上很差，但在艺术上很好的作品。比如说爱尔兰的詹姆斯·乔伊斯。他的《尤利西斯》当时就很失败，但它现在变成了爱尔兰文学的一个骄傲。爱尔兰甚至定了一天叫“尤利西斯节”。但是反过来你也不能说通俗的东西都是坏的，越通俗越好。中国的四大才子书，水浒、三国、西游、红楼，都是以通俗或半通俗的形式出现的。张恨水是通俗小说作家，但是张恨水的文学成就，至今也有些人在那研究。还有咱们这个国内海外都有人以张恨水的研究做他们的博士论文题目。所以你很极端愤慨，第一不公正，第二也没有用。但反过来你又不可能不允许某领导也好，某作家也好，以批评来抵制市场经济对文学的负面影响。

今天我就讲到这里。再提点问题吧。

听众一：对少数民族文学你曾经提过一些建议。那么几十年后，你重回新疆之后，你认为有没有一些改变呢？

王蒙：这个新疆和我们重庆一样，它的生产建设、商业贸易、市场经济，发展都很快。城市面貌变化也很大。新的作家作品出现不少。一些都是用维吾尔语写作的。我跟新疆仍然有很多联系。另外在北京也还有一些维吾尔族，在民族出版社、民族歌舞团、民族大学工作的一些新疆人，都跟他们有一些联系。但是建议我现在提不出来了，太久了。

听众二：我以前看过您的那个《不成样子的怀念》。您刚才也提到了高行健，您能不能对他再作一下评价。还有就是高行健作为那个年代的人，他有没有什么代表意义呢？

王蒙：这个高行健的最大的成就是在话剧的实验方面。像他写的《绝对信号》，他写的《车站》，写的《野人》等等。都由北京人民艺术剧院，这是当时一个很有名的话剧院，演出过。这个他在没有离开中国之前写的那些小说，也已经发表过不少。但是影响很有限。至于他出去以后，特别是使他获奖的，像《灵山》啊，这些杰作我还没有读完。我有这些作品，但我读起来比较吃力，也是我年龄比较大，视力衰退。所以我就也没有那种非读完不可的决心，所以我没读完不好评论。

听众三：您出过一本《苏联祭》，我想问苏联文学对您有什么影响？有哪些作家？

王蒙：整个来说，我们这一代人，或者说整个中国作家受苏俄，连这个旧俄时期的作家的影响，是太深了。我们一想起外国作家来会首先想到托尔斯泰，契诃夫，陀思妥耶夫斯基，普希金，莱蒙托夫，谢德林，冈察洛夫，还说不完。然后苏联作家里头像法捷耶夫的《青年近卫军》，我读了一遍又一遍，读了一遍又一遍。我上学的时候在参加革命以前读《钢铁是怎样炼成的》，也是读得热血沸腾。西蒙洛夫的《日日夜夜》，还有许许多多的其他作品，都有非常大的影响。当然回过头来也没看出他们当时的许多问题。这些东西我在《苏联祭》里头写得比较多，欢迎你去翻阅。

文学的挑战与和解

文学有时会使这个社会感到不安，会使个人感到不安，会使作家的朋友作家的亲人感到不安，作家的亲人会担心这个作家，怎么写得这么邪？写得怎么这么各色？朋友也会感到不安，因为这种不安会反过来成为文学的一种指责、一种批评、一种压力。所以，古今中外都有一种不是很明显的但对文学批评和警惕的这样一种做法。譬如说，当这个林黛玉无意当中运用了元曲当中某些戏词——《牡丹亭》里边的这些话的时候，薛宝钗就非常友好地找她个别谈话说："颦儿，刚才说什么来着？"林黛玉想起来了，然后，薛宝钗说："我从小也是淘气的，我那时候也很喜欢看这些杂书，大人们又打又说又骂又烧书，我才改过来。最怕的是看了这些书，移了性情，移了性情以后，就不可救了，就不好办了，你再别看这些书了。"林黛玉听了以后，心服口服，接受了她的劝告；当贾政查问贾宝玉看什么书的时候，贾宝玉的跟班的一个叫李桂的，说是"二爷现在在读很多的书，已经读到嗷嗷（呦呦）鹿鸣，食我浮萍（食野之苹）"，贾政立刻说："全都是无用的东西，全都是胡扯，就是好好读'四书'，此外全是假的。"贾政连孔夫子编的《诗经》都敢否定，为什么呢？因为《诗经》里边有人气，有人气就和封建教条发生矛盾。到现在我还记得，我一个很好的朋友，我们在1971年的时候，那时候我在新疆伊犁地区伊宁县红旗公社二大队，劳动的时候，由于我的维吾尔语学得还不错，所以我被控制使用，当年也是很荣幸，被兵团的宣传队叫去当翻译，所以我了解很多重要事情，当时清理阶级队伍，我们大队的书记他是文盲，人好极了，对我也好极了，他教育一个中专生，学生由于说怪话几乎被认为是帝国主义的特务，为什么呢？因为当时他看电影最吸引他的是什么呢？是特务，维吾尔人他们特务的“特”音发不出来，他们读“撤”，他说当撤（特）务太好了，你看看那些劳动模范穿的都很破烂生活很苦，只有特务穿得很好，生活得很好，还能跳舞，还能跳交谊舞，还能喝酒，而且和很漂亮的女孩搂在一起，当特务太好了，我就是一心想当特务。后来在清理阶级队伍当中被发现了，被当真了，我还看过我们大队的宣传部当时整理的一个材料，上边的材料啊，写的“一心想当特务”，最后的处理意见是判处死刑，当然没有判处死刑因为没有这么回事，但是我感觉太惊人了，他被批斗以后，回家就把他看过的各种的小说，有汉语也有维语，很多是哈萨克斯坦、塔吉克斯坦俄国人写的小说翻译成维吾尔语的，上交到宣传队了，我们大队的书记就语重心长地对他说：“兄弟，再别看这些书了，再看的话你的思想会发生混乱的，你思想混乱以后我想救你也救不了。”很有意思。我们大队书记是一个维吾尔农民，是文盲，但是他用的语言和薛宝钗是一样的，当然现在这样看的人比较少了。底下我们要分析为什么文学会挑战，为什么文学会使人感到不安。

第一，文学是在各种门类当中，最讲创造的，而创造性本身对于随大流、对于安全系数、对于跟着走就造成了挑战。艺术都要求创造，但是别的艺术门类还好一点，它能容忍相当的重复。比如歌唱家帕瓦罗蒂唱《我的太阳》，他可以唱很多次，一个晚会上可以唱两次也可以很多次。但是你写小说，今天我的小说写得好，然后再写一部一样的，你马上受到嘲笑，认为你在抄袭自己，认为你在重复自己，人家以为你江郎才尽了，已经没有希望了。绘画也可以大致一致，两棵白菜一个南瓜，齐白石的画风，你可以画一处，也可以画五处，这幅南瓜大一点，那幅白菜大一点，那幅南瓜黑一点，这幅南瓜浅一点，都很有意思，都很有风格，这都没有人责备你，甚至三张白菜南瓜拍卖的话都能获得很好的价钱。作曲也是允许把民间的曲子做素材的，加以发展，配上和声，配上乐器，就可以弄成浩浩荡荡的曲子，这也是可以的。

建筑呢，更是合理了。但是文学不行，它是不断求新求创造的，对于作者来说有时候实在是非常痛苦的事情，殚精竭虑，但是实在是没办法。我记得在80年代的时候一个女作家叫张辛欣，说创新就像一条疯狗一样追着我们，追着我们跑啊，跑啊，停不下来。对于作家本身来说，完全有可能承担很大的风险，有可能走火入魔，一味求新、求怪，语不惊人死不休，“为人性癖耽佳句，语不惊人死不休”。还有过去还讲，为了一个字，要捻断几根须，很疼。这有一个问题，作家如果费了很大的劲，弄了与众不同的东西，确实出现了花样翻新的创造，是艺术上的成就那还行，但是这个艺术的成功与否，不敢肯定，你有可能不是成就而是败笔，你有可能一部分人认为是成功的，而另一部分人认为是败笔，你有可能引起社会、文坛或者高等学校的不安，这叫小说吗？这叫诗歌吗？这是随意的东西，这是胡说八道，这是信笔胡写，这是骗局，现在有这样的看法。《尤利西斯》现在已经很出名了，但是开始的时候受到谴责，现在还有人认为《尤利西斯》是骗局；就像毕加索一样，毕加索名气极大，但是也有人很认真地在说他是一个骗子。所以创作何其容易？没有创造就没有能力，但是创造以后会有什么样的影响？非常难说。在批判现实主义已经取得了长足的发展的时候，慢慢的现代主义就兴起了，它就想打破许许多多已经形成文学的法则，因为文学常常不承认法则，打破文学的规则的结果甚至常常会引起政治的不安，苏联就曾经有日丹诺夫出面代表苏共中央猛批现代主义，把现代主义的东西批得体无完肤。日丹诺夫是非常厉害的，本身就是作曲家，是音乐家，知识非常丰富，他在批现代主义的时候，作报告的时候，在台上放了一架钢琴，他批谁呢？批肖斯塔柯维奇，他是很优秀的音乐家，但是日丹诺夫说“最新的曲子是何等的恶劣”丑化地弹了一下，何等的疯狂，让人痉挛的，是对苏联的污辱，对人类的侮辱，我们俄罗斯古典音乐是多么美妙，然后又弹了一曲，这才是艺术！多么恐怖啊！所以有时我也说怪话，说内行人懂内行人。我常常设想，比如说翻译科的科长一门外语不懂，不管你威信多大，那些翻译都欺负你，你翻错了：“报告科长，没有错就这样，您不会翻，就这样翻。”是不是？科长没话可说，如果科长懂12种语言，但都不太通顺，你说他每一句话他都认为翻译得不对，这些翻译不自杀还有路吗？

现在我们回头说文学，文学上的创造，艺术上的创造能引起那么大的不安。我还看过一个材料，雨果的一个新戏在巴黎上演的时候，曾经引起过示威游行，认为他的戏离现有的大家的认识或者大家的习惯太远了，一出戏能引起示威游行，这简直是非常惊人的。和创造性分不开的就是文学的个性和作家的个性，人类社会总是需要不止一方面特点，个性化的好处就是能够充分地释放一个人的潜能，使他自己得到最完满的自我的释放，也使社会和集体能够做到所能做到的贡献，但是社会有需要另一面就是团队性、集体性，甘当人梯，甘当老黄牛，甘当蜡烛，当然也需要，但是对文学的追求往往使得这些文学家们非常个性化，他的个性化变成了对一个时期的某一个群体的公认的一个价值观念，或者是一种习惯的认定。比如中国魏晋南北朝的时候，有些人喜欢喝酒，喜欢讲人生的无常，有时候比较嘲笑孔孟之道的一些东西，三纲五常之类的，不但引起社会的不安，而且引起朝廷的防范、警惕、镇压，这种人无君无父，见了皇帝不当皇帝，见了父亲不当父亲，是该杀的。我们知道，日本有个作家叫大江健三郎，对他的作品我还不敢说太好，但人是一个很好的人，他是一个日本相对进步，抨击天皇的人，他抨击很多的东西，他的门口曾被日本的右翼分子贴上大字报，给他起名叫国贼，是日本的国贼啊，就像我们说的汉奸一样，日奸，因为他常常批评一些右翼的君主，军国主义。比如普希金，普希金当过很小的官，过去普希金诗集有一首诗很可笑，这么比喻的“蝗虫，飞啊飞，落地就吃庄稼，从此飞去无踪影”，这是因为普希金当小官被派去检查蝗灾的情况，去了一趟回来以后就写了这样一首诗，蝗虫，飞啊飞，落地就吃庄稼，从此飞去无踪影，这个我们从一个作家从一个诗人来说，有普希金的潇洒，沙俄政权怎么能派这样的天才去检查蝗灾呢？但是从人家科、股的角度来看，这样一个公务员当然要退出公职了，起诉渎职罪，起码判刑两个月，缓期五年执行。这种个性化可以达到非常细致的程度，个性化有时候也使作家有一种精英意识，有一种自我感觉良好的意识，所以写作写不好会走火入魔的，写不好会得神经病的，所以精英意识越强的人，他的孤独感就越强，非常孤独，天才就是孤独的，他向四周一看，全是自私的人、愚蠢的人，无知、蒙昧的、麻木的，四周一看都是这样的人啊！怎能不孤独？越伟大越孤独，越孤独越伟大，进入这个孤独和伟大的怪圈子里，激烈的斗争，尤其是外国的作家，很多自杀的。我看过一个蒋子龙先生的讲话，说作家自杀的比例大约是7%，这个比例太大了，画家和音乐家这个比例都要小得多，所以中国还有一种理论就是中国的作家为什么不伟大，就是因为自杀的太少了，我呢？属于非常可怜的愚昧者，我想了想即使做不成很伟大的作家也不要自杀。

第二，做文学的往往很关心人的个性、性情、愿望、欲望，所以文学家说得好听点就是性情中人，难听的话就是文人无行。为什么文人无行呢？因为文人对有些事比别人敏感，很多文学家喜欢喝酒，尤其是日本的文学家，他们喝酒喝得太厉害，而且喝洋酒。美国一个我最喜欢的作家，后来我才知道他喝酒喝得非常厉害，叫约翰·契佛，我看他女儿写的回忆录，每天早晨醒来以后，就开始喝酒。光喝酒还好，而且文学家对男女之情特别热烈、特别敏感、特别喜爱，所以文学家的爱情故事偷情故事多得不得了。算是最正常的，最不走火入魔的作家就是歌德。但是歌德写了《少年维特之烦恼》，写失恋给人带来的痛苦，一时使德国的许多青年学习维特的方法来结束自己的性命，但是他本人在写了维特之烦恼以后并没有自杀的动机和尝试，而且生活得很好，一直到80岁还和一个18岁的姑娘发生了风流的美好的故事。以至于在文学作品中常常在这些问题上对已有的规则、道德底线提出挑战。现在回过头来我们说詹姆斯·乔伊斯，他是爱尔兰人，我们所认识的许多的英国大作家有相当大的一部分是爱尔兰人，肖伯纳是，王尔德是，很大一部分。他的《尤利西斯》出来以后就被认为是堕落的道德败坏的作品，我在爱尔兰参观的詹姆斯·乔伊斯纪念馆，里边卖文化衫，里边有乔伊斯的语录，上面写的什么呢：对付这个世界有三个办法，第一个是沉默；第二个是逃避；第三个是要点小花招，机智勇敢。我当时一看，觉得詹姆斯·乔伊斯太像我们中国人了，他说的这些咱们中国作家都会。还有我们刚刚提到的王尔德，他更厉害，他是同性恋，还被判刑了，服劳役，很多年啊，在他最辉煌的时候出现了这样一个和一个男孩同性恋，当时极度恶劣，而且被判处苦役，苦役之后，隐姓埋名，从此撤离，你到都柏林去看看，最有个性特色、最帅、最酷，就是王尔德，我没看过一张那样的脸，当然是雕像，绝对不是“奶油”，不是刘德华式的，也不是周润发式的，也不是梁朝伟式的，太特殊了，一脸才气，王尔德这个作家和别的作家不一样，他活着的时候，他穿衣服、每一个动作都是最有风度的，他一穿衣服就会流传到整个国家和社会，这是王尔德穿的，立刻就时尚，辉煌的美，但是后来就受到冷遇，声名狼藉，所以文学搞得太多的人，甚至给别人一个暗示，就是在道德上、在作风上、在生活的自立上，相当特别。我是吃文学这碗饭的，但是我的子女当中他们配偶都是和文学毫不相干的，如果他们的配偶是和我一样写小说的人我会非常不安的。但是我自己属于安全系数极高的人。

第三呢，就是文学的理想化，这样一种浪漫化这样一种审美化，这样一种批判化，有这“四化”就使文学变得非建设化、非建设性，不是所有的文学都有，但是文学呢你说它是毛病也好，弱点也好，文学追求一种理想，因此对现实总是有一些……我们现在看很明显，我们看雨果，雨果是法国人的骄傲，巴黎的先贤祠里边雨果在突出的位置，但是雨果描写的法国社会就像《悲惨世界》一样的话，这恐怕早就被灭掉了，真是暗无天日，所以显然这里边有雨果的浪漫激情在里面，和有现实的批判，这种批判带有激情，带有发泄，带有狂热，非常狂热的发泄，但是他是非常好的作家，又写音乐剧又写第二部，至今，《悲惨世界》掀起的波澜，但是他是用一种浪漫的激情来衡量生活的，因此他对生活有许许多多的失望，心中的苦闷；同时他又有一种审美的态度，一切的东西非常的美，契诃夫有一句话，人的一切都应该是美的，人的面貌、服装、身体，但是世界上许许多多的东西是不美的，为什么有些特别优秀的女作家在择偶上出现困难，除了男性为尊的社会是人不敢与名气太大的女性结为连理以外，也还有，如果真用文学的诗的无瑕的审美的神奇的奇妙的这样一种观点去寻找男人的话肯定注定失败，我不说女性，和我相同性别的很多男人，有的粗野，有的庸俗，有的粗鲁，有的背后还说人家的脏话，所以这种浪漫的审美的东西对于文学来说是增加文学的魅力，我接触的不止一个女性，说：“人太卑鄙了，也太肮脏了，唯有一件东西是干净的那就是文学，因此现在我只能沉浸在文学中。”我完全相信她们所说的话，也很同情她们，但是这本身对现实对一种建设性的态度去面对现实之中的事情还是好的。所以一个人一点不懂文学是非常可悲的，丧失了生活中的许多细腻、美妙的感觉，可是完全沉溺于文学就更不好了，怎么办？只能从文学之坑里把他拉回来，不好办！

还有一点，文学往往还有一种怀旧的心理，后来有一种做梦的心理，这种做梦的心理和怀旧的心理加在一起就更加大了非现实性的心理，这样的作品多得很，有些都是极其优秀的，很早以前我们杭州有个很年轻的还上过大学的作家叫李杭育写过一篇小说叫《最后一个渔佬儿》就写一个人一辈子就用一个方式打鱼，在一叶扁舟用煤油灯打鱼，但是随着现代技术的发展，像什么机帆船，现在打鱼的方法越来越先进、越来越科学，只剩最后一个鱼饵来过。这种孤独的艰难的这样一种充满往日色彩，看完以后就觉得往日多么美好，文学家的作品里面，你会看到这些东西，原来这里没有屋子，原来这里没有公路，原来这里没有汽车，原来这里没有飞机，原来这里没有电视，原来这里只有几棵樱桃、几棵果树、几个葡萄架，少男少女高兴了就一块不高兴了就离开，朴素田园式的朴素，甚至激起了“老死不相往来”生活，多么的美好，自从有了城市有了商人有了公路有了电视，人就开始堕落了，开始变坏了，女孩子跑到城市有的去当保姆了，有的去从事不那么好说的职业，也是我的一个朋友的小说，非常出名的小说就是《狼图腾》，狼的生活多么可爱，游牧的生活、渔猎的生活多么可爱，然后有了农耕文明、工业文明，我们就退化了，我们的心就变得可怕了，我们懂得了商品就没有无私奉献的精神了，而只有一个交换，我们也没有了对大自然的投入那种欲望，所以文学里便常常会出现一种青年的时候怀念少年，壮年的时候怀念青年，老年的时候又怀念少年又怀念青年又怀念壮年，快死的时候怀念也许上上上上上几代的幸福，那时候没有开会没有听课没有评职称，渴了就喝，饿了就吃，多好！所以这样一种梦幻式的、怀旧式的，有时候是自欺欺人有时候又是非常珍重以往的历史的脚步所留下来的东西，这是文学非常钟情的一部分，这种东西有时候也够激烈，它和这个社会的民族的求新求变求发展的步伐要有一种退步的阐释。

那么，我再说文学还有什么感情性、煽情性、夸张性，有一种对冷静计算的排斥，我几乎不知道除了文学以外还有什么是能夸张的？我们的论文不能夸张，我们的统计材料更不能夸张，招生人数不能夸张，学费标准也不能夸张，不能一高兴就把1000块钱改成1000万你绝对没那个本事，所以文学这种感情的煽情的夸张的时候，对于这种世俗生活的精确的计算合理安排运筹学构成一种解构，可是我们也可以反过来想一想如果没有文学，我们只剩下这些我们是最大的失策。

那么关于挑战的问题，我再说几点，作家的命运无常作家的命运的不确性，作家并不清楚他的命运是怎么回事啊？确实也有“一夜成名”、“洛阳纸贵”，有一次中央四套节目对刘索拉的采访，她我很熟悉，原来是中央音乐学院作曲系的学生，写过一本小说叫《你别无选择》，后来名气非常大，她就讲写完《你别无选择》之后忽然我就成为作家了，这个来采访，那个来访问，这个来约稿，那个来请吃饭，我当时的感觉我是不是一个骗子啊？骗子才写小说呢，我不就写了一篇小说吗？但是她说的是一个实际，许多作家的命运构成了对尝试不规则的挑战，你们看比如说肖洛霍夫，这是在苏联境内而且和苏联政府关系比较好的，他当过苏共中央委员，他的第一部作品《静静的顿河》是16岁那年写的，但是它不是那种青春作品更不是少年作品，而是非常成熟的作品，他16岁写的作品至今有很多人不能接受，至今还有人说肖洛霍夫的一个战友，因为肖洛霍夫打过仗，从过军，写了一部分，肖洛霍夫在那个基础上剽窃了，偷了别人的，但是这从理论上更不可靠，因为肖洛霍夫不是写了一部作品就完了，前前后后写了四部，写了十几年，如果说他从战友那儿得到了那一点点的启发的话，也学得到了2章的启发也学得到了5章的启发，也许是15章，但不可能得到4部作品的启发，但是肖洛霍夫在历史上造成的对常识和规则的破坏，所以别人反过来怀疑他，比如说我们现在也有一些低龄写作的，像韩寒、郭敬明，突然在市场上得到很大的成功，我没看过他们的作品不能对他们的作品本身作一些评价，以至于上“福布斯”排行榜，这使很多人不安，连我都小有不安，我写了一辈子，我觉得我写得够好的了，我也进不了那个排行榜啊！所以后来还有人发现郭敬明还有借鉴别的书的事情，得知这个事情以后，那小子是抄的，抄的问题很复杂，如果说只是某些情节一致这话还不好说，有很多伟大的作家他的第一部作品都有某些名著在里边，让你看到在里边或隐或暗，我不一一说了，因为都是我尊敬的前辈，它是有某些东西的。比如说余秋雨，我看在“福布斯”排行榜上说他是2004年中国收入最高的作家，他的收入是330万元人民币，对于商人来说

330万不算多，在广州买一套房子都不止，但是对余秋雨来说呢！我立刻有一种既羡且妒的心情，他没写什么啊没见发表很多东西啊，但是他的作品就是受欢迎，不管批评的意见有多少人看不起他，有多少人对他进行人身的谴责，你闹不清这个作家的命运。很多作家都是生活很不好，文章憎命达，从来才命两相妨，但是有的在市场上在地域上顺，顺了以后也感到不安，怎么别的作家都过得不好，你怎么过得这么好呢？包括我提出这个问题来了，你是不是太聪明了？你是不是太狡猾了？你是不是不讲老实话？你是不是这个是不是那样？不放心，人就是这样，当一个作家，非常好的作家倒霉的时候，大家一方面同情他，但是一方面又觉得你作吧！作成今天这样，这个有一种很卑劣的快感，看到名人倒霉有一种卑劣的快感，看到某些人成功呢？既有羡慕又有嫉妒又有怀疑，而且随时等待着他完蛋，你别看他现在，一年之后还不知道怎样呢？至少说不定他碰上车祸，比如说鲁迅，他和我前面说的都不一样，他是在我们中国最受尊敬的先生，鲁迅活着的时候，也是受到许多的非议，有时候是四面受敌的，但是后来受到了很高的尊敬，是人们的精神导师、精神的支柱，受到毛主席的赞扬，评价太高了就导致现在有些人就反过来一定要找一些鲁迅的茬子，鲁迅又不是神仙，我看到一个有趣的说法，是以前在美国哥伦比亚大学现在到哈佛大学教中国文学的台湾背景的王德威教授讲沈从文，说沈从文的存在砍下了鲁迅的巨头，这个仰沈从文贬鲁迅的说法很多，但是沈从文砍鲁迅头的说法有点怪，西方有“恋头癖”，《十日谈》里边一个人把情人的头砍下来种在花盆里边开出了最鲜艳的花，莫非王教授也得了“恋头癖”？作家的命运闹不清，沈从文也是这样，解放以后大家把他闹下来了，突然现在又行时得了不得，张爱玲当时都没人提了，但是现在就……谈文学必谈张爱玲，从张爱玲一直谈到三毛，三毛死的时候北大还设了灵堂，一起去哭三毛。陕西有一本杂志叫做《戏剧世界》，里边在三毛死的时候有两篇文章，我觉得特别好读，一个是贾平凹有一个谈话是《伟大的人都是孤独的》，三毛是孤独的，所以她……上面还登着贾平凹老弟的照片，照片右眼下面是一滴晶莹的泪珠，翻过一页来就是老作家姚雪垠先生的答记者问，记者问：“您对三毛的死有什么评论？”咱姚老就说：“你们不要想把我拉到一个很庸俗的谈论三毛的这样行列中，其实真正认识三毛的就是我啊，我们在新加坡的时候就认识，三毛对我非常尊敬非常好”，如何如何。所以，作家命运的独特性造成了对某些规则的挑战，比如我们说“有多少耕耘就有多少收获”，放在作家身上你闹不清啊，他们耕耘得都快累死了，左写一遍右写一遍，前后改了56遍，用了65年，出了书照样没人看，所以这些规则你没法弄，所以这些作家的命运有时候也变得……

文学有时候变成对作家自身的挑战，是作家思想和感情没法自己掌握没法控制，自己对文学的激情想像处于失控状态，这样的例子太多了。比如说托尔斯泰，托尔斯泰在他晚年的时候，有人认为他非常伟大，但是晚年的时候他离家出走，他要到人民中去，他要到农民当中去，他当时年龄已经非常大了，俄罗斯的冬天又非常冷，自己把自己搞死了。比如说日本的三岛由纪夫，从政治上来说呢，我们国家始终把他定性为军国主义分子，所以，我们不从中日关系来谈，他最后是跟疯了似的。在比如海明威，杰克·伦敦，所以有时候这种文学是前边说的个性化理想化，那种浪漫那种梦幻，却是最后把作家自身毁掉了，但是你要用一种同样梦幻文学的眼光说不是毁掉是成全了他，是凤凰涅槃，是一次辉煌的爆炸，是不是？是中子对原子核的击穿，当然可以想很多很多的好词，所以文学这玩意儿真挑起战来够你费一番劲的。

文学不光有挑战，还有和解的因素，文学很多时候是和解的因素，又是一个稀释的因素，原因在什么呢？我从三个方面来讲。一个是文学不仅仅发泄不满、牢骚、失望、痛苦、绝望，但是还有呢？许多许多的文学家在那表现人那种刻骨铭心的爱，那种庄严，那种宽恕，所以文学里边它又有许许多多的表现这种所谓美好的一面，托尔斯泰就是这样，他写了那么多的社会的黑暗，但是他所提倡的是回到爱的上面来，回到宽恕上面来，他用那种非常神经质的方式对沙皇进行批判，但是最后又回到对弱小的一种帮助、献身等这样一些情感；就是雨果的《悲惨世界》尽管把当时巴黎的社会写得乌七八糟、非常不堪，但是通篇塑造的是冉阿让，冉阿让偷窃过东西，最后革面洗心，变成了一个天使一样的，是爱帮助人牺牲自己、无私、大慈大悲，用基督教的说法变成了天使，用佛教的说法变成了菩萨；再就是像泰戈尔，泰戈尔描写爱情、儿童、母亲的一些东西，给我们的真是像花朵似的，像青春似的，泰戈尔是孟加拉人，他的作品有一部分是用孟加拉语写的，大部分是用英语写的，有的印度朋友告诉我，英语不是本土的，印度民族成分太多，反过来要依靠英语，英语在这里起了很好的作用，而印度英语很奇怪的就是和一般的英语本身的习惯不一样，已经印度化了，所以他的英语有很特殊的效果，文学陌生化了，就是本来是一种很熟悉的东西但是你一说就给你一种新鲜感，所以泰戈尔的语言得到很大的成就。《飞鸟集》这些名字都听上去那么可爱，再加上冰心的翻译。王尔德是唯美主义，所以有时候接受起来有点障碍，比如像《莎乐美》。但是他的童话呢？我们接受起来只有美好只有爱心只有对贫穷和弱者的关爱怜悯，所以文学它还是激发了人的善良的一面，激发人的友爱的一面，有时候我甚至感觉到文学用一种喋喋不休的怨言来表现，但是背后仍然有一种愿望，比如说我们会看到一位女作家，最后写的意思说“再不要相信爱情，爱情都是男人给你设下的骗局。天下的男人一个好人也没有，一个说真话的也没有”，我们看了以后当然觉得她的观点很极端、很绝对，但是从作品中我们仍然看到一颗受伤的心，对真正好男人的呼唤和期盼——如果她的脑子里压根儿就没有一个真正的好男人的形象，就不会有牢骚了，这样应该的，本来就是假的，哪有真情啊——对真情的呼唤，对善良的呼唤，对诚实的呼唤，对爱情的忠贞的呼唤。我想这些东西都可以成为和解的因素，我们现在时髦的话叫“和谐社会”而不是纷争的仇恨的社会。

第二，文学说下大天来，是一种语言来描写的，是一种符号，用虚拟的来表现一种爱爱仇仇的情节，因此写得再激烈，不过是纸上谈兵，一个人在文学作品里边说“我太痛恨了，我要爆炸了”，他虽然这样写了，但是他和伊拉克自杀式攻击的人不一样，相反的伊拉克武装分子如果写了很多文学作品，说“我要爆炸我要和你同归于尽”，连续写几次以后也可能就不去爆炸了，因为他的火已经发泄得差不多了，他已经虚拟地实现了自己的愿望自己的感情，所以我说他淡化了激烈感情，稀释了自己很多激烈的感情。我自己也是写小说的，但是我不能不告诉你们，因为在座的很多都是年轻人，而且很多是学中文的，很喜爱文学，就是你们在阅读文学作品的时候也要和文学作品之间保持健康的距离，不要以为作家写我要爆炸，他第二天就点炸弹，没有那回事，就像歌德写完了《少年维特之烦恼》，很多人自杀了，而且使用手枪，但是歌德并没有自杀，他活得很滋润，到80岁还以他雄厚的生命力，进行黄昏的恋情，令人羡慕。这就是文学的虚拟性。比如说作家很好斗，他在作品里写100遍没有问题，作家喜欢言情，他在作品里搞100次恋爱也没问题，因为那是虚拟的，不是真实的，不会怎样。虚拟的实现会使一个人的心理得到释放，会能够得到新的平台，因此很多时候文学是一个泄压阀，到了一定程度，泄压阀"呲呲呲"就起来了，冒一会儿气就落下去了，里边的内压也没有那么大。

第三，还有一种情况，文学的成就尽管文学家本身可以用一种非常自信的、非常独断的，甚至非常偏激的姿态对人群对社会进行批判，但是他往往会受到社会的尊敬，大众是很有意思的，你光捧大众，大众不见得爱你，你把大众骂得一塌糊涂，大众觉得你太棒了，是不是？受到的尊敬善待各种名誉地位雪片似的飞来，这样的例子很多。为大家举一个例子，80年代，德国有一个作家叫做海因里希·伯尔，1981年他获得诺贝尔文学奖，他有一篇文章很短叫《被损害名誉的卡捷琳娜》拍成电影了，他就是写一个人家里边一个保姆就叫卡捷琳娜·布鲁姆，她的男友在法律上有一点麻烦，好像是和贩毒有关还是和一个刑事案件有关系，这个男友曾经掩护过她，结果因为这事法院就传讯她，这小子惹了不少事，就被新闻记者们知道了，所以不管是早晨还是晚上不管是在什么地方她都被狗仔队跟上了，然后提出一些问题，然后就散布各种谣言、各种消息，使得很本分很普通的一个劳动者，一个家庭服务员，最后实在受不了了，掏出枪来把一个紧追她不舍的记者给枪毙了。写这样的一个故事，海因里希·伯尔把西德的社会尤其是一些资本家写得丑恶极了，黑暗极了，所以他得到这个诺贝尔文学奖的时候，当时德国最有名的一个报纸《法兰克福汇报》，有一个大文艺批评家，叫莱伊斯，是波兰人，当时就说海因里希·伯尔获得诺贝尔奖只能从道德方面来讲，而且说海因里希·伯尔的德语不太好，没有（德国后来有三个著名的作家分别是伯尔、路易斯、君特·格拉斯）另外两位好，当时德国驻中国的大使本身也是一个作家，他写过《义和团》，他在请我吃饭的时候说"他得诺贝尔文学奖德国政府非常头疼，没法办"，但是别人告诉我海因里希·伯尔家人的故事，因为我1997年在海因里希·伯尔的农村的别墅住过一个半月，离科隆很近，他们讲海因里希平时住在农村，这时宣布他得了诺贝尔文学奖，那时候德国总理已经是科尔，科尔就说要去看望他，实际上科尔很讨厌作家，实际上作家也很讨厌总理，但是必须要去，这是一种形式啊。但是有一个问题，他住的是一个村子，按照德国的规定，每一个村前面必须有一名牌上面写上属于什么什么县什么什么市，那个村是自由邦，但是现在你去看也还有上面写的这个村子是一个自由邦，这是因为海因里希·伯尔的兼职，这里是自由邦，科尔要来了，当地的领导就找伯尔商量："明天总理来，一看咱们是一个自由邦，这事很麻烦，我们还有和政府领导的顾虑，看看能不能明天把自由邦牌子挡住，让总理看不见，等他走了咱们再把它露出来。"海因里希·伯尔同意，最后科尔来了，先是一番热烈祝贺，给德国取得了荣耀，感谢一下，你看海因里希·伯尔在作品里边是很极端的，对德国社会充满了仇恨的、痛心的，但是实际生活里面是和气的，也就是说作家有时候他写的东西和处理事情是不一样的，不能说作家什么人前一套人后一套，嘴上一套实际一套，你怎么办啊？你要干吗？科尔走了以后又是自由邦，所以有很多这种情况，作家痛骂这个群体的结果是受到这个群体的尊敬、善待，很多人献花说"你的文章写得真好啊，骂人骂得真好啊"，就是这样，而作家呢，随着名声日隆，年龄日大，作家见到献花就高兴，所以作家就一边骂着大众，一边"读者是我的上帝，读者是我的最爱，有了读者我这一生别无所求"这就达到了和解，这不很明显吗？所以文学既是充满了挑战，又充满了和解。稀里糊涂啊，来到中山大学，讲了这么一段，不知道你们感不感兴趣，耽误大家时间，谢谢。

余音绕梁的《长剑歌》

有机会在石家庄看了河北省梆子剧团上演的新编历史剧《长剑歌》，由于是家乡戏，燕赵悲歌，苍凉萧瑟，看得听得过瘾，而其内容很有个咀嚼头，时隔两个月了，回味起来仍然嗟叹不已。

戏是写辛弃疾的一生的。一个词人不好写，舞文弄墨，推敲斟酌，缺少动作性与悬念。但是辛弃疾不同，他不但有抗金救宋的诗词，而且有这方面的雄图、行为、智谋与武功，还有追杀叛徒的辉煌记录。

但他毕竟穷其一生没有得到一展救宋身手的机会，他一辈子连一次真正的抗金战役也没有打过。他打过一仗，却是针对农民起义军的。

《长剑歌》最大的悲剧性与缠绕性在于突出了辛弃疾依靠南宋朝廷，却又始终依靠不上的深刻矛盾。要抗金，仅仅靠“非政府组织”是办不到的，抗金救亡的资源是掌握在南宋朝廷手里。所以辛远离家乡投奔南宋，然而南宋朝廷偏偏是那样地不争气，压迫人民投降外敌，精于内争怯于对外，昏庸腐化不思进取。最最动人的场面之一是辛老年以后还在等待圣旨，等待征召，听到马蹄声就激动起舞，以为是征召他去参加抗金救亡的大业的旨意到了。然后马蹄声渐渐远去，他只能颓然地喊一声“拿酒来！”辛词人就这样等了一辈子。

想想中国历史上有多少满腹经纶、一身文韬武略的爱国志士在对于圣旨和征召的苦苦等待中蹉跎终生，一事无成，怎能不令人痛哭无声！

辛弃疾还乡务农以后回答小童的问题一节也有同样的尽在不言中的悲怆。他年轻时怎么样成立义军，怎样抗敌杀叛，怎么样渡江来到了抗金的大后方，都讲得有声有色，然而，他经不住小童的一连串“后来呢”“后来呢”的追问。

其实岂止是辛弃疾，古往今来，有多少有过辉煌的开篇的仁人志士，同样也能有辉煌的“后来”？有头无尾，是多少仁人志士的宿命！

剧中虚构的词人的红粉知己江贞的故事更是惨烈无双。他们共同在敌后抗金，相知相爱，而到了大后方以后，双方失散。由于贪官污吏的横行，江贞成了造反有理的起义领导人，而辛却奉朝廷之命对其诱骗清剿，最后亲自下令将其处死，令人扼腕，令人顿足，令人永远煎熬！

寥寥几笔，还写了辛的一位朋友：有鉴于朝廷的昏庸而投奔了金人的思渊。思渊最后也是一生潦倒，深悔蹉跎，作为一个变节者、流亡者，思渊能有什么下场呢？辛在关键时放了他一马，留下了他的命，已经算是他的万幸了。

而戏剧演出的艺术经营也是值得赞美的。它综合了多种艺术形式与表现手段，有的类似影片上的武打，有的类似《哈姆雷特》的召灵术，有的类似魔术的大变活人，使古老的河北梆子好看了许多。

但它毕竟不是一个图热闹的大制作，它有热度更有深度，它使你在喝彩之余还会有所琢磨、有所嗟叹。我愿向它的主创人员特别是导演边发吉同志表示热烈的祝贺。

值得一读一吟一粲

许多年前我读到四川大学周啸天教授的旧诗《洗脚歌》与《人妖》，大为雀跃。

第一他写得古色古香，幽凝典雅；第二他写得新奇时尚，与时俱进；第三他写得活泼生动，快乐阳光；第四他写得与众不同，自立门户；第五他写得衔接传统，天衣无缝。

请看他写《洗脚歌》：昔时高祖在高阳，乱骂竖儒倨胡床；……银盆滑如涧底石，兰汤浑似沧浪水。……别有蜀清驻玉趾，转教少年为趋侍；游刃削足技艺高，捏拿恭谨如孝子。……沧桑更换若走马，三十河西复河东。尔今俯首休气馁，侬今跷脚聊臭美；来生万一作河东，安知我不为卿洗？

能以时下足浴——脚按摩为题材入诗，已属绝伦。此亦大俗若雅、大雅若俗，腐朽神奇，全在一心之证。

高祖高阳（见《史记·郦生陆贾列传》），蜀清玉趾（秦时富婆，见《史记·货殖列传》），沧浪之水（见楚辞《渔父》），更换走马（见李贺诗），皆有典有据有味。周诗不是伪古体代古体，是地道的真古体。盖我尝言，中国传统诗词是一株中华文化巨树，如无此修养熏染，如连《唐诗三百首》都未认真读过背诵过，如果既不通平仄又不懂对仗，写出来必然不伦不类，非驴非马，无法与大树匹配，怎么弄也不入流，实不如写快板写顺口溜、对口词、三句半。

但我也不甚喜欢那种做腐儒状的戴方巾、迈八字步的仿古诗，那样的诗虽然与巨树型号一致，却只是陈陈相因，克隆拷贝，空心糠萝卜：有其诗不多，无其诗不少。那真是旧诗、死诗、呆诗，无生趣无新意无生命之仿作伪诗。

近日，周著《欣托居歌诗》出版，拜读之后更觉琳琅满目，活泼，生机，古雅，趣味，耳目一新，叹赞有加，喜传统体例诗词有了新的突破矣。相对世俗化的生活能不能入诗，这里当有争议，因为有一种思潮视世俗为寇雠，周教授的写法为一种角度，是乐观其成的阳光态度，如果有人以批判的眼光写之，如写得好，亦应为佳作。

俗而极之雅之。反而更加骇世嫉俗了。如下面一首《葡京赌城》：人生何处无博弈，胜败由来事不期。…… 邓公一言九鼎重，五十年间马照跑。……年输巨亿作国帑，赌王乃能均富贫。殿堂中西聚文物，件件美奂连城璧。七尺珊瑚只自惭，石崇休夸富敌国。前居民迹如扫，挥金十九大陆客。海角归来说双规，使我达官失颜色。

难得的是此诗既以豁达的心态肯定了一国两制条件下澳门的博彩业的正面意义，又严厉讽刺了内地客到澳门参赌的不良现象，最后两句调侃中锋芒毕见。

作者还写“超女”，写春节晚会的“千手观音”。诗曰：天人千手妙回春，族类同痴泪不禁。失语时分存至辩，无声国度走雷音。花光的历飘香久，法相庄严蕴意深。引领慈航成普度，神州除夕降甘霖！

颈联二句，失语至辩，无声雷音，意韵悠长，感人至深，更有佛家妙谛。没有相当的中华文化素养是写不出来的。而“失语”云云，又是现代西词中译，为时髦词，这类不拘一格首次用于传统诗词中的词语还多，如“臭美”、“大款”、“签单”、“双规” …… 确实是熔古今于一炉。

周先生的《将进茶》亦属绝唱：…… 紫砂壶内天地宽，绿玉斗非君家有。（绿玉斗典出自《红楼梦》，为妙玉给宝玉用的茶具）佳境恰如初吻余，清香定在二开后。遥想坡仙漫思茶，渴来得句趣味佳。我生自是草木人，古称开门七件事。诸公休恃无尽藏，珍重青山共绿水。

复曰：世事总无常，吾人须识趣。空持烦与恼，不如吃茶去。

这里有一种平常心，写平常事，而平常人平常诗中出现了趣味，出现了善良，出现了生机，出现了至乐至工至和，在充满戾气的现代世界上，这实在是难得的和谐之音。

作者写邓小平的竹枝词，也非常平常平和平实："西去剑门欲雨时，路逢野老意依依"，说的是邓小平1958年视察剑阁时与老农路遇谈话。"会抓老鼠即为高，不管白猫与黑猫。思到骊黄牝牡外，古来唯有九方皋。"这里作者别具匠心地以白猫黑猫论与伯乐荐九方皋相马的故事相比，九方皋只注重是不是千里马，而不注意马的毛色与性别，代表的是一种战略眼光，宽容眼光，是一种大气。"半边容我与君走，尚与路人留半边……"说的是小平不赞成为了安全原因而封山。"休将庄稼种上天，退耕还草与青山……"则是讲他的提倡绿化与注意环境。这些都极上口，民间，符合竹枝词的特色。

呜呼，何今日喜写传统诗词之人多也？固是生活安定，寿命延长，中华文化弘扬高唱之佳兆也。其中不乏佳篇，也时见陈词滥调、画虎成犬、无病呻吟、装腔作势之作多多。如今有此欣托居之歌诗，读之颇觉畅快。

周先生对自己的旧诗是认真的，也是自有见解的。他说：

……某也惭太白之豪情，愧少陵之物与，偷香山之格律，接眉山之兴会。（自视颇高，王注，下同）拈管城之旧锥，作浮世之新绘。（好一个浮世新绘！）拓宽题材，趋生命意。（这是中华传统诗词能否再存活下去的关键）……酌用兴比，略关美刺。（诗道诗教，源远流长）……近体谨严，贵乎畅达；歌行恣肆，忌在滑易。（个别篇确有伤滑易者）诙谐之极，或出庄严之态；阳刚为本，映带妩媚之姿。（故曰通人也，解人也，明白人也）诗有赠答，不为应景；（孰能免俗？至人诗人则俗犹不俗）餐到韭萍，敢堕恶趣！（知白守黑，知直守曲，歇斯底里地痛骂俗人易，以大光明菩萨心肠帮助推动俗人高尚化文明化雅训化难，化雅为俗或为罪过，化俗为雅，实乃功德）平仄稍严，欲存唱叹之音；韵对从宽，不失萧闲之致。（希望韵脚上再讲究一点）

难得有这样一部奇书，值得一读一吟一粲。读周啸天之诗词，人生快事也。能不能再往深邃里走，此乃后话。

书序

《古代圣贤论和谐》序

2005年秋，金开诚同志在全国政协常委会上作了一次发言，主题是构建社会主义和谐社会，必须重视和吸取中华“和”文化的精华。这个发言很好，启发了很多人。当时，文化界的几个老同志就提出来，希望能够出一本书，从传统文化入手，探究古代圣贤“和”的思想对于我们现在正在从事的事业的意义。经过两年多的认真准备，全国政协文史和学习委员会、中国人民大学国学院共同编纂的《古代圣贤论和谐》一书的编辑工作完成，即将出版，我谨向国内学界的朋友们和为此书做出贡献的同志们表示衷心的祝贺。

《古代圣贤论和谐》首次对中华传统文化中与“和”有关的论述进行了系统整理，开一时风气之先，具有基础性意义。这本书在不长的篇幅内，大量运用文本分析和不同言论之间的比较研究，把中华传统文化中有关“和”的思想做了一个全景式的考察厘分和梳理整合，展现了中华“和”文化的完整性和丰富性。此书为今后更深入地认识和研究中华传统文化与构建社会主义和谐社会的关系，提供了重要的参照。

中华文化是一个有着悠久历史和巨大内涵的独特的始终生机勃勃的活的文化，又是一个长期以来被众说纷纭、时而受冷落忽视、时而被强调高扬的文化，并且是可能成为当今世界强势文化最重要的参照系统，也可能成为其对立面的文化。中华文化拥有极其众多人口的认同与极其丰富的生活经验的支撑，拥有极其悠久的辉煌纪录与历遭困厄与严峻考验的艰难历程，气势恢宏，深厚包容，辩证统一，和而不同。它奋勇向前，披荆斩棘，始终拥有极强的适应性与自我调节能力，始终拥有顽强的生命力和创新发展的能力。数千年来，中华文化不间断地吸收世界先进文明的一切资源，更注重吸取来源于近代以来中国革命、建设、改革开放和走向全面小康创造新历史的波澜壮阔的实践经验，尤其注重汲取深入、完全、彻底地改变了中国的命运和面貌的马克思主义。

马克思主义是必须也已经中国化或正在中国化了的。马克思主义的中国化，就是马克思主义与中华文化的结合与融通。而构建和谐社会和谐世界的目标，更是马克思主义的先进文化与兼容并蓄、协和万世、注重民生的传统文化，以及与和平、民主、种族平等等普世价值相融合相激荡的产物。它显示了当今中华文化的价值创新与对于国际社会的主动关切。中国特色社会主义道路的成功，充分证明了马克思主义中国化的成功，更证明了中华文化具有的独特深厚的底蕴和灵活机变、坚持原则又能良好调节的能力。

现时，我们更有弘扬中华文化的必要。

中华文化极其重视“和”的思想，对于今天的构建和谐社会的任务有重大意义。春秋战国时期，中国的古代经典就提出了“和”的理想。《国语》中有89处提到和字，如惠和，慈和，协和辑睦，声和而有七律，和五味等。《礼记》中有80处提到和字，讲乐者天地之和也，讲致中和。《论语》提出和为贵、和而不同。《孟子》提出天时不如地利，地利不如人和。老庄等人也有对于和的论述，“天人合一”观念更是一种对于人与自然和谐的向往。所有这些，都有可能成为今天我们构建和谐社会与和谐世界的精神资源。

当前，执政兴国为我们党的主要任务。从革命党到执政党，从造反有理到国家干部，从火烧赵家楼到建设奥运场馆，从打倒孔家店到在全世界建立孔子学院，历史已经有了大踏步的进展。在马克思主义的指导下正确运用中华传统文化的精神资源，有利于长治久安、国运兴隆，有利于增加文化自信与民族尊严，有利于物质和精神生产的迅猛发展，有利于提高国人的文化素质和建设社会文明。

中国坚持走自己的中国特色社会主义道路，就一定会坚持以中华文化为根基的文化性格与人文选择。我们的目标是源远流长、基础深厚而又朝气蓬勃、与时俱进的文化，是继承与弘扬相辉映，引进与创新相结合，民族性、传统性与开放性、创造性相贯通的文化，是科学精神、人文精神、时代精神和民族精神融为一体的文化，是汲取人类历史一切有益营养和吸收世界所有先进文化合理成果的文化。对于一切有利于中华民族的振兴与发达的精神资源，我们都要勇于学习实践，这样，我们的中华文化将立于不败之地。

古代圣贤论和谐，讲的是古训，结合的是今天，面向的是世界、是未来、是现代化。经过20世纪的浴血苦战与紧张对抗，我们终于可以想一想怎么样可以实现先哲提出的和谐理想了：尘封多年的古代精神成果重放光辉，源远流长的中华传统将在21世纪的风云激荡中焕然一新，我们对中华文化的新的前景充满期待。

《澳门回归》序

澳门自古以来就是我国的神圣领土，澳门居民从来就是我们的骨肉同胞。1999年澳门回归祖国，是顺应了历史发展的潮流，是邓小平同志倡导的“一国两制”构想的伟大胜利，是具有历史意义的重大事件。

澳门回归祖国后，按照“一国两制”的国策，坚持中央人民政府领导，坚持按照澳门特别行政区基本法办事，坚持依法实行“澳人治澳、高度自治”，澳门居民对澳门的发展增强了信心。社会治安状况有了根本好转，迅速地扭转了经济下滑的势头，妥善解决了一系列关系澳门全局和长远发展的重大问题，呈现出社会安定祥和、经济稳步增长、人民安居乐业的崭新面貌。

我本人曾经两次访问澳门，对于澳门同胞的爱国热情，他们对于中华民族的认同理念与凝聚力，他们爱国爱澳（门）的种种实践，他们安居乐业的经验与期盼，以及澳门历史的奇妙、荒谬、多彩多姿与终于回归的喜庆团圆都留下了深刻印象。而澳门的妈祖庙、大三巴、本岛与两个离岛的旖旎风光也使我萦绕心头，久久难忘。

本书汇集了部分亲历者的回忆文章，鲜活地记录了澳门回归祖国的历史进程。我们可以从中感受到澳门同胞的拳拳之心，从而也更加相信，在全体澳门人民的共同努力下，澳门的明天一定更美好。

《丁亥年说》序

翻开文明史，我们总可以看到人类一步一步前行的足迹。如果人类作为一个整体，也像单个人一样长着两只脚，那么，我们也可以认为，这两只交错前进的脚，一只代表了物质，一只代表了精神。

两只脚或者说两条腿的配合，才使得人类发展得越来越脱离野蛮，越来越达到文明。

今天，我们这个社会在经历了长时间的物质匮乏之后，绝大多数人的目光绝大部分都盯在了物质上，只有余光在关注精神。这也无可厚非。司马迁在《史记·管晏列传》中说过一句流传甚广的话："仓廪实而知礼节，衣食足而知荣辱。"这是两千年前的话了，那时的人们，还停留在低标准的生活上，仓库里有粮，能吃饱肚子，身上有衣可以避寒遮羞，就可以谈礼节和荣辱这一类的精神问题了。

现在的人物质要求变了，不但要吃饱穿暖，还要吃好，要漂亮。当然，还要有大房子，有高级的小汽车，等等。但是，精神的这只脚是不能永远落在物质这只脚后面的。同样，物质这只脚也不能永远落在精神这只脚后面。如果要满足了所有的物质愿望，再去迈精神这只脚，那么，人类一定在原地转圈。

原地转圈是没有出路的。

如果说，工厂田地是物质生产的载体，那么，学校就是精神培养的园地。中华文化学院也不例外。

中华文化学院成立以来培养了大量人才。也许，这些学员在学校里得到的东西大都是精神范畴的，但是，当他们回到各自的岗位，他们贡献给社会的，既有物质，又有精神。

中华文化学院注重的，是提高学员的素质。

素质这个东西，不是说吃几顿好饭，穿几件好衣，住几套好房就能提高的。素质的提高，既是认真汲取人类先进思想和先进文化的过程，也是自我改造和自我约束的过程。不那么容易。

正因为不容易，才有许许多多的人在努力去争取。中华文化学院就提供了这样的机会。

最近几年来，在香港新鸿基地产郭氏基金的支持下，中华文化学院约请国内一流的专家学者，为来自各条战线的学员讲课，内容涉及历史、科学、社会、文化、艺术，等等。这些专家学者，金开诚、冯之浚、叶朗、欧阳中石、戴逸、耿宝昌、简永桢、成思危、阎崇年……哪一个名字都如雷贯耳，能够聆听他们的教诲，能够和他们同堂交流，是三生有幸的事情。

我看过前两年讲座编成的集子《甲申年说》和《乙酉年说》，我也看了即将成书的这本《丁亥年说》，我觉得，这真是一件十分有意义的事情。也许，今天还有一些人用不以为然的态度来扫视这件事，但是，再过10年、20年甚至100年，这个讲座以及讲座所形成的著作，会发生极重要的作用。

因为，这是精神这只脚上的一个部分，人走路是不能没有这只脚的。

柴福善散文中的亲情与乡情

都说最美的风格是朴素，读柴福善散文的时候我感到了这一点。

未必所有的作家都能写得如此本色而又情感充盈。写作是一件严肃的事，但也是一件能够尽情发挥叫做能够“逞能”的事，更是一件可以自由遐想叫做想入非非的事。对于一切追求新奇、怪异、高雅、伟大、天花乱坠、色彩缤纷的效果的作品，我从来都抱着敬意并愿意去欣赏分享。

但柴福善的选择是另一路。农家子弟，儿时生活，身边实事，地上的活生生人物，眼界不算宽广，也不大赶得上时髦，然而娓娓道来，另有一番酸甜苦辣，真切感人得很。

读《生日》，读到“轱辘”鸡蛋的旧俗，我笑了，笑中又有些惨然，他们的生日过得与城里那些点蜡烛吃蛋糕包咖啡馆唱“害皮勃死呆”的孩子们是何等地不同啊！文章最后说：“岁月流水，儿女成行，母亲记得儿女每一个生日，儿女却不知母亲的生日！”读到这里，我与作者一样，“两行泪水，禁不住从心头悄然滴落……”

读《父亲》，我惊异于作者能把一个平凡的普通人写得这样生动感人。生老病死，谁也摆脱不了，但平凡人的一生中也有一种正气，有一种道德和责任感，这是令人肃然起敬的。

读《疯子》，从一个疯疯癫癫的人物身上，也反映出时代，反映出困苦者不能满足人生的基本要求的无助与可怜。疯子讲的从狼群中认媳妇的故事有一种特殊的动人之处。

读《打夯号子》，从绘声绘形的描写中人们可以感到一种北方农村特有的生产文化与风俗画，既充溢着力量，也迸发出一种健康的快乐。可以和水域的船夫号子比美。

读柴福善写故乡写故乡人物的文章，情态各异，如实道来，有悲、有喜，有艰难生计中的生之乐趣，有渺小平凡中的希望憧憬，有的粗犷乃至粗野，有的雅致，但都看着很实在，读起来不费劲，读完了犹自牵心挂肚，萦怀于心。这不容易！

再说作者的文字功力也好，干干净净，恰到好处，行于所当行，止于不可不止，读起来舒服。

但我有时边读边想，作者是不是本来可以写得更完整更深刻更从容些？增添上文学想像的翅膀，给予更多的观照与思想、挖掘与提炼，这么多素材他本来是可以写出一部大书奇书，至少是一部“平谷词典”来的呀。

但是，太不“素材”了，就不是如今这本书了。

文章千古事，得失寸心知。反正柴福善真切地、感人地写出了自己的乡情、亲情、人情，描绘出了一幅真实生动的北方农村生活图景，既不是呻唤煽情，也不是牧歌装扮，这些文章好看，有滋有味，因为它不仅是文章，而且是真实的我们自己的与我们周边的人生。

集权威与可读于一身的百科全书

百科全书这种从字典辞源发育起来的书种，由于它的广博性与权威性，是特别有用的一种工具书。有一本百科全书，你可以得心应手地查证引文，核对材料，学问一下子增加了很多，失误也减少了许多，咬文嚼字因而尴尬与恼火的情境会从而减少，误人子弟的事儿也会少出现一些。

但是，一般的百科全书，篇幅浩繁，定价高昂，重量超级，使用不便。因此少有青少年、中小学生准备此种书者。然而，青少年时期，又是读书最饥渴、最重要、最有效、最终身受用的时期。回想我对四书五经的某些印象，对唐诗宋词的一星半点的接触，对于四大才子书的轮廓把握，对于辩证唯物主义与历史唯物主义的初步领略，对中国现代文学的汲取，直到对于八段锦太极拳的兴趣，都差不多是在少年时代打下的基础。尤其是其中到今天仍能背诵得出的古文、古诗词、格言、经典段落，几乎仍然靠的是中学时期的用功。后来也得意过自己的过目不忘，也曾经背诵与记忆过许多东西，但是，成人以后的这个时期，记得快忘得也快，一时倒背如流的东西，到现在却所余无几了。还得靠青少年时代，还得靠中学时期。

那么，中学生不能很好地利用百科全书，或者更正确一点说，百科全书与中学生失之交臂，是青少年的遗憾，也是百科全书的遗憾。

现在，我看到了四卷本的《中国中学生百科全书》，它编得竟是那样活泼生动，既坚守住了百科全书的权威性、经典性，又增加了时尚性与可读性。四本分别是《史地大空间》、《文体新天地》、《数理加油站》与《成长充电器》。数理方面的内容，当然有“万有引力”、“欧姆定律”、“焦耳定律”之类的条目，同时也有“对讲机”、“IC卡电话”、“MP4播放器”、“内存”、“条形码”等条目。够得上是与时俱进，兼具百科全书与实用手册性质。在史地方面，你可以找到“刘墉”、“纪昀”、“和珅”，也可以找到“庐山会议”、“人民公社化运动”的客观简要的解释。把情绪化政治化的话题知识化材料化，一句话就是百科全书化，这是对于历史的一种理性的科学态度。尤其是文体与成长方面，太叫人兴奋了。例如有对于香港电影的介绍，并配有彩色图片。有对于民族乐队的简介，援古通今，还有叶剑英与民族乐队共奏民乐的图片。

针对青少年的成长问题编一本百科全书，是带有首创性的努力。例如，有一条叫做相貌，它是这样解释的：很多中学生都在为自己的长相而苦恼，比如长得矮，长得黑，不漂亮，脸上有雀斑或者青春痘等……相貌指人的面部长的样子。……相貌很难改变，与其无谓地苦恼，不如积极地接纳……要用才华来弥补自己长相的不足……有些职位的确需要漂亮……不去吃那一碗饭不就得了……穿戴整洁大方可以……要把你的内在气质显现出来……

真是金玉良言。但是不要以为这里的条目都是谈心聊天的，它有择校择业的所有有关资讯。它有科学前沿一辑，介绍了中国少年儿童科技奖获奖项目。介绍了21世纪初叶的科学难题，介绍了中外各种优秀人物，不明言励志而实际上励志之用自明。社会法律军事诸辑，也特别能够符合中学生的求知、求学、人生与成长的需要。

它打破了我对于百科全书的学院派书斋霉味等的印象，它是一套充满生活气息、充满时代气息的活的书，又是一套很平实、很负责、很注意科学性与准确性的书。而把生活的贴近，时代的火热，务实的探求与负责的态度结合起来，正是我们的国家和人民的光明未来的保证。一个成熟的与大有希望的国家，一个稳定发展与走向和谐的社会，人们会更信任也更会利用百科全书。

从中学生时代就要培养这样的读书风气、求知风气与做人风气。这套百科全书的出版，其意义大着呢。我曾经准备把此书四册赠给我的孙儿，浏览一番以后，竟然暂时舍不得给他了，以我的水准，读这种书正是需要，正是合适，就是说，它对中老年人也很对路。

《民族精神史诗·人物中国》序

由中宣部出版局策划组织的一项重点出版工程——《民族精神史诗·人物中国》由中国出版集团所属的中国大百科全书出版社编辑出版了。

该书面向广大的青少年读者，通过对人文初祖黄帝、“虽九死其犹未悔”坚毅刚强的屈原、治水三过家门而不入的大禹、不畏艰辛出生入死出使西域的张骞、“匈奴未灭，何以家为”的霍去病、“鞠躬尽瘁，死而后已”的诸葛亮、“醉卧沙场君莫笑”的旷达的辛弃疾、“留取丹心照汗青”的豪迈的文天祥、“天下兴亡，匹夫有责”的顾炎武、“封侯非我意，但愿海波平”的抗倭英雄戚继光、七次下西洋的伟大航海家郑和、以民族大义为重，收复台湾的郑成功、“先天下之忧而忧，后天下之乐而乐”的范仲淹、以二十七年坚忍毅力成就《本草纲目》的李时珍、“苟利国家生死以，岂因祸福避趋之”的禁烟英雄林则徐、血染吴淞的七旬老将陈化成、维新志士谭嗣同、忧国忧民，舍身蹈海的陈天华；“革命尚未成功，同志仍须努力”的孙中山、“身无分文，心忧天下”的毛泽东、“为中华之崛起而读书”的周恩来、“横眉冷对千夫子，俯首甘为孺子牛”的大文豪鲁迅；誓死抗日，壮烈殉国的杨靖宇、手举炸药包炸碉堡的董存瑞、国际主义英雄黄继光和邱少云；石油工人铁人王进喜、解放军好战士雷锋、党的好干部焦裕禄等近600名中华名人的一个个小故事，阐明了中华民族以爱国主义为核心的团结统一、爱好和平、勤劳勇敢、自强不息的伟大的民族精神，为确立和弘扬新时代的民族精神，为赋予民族精神以新的时代内涵，为实现中华文明的振兴，提供了丰富的精神资源。

民族精神不仅仅是一个抽象的概念，他表现在这些伟大人物身上。这些伟大的人物的出现，也正是民族精神长期培育积淀的果实。传承这样的精神与风格，弘扬中华文化的精华与血脉，便正是出版本书的目的。

与时间同行

——《新文学大系·第五辑》前言

新文学大系，这是第五辑了，从赵家璧先生于80年前在良友图书公司主编出版了第一辑《新文学大系》以来，以上海的出版机构为依托，一代一代，前后编了80年，上百卷。百卷沧桑，百卷心事，百卷才具，百卷风流。呜呼，不亦盛哉！

本辑所选篇目出自1977—2000年。简单地说，从“文革”后到20世纪结束。《班主任》《于无声处》《天云山传奇》《大墙下的红玉兰》《芙蓉镇》《团泊洼的秋天》《鱼化石》《回答》《哥德巴赫猜想》《周总理，你在哪里？》……这些耳熟能详的篇目，以及一系列为“伤痕文学”鸣锣开道的理论文字仍然使我们激动，仍然使我们热泪盈眶。它们有一种类似时光隧道的功能，才一“触电”，立马接通，我们陡然回到了那个过往的年代：万众一心，充满期待，一片真诚，一腔块垒喷薄而出，涕泪交流，却又是美梦如霞，仍然不乏天真与一厢情愿。

当然，文学是我们的最生动、最刻骨铭心的记忆，是我们的“心灵史”。有了文学，历史就难于抹杀，激情与思考将成为永远，怀念与记取充实着我们的灵魂，经验也诱人几分。而一切自我做古的宣告，都只能丢人现眼。

时间，是那个“后文革”的激情年代文学构成的一个重要因素。文学的当下性（还不止有当代性），使文学成为扭转乾坤、拨乱反正的一支力量，成为唤醒郁闷无奈的国人的一串春雷，文学带来的是希望，是振聋发聩，是从此摒弃极“左”面目出现的封建专制主义，是从今走向现代化，是走向民主、文明和富强的心愿洪潮。

《乔厂长上任记》《爱，是不能忘记的》《高女人和她的矮丈夫》《北方的河》《陈奂生上城》《哦，香雪》《我的遥远的清平湾》《致橡树》《人到中年》《被爱情遗忘的角落》《许茂和他的儿女们》《北方的河》……慢慢打开了我们的眼界，走向了千家万户，共鸣于多少人的浮沉祸福、悲欢离合、酸甜苦辣。不仅仅是一个“文革”呢，多灾多难而又奋斗卓绝的国人哟，且有的写，有的咀嚼，有的编织，有的哭也有的笑呢。

而《古船》《美食家》《隐形伴侣》《爸爸爸》《心灵史》《苍老的浮云》《动物凶猛》《无处告别》《受戒》《命若琴弦》《白色鸟》《叠纸鹞的三种方法》《西藏，系在皮绳上的魂》等更是不断拓展着情感、题材、手法、想像力的新生面，文学变得多样化乃至陌生化了。

到了90年代，文学舞台上的活跃人物让人们首先想到的是贾平凹、莫言、王安忆、余华、铁凝、李锐、王朔、苏童、毕飞宇、毕淑敏、迟子建、方方、陈染、池莉、刘震云、海子、西川、林白、徐坤、何申、于坚等名字了。他们是一人一把号，各吹各的调（此种说法在60年代是作为涣散离心的负面词语而流行的，现在用来形容文坛，其实很贴切，并且基本正面）。1949年以来，甚至1919年“五四”以来，文学从来没有这样热闹过、活跃过、多姿多彩过，也从来没有这样难以概括、缺少聚拢性、缺少方向感，形不成主流、形不成“文学运动”，缺少公认的优秀高峰过。有时你甚至于难以从当下阅读中找到感觉，摸出路数，理出头绪。请看各种选刊，80年代时选目是大同小异，后来则是大异小同。缺少例如上个世纪60年代的《红岩》那种人人先睹为快、发行数百万册的主流正经文学作品了。

甚至，你也可以说，文学从来没有像现在这样堕落与无耻过。例如，写到了性与亚性器官、娼妓、吸毒与像有些作家说的，引起争议的所谓“辱骂自己的母亲”。

所以至今仍然不止一个人认定现在的文学创作不如提供出了从《保卫延

安》《林海雪原》到“三红两闯”(《红旗谱》《红日》《红岩》《创业史》《李自成》)的年代。然而，你当真找来过往的名著与今天的创作对照着阅读，你又不能不承认，是今天，人们写得更深沉也更多样，更风格也更个性，更耐读也更艺术，更人性也更动情，更富有想像力与幽默感，更富有选择与珍藏的可能性。

前前后后出现了对于解放思想、人道主义、文学史重写、新启蒙、文学的主体性等问题的热烈争鸣与文学争论的政治背景、政治敏感性。出现了对于现代派“狼来了”的惊呼。出现了对于人文精神失落问题的碰撞……还有什么朦胧诗、新写实、痞子文学、中国作家是不是自杀得太少，直到作协与文坛的评估等众说纷纭的话题与对于整顿和政治干预的呼唤。也出现了一串篇目，例如《苦恋》等“有问题”的作品和一些作家的异议化、出走化与逐渐回归的过程。

这二十多年的文学像大河，先是奔流而下，波涛汹涌，势不可挡。而后越冲越宽阔，岩壁坍塌，轰轰隆隆，高高低低，跌跌撞撞，泡沫、枯草、败叶、泥浆打湿了你的衣襟，浪花、光影、鸥鸟吸引着你的目光，越来越多的歧议忽隐忽现。这个时期的文学又像山峰，时而连绵不断，群雄并起；时而异石峭壁，似梦似幻；时而陷阱洞穴，险象丛生。文学又像晚会，时而喝彩欢呼，吹捧有加；时而平常淡漠，随看随忘；时而啧有烦言，难调众口；时而高论入云，不着边际；时而平庸散漫，自生自灭。尤其进入90年代的市场经济生活的背景，使文学似乎越来越缺少高潮了，缺少振聋发聩、精神火炬，看起来似乎越来越没有聚拢性、煽情性、精神领袖性与“大师”的弥赛亚（救星）——旗帜性了。一种说法乃在国内直到国外流传开来，说是中国的文学没有成果了，退潮了，恶劣化了，完蛋了[①]。

其实从更广阔的角度来看，是日益正常了。开阔、开放、宽容、创作自由都会付出并不太少的代价。好的和差的，深刻的与浅薄的，独到的和迎合的，真诚的与虚伪的都日益正常——正常的年代总是有好有坏，有真有伪，有毒素也有营养；当然同样正常的是有对于假冒伪劣毒的揭露、批评与义愤，虽然这种批评义愤是否时有夸张或时有软弱无力还有待分辨掰扯。

有趣的是，20世纪后几年的作品中，时间因素，已经没有当初那么重大了，甚至是越来越平常化、平淡化了。平常心三个带有佛心禅意的汉字现在变得大行其道。文学是当下的，又是历史的与将来的。文学是时间的又是超时间或者淡化了时间的。当紧迫的心情平稳下来，当人们在追求正义、美德、真诚、雄辩与勇敢的同时，有可能寻求怀念与遐想、趣味与玄思、亲和与纪念、快乐与有价值的悲伤、隐蔽与新奇……的时候，当人们的当下性，人们的日常生活已经主要不是靠文学来加油或者体认，当心中的块垒表达抒发的渠道愈益多样，当人民大众的思虑更多的是向现实、向经济生活、向利益倾斜的时候，当人们面向着现实、实用，而现实生活已经紧紧地与经济与市场与利益得失结合起来了的时候，文学，至少越来越多的精英意识比较强的文学构成渐渐走向精神世界的或内里、或高端、或朦胧、或妙悟、或边缘、或超前……反正是不完全是那么急功近利的地带了。

与此同时，市场化的畅销与惊人的效益也成为一部分写家的追求。这引起了社会与同行的不同反应，有的痛心疾首，有的从容看待，有的狗血喷头，有的我行我素，有的见风使舵，有的连蒙带唬，有的兼顾几头，弄潮于穿行于思潮起伏、主流价值、社会变化与市场行情的风口浪尖。

国家不幸诗家幸，文学的非凡高潮往往和社会的郁积与历史的风暴联系在一起，和怒吼与泣血联系在一起。而相对平稳的文学的积累与拓展、文化的积累与变革，则更富于渐进性与细无声的润物性。沉迷于昨天的高潮的同道，难以掩饰自己的失望。有几个精英意识比较强的写作人同行好友，痛骂世人的庸俗市侩侏儒化，我们可以假定这样的批评与提醒是适时的与正确的，但是你有时必须要以平常心面对渐渐非高潮化的社会，非高潮化的文学，你有时须要懂得天道有常，与时俱化，经济建设、民生、市场有可能在某种意义上形成自高潮化到正常化的移动。而且，事实已经证明，几个精英或准精英的凶狠抱怨，无助于掀起中国当代文学的新高潮。

还有另一面，叫做于无声处听惊雷，叫做起于青萍之末，叫做山雨欲来风满楼。这是从理论上分析，而如今的一些愤青式或老愤青式的呐喊，或嫌苍白、贫乏、嘶哑与自己重复自己。

同样，以下的事实也无法视而不见：叫做鱼龙混杂，泥沙俱下。奶粉里有三聚氢氨，文学里自然有——难免有，虽然我们都希望没有：下三滥与纨绔牛皮同在；装腔作势，装时尚、装白领、装洋化与装冬烘传统同在；迎合与无定向横炮同在，口水表演与假冒伪劣同在。大骂文坛、大骂作家未能成为鲁迅第二或诺贝尔得主（也不是第一）或喋血烈士的声浪是合乎时宜而且满安全的，虽然类似的说法其实太廉价——源于无知。

我们感谢时间对于真正的文学的帮助。时间是文学的慈母，众说纷纭也好，良莠不齐也好，经过了8至23年的洗礼，时间仍然偏爱已经被认真阅读过并且仍然值得重读或新读的许多作品。同时严格的，道是有情却无情、同时是道是无情却有情的时间法官无情地掂量着昨天：某些红极一时、人为地被哄抬起来的作品或理论文字有些已经难于卒读。悄无声息的、被“文坛”的主导者忽视了的一些作品因时间因素的淡出、急功近利的文学观的削弱而光彩照人，毕竟非文学的因素会被时间的水流所冲刷，耐心与静谧的阅读终会取代敏感的一时性因素的干扰。时间的法官同样会有差池，但是更长的时间的回旋与淘洗常常能自行纠正自己的过失，时间的因素同样能制造假象，但是更长的时间的反复与不舍昼夜的思量，定能使文学自行显露真容。

我们与时间同行，我们因时间而聪明而明白而丰富并且宽容。多情应笑我早生华发。我们因时间而识破了许多肤浅乃至假象。我们因时间而做出应有的选择。经过千挑万选，经过多方衡量，当然还有待于作者的信任与授权，依靠各卷主编与编辑工作人员的努力，我们深情地捧出了这三十余卷近两千万言的新文学大系第五辑[②]，请读者明察，请时间的大河、请文学史考验我们的编选。

注释：

① 不仅我的友人与译者顾彬先生对中国当代文学提出严厉批评，说当代文学是“垃圾”。2008年笔者访问德国时，德意志联邦共和国众议院的议长拉默特先生会见我时提出：希望中国文学继续或更加关注社会与人民。

② 本辑还编选了这一时期介绍到大陆来的香港、台湾同行的作品，这一工作在此时间段还刚刚开始，难以从中理出港澳台文学发展的轨迹，但是这些作品的编入，当能提高阅读的趣味与开拓我们的眼界，我们感谢港、台作家的授权，使本辑大系平添异彩。

信仰·活力·快乐

我说过:“老年是人生最美好的时候，成熟、沧桑、见识、自由(至少表现在时间支配上)、超脱。”这些年，我正是以这样的态度来审视自己和人生的，度着自己美好的时光。同时我也惦记着文化部机关700多名离退休干部。在文化部的几年，我深知这一大批离退休文化干部是国家宝贵的财富，他们有丰富的阅历、卓越的业绩和珍贵的经验，构筑了波澜壮阔的革命长河、人生的大海和艺术的殿堂。他们有的从艰苦的革命斗争岁月走来，带着井冈山的晨雾、长征路的冲锋号、延河水的低吟、抗战的烽火、三大战役的捷报、上甘岭的硝烟，迎接过新中国的第一道曙光；他们有的与新中国一道成长，投身于伟大的社会主义的建设，为社会主义文化艺术的繁荣和发展，辛勤耕耘，忘我劳动；他们有的长期致力于我国文化外交事业，为我国与世界各国人民的友谊和中外文化交流，谱写着新的篇章。他们的历史是光荣的，他们的业绩是优异的；他们的奉献，他们的精神，他们的情怀是可歌可泣的。这是一个光荣的群体。文化部离退休干部局要编纂《蓦然回首》和《涛声依旧》两本诗文集，从中我再次看到了文化部机关广大离退休干部的风范、风采和风骨，感受到他们的精神、魄力和情操，体会到他们的艰辛、快乐和奋发，感到特别的欣慰。

首先让我感动的是他们自始至终保持着乐观向上的精神。虽然他们离开了熟悉和为之奋斗多年的工作岗位，但他们依然关心着国家大事，关心着社会主义文化艺术事业的发展和繁荣，关心着党和国家的命运，关注着国内外形势的发展和变化。文集中许多篇幅都真实而准确地表达了他们的殷切期待和真知灼见，他们的脉搏和祖国、和时代、和改革开放的步伐一起跳动。广大离退休干部这种永不褪色的革命精神和情怀是值得钦佩和学习的。

其次，使我感动高兴的是他们以一种平常淡泊的心态，安度着自己的离退休生活，他们的离退休生活丰富多彩。生活就是如此，退下后，我们的生活环境变得安逸、超脱和自由，如何适应新的情况，是我们面临的新的课题。从大量的诗文中，我看到他们快乐的一面，他们学书法、学绘画、学声乐；去旅游、去访友、去登山；来小聚、来海侃、来游戏，放松自己，快乐他人。老有所学、老有所乐。广大离退休干部能快乐地安度晚年，这本身就是对社会的贡献。

还有一点，令我十分欣慰的是许多离退休干部仍然以自己的不懈努力，为社会、为人民做出新的贡献，其中有许多同志充分发挥自己的语言特长，翻译、编著了优秀文学作品，还有的同志在自己钟爱的艺术领域不断地探索、研究和总结，不时地拿出新的成果。

离退休干部局同志经过努力，编纂两本诗文集，展示了广大离退休干部多视角、多方面的风貌，给了我们许多宝贵和深刻的启示，做了一件好事。我们应该感谢他们，同时希望他们继续努力，做出更多的成绩。应他们盛情的邀请，写了上面一段文字，权当序言。

《白祖诚回忆录》序

白祖诚同志比我大几岁，我们的人生轨迹有很大的共同点。他也是学生时代积极参加了人民革命，成为地下党员，北京市委的干部，一度春风得意，1957年不幸落马，批斗拖延而两年后终定右派。这种落马自己起了作用：在一种类似迫害狂的情绪下不停地给自己上线上纲，直到缴出日记与家信，终至使自己与弟弟没顶。经过了严酷的思想改造与劳动锻炼，吃够了苦头。党的十一届三中全会以后命运根本改变。

祖诚是个很有个性的人。他为人深思好学、博闻强记，吃苦耐劳、坚毅不拔，办事有时堪称精明强悍，但对待政治，他偏于执著，钻牛角尖得近乎呆气，我说是书呆子气。有时他认真地回忆过往，让人觉得认真得过了，有点进入斯时斯地拔不出来。然而也有个好处，就是记述了真实的史实和个人心路和历程，前事不忘后事之师。

经过“文革”的历练和6年的写作过程，他不断思考探索，现在有点洒脱和超越了。祝他好。

从他的回忆录里，我们会得到许多启发。他有不少经验值得写下来，让更多的人知道。对于我们来说，说说今天，并且正视回顾一下昨天，是有益的与必要的，为了明天，当然。

《纪晓岚张之洞刘春霖·墨迹选》序

有清一代，我的老家沧州(时属河间府)出了几位很有代表性的文化名人：一代文宗纪晓岚、晚清重臣张之洞和末代状元刘春霖。他们分别在盛世、乱世和末世创建了自己的业绩，表现出各自的突出个性。

历史的书页匆匆翻过。进入21世纪，中国的情况当然今非昔比，正是全面腾飞，百废俱兴。我们可以平和冷静地盘点传统文化，臧否历史人物。上述三人，都在他们所处的时代为社会做出了自己的贡献，而且他们的思想、性格及才华各有其值得纪念之处。

中国古代官员几乎都擅长书法。就以上三位历史名人而言，张之洞书学苏东坡，善用侧锋；也擅米芾体，笔力遒劲，跌宕有致。刘春霖更以书法家著称，字体瘦硬疏朗而又不失潇洒，字里行间流露出清新灵秀的气息，展现出丰富的学养、淡泊的情怀。他的蝇头小楷苍楚秀润，功力深厚。唯有纪晓岚自称不善书法，题字往往请人代笔。尽管如此，由于他的名望所在，还是不断有人请他书联题匾。从本书收录署名纪昀的墨迹分析，字迹的确不像出自一人之手，不过即使有别人代笔，其内容仍属他的作品。纪晓岚似乎预料到身后会有人收集他的遗物，他曾在《阅微草堂笔记》里写过这样的话：“余尝与董曲江言，大地山河，佛氏尚以为泡影，区区者复何足云！我百年后，傥图书器玩，散落人间，使赏鉴家指点摩挲曰：‘此纪晓岚故物，是亦佳话，何所恨哉！’”

三位历史人物在丰富的人生经历中，无意中为我们留下很多书法艺术珍品。沧州中鼎文化传播公司以弘扬家乡历史文化为己任，努力开发文化产品。他们将纪晓岚、张之洞、刘春霖的书法对联、信札和牌匾等墨迹摭拾搜集，精心编排，每位收录墨迹一百件，辑印了这套三卷本的仿古线装书《纪晓岚张之洞刘春霖墨迹选》，采撷了先贤的吉光片羽，供读者在书法艺术的欣赏中浮光掠影地浏览他们的才艺风貌。

《夜光杯》序

上个世纪90年代初期，我主动给《新民晚报》的夜光杯副刊稿《天街夜吼》，至今已经小20年了。

我喜欢把一些小文尤其是旧诗发给《新民晚报》，原因在于它的副刊“夜光杯”的生活化、真情化，自自然然，亲切放松。而一切真切的文字对于装腔作势、陈言八股、枯竭平板，还动辄摆出教师爷的架势的东西来说，就是一个挑战，就是一个救赎，就带来一个希望：让我们学会说实话、有个性的话、有信用的话、有感染力的话，唾弃假大空，告别牛皮轰，可贵是真情，做寻常老百姓。

当然也由于它的编辑严建平等对于作者的周到的照拂与实在的支持帮助。

当晚报的编辑说要将我在他们这里发表过的文字结集出版的时候，我完全没有想到，积少成多，我的大量每篇不过几百字的文稿，最后竟然积累了这么多。

我祝福《新民晚报》，祝福“夜光杯”与报纸的其他栏目，祝福所有这家晚报的读者。

游记

线路
仰口—大河东
YaKou
太清索道站
TaiQing ropeway station
太清宫
TaiQing Palace
为您在崂山风景区所处的乘车线路位置

2004·俄罗斯八日

一、没有

没有。

还是没有。

终于找不着了啊。

2004年11月15日，我坐在俄航的北京—莫斯科航班上，是波音767型客机，而不是伊柳辛或者安东诺夫的型号。我戴上耳机寻找一个哪怕只是听着熟悉一点的，没有苏联味道，但是至少有一点俄罗斯民歌味道的歌曲，我找不着。

有意大利歌剧，有百老汇音乐剧，有交响乐，有爵士乐，大概也有俄罗斯的流行歌曲，摇滚风格的，都是我不熟悉的了。

在通向莫斯科的路上，我寻找的是自己的往日，这方面的话我已经说过太多，已经不能再说。我想起了“前苏联”一词，本来我觉得莫名其妙，谁不知道苏联已经“前”了？加一前字纯粹脱裤子放屁。但是在俄航班机上找寻歌曲的经验使我想起了那种前朝“遗老”的悲哀。我自嘲像是苏联的遗老（？），于是从遗老想到“前清”，不也是加“前”字的吗？

历史，使过去、现在以及未来的许多“前”一去不复返了。

但是飞机的服务极好，至少飞机上没有我国民航上常见的那种飞行小姐扎堆聊天的。飞机起飞十多分钟了，已经完全平衡地飞行了，空中小姐们仍然紧紧系住安全带，端坐在特定的位子上，也不是我国或有的那种把最好的座位留给机组人员，先为自己再为人民服务的路子。直到统一宣布了可以不系安全带了，她们才开始走动，厕所也才开始启用，这是全球飞行业务中极严格的一批人，毕竟是俄罗斯人，没有中国人那么“灵活”。

八个半小时以后，到达莫斯科。我弄明白了，莫斯科国际机场旁边的仍然是密密的令人感觉是原始的大片白桦林，而不是我想像的山毛榉，像我在《歌声好像明媚的春光》中描写过的。我还发现，在俄罗斯画家偏爱的风景画中，树木，特别是白桦起着主角的作用，例如列维坦的《春天和大水》。我的可怜的美术鉴赏能力和背景，使我喜爱列维坦胜过了法国和荷兰的大师。

可是，我又迷惑了，介绍说列维坦是立陶宛人，立陶宛在脱离苏联和远离俄罗斯方面是最积极的，它现在已经加入了北大西洋公约。还能把列维坦算作俄罗斯画家吗？

莫斯科机场的屋顶仍然像是悬挂着金属易拉罐式的铜状圆环，像我20年前看到过的那样。俄罗斯是一个金属与林木都多得不得了的地方。“我们祖国多么辽阔广大，它有无数田野和森林……”《祖国进行曲》的歌词完全是事实。这首歌是杜纳耶夫斯基作的曲，曾经脍炙人口，中国的“进步”青年无人不唱，头两句的旋律还作过莫斯科广播电台对外广播的呼号，响彻全球。当然，机场里已经大大增加了商业气氛，而且许多是英语的标志、广告和霓虹灯，品牌也是国际化的了，例如耐克的对号与苏格兰威士忌的“红方”“黑方”和更昂贵的“蓝方”，好像还有维多利亚的秘密牌的女子内衣。

彼此彼此。我想起了1988年访问匈牙利的情景，那时中国与苏联东欧国家的关系还存在着相当的问题。当我向匈牙利同行介绍中国文学与中国社会的情况的时候，他们的笔会领导人不断用英语说着——应该说是喊着：“Brother Countries”——兄弟国家嘛。

我也想到，一个商品的名牌竟然比例如50年代的苏联外交部副部长维辛斯基在联合国的气壮山河的长篇讲演更持久？半个世纪多前，大概也只有我这样的中华少年革命人如饥似渴地阅读这位据说在斯大林的大清洗中立过功劳的同志的宏文说论。现在，不论俄国还是中国，有几个人像我这样还念念不忘他老人家？

二、宇宙饭店

我和妻与原来的助手崔建飞同志一行三人住在COSMOS——“宇宙”饭店。说是前两年铁凝全家来旅游也在这里住过。一个四星级大饭店，大堂里明晃晃地设有赌博场地，当然还没有拉斯维加斯或者葡京饭店那种规模。住房里可以看到称做“欧洲电视”的高塔和设计气魄宏大的加加林纪念碑，像是一个长长的大钝角三角形，最短的底边在下，最尖的一角顶端指向太空。窗下是熙熙攘攘的和平大道。

然而最难忘的是宇宙饭店的餐厅：柯林卡，柯林卡就是雪球树，就是俄罗斯那首令我炫迷痴醉的民歌，先是高耸入云得近于孤单，而又委婉多情得近于凄凉的男高音的领唱，你原以为已经没有可能给这样的领唱以回应了，它只能曲高和寡地悬挂在那里了；然而狂欢式的近于暴烈的火一样的合唱响起，于是孤高的英雄与广场和四乡的人民群众打成一片，扭成了可畏的扫荡一切的宇宙伟力。我那年写过一篇文章说我在香港太古广场听俄罗斯（马戏团）小丑艺人唱这首歌乞讨的感受，发表在《南方周末》上。

11月16日与17日，我有两个晚上在这个餐厅里吃饭。两个晚上都有民歌民乐，飞机上没有的地面上有。一个男子用弹拨乐器伴奏，两个青春无瑕的姑娘唱歌。有时她们俩也拿起三角琴或者摇鼓。我完全没有语言学的根据，但是我坚定地认为，英语的girl最好译成“女孩”，俄语的“捷乌什卡”只能译成“姑娘”。这次旅行中，俄国译员把“捷乌什卡”说成“小姐”，我无法接受。

她们还在。民歌还在。她们唱了喀秋莎，唱了山楂树，唱了红莓花开和莫斯科郊外的傍晚。我不用书名号因为这就是她们唱的内容与心情，而不仅是歌曲题目。她们唱的却又有很大的不同，更接近民歌的原汁原味，节奏一样，旋律颇有区别，十分欢快活泼，接近说话——诉说——呼唤，似乎这些歌曲并没有固定的乐谱。这使我想起了延安，同年5月在延安旁的安塞县听到的革命歌曲，也都向原汁原味的陕北民歌——爱情“酸曲”上回归。

尤其是她们唱的《有谁知道他呢》，韵味悠长，纯情无限，天真无邪。一面唱一面轻轻摇着身体，像是微风中的花朵。有女怀春，吉士诱之：她们的歌声直出直入，无装饰无表演无技巧，自语自叹。却又俏皮谐谑，灵动随意。每句词都是以啊、呀、nia、lia、达、掐押韵，比中文词唱起来动人得多开放得多也热烈得多。这样的歌声是无法抵挡的，声声入耳入心，令人心荡神迷，难以自已，挥之不去。事隔数周，我至今一闭上眼耳边就有她们的“有谁知道他呢”响起。

中文中的“呢”字，很难唱出效果来。

我想起了1953年19岁时候的冬季，那是唯一的一季冬天，我每周到什刹海冰场滑冰。可惜每周只休息一天。那是我陷入初恋的一年。那是我开始写作的一年。那是我欢呼祖国的“大规模有计划的经济建设”的开始的一年。那是我每日每时都充盈着想像和感动的一年。所以我在作品中多次渲染与歌唱过19岁。我在什刹海冰场上听到原汁原味的苏联庇雅特尼斯基合唱团演唱的《有谁知道他呢》。我还知道这个合唱团是根据斯大林的意思建立的。

没有办法，在宇宙饭店的雪球树餐厅听到的演唱给了我19岁在滑冰场上的感觉。没有办法，苏联就是我的19岁，就是我的初恋，我的文学生涯的开端。我告诉崔建飞，上个世纪60年代我知道苏联已经“变修”，已经成为我们的“敌人”的时候，我感到的是撕裂灵魂的痛苦。这种痛苦甚至超过了处决我本人。本人处决了理想和梦还在，而苏联变修了呢？世界就是这样崩溃的。现在说起来未免无趣，老掉了牙，没有什么出息，不像男子汉哟！

而在她们唱起雪球树的时候，我更加感动得说不出话来。苏联不存在了，但是雪球树还在，《有谁知道他呢》还在，红莓花儿还在，俄罗斯姑娘的头饰与衣服花边还在，她们的天真与微笑还在，比“时代的荣誉、智慧和良心”（苏联共产党不断自诩的一个套话）更天长地久。

我赶紧布置要给她们小费。我毕竟是跟上了时代。艺术与小费不沾边，友谊、青春、爱情与梦里都不包含小费。然而，艺术的创造者传达者是人，艺人是在乎利益的，俄罗斯的唱歌的姑娘们是不拒绝小费的。只要理念不要利益的伟大实验未能成功，遗憾啊您哪。

给小费的行为中还包含了显示一下中国改革开放的大好形势的崇高动机。

顺便记一笔，斯大林虽然众说纷纭，虽然现在的俄罗斯人不见得愿意正面地谈说斯大林，但是斯大林喜欢的庇雅特尼斯基民歌合唱团还在。几个俄罗斯朋友向我说明了这一点。

三、给列宁鞠躬

到达莫斯科的第二天就去了红场。日程上写的是游览市容，而莫斯科的市容对于我这个年龄的中国人来说，离不开红场：克里姆林宫、红星、列宁墓——列宁斯大林墓——列宁墓，去过一次的人还会知道圣巴苏教堂、沙皇时期法国老板建的大百货公司。

上一次到莫斯科是1984年，正好20年前，弹指一挥，人间已不是20年前的人间。那次由于目的地是塔什干，没有怎么在莫斯科活动，当时想去克里姆林宫或者列宁墓也排不起队。我那年住在俄罗斯饭店，出门就是红场。两支队伍摆在眼前，要排队，必须有枯立5个小时以上的准备。

现在的列宁墓则每周只开放两天，参观人数不多。就这样此地还不断有人发出取消这一陵墓的言论。我们在小雪中排队，大家都很严肃，一次次反复进行安全检查，进入陵墓以后不得出声，不得交头接耳。50余年前，有幸去瞻仰过列宁遗体的人都对我讲墓前的红军卫士如何如铜像般一动也不动。现在倒是也没有这样严格了。

墓中的水晶棺光照通明，列宁的面孔与衣装新鲜明丽，我恭恭敬敬地给遗体鞠了躬。想不到我瞻仰列宁墓瞻仰得这样迟。

如果是当年……而现在俄罗斯不乏对列宁的不敬的乃至亵渎的说法。为什么会有这样的草率和随意呢？难道能够无视历史？难道历史就像打秋千一样地摇摆极端？

无言。无声胜有声。

我们也看到了红场检阅台背面的墓地，斯大林、勃列日涅夫、伏罗希洛夫、柯希金、斯维尔德洛夫等等。铜牌与字迹依旧。

我们进入了克里姆林宫，里边有一个现代化的办公会议楼，是依据赫鲁晓夫的命令修建的，为此拆除了大量古迹，真是得不偿失。许多次苏共的全国代表大会是在这里开的。另一个简朴的楼挂着俄罗斯的三色国旗，是现任总统普京的办公地点。更多的是看了里面的东正教堂，古色古香，蜡烛点燃，教堂特有的气味浓烈。苏维埃时期这些教堂只能算是博物馆，现在香火旺了起来。我乘机学到了一点有关东正教的知识，东正教的十字架，除大十字外，上端有一小横，说明耶稣的头部也曾被钉住，下端一个斜横，高的一端是一位圣徒宁死不屈、至死承认耶稣是主的儿子，从此端升入天堂。低的一端是一位被吓倒了改了口的软骨头，便从低端堕入了地狱。二分法的传统，“零和”的模式是古老的。

俄罗斯正在努力回到古老的俄罗斯去。克里姆林宫正在脱掉意识形态的外衣。虽然大红星仍然闪烁。说是那红星的配置是斯大林的意思，耗资无数，用了不知多少昂贵的红宝石，使之昼夜闪光，明耀寰宇。现在也有激进人士不断要求拆星移星，当局以成本太高而财政困难不干。

我们也去了大百货公司。与1984年不同，现在柜台上摆着的多是西欧进口名牌货，应有尽有，规模与购物环境极佳。然后克里姆林宫的钟楼上大钟响了，正午12时钟声“敲”出原苏联现俄罗斯的国歌的第一句的旋律：原词是“俄罗斯联合各自由盟员共和国，造成永远不可摧毁的联盟……”

在小风雪中我们到了苏联一本有影响的长篇小说中描写过的阿尔巴特街。一条漂亮得大大方方很有品味的旅游街，街中心有卖礼品的摊档，而不是贴着墙根儿。过去，这里住过一些苏联要人高干子弟。现在是富商居住的“高尚住宅区”和商业街。这里的俄式大餐实在味道好极。我们点牛肉，不是大块牛排而是罐焖；点鸡肉，上的也不是半只西装鸡而是基辅式的黄油鸡卷：把一片鸡肉卷成卷，内装洋葱、蘑菇、奶酪等馅子，外裹蛋汁淀粉，煎熟，使我想起当年莫斯科餐厅在北京开业时的盛况。不知是否俄罗斯由于地理位置的关系，口味介于东西之间，我辈华人易于接受俄餐。

歌德说过，理论是灰色的，而生活之树长绿。所有的理念都应该通向生活。附丽于生活，就没有，至少有可能减少破灭和虚空。

四、莫斯科

莫斯科毕竟是一个大地方，大都会，大国首都。

与20年前的造访时相比，莫斯科焕然一新，地面大大地扩大了。我们住的宇宙饭店，原来只是郊区的田野。虽然不乏高层楼厦，基本风格仍然是石块、砖木、水泥与钢筋结构，浮雕式的建筑，与纽约或者香港的玻璃钢梁摩天大厦风味不同。建筑并不林立，仍然是“我们祖国多么辽阔广大”，仍然是“能够自由呼吸”的足够空间。

妻一到莫斯科就说：莫斯科显得大气。我补充说，就像北京。人们常常批评北京已经失落了古城名城的韵味，很可能这个批评是正确的，而且我曾经设想，如果我们的申奥口号不是“新北京，新奥运”，而是“老北京，新奥运”该有多好。幸好，搞申奥翻译的人明了这一点，英语的译文就根本没有留下任何“新北京”的“新”字的痕迹。然而北京仍然是北京，不是南京，不是上海，不是广州也不是香港。巴黎高雅而伦敦矜持，罗马雍容而悉尼舒适，维也纳华美而柏林严整，阿姆斯特丹自在而纽约高耸。北京和莫斯科一样，大气，而莫斯科却显得比北京天真。

比如那种我们在北京展览馆、上海展览馆身上已经领略了造型的所谓斯大林式建筑，在莫斯科一共7个。底盘大，楼层越是往上越是减少面积，像摆放好了的积木。正中的塔楼好像竖着一根旗杆，顶着一颗红星。我在布达佩斯等东欧城市也看到过苏联援建的这种类型的建筑。

据说斯大林原来下令修建40处这样的大楼，作为“二战”胜利的纪念与“二战”期间莫斯科建筑受到的破坏的补偿。然而，人算不如天算，只修建了7处，斯大林逝世，于是此种楼不再。现在的7处中重要的有莫斯科大学和俄罗斯外交部，仍是莫斯科的庞然大物。靠近红场最近的一处这样的大楼现在只是普通的居民楼。

莫斯科河给莫斯科带来了好风水。到处看得见莫斯科河。来到麻雀山，在莫斯科大学正前方，一道平直的栏杆，下面就是莫斯科河，远处——其实不然，不远，就是红场，克里姆林。麻雀山曾名列宁山，一首苏联歌曲《列宁山》是我们年轻时候最喜爱的歌曲。我甚至不想说“之一”。“穿过朝霞太阳照在列宁山，峻峭的山岭多么神往……当我们回忆少年的时光，当年的歌声又在荡漾……世界的希望，俄罗斯的心脏，我们的首都，啊，我的莫斯科！”

峻峭山岭云云恐是译者杜撰，因为列宁山名为山，实际只是一个大高地，整个高地归莫斯科大学所有，开阔平坦。歌词里还有一句“工厂的烟囱高高插入云霄”，与现代环保观念不甚吻合，回忆起来有点滑稽。事实确是如此，从麻雀山看下去烟囱不少。其实当年我们开始搞五年计划的时候，我们的梦想也是到处架起烟囱，各种黑烟黄烟白烟红烟齐冒。

我在20年前《访苏心潮》中写过莫斯科大学给我以傻气的印象，奇怪的是，这一次，在俄国人不乏对于斯大林式建筑的嘲笑抨击的时候，我反而觉得“莫大”这种大楼也挺气魄。是不是我的审美也受国家关系的影响呢？是不是因了苏联的变成“前”我反而遗老起来了呢？ 反正你不把它当成美梦看也不把它当成敌人看，你反而与之容易交往与沟通。这一回我两次造访莫大，一次在白天，一次在雪夜。白天有许多游人，包括冻得发抖的穿着婚纱拍结婚照的少男少女。苏维埃时期则是结婚者必在这里照相。雪夜中的莫斯科大学，灯火璀璨，光明令人仰视。雪花轻落，别来无恙，好像什么事情也没有发生过。历史怒吼长啸，铁血生死，狂舞疾转，然后山河依然，城市依然，大学依然，生活依旧。现在有几百名中国留学生在此就学。

然而这么伟大的苏联，伟大的俄国，伟大的莫斯科，怎么连一条一截高速公路都没有呢？尤其是雪后，莫斯科的堵车甚至超过了我所体验过的以交通堵塞闻名于世的墨西哥城。雪后，我在莫斯科每天用在路上的时间五六个小时，而参加活动的时间只有路上时间的一半。说是没有钱，说是莫斯科人不能想像过路收费，所以也就无法进行良性循环，也就没有人投资修路了。

我想起二十多年前与一位匈牙利外交官的谈话，他说，中国匈牙利现在经济改革还来得及，因为革命前的商人企业家还都活着，而苏联十月革命已经60余年，懂商品经济的人已经死光了，再想搞什么商品经济，只怕后继无人了呢。当时我还以为他是说笑话。

俄国朋友说我们是幸运的，抵达莫斯科的时候是深秋，桦树上的叶子还没有落尽，柳条还是绿的，十月阳春，信然。几天后大雪飘飞，寒风怒吼，冬天来了。

五、莫斯科与北京

不，莫斯科与北京还是不同。莫斯科没有那么多铺面、摊贩、商店。看来，莫斯科的改革虽然激进，却没有像北京那样深入到社会每一个角落。是不是这样反而多了些“人文精神”，少了些铜臭呢？至少表面看是如此。中国的不少人文知识分子大概喜欢这样。

何况莫斯科比北京有更多的空地，更多的即使白雪覆盖下仍然保持碧绿的草坪，尤其是丛丛树林，树远比人多得多。而莫斯科的四周，干脆被森林所包围。伟大的俄罗斯呀，得天独厚的俄罗斯呀，这里有更多的被有心人们苦苦守护了半天仍然守不住的大自然。

但不论是入境、住店……办手续都相当慢，住酒店还动辄扣住你的护照，过数小时至一两天才还给你。这些事上，前苏联并没有怎么“前”，前起来也并非易事。有人说，中国规定，边防办入境手续正常情况下不得超过40秒钟，而俄国规定不得少于4分钟。反正我觉得他们的认真管理精神大大超过了方便服务精神。

莫斯科有北京想像不到的高质量街头雕塑。普希金、柴可夫斯基、托尔斯泰、高尔基、罗蒙诺索夫，包括马克思。我们在街旁的树林中看到一位老人家的慈祥的塑像，我们问这是谁，答：马克思。多么惭愧，竟然认不出马克思来了，在莫斯科。用文化人物名字命名了许多大街与广场，你觉得这确是一个重视文化尊崇艺术的国家。苏维埃时期被贬斥过的陀思妥耶夫斯基的坐式雕像也于近年落成。我想起了《白夜》《白痴》《卡玛拉佐夫兄弟》《被污辱与被损害的》，想起陀氏的癫痫病，想起他的陪绑绞刑，想起他的酷爱轮盘赌，想起他的落笔万言泥沙俱下拷问灵魂扭住脖颈的文风，悲悯无限的陀氏终于坐到了莫斯科的街头，这使我感从中来，不胜唏嘘。

我忽然怪想，俄罗斯的文学太沉重太悲哀太激情也太伟大太发达了，这是不是造就她的独一无二的历史的因素之一呢？

彼得大帝的雕像就矗立在从莫大回红场的路上，底座是一艘巨大的帆船，身高两米多的彼得一世手持双筒望远镜向远处（应该是向西方吧）眺望，气魄宏伟异常。而一想到北京近年来勉勉强强弄起的城市雕塑，实在牛不起来。

说是人们不一定愿意多提前苏联的话题。说是苏联70年，农业产量始终没有达到过沙皇时期的最高水平。而现在俄国人的收入也低于前苏联的水准…… 上苍保佑吧。然而，莫斯科人穿戴打扮仍然美好，莫斯科的姑娘的美丽度远远超过其他访问过的数十个国家和数百个城市，莫斯科的餐馆仍然颇有情调品味。

你到莫斯科大剧院看戏，你觉得这里的人的文化素质很高。我们看到的是一个新版的《天鹅湖》，白天鹅最后没有得救，而是死在了魔鬼手里。当黑天鹅搅得王子迷失本性的时候，背景上出现了一个小景框，小框里是白天鹅的悲戚与挣扎，音乐也变得急促不安，惊慌乃至于恐怖，令人神移。去掉了大团圆的结局，留下了沉重的困惑与遗憾，留下了沉重的悲剧感。

剧场的秩序与氛围极佳，比北京的剧场文化强。

苏联说没有就没有了，苏共说解散就解散了，卢布说贬值就土崩瓦解，一塌糊涂，而莫斯科居然基本平静有序，至少不像南斯拉夫也不像乌克兰。再想想如果这样的事发生在中国将会是怎样的乱局……这在使你叹息的同时却也使你赞叹。

六、动荡年代的爱情

为了发行新版的拙作中短篇小说集俄文版，我们在“找到你自己”书店举行与读者见面会。

这个集子由托洛普采夫翻译编辑，他的眼光比较艺术。他选的是《夜的眼》《杂色》《木箱深处的紫绸花服》《深的湖》《失去又找到了的月光园的故事》《焰火》《他来》等。（俄女学者兼我们的导游阿克桑娜博士表达了对于“紫绸花服”的理解与欣赏。而在我们后来访问阿拉木图的时候，哈萨克斯坦国家图书馆馆长穆拉特先生引用“月光园”的故事评述世界与两国关系的失而复得，这都应该感谢这个译本。）

书店的楼下是礼品店，其中也有不少中国礼品，包括佛像、吉祥物、灯笼、刺绣等，快到圣诞节了，各种商品密密麻麻，碰头撞脸挡胳臂绊腿，使我想起儿时旧北京街上开的文具店。

三十多个读者等候因为塞车而迟到一个多小时的我们，气氛比我想像的热烈。我的印象是他们对于中国的事情都很有兴趣，但又都不甚了解，特别是近年来的发展，他们想像不出来。

有一个中年男子提出与我共唱苏联歌曲。我们一起唱了一些比较流行的，诸如《喀秋莎》与《莫斯科郊外的晚上》，后来我唱起《五一检阅歌》："柔和晨光/在照耀着/克里姆林古城墙/无边无际苏维埃联邦/正在黎明中苏醒……"他和了几句后拍着脑袋表示已记不起歌词。我又唱了地下时候学会的第二首苏联歌"我们的将军就是伏罗希洛夫/从前的工人今天做委员……"（第一首是喀秋莎，当然）和另一首歌颂苏联名将肖尔斯的歌："队伍沿着河岸……在那红旗下面/躺着一位游击队长……"他唱不出来了。

正式会见开始前一位年长的、身材仍然不错的女士来找我，向我介绍，她是一位诗人，我国苏联文学翻译家与研究家老G的当年的恋人。G只是代号，不是高或者甘。我与老G是友人。女士把一本影集给我看，老G当年在莫斯科留学时候与她同班同学，那时他竟是这样潇洒英俊。内中有不少他们二人的合影，可以想像二人的感情的火热。影集中也包括了老G后来的照片，有他后来在国内结婚后的全家福。最后一张是老G前几年不幸猝逝后的灵堂，黑幔上写着老G的名字，悬挂着的是女诗人的青年时代的恋人的遗像，叫做天人相隔。

我惊讶震动，不仅在于她与老G的早年恋情，而在于老G从来没有，国内也从没有任何人告诉过我这段故事。而当年的苏联姑娘，却坦白自然得很，这也是文化的差异吗？

更令人震撼的是时间，时间比你想像得有力得多、无情得多，时间主宰着我们，像暴君。一位研究者曾经评论我的作品常常以空间的转移来写时间。是的，到日本使我想起童年，我的童年是在日军占领下的北京度过的。到新疆使我想起中年与壮年。而俄罗斯呢，一到俄罗斯青年时代的记忆就纷至沓来，浑若不胜。

朋友告诉我，老G与这位俄罗斯女诗人的爱情是不可能实现的，双方政府都有禁令，后来，两国关系又敌对成了那个样子。所以，虽然80年代初期老G曾经供职于我驻莫斯科大使馆，也不可能与之见面，直到1991年，两国关系正常化以后，老G费了老大的劲终于找到了女诗人。

还说什么呢？恩怨情仇，藕断丝连。又是近邻，又是第三国际，又是共同的理念，牢不可破、万古长青……本是同根生，这是历史？这是命运？这是天意？你永远不可能非常理智非常冷静非常旁观地谈这个"外国"，看这个国家。你为她付出了太多的爱与不爱，希望与失望，梦迷与梦醒，欢乐、悲哀与恐惧……这占据了我们这一代人还有上一代人特别是革命的老知识分子的一生。而后，错错错，莫莫莫；长已已，永恻恻。你老了，去了，她也老了。

七、波罗的海的夕阳

这次还去了圣彼得堡。这是这个城市的古老名称，源于耶稣的12个圣徒之一的圣彼得。后来改成彼得格勒，是为了纪念彼得一世即力行新政的彼得大帝。十月革命后定名为列宁格勒，当然是为了永忆列宁。现在又改了回去。城市的名字改了，但是城市所处的州的名称没有改，仍是列宁格勒州。而莫斯科的通往圣彼得堡的火车站也仍然名为列宁格勒火车站。想洗净一段重要的，震动了世界也改变了世界，震动了本国也改变了本国的历史谈何容易？价值选择的变易不能代替历史的书写，而书写历史不等于历史本身。当我与该城的汉学家们座谈时，一位女学者问我："你们是不是觉得我们改革得太慢了？"我说："没有啊，你们连城市的名字都改了呀……"有同行者以为我语带嘲讽，实无此意！我怎么会觉得他们慢呢？

我不想再写这里的涅瓦河、冬宫、阿弗洛尔巡洋舰、购自埃及的狮身人面像。也不再写这里的大街了，有一首民歌叫做《沿着彼得大街》，抒发一个喝醉了酒的马车夫赶车的情景，歌曲里有车夫吆喝马的叫声。是我记错了吗？当我问导游哪里是彼得大街时，导游表示不知道。

上个世纪50年代我曾经在与列宁格勒红霞工厂结成姊妹关系的北京有线电厂做共青团的工作，我在彼得堡，竟忘记了问这家工厂的情况了。一位中国人告诉我，即使还有，也早已面目全非喽。

感谢导游带我们去"木木餐厅"用饭，餐厅门口有屠格涅夫的小说中的狗"木木"的雕像，饭后老板送给我第一版"木木"的复制本。后来我们又到柴可夫斯基与科学院餐馆用餐。就冲这些餐馆名称也令人钦佩。彼得堡全城就是博物馆，普希金、柴可夫斯基、屠格涅夫的坟墓都在这里。

11月21日我们碰到了风雪，可能没有普希金小说里描写的“暴风雪”那样激烈，但已经可观。风是白色的，雪是散漫无形的，风成了雪的力量，雪成了风的形体。街道与巨石建筑也在瞬间出现了白色，剩下的河流显得格外黝黑。我在风雪中踉踉跄跄地奔向也是普希金描写过的“青铜骑士”——彼得大帝铜像前留影纪念。那里有交通警察，近处不得停车。咯哒一声，摄影完毕，胶片也没有了。

由于当天夜间还要乘车返莫斯科，我们回旅馆休息。天昏地暗，疲劳的我们迅即躺下，合上眼睛。突然，一片火光使我惊醒，满室通红。睁开眼，得知红光来自窗户。走到窗前，拉开窗帘，才知道天空忽然局部放晴，看整个天幕，远看仍是乌云。看海洋，似乎也阴沉得很。只有海平线上，留出了窄窄的却是明亮的长长的光带，红色，金色，橙色，玫瑰色，紫色，蓝色，褐色……光芒四射，仪态万方，霞光千里，为宇宙扎上彩带。夕阳就停泊在波罗的海海面上，夕阳傲视着我们，满目风光，满身骄傲。

我与妻都惊呆了。我们被一种狂喜的心情攫住。这像是沉郁中一次欢乐的爆炸，像是神圣的显示，像是波罗的海与圣彼得堡再次举行了开光典礼，像盘古开天的巨斧劈出了六合的辉煌，像是寂默之中突然铙钹齐鸣，响起了贝多芬第九交响乐的大合唱——《光明颂》。谁都知道彼得堡的阴沉的寒冷的冬天，知道彼得堡一年只有60个好天，却不知道暴风雪后突然展示的波罗的海夕阳的美轮美奂。

我们住在波罗的海宫，隔窗望去就是波罗的海，芬兰湾。而过去，芬兰湾的风光只在列宾的油画里见过。现在看出去，已经没有当年的野生水生植物，却多了一个灯光昼夜眨眼的海滨夜总会。远处也有灯火，我开始以为是芬兰，后来导游告诉我那边是喀琅施塔得岛。这个岛的名称我也不陌生，因为苏联七彩电影（那时叫七彩以示比五彩更多彩）《难忘的一九一九》中有这个岛的水兵叛变的故事，有一个镜头是斯大林乘着摩托快艇破浪前行，前来解决水兵叛变问题，像圣者下凡一样，一时全电影院的观众欢声雷动。

很快，夕阳落入波罗的海，天立刻黑下来，阴云重新弥漫，风雪再次接续。

我相信2004年彼得堡的寒冬自今夜开始。

谢谢你，波罗的海的夕阳，我相信你是特意冲破乌云，一显灵验，一展风采，向我们说一声“你好”的。波罗的海的夕阳是太阳、海、芬兰湾和城市的精魂，是两个彼得和一个列宁的精魂，是俄罗斯、苏联和俄罗斯的精魂，是卫国战争中进行了艰苦卓绝的战斗，英勇牺牲了的百万列宁格勒人的精魂！法西斯硬是拿不下这个光明的城市，历史早已证明了。

八、俄罗斯永在

这次去俄罗斯是应俄罗斯总统驻西伯利亚联邦区全权代表、俄中友好、和平与发展委员会俄方主席德列切夫斯基先生的邀请进行友好访问而进行的。而首先倡议这一安排的是俄罗斯科学院远东研究所，他们要利用此行我在莫斯科之际举行授予我荣誉博士学位的仪式。

仪式上，依例所长季塔连柯院士有两个提问：一个是：“您是否准备继续致力于我们的人民之间的和平与友好？”一个是“……致力于科学的发展繁荣？”我都回答了“是的”，然后将博士证书交到我手里。

这让我想起了基督教的婚姻仪式与法庭上作证前的宣誓；还有来自苏联，而中国的规矩一样的少先队的誓言：“时刻准备着”。人们是需要许诺的，中国古人称之为“然诺”，李白的“古风”里盛赞鲁仲连的一诺千金的精神。我也应当记住这两项肯定的答复。

仪式后是我的讲演与学者们的发言。其中索罗金先生主要讲了我的《季节》系列，华克生讲了《活动变人形》，而托洛普采夫讲了我对中国当代文学的影响。他们甚至谈到了近两年堪称畅销的《我的人生哲学》与《青狐》。他们还是真的了解情况啊。我想起1989年春陪当时的外交部长钱其琛同志宴请其时的苏联外长谢瓦尔泽纳德时的一件事，“谢”外长提到了我的《活动变人形》在莫斯科“虹”出版社出版的事，此书的俄语版一次印了10万册，一抢而光，而人民文学出版社的中文版平装第一次印刷2900册，加精装不过30000余册。我向客人介绍了这一情况，并且说我正在考虑今后是不是主要应为俄罗斯读者写作。于是引起了大笑。

前些时候读报看到，“谢”先生由于格鲁吉亚的“天鹅绒革命”已经被迫提前退休。也是命吧。我想起了契诃夫的《万尼亚舅舅》最后的台词，由青年艺术剧院的演员路曦扮演的索尼娅，抚摸着由金山扮演的、狂暴之后陷于极度颓丧的万尼亚舅舅的头，她说：“我们会有休息的，我们会有休息的，休息啊……”

话剧由苏联专家列斯里导演。

然后是午宴。在主人们轮流进行的热情洋溢几乎是溢美有加的祝酒词后面，我致了答词。我说：“苏联，俄罗斯，莫斯科是我青年时代的梦。现在，苏联没有了，我的梦想已经比青年时期发展成熟了很多，但是，俄罗斯还在，莫斯科还在，中俄人民的友谊还在，而且一切会更加繁荣和美丽。”

我相信我的话打动了俄罗斯朋友，这从他们的目光的突然闪亮中完全可以看出来。中国的熟语叫做为之动容，我知道什么叫为之动容了。

2004·俄罗斯八日补遗

一、索科洛夫部长

写完2004的俄国之行，似乎意犹未尽。我首先想到了与俄罗斯文化部长索科洛夫先生的会见。索科洛夫是一个音乐家，曾任柴可夫斯基音乐学院的院长，潇洒英俊，文质彬彬。我们谈到了在全球化趋势迅猛发展的今天，保持世界文化的多元与民族文化的性格的必要性，中俄文化交流对于世界文化发展格局的健康化的重大意义。谈到俄罗斯音乐对于中国的影响，我提到了强力集团，莫索乐斯基、鲍罗金、李姆斯基·柯萨考夫直到苏联时期的萧斯塔科维奇、哈恰图良、杜纳耶夫斯基、索罗维约夫·谢多依。不待翻译，他们已经听懂了我的汉语发音的俄罗斯音乐家的一系列名字，并且发出啧啧赞叹的声音。我后悔的是忘记了讲格林卡，其实格林卡的《卢斯兰与柳得米拉》《伊凡·苏萨宁》都是我熟悉的，而格林卡的歌曲《北方的星》更是我所爱唱的。

当我谈到中国的和平发展与我个人近年提倡的进行文化大国建设的想法时，索科洛夫部长说："我们并没有感觉到中国的军事力量对我们有什么威胁，现在中国威胁我们的主要是在体育领域……"一时宾主哈哈大笑，我不能不佩服部长先生的幽默风趣，寓友好的乃至带有赞赏性的话语于玩笑——谑而不虐之中。而且，他说的恐怕是事实：奥运会上中国新增的金牌，好多是原来苏联的拿手项目。

二、火车旅行与其他

我们往返莫斯科与彼得堡，都是坐的夜间行驶的火车。软卧车厢是两个人的包间，还是比较舒服的。我们就没话找话地“研究”起来，如果恰恰是一男一女会不会感到尴尬。我记得20世纪40年代被日丹诺夫痛批了一通的电影《列车东去》中似乎就有同坐火车发生爱情的情节。中国的软包设计则是四人一“房”，除了节约资源以外，不知是否有避免尴尬的动机。回程时恰恰是崔建飞先生与一位女士搭伴，于是大家大笑。后来到了莫斯科，陪同兼导游阿克桑娜博士说起她一次陪台湾一些客人坐火车旅行，台湾一对伉俪宁愿意分开入“卧”，太太愿与阿博士一道，先生则自告奋勇去与一位车票号应与阿博士相处的男士为伴。阿博士对中华绅士的保护非常感激，同时告诉我们，他们早就习惯了这种乘火车法，没有任何其他感觉。阿博士与精通华语的彼得堡的导游玛丽娅娜还讲到一些她陪华人旅行的经验。东北人喜欢找CASINO（赌博），新加坡人喜欢找咖啡馆，台湾同胞到了什么地方很注意先寻找卫生间——也许是他们饮茶太多的缘故吧。是我敏感吗？从她们的介绍中听出了一点微词，有些华人游客不怎么有耐心参观文化遗迹。

玛丽娅娜学了一些中国的——我以为是糟粕——俚语时尚语，如把撒尿说成“唱歌”，把“找小姐”说得带有某种不良意味之类，使我为同胞游客的教养与水平而歉然。

三、姑妄听之

科学院远东所长季塔连柯院士原在苏共中央机关供职，他的学术与社会地位都很高。他对于中俄边界的完全划定十分兴奋，而且他含蓄地表示，俄政府是事先咨询了他的研究所的意见的。可以估摸，季院士对于边界事宜的圆满结果是做出了自己的贡献的。他还多次提到中国的投资者到俄国来的太少了这样一个——用他的话来说——与两国友好关系不相称的问题。

他对于当年的中苏关系有一个说法，是我闻所未闻的。他说毛主席从中国的国家与人民利益出发，早就想与美国建立一点关系，这在延安时期已经有所尝试。但美方未有正面的回应。后来被迫，只能讲一边倒了。但一边倒后，毛主席等对苏联又实不满意。建国后中国的党内斗争有一个不好讲的背景，就是要战胜那些真正一边倒的亲苏分子……即使如此，有三个非常显赫的政治家（其中一个是非中共人士）从来没有讲过苏联不好，苏联方面对此看得是很清楚的。

我听着他的对于我来说相当别致的此种说法，想起了改革开放以后，中苏关系略略缓和时原先的苏联援华组长阿尔希波夫访华的一个场面，中国一位领导人与他见面，两人热烈拥抱，老泪纵横。电视台播出了这一镜头。就算院士讲的我们认为是无稽之谈也罢，中苏关系……如李清照的词：点点滴滴。这次第，怎一个愁字（或别的什么字）了得！

我想，中国党内的知识分子成分恐怕受苏联影响比较深，农民成分则更多地是由于打土豪、分田地的现实考虑投入革命，他们考虑问题当然更实际得多。而改变了一边倒的政策，这毕竟是毛主席的一个贡献。

季院士还给我讲到斯大林喜欢音乐，喜欢古典文学，每天自己弹着钢琴唱歌，这也是我未曾与闻的。

澳门不陌生

1998年的最后一个月，我和妻子呆在路环岛的旅馆里，面对着无垠的大海和灿烂的阳光，享受澳门的宽广和美丽，也许还有一种迷茫：这是什么地方？我并不常常在这里造访。澳门是个小地方，谈起她的平方公里，你会心疼她，甚至想把玲珑的她放在口袋里，你生怕她被一阵大风暴刮得无影无踪。澳门又是个大地方，因为她与巨大的祖国相连，又与一望无际的南中国海以及太平洋相连。不论是在澳门半岛还是走上凼仔岛和路环岛，你不会觉得任何的局促。

旅馆的滨海路上有一个高尔夫球练习场，有几个人在那里不慌不忙地打着球。海滨道路上花卉盛开。这里没有冬天。这里一切安详。

顺着路环的山路向上走，步行个把小时就会看到高高耸立的妈祖石雕。汉白玉的雕像雍容平和，她保佑着一方的海晏河清，风平浪静。东南沿海省份与地区的民间信仰和传统文化，澳门的设计，内地的材料与工艺，澳门当局的“临别赠礼”，几种不同的思路至少在妈祖海神娘娘这里汇合在一起了，找到了契合点了。说来说去，人心是思定啊，就让妈祖保佑澳门人以及我们所有的中国人风平浪静地生活一段时间吧，近百年来，近150年来，我们生活中的狂风暴雨是太多了。

最有趣的还是妈祖石雕的开光典礼，不但新华社的社长来了，澳葡当局的总督来了，各界头面人物来了，基督教的大主教与佛教的大法师也都来了。他们各以自己的方式庆贺妈祖雕像的开光，这对表现澳门文化的多元性是一个很好的场合。也许澳门的魅力正在于这种不同文化景观的和谐共存吧。还在1997年3月，我第一次访问澳门的时候，我就为之惊叹。在最早的妈祖庙——澳门的名称的由来就在于这座庙——近旁，是澳门最早的教堂的遗址：大三巴牌坊。大三巴牌坊这个名称，不可能使你想到它是一个洋教堂。教堂在火灾中烧毁了，只剩下了正面的一片“门脸”，矗立在那里，恰如一扇牌坊。而大三巴云云，原来是圣保罗（一译圣保禄）的别一种具有澳门民间特色的音译。

凼仔的一座教堂也特别引起我的兴趣。澳门基金会的朋友们一再向我介绍，澳门的居民的婚礼，经常会在这里举行，上午，他们按西俗在这个教堂前由神甫主持婚礼。下午，他们再按本地的华人风俗大宴宾客，拜天地，进洞房。

在澳门工作过的朋友都乐于向人们称道澳门的文化传统。澳门，本来并不是中华文化荟萃的重要地点，它毋宁说是比较边缘乃至比较并不先进的一个地方，它保留下来的文化遗址，也主要是一些民俗文化。然而，在中国近一百余年的动荡之中，它又是相对稳定的一个避风港，该延续下来的东西，它都延续下来了，这里很少进行中、西，新、旧，左、右……文化之间的殊死搏斗，这里的各种文化是各得其所，各安其位，杂糅共处，源远流长。这实在是有趣，也给人以重大的启发，你会从而想到，文化是不能垄断，不能以命令以行政权力使之成型，不能人为地消灭也不能人为地揠苗助长的。而各种不同的文化形态之间除了有互相争斗互相排斥的现象以外，也可以是互相交流影响而又和谐共存的。澳门这个小地方，它的文化景观，不是相当可爱和令人愉快的吗？

而澳门的居民呢？他们是那样的纯朴、实在，那样热爱着自己的祖国。街道上不乏欧式建筑，少数餐馆里也卖着我以为是相当中国化了的葡萄牙餐，但是这里我极少碰到那种自以为已欧化成高等华人的傲气和意识形态的成见。我不知道澳门人对意识形态知道多少，但是他们至少从文化上从民族归属上完全认同自己的国家。我完全相信他们正在信心百倍地迎接着回归。人们开玩笑说，读《澳门日报》如读澳门的《人民日报》。当你接触到澳门的文化人的时候，你更忘记了你已经远离内地。你虽然是第一次第二次到澳门，你觉得到了澳门就是到了家，你觉得澳门从不陌生。

伊朗印象

印象之一：比历史还要古老

在伊朗旅行，你会看到她的许多旅游点的说明书上、旅游商品的包装袋上写着一句话："比历史还要古老（More ancient than history）"。这句话实在是太美了。

没有做太认真的研究，我已经感觉到了这句话的美丽和分量。波斯、大月氏、安息、大食，就这些名称已经令人陶醉，令人发思古之幽情了。

尤其是波斯。在"文革"中，在新疆，我读到了波斯诗人欧玛尔·海亚姆的《鲁拜集》。我读的是乌兹别克语的手抄本，而新疆那边，对"鲁拜"这种类似"七绝"的形式，一般是译作"柔巴衣"的。

精神生活荒漠化的时刻，得以背诵赏玩一千年以前的波斯律诗，这是缘分，这是神交，这是上苍的安排。我曾经将其中一首"空闲的时候要多读快乐的书 / 不要让忧郁的青草任意生长 / 痛饮一杯吧还是要去饮酒 / 哪怕死亡的阴影已经临近"改译作中国古典的五绝，"无事需寻欢，有生莫断肠，遣怀书共酒，何问寿与殇"。我也到处背诵另外两首"我们是世界的希望和果实"与"在蓝宝石一样的天穹之下"。

我是这样翻译前一首诗的：

我们是世界的希望和果实，
我们是智慧的眼珠的黑眸子
如果把偌大的宇宙比喻成一个指环，
无疑我们就是镶在上面的颗颗宝石。

在上个世纪80年代我写的中篇小说《鹰谷》里，我曾经写到这一首诗：

……我读过郭沫若翻译的《鲁拜集》，郭老把“柔巴依”译作“鲁拜”，把欧玛尔·海亚姆译作莪默·迦谟。我还一知半解地翻阅过那位波斯中世纪诗人赖以扬名的诗作的英译本。英译本是住在旧金山的一位美国朋友送给我的。郭译显然是根据英译本进行的，但奇怪的是，我接触过并部分地抄录过的乌兹别克文译本与英译本根本无法相参照，二者有某些相似的情绪、意象和比喻，却找不到一句相通。特别是图尔迪给我念的那首少年意气、才如江河贯地的诗篇，在前两个译本中根本没有影迹。

一九八〇年，我曾经在国外的一个作家们联欢聚会的场合用乌兹别克语朗诵了那首诗：……我们是智慧之眼的黑眸子/若把偌大的宇宙视如指环……

一个土耳其诗人狂喜地告诉我，他全部听懂了。

而不论在世界的哪一个角落，地球上的哪一条纬线与经线的交叉点，祖国的哪一块光明而又奇妙的地面，我还是常常觉得若有所恋，若有所失，若有所忆，若有所思……

早在两年前我已经获得了伊朗伊斯兰共和国文化部长的邀请，要我去参加该国的图书节，由于一些我方的原因，未能成行。终于，在2006年12月7日，我到达了德黑兰。德黑兰这个名字也是沉甸甸的，我想起了“二战”中的德黑兰会议，我想起围绕着这个地名有过和正在有多少风云变幻。

而且有些朋友，至今称赞我访问伊朗的"勇敢"，这个关于"勇敢"的说法里，其实透露了对于伊朗的不了解，乃至于偏见，透露了某些西方媒体的宣传的力量。

事实并非如此。

设拉子的名称在中国古代史上已经赫然在目。它的波斯波利斯的石柱、石门、人像与狮像仍然庄严、刚劲、挺拔。好像是古迹在向时间抗议，古迹在拒绝时间带来的毁灭。时间毁坏了多少繁荣？繁荣仍然无言地、决绝地、悲怆地挺立在荒漠之中。2500年前，彼时此地的人信仰的是拜火教。它的风格令人想起古埃及的卢克索——卡纳克神殿，不知道它们之间有什么关系。环境的荒漠透露着历史的严酷与沧桑，地域的广大与满目的阳光似乎不甘心于寂寞与无望的等待。一个古国是有自己的深度的，深度的悲哀与雄心，深度的历练与郁闷，深度的向往与沉着。以深刻的沉默抵抗着历史之河的冲刷。在波斯波利斯遗址中穿行，我们有一种古国神游的郑重感与满足感，也有一种面对着逝者如斯夫，不舍昼夜的时间的苍茫感与无奈感。

这就是比历史还要古老的浩茫心事啊。

设拉子还有萨迪与哈菲兹墓，两个都是诗人。这是一个诗的国家，诗、诗人都显得那样尊贵与神奇。他们的坟墓更像一个四柱与一个八柱亭子。在哈菲兹墓，人们有一个风习，要在坟墓正中拿起一本哈的诗集，闭目祈祷，然后郑重地任意翻开一页，可以从这一面得到你的人生预言与启示。

我的那一页是："你的最好的努力，并没有得到相应的报答，然而，最终，你是有善报的。"

芳的那一页是："你的慈爱洒向人间，被人众所接受和感谢。"

芳听到了这句话的中文翻译，激动得几乎流出了眼泪。

据说，有一位我国首长在那里翻诗集，诗集的那一页显示的是"你得到的时候也有失去，你失去的时候也有得到"。但是事先被告诫，不能照译，于是译成健康长寿成功胜利之类，我想通过这个小文谨向他报告上述这个实话，其实这句实话也是相当贴切，完全吉祥的。你知我知使馆知译员知，哈菲兹也应该有知的吧。

印象之二：永远的哈菲兹

在伊朗，永恒的话题，永远的想念，永久的美丽是哈菲兹。哈菲兹的诗里最常常出现的是美酒、夜莺、美女、玫瑰和花园。

假如那设拉子美女，
有朝一日能对我动情，
为了那颗美丽的印度痣，
我不惜把撒玛尔汗与布哈拉奉送。

撒玛尔汗与布哈拉都在乌兹别克斯坦。1984年我去过撒玛尔汗，这两个城市都有以它们的名字为题的长篇小说，我在新疆时，也都从维吾尔语与乌兹别克语中读过，其中的《撒玛尔汗》是以斯拉夫字母拼写的乌语新文字版。这是穆斯林们极向往的两座名城。以两座名城交换美人的一颗印度痣，哈菲兹的诗句是多么自由、多么浪漫、他的感情又是多么强烈、多么惊人！

我就像一条鱼，
掉进沧茫大海，
只期待我的情人，
把我钓上岸来。

妙语天成，清水出芙蓉。怎么波斯的诗人个个都有李白的潇洒？郭沫若说过，海亚姆就像李白。

我的心是一只圣洁的小鸟，
……身居樊笼已经使她厌倦，
……她就在这万里碧空，
找到自己发身的地方，
……她将把吉祥的影子，

投到所有世人的身上。

开阔而又自由，与李白的“我寄愁心与明月，随军直到夜郎西”和“俱怀逸兴思壮飞，欲上青天览明月”，各有风格，各有妙处。

伊朗人其实是偏重潇洒和浪漫的。请看他们的书法。他们用的波斯文采用阿拉伯语字母，阿拉伯也是注重书法的，我在摩洛哥观看过阿拉伯人的书法，他们的书法偏于图案的齐整、威严、神秘，一种几何美。而伊朗的书法更多的是飘逸、灵动、洒脱、大胆、奇异。有时长长的一“撇”甚至让我想起中国的草书。

与想像的不同，现今的伊朗老百姓显得轻松而且随和，外向而且热情。在哈菲兹墓边，有一老一小像是母女的两个妇人，都戴着黑色的头巾，主动与我们攀谈，问我们来自何方，并且与芳合影留念，对于照相，她们也有兴奋愉快的表现。

另外有一组三个小伙子，像是大学生，与我聊起来，对于我们来自中国表示极有兴趣，也与我合了影。

现在回过头来说一下伊朗女子的头巾，出发以前就听到，说是一进伊朗，女性都得戴头巾。而过去在某些条件下看到反映伊朗生活的影片，看到女性的黑头巾，也有点严肃感与封闭感。这次亲临其境，发现，戴不戴头巾，戴什么颜色的头巾，还是一样的人，该亲切照旧亲切，该热情照样热情。还有大量的年轻一点的妇女，她们的头巾彩色缤纷，戴法也很俏丽，很个性化，至少给我这个外来客的印象点缀装扮多于压抑和管束。当然头巾也显示一种郑重，是对性爆炸、纵欲狂的一种抵制。伊朗前总统哈塔米与我会见时特别向芳提到，如果戴头巾的习俗使你感到不便，请多多谅解。他还幽默地说：“为了不使你感到不高兴，你看我也戴着头巾。”我回答说：“她戴上头巾更漂亮了。”他说：“啊，你们回忆起了你们的青年时代！”

在全球化的浪潮中，应该理解一个暂时处于非强势地位的群体，对于保持自己的某些特色的关切。这种关切有时会超出某个具体问题的是非行失。客随主便，这也是尊重，这也是文明。毕竟伊朗（不仅伊朗）有这么一个妇女戴头巾的习俗，使我们得到了一个表达我们的尊重与为客之道的机会。其实我国新疆的穆斯林也很在意头上戴些东西，南疆男女都是戴花帽，北方则是女戴头巾、男戴各色帽子包括礼帽与压舌帽。回族则喜欢戴白色小帽。这也好比听西洋音乐，听歌剧、看芭蕾舞时可以中间鼓掌，听交响乐时却必须等到几个乐章全部奏完时再鼓掌，有什么特别的道理吗？能不能更合理、更方便一些呢？何必钻牛角，尊重某种文化习俗就是了。

现在回过头来说哈菲兹，伊朗人的说法，伊朗人手中有两本圣书，一本是《古兰经》，一本是《哈菲兹诗集》。哈菲兹的抒情诗集，是波斯古典诗歌的四大支柱之一。哈菲兹被称作“戴尔维希”——或译为托钵僧，从郭沫若氏译法。在新疆，我极喜欢用这个词，并将它作为绰号起给我的一个好友。它是说一个没有固定住处的宗教人员，浪迹天涯，奉献神祇，具有若干灵异奇才奇能。在我的小说《狂欢的季节》与自传作品《半生多事》中，多次用过这个词。当然，不是僧。

数年前我国出版了《波斯经典文库》，内中有两卷本《哈菲兹抒情诗集》，邢秉顺译。读起来你会进入一个奇妙的世界，不仅仅是情之“抒”，而且充满了人生的哲理。

印象之三：工艺的天堂

我们在设拉子和伊斯法罕逛了工艺品商场。你也可以说那是一个工艺美术展览。伊朗是工艺的天堂，他们做的一切是太细腻了。

有一种特殊的工艺，波斯语叫“哈塔姆”，是用象牙、骆驼骨、铜丝、竹条、木条等竖条粘在一起，组成某种拼花图案，然后横切其面，贴于工艺盒、框、板的表面，是波斯独有的传统工艺，与波斯地毯、细密画、铜器等齐名。中文译作“镶嵌细工”或“镶嵌图案”。其色彩成乎天然，鲜艳、光润，效果像景泰蓝也像马赛克，尤其突出了绿松石似的碧蓝。这种万里晴空的颜色，乃是波斯人的最爱。以它做书籍的装帧，于是出现了世界上最豪华最精美的书。在设拉子商场，有这样的书，大多是哈菲兹的情诗。在该城机场，我还看到了波斯/英语对照的海亚姆的柔巴衣，也有这样的装帧和奇美的插图。我与接待我的伊朗对外文化联络机构的副主席瓦奇里先生讲起对于他们的书籍的赞美，他立即决定赠送给我一卷。派人在德黑兰四处购买，未得，而我第二天就要出发去伊斯法罕了，他们便又要设拉子的分支机构替我买好，用特快专递送到伊斯法罕我住的旅馆里。我可以毫不犹豫地吹嘘，我拥有世界上装帧最完美最精巧的书。你有吗？

我不能不羡慕波斯古代的诗人，他们获得了公认，他们的成就与天才不受争议，他们的光辉无可抵挡，他们的珍贵无与伦比，他们的价值天长地久，家喻户晓。而我们的伟大祖国，那么多书，那么多“家”，那么多大诗人。现当代的不堪提了，就是古代的，也是聚讼纷纭，解释万种，标新立异，胡说八道，不把文化搅成一锅稀粥，把名人弄成一头雾水不算完了。

工艺与书。他们尊重工艺也尊重书。一个有神论的国家是讲究虔敬与陶醉，讲究追求的形而上的特质的。他们以一种至高至上至美至尊的崇敬、叹服、赞美、珍爱、矜持的心情，以一种神圣的宗教情怀对待文化、诗歌、书籍、绘画、建筑、工艺。从事这些事业，他们是在献身，在用智慧、生命和精神去靠近、去证明、去体现至高无上的清真、完美、纯净、博大与长远，也是去靠拢、去赞美至高无上的造物主，去赞美和靠拢比眼前的一切具体事物与利益更宏伟与崇高的存在，去理解和表现一种生命与世界的正面的本质。

他们由衷地感谢我们一行对于伊朗文化的敬意与理解。他们告诉我，他们曾经将一件精美绝伦的工艺品送给一位西方大国的外交官，向该使节讲述工艺的复杂与艰难。该使节的反应是：“我们可没有时间干这个……”

对不起，我只能说这是另一种野蛮。不懂得现代化、财富、效率、速度、发展、科学、技术、竞争、经营与管理，是一种野蛮，我们需要向西方发达国家学习这些东西。然而心灵、神性、美丽、虔敬、手艺、匠心、浪漫与精致……这些是不能用财富和批量生产的技术来代替的，它们无价。一旦以这些东西的消失作为富裕与现代文明的代价而实现了好几个现代化的时候，啊，我们的生活还不如森林里的猴子！

伊朗人用敲敲打打的方法，旷日持久地制作着满溢着浮雕感的凹凸不平的铜器锡器的花纹。用精美的梦幻一样的材料制作挂钟。用匪夷所思的图案与天然染料制作桌布。我懂，伊斯兰教是不准搞偶像崇拜的，他们的图案特别发达，图案的最重要的灵感似乎来自花草树叶鸟。他们也有上好的银器骨器玉器漆器漆画。

尤其是地毯，尤其是把闻名世界的奥斯坦·穆罕默德·法尔希奇扬的细密画织成丝质挂毯，简直是幻梦一样的工艺品。波斯美女，小鹿小羊，类似鹤但比鹤小一点的鸟类，多弦琴（如竖琴）与两弦琴（都塔尔）、三弦琴（萨塔尔），雄狮与牛，春天与百花……这些工艺品，体现着一种神性与人性的汇合，此岸与彼岸的交融，手艺与心灵的互动，供奉崇拜与消费使用的适宜。见到过，欣赏过，喜爱过而且多多少少地收藏着几件伊朗工艺品的人有福了。世界真奇妙，不去伊朗不算知道！

印象之四：活泼开朗的伊朗人

伊朗人长得大多相当漂亮，他们在公共场合的表现，也比较自然、得体、放松、活泼与开朗。

从设拉子回德黑兰的飞机上，快到目的地时，我前边的一位当地乘客打开行李架取下了一个塑料口袋，里面放的是无花果干，我随口说道“安菊儿”，这是维吾尔语对于无花果的称呼。因为我知道，维吾尔语中含有许多波斯语词汇。他听了，马上笑容满面地说：“安集，安集儿……”看来基本读音是一样的，维吾尔语的第二个音节的元音是圆唇音，波斯语不是。然后他大把地从他的口袋中拿出无花果干赠送给我，作为对于我能够迅速识别与用类波斯语叫出无花果的名字的褒奖。这样的无花果干，在乌鲁木齐南梁的自由市场上很多，在南疆阿图什更多。然而，波斯的无花果干的质量是很好的。

在散步的时候，在购物的时候，在参观景点的时候，在等飞机的时候，伊朗的普通百姓都与我们攀谈，他们很开朗也很外向，对待外国人没有什么忌讳或者疑虑。在德黑兰机场上，出发向伊斯法罕走的时候，我遇到一对服装严整的老年人，与我交谈甚欢。他们讲到他们的子女，讲到他们旅行的目的地，讲到他们的安定与幸福生活。他们先问我们是不是来自日本，待知道是来自北京的时候，他们会显得十分高兴。

和外国人攀谈，他们没有任何顾虑与禁忌。没有距离感。

在伊斯法罕度过了一个伊斯兰的休息日——星期五，那一天，在哈柱桥[①]的一端，有许多老年人坐在河边石头台阶上欣赏流水，享受初冬的阳光，用悠闲和满意的神情环顾这个明丽与自然的世界。我也坐到了那里，觉得惬意，觉得自己已经融入当地。子在川上曰："逝者如斯夫，不舍昼夜！"这是人类性宇宙性的微笑与感叹。

伊朗的各式商店很多，你进去看看，店方的态度友好善待，但也不过分兜揽兜售。你提问题，他认真回答，你与他聊天，他接过话茬去，不讲得太多也不讲得太少。他们要的价钱，大体是实价，你一定要侃侃，也许能略抹个零头，但没有太大的余地。你如果往下砍得太多，超出了可能性，卖货人便微微一笑，不再多说什么。他们的表现恰到好处。

我在伊斯法罕买了一件毛衣，那天晚上觉得有点冷。11个美元，黄与褐黑的花色极有特点，粗毛线，保暖性能极佳。拿回来后，深受赞美，并责问我为什么不多买几件。

我相信，普通人的态度与表情，是能说明一点问题的。我在某地看到过那种面有菜色的与呆木的表情。我看到过那种躲避外国人的反应。我看到过那种向外国游客死乞白赖地兜售伪劣纪念品的孩子的面孔。我看到过那种对于异民族人异国人的极其警惕与困惑的表情，哪怕你只是去问一下路，他也现出防盗防贼防间谍的神态。当然，还有乞丐，还有娼妓，还有小偷，芳在外国曾被摩托手抢过皮包……还有与种族优越感差不多的意识形态的优越感、救世感。还有夸张的奉承与推销。

伊朗百姓的面孔让人舒服，让人放心。你从他们的言谈举止表情动作上，看不到生活以外的、人性以外的东西。

印象之五：似曾相识的德黑兰

从德黑兰机场走出来不久，你会看到一个很有气派也很有风格的艺术品，那就是自由广场的大门，大概可以称为解放门或者自由门。走近了，你才看出来那是一个凯旋门式的建筑。这个凯旋门可与巴黎的、新德里的乃至平壤的类似建筑不同。它的下部像是切开了的金字塔，它的顶部像是一本打开的书，"书"上由于有类似窗户的造型，所以又像是一座楼房。也可以把这本“打开的书”想像为一个屏风，具有屏风的亲和与展开性。中间是一个具有伊斯兰拱形与桃形风格的门，门的穹顶上，建筑给你以菱形的编织感。远远望去，我以为是一个大的雕塑，尤其是夜间，它在灯光的照射下显得威严而又璀璨。

这是巴列维国王于1971年为纪念伊朗帝国成立2500年而建立的，塔高50米（巴列维王朝立国50年），正面由2500块完整石块拼成（波斯帝国成立2500年）。这是一个艺术的精品，是古波斯建筑与伊斯兰建筑风格的完美结晶，表现了伊朗艺术家的不平凡的想像力与结构能力。它坚固、庄严、沉稳，同时不失舒展与精细，具有镶嵌感、拼接感与折叠感。它确实还具有一种“比历史还要古老”的古典与文雅。

德黑兰的政治生活比较容易见到的是各处有关选举的招贴画，各派人士都在积极竞选。另外也可以看到不少国家领导人的巨幅照片。

此外我在德黑兰发现的都是生活，百姓的日常生活。许多地方有明渠流过，你可以说那是小小的河流在城市里流淌，发出稀溜稀溜的水声。越是相对干旱的地方越是体现出对于水的珍爱。到处都有高大的树林。越是夏季炎热的地方也越是呈现出对于树木花草的依恋。到处都有商家，与手工艺者的作坊，有价格不昂贵而且富有民族特色的商品。到处都会看到悠闲自在的德黑兰人，尤其是小孩子们在嬉戏。怀抱婴儿的年轻的母亲们也很不少，她们的孩子装饰得十分鲜艳，但是母亲抱孩子的姿势与我们华人的习惯不太一样，她们常常是两手平托，你远远看去，好像是托着一件珍贵的礼物。

德黑兰可以分成城南城北两个大部分，两个部分的气候不尽相同。城北地势高耸，会比城南冷一些。我们在时，城南下雨，城北却飘扬着大雪，向北面望去，是皑皑的雪山。我们看到过这样的奇观，下雪了，薄雪花下面是碧绿的树叶，而树叶中夹杂着红花。城北有更多的大的机关单位，高级住宅区与外交使领馆区。

德黑兰的交通也很拥挤，人们喜欢讲的一句话是这里的汽油比水要便宜，所以机动车辆很多。很少看到比较豪华的车种，最多的是法国“标致”与伊朗合资的出品。德黑兰人以开车技术良好而闻名。我亲眼看到了他们，挤过来钻过去，无路之处有了路，使不能通行的地方通行。尤其令我惊讶的是德黑兰司机先生们的倒车本领，由于单行线多，走错了无法逆行回去，干脆他们就提速长距离倒车，踩着油门倒车，是德黑兰的独特风景。

德黑兰的糖果店值得记住。他们有一种风味独特的糖品：玉米饴（波斯语叫“嘎兹”），即从玉米中提炼出糖份来，加上鸡蛋清粉、开心果的碎块和藏红花，制成一种并不过甜的、亲切自然的、别有家乡风味的糖。这种糖我们在伊犁时吃过，但限于新疆的条件，没有开心果，那个年代，也没有花生米。有一次我的二儿子王石，站在卖这样的糖的小摊前，被邻居的淘气鬼一推，踩到了一块糖上，他的帽子被摊主拿下作抵押，而他当然没有钱。后来是一位好心的维吾尔老人替他付了款，才走掉了事。但是对于这种糖果的味道，他深深刻到了心里。这次，我伊朗归来，带来了这样的糖果，唤起了他的童年的记忆，也唤起了我的记忆。天涯何处无玉米饴？天涯何处无甘甜？

德黑兰的馕饼店非常多，与新疆的馕相比，它们比较薄也比较软，同样有一种面粉烘烤的香味。它们与新疆一带的在陶土做的大瓮中贴到瓮壁上烘烤不同，他们是将面剂儿伸到很大的明火中，很快就完成一个馕饼的烤熟过程。据说这里的人多半会从馕店里购买馕饼，而少有在家制作者。我对这个说法一再核问，确实如此。我们去了三个城市，德黑兰、设拉子与伊斯法罕，三个城市的人们的服装装饰交通工具等差距不大。生活上不追求光怪陆离，不追求花样翻新，他们更多的是一种纯朴和善良，是一种自在和舒适。

印象之六：伊朗知识界一瞥

我有幸在伊朗的沙希德贝赫什提大学，在德黑兰书城，在对外文化联络组织讲演，参观伊朗国会图书馆与伊斯兰大百科全书出版社，与一些当地的知识分子见面与交流，通过接受采访，也与伊朗媒体有些微的接触。

大学讲演的经验，与在欧洲或美洲并无大的不同，人们听得比较随意，提问也很自然。这种形式在50年代初期学苏联时称之为“习明纳尔”，也就是 seminar，伊朗这里多了一个项目，是一位学习中文刚刚一个月的女大学生朗诵了一首诗，是她用拼音字母写的中文诗。她比较羞怯，声音太小，听不太清楚，当然，情意可感 。有一批人能够与你讲一些中文，这本身已经不错了。我在他们系里也看到了一些中文书籍中文书法与中国画作品。但总起来说，他们对于汉学的研究，还处在发展阶段。

他们的书城相当好。有一层是专门给少年儿童书籍准备的，图文并茂，琳琅满目。另有一层正在举行《可兰经》的版本展览，中间也有不少来自中国穆斯林的经书。悬挂着大量的经文书法作品，最多的是“阿拉阿克拜尔”即真主伟大的颂词。有的是用烫金写的，那种虔诚与激情非常感动人。配上很好的玻璃镜框，郑重庄严，并且辉煌夺目，仪态万方。

这里有一种不可忽视不可低估的强大的精神力量。任何人用轻慢的态度对待这样一种力量、信仰和文化，只能犯下不可饶恕的错误。

整个书城的书籍，尤其是与伊朗文化、伊斯兰文化有关的书籍，讲究、认真，仅仅外观也堪称光辉灿烂。波斯语书籍一词——kitap——本身就有一种崇高伟大的感觉。

书城每周举行一至二次讲座讨论。这次，由我和另一位汉学家主讲，介绍中国现当代文学。汉学家在讲话中提到了大量我国的现当代作家与他们的作品。他甚至也谈到了从网上找到的有关我的资料，例如我在美国得州休斯顿赖斯大学的英语演讲。他们的资讯来源还是比较丰富的，看来他们对于网络的使用也是可以的。我想起前美国驻华大使芮效俭对我讲过的一句话，他说，在美国有人主张，能够使用电脑与网络的国家，就不能算是极权主义国家。

这种气氛，这种做法，包括三四十个与会者的穿戴神色谈吐与参与程度，都让人觉得相当开放与自然。我在伊朗印象这一组文字中一再使用“自然”这个词，因为第一，我看重这个词，我觉得某种意义上它比自由这个词还要容易理解与亲近，还要难于驳倒与剥夺。如果说这次的伊朗行有什么东西感动了我，那么，一个是文化，一个是自然，最自然的文化，最文化的自然，都是可爱的。

在书城，我与当地作家同行也有一个不拘形式的交谈。他们叹息说，过去，伊朗是中国的丝绸之路的西部终端，就是说，伊朗是中国与欧洲之间的一个桥梁，中国与欧洲常常通过伊朗来了解各自。然而，相当长时期以来，中伊（朗）间的资讯交流不算畅通，又都把注意力放到了西方大国身上，现在变成了中伊双方通过西方资讯，来了解对方。他们是多么期望能够与中国增多交流的渠道啊。他们讲得很真诚也很动人。这个问题也确实存在，西方的传媒是影响太大了，然而，我们更需要直接的相互了解。

至于在伊的对外文化交流组织的集会上，我用波斯语讲了七分钟。波斯语属于印欧语系，与我熟悉的属于阿尔泰语系的维吾尔语并无共同之处。但是维吾尔语中有大量波斯借词，另外其小舌音、送气音、卷舌音等汉语中没有的音素，与波斯语十分接近。这使我有理由相信自己能够到伊朗班门弄斧，讲一段波斯语。他们的热烈掌声使我得意，虽然这种得意相当小儿科。我反而相信，一个有着儿童式的表现欲的人，多无大恶，容易相互做朋友。

印象之七：文化的珍重

正像宗教、诗、图书等词一样，他们谈起文化一词，就萌生出一种敬意。波斯语的“文化”一词发音是“法尔罕格”，与阿拉伯语、维吾尔语等的“玛迪尼亚特”和其他词有共同词尾不同，有一种概括感和崇高感。

我拜访了穿着伊斯兰盛装的议会图书馆馆长阿布哈里并参观了议会图书馆。该图书馆有一本刊物，主要介绍议会图书馆收藏的手抄本书籍，用波斯语、阿拉伯语和英语三种语言出版发行。他们特别要我会见了一位80多岁老专家，他是手抄本鉴定的专家，为此图书馆的手抄本整理立下了汗马功劳，被认为是该馆的“镇馆之宝”，至今仍然坚持天天上班，整理修补古代善本书籍的手抄本。

我也拜访了伊斯兰大百科全书出版社社长穆沙维波格诺迪，交流了百科全书编纂的经验。我向他们介绍中国最近编纂出版的中学生百科全书，他们表示，他们的百科全书也有为青少年与普通读者使用的简缩版本。他们把已经出版了的数十卷百科全书给我看，我恰好翻到了“布哈拉”、“撒玛尔汗”等条目，解释详尽，插图精美，装帧整齐，目前有波斯文与阿拉伯文两种。

不论是图书馆的先生与女士，不论是大百科全书的领导人与工作人员，谈起自己的工作，都有一种沉著、矜持、平稳和信心。他们不卑不亢，他们并不急切地讲说什么、宣传什么、争辩或者反驳什么。他们对于异质的文化没有任何攻击，也没有特别在意。他们绝对不认为自己有什么落后了、需要追赶了、闹不好要开除球籍了的地方。他们的心态很好，很舒服。（是不是，他们的知识分子不像我国的同行那么在乎他人——外国人？我们这里，说起外国一度不是和平演变的阴谋就是学习的榜样，不是亡我之心不死就是一声炮响使我们振聋发聩，不是老大哥就是间谍……）

这里有一种多位一体的尊崇与珍爱。伊斯兰是至高无上的信仰，在这样一个信仰的光辉照耀之下，形成了自己的文化天地，自己的出版物，自己的历史传统，自己的语汇体系与诗歌谱系，自己的工艺、建筑，以及与颂经有着密切渊源的音乐、歌曲，直至自己的教育体系。也是在这样的旗帜下，激发了伊朗的独特的伊斯兰革命。伊斯兰文化，伊斯兰百科全书，伊斯兰图书，所有这些努力，体现了在全球化浪潮正在席卷世界的时候，伊朗人乃至整个伊斯兰世界对于卫护自身的文化性格、文化体系与生活方式的努力。应该正视、应该理解、应该交流、应该相互学习。而绝对不能视如草芥，更不能视如寇雠，一笔抹杀。你有一百条先进的科学技术，政治运作体制与方式，军事实力还有通俗文化传播手段，还有完备的法律，还有先进的“无敌”的硬实力，却无法取代一个古老巨大坚强的文化数千年来所营造的一个世界：信仰的世界，颂经也颂诗的世界，精美绝伦，如梦如画的世界，而且是，切莫忘了，这是一个比历史还要古老的世界。

有一位年轻的朋友，私下交谈中显示了他对于本国与世界的大局的理解。他先说中国，他说毛泽东是伟大的革命领袖，但是毛泽东在发展经济方面不算成功。在建设中国方面，邓小平推进了毛泽东的未竟的事业，与此同时，意识形态的激进革命的气氛有某种降温。中国人首先需要的是过好日子。他说，伊朗也是一样的，伊朗的发展需要一个过程，他希望这样的过程不被破坏。他的话有一点道理，虽然这样的话说早了大家都不接受。

印象之八：寥落古行宫

最富盛名的伊斯兰风格的展现在伊斯法罕的伊玛目广场，国王时期也叫“国王广场”或“世界印象”广场，伊斯兰革命后改为此名，伊玛目的大意是伊斯兰的教长。在谈到伊玛目广场之前，我愿意先记一下伊斯法罕的四十柱宫。这也与我们的行程的时序相符。

首先有趣的是，名为四十柱宫，却只有二十根与中国建筑里的柱子相比要细许多的优雅精致的八角形柱子，支撑着宫殿的宽阔的前廊，它们的倒影映射在廊前的长方形水池中，出现了另外二十根水中的柱子的虚像，二十加二十，于是就是四十。这种虚与实的叠加，这种实物与影像的兼收并蓄不分你我，这种思想（计算？）方法堪称绝妙，在我国，只有李白的“举杯邀明月，对影成三人”可以与之比拟。

宫殿坐落在一个大花园里，总面积是六万多平方米，建筑面积是一千多平方米。建于15世纪，说是典型的波斯式宫殿，曾经用来接待贵宾和外国使节。大厅的墙上画着巨大的壁画，大致是叙述当年的文事武功，朝廷盛况。正面有一镜厅，由玻璃拼接做成，不开放，从外面可以看到里面的一些古装画像与古代衣物。说是17世纪所建。此外大殿里，摆放着一些器皿、古币、文书等物品供游人参观。

说实话，这些我已记不清楚，反正世界各国我看到过的宫殿、行宫、皇家花园等已经不计其数。什么凡尔赛宫，什么奥地利茜茜公主的宫殿与花园，什么华沙的大王宫等等。这个四十柱宫并不比上述诸宫更辉煌壮丽。反而难忘的是四十柱宫的花园，树木参天，水池清澈，落叶满地，秋意清爽中又使人产生出嗒然若失的遗憾。意外的是在这里碰到来自天津的旅游团，他们当中有人认出了我，纷纷过来合影。这是常有的事，国内的各界人等，无机缘在国内见面，却有缘千万里相会于异国他乡，叫做比邻似天涯，而天涯又若了比邻。

于是慨然，王室宫殿的最最迷人动人之处，它的最大的价值和意义，似乎未必显现于国王生前，在陛下使用它日理万机、运筹帷幄、送往迎来、杀伐决断之时，这宫那宫与人们能有多大关系？只能是你威风你的宫殿，我凑合着我的草窝，保持距离，各自平安。倒是在人去楼空、色颓瓦坏、柱歪石损、漆脱墙沉之时，在王朝覆灭、往事如烟之日，无限风光在后人，在“寥落古行宫，宫花寂寞红，白头宫女去，闲坐说‘零星’”之时，凭吊往事，追怀前朝，其味无穷。花园是永远的，鸟雀是永远的，落叶犹如昨日，殿堂有点破烂了，正好参观。

我不知道这是不是与多数穆斯林聚居区属于干旱炎热地区有关，他们特别重视水流水库与树木花草的栽植与维护，注重廊檐亭阁的修建，注重大自然的生态与环境的赏心悦目。

而且这里的空气极好，现在的伊朗毕竟不那么急着现代化，急于现代化与发展壮大的是巴列维王朝。巴列维王朝的现代化与国情脱节，与大众利益脱节，再加腐败与特权导致了它的覆亡。从新“左”派的批评现代性的理念看来，不知当前伊朗是否提供了一个相对的不同的世界，符合他们的理想吗？至少从审美的观点上来看，伊朗是合格的。披纷的落叶，飞过的鸟群，秋天的气息，游客的笑声，咔咔的快门，无精打采的解说，无人专心的听讲，就这样，我们欣赏了其实也是错过了这个半古的四十柱宫。你可能记不住宫殿的底细，你却忘不了一种非现代的，后现代的，树的人的房的与秋天的气息。

印象之九：伊玛目广场

中国有两千万人口的穆斯林，有新疆宁夏两个穆斯林聚居的自治区，我在新疆生活了16年，伊斯兰教对于我来说并不陌生，我了解他们的清真与清洁观念，了解他们的简约、朴素、明快的生活信念，我了解他们对于彼岸世界的信仰与追求。我在新疆农村时，饭前便后，常常受到维吾尔农民的提醒，老王，你要洗手！我相信作家张承志提出清洁的精神的观念，与他的民族宗教归属有很大的关系。

我也懂得他们的重约束，重道德秩序，重灵魂精神，重身后的永恒的价值选择。在波斯语、阿拉伯语、突厥语中，精神就是灵魂，灵魂就是精神，都用的是roh一词，都是永恒的存在。中国回民则译之为“罗汉”（不是佛教的罗汉，佛教罗汉一词，其发音应是阿罗汉）。

直到伊朗行，直到去了伊斯法罕伊玛目广场之后，我才知道，神圣的伊斯兰信仰，可以表现得这样璀璨夺目，辉煌完美，人间世上，胜境无双，美丽雄强，天衣无缝，万众欢腾，光芒亿丈。

伊朗人有“伊斯法罕半天下”的说法，这不能不使我想起“天下十分明月夜，已有七分在扬州”的中国式说法。

资料称，伊玛目广场始建于1612年，长510米，宽165米，面积达8．4万平方米，是莫斯科红场的两倍。广场的东西南三面，分别耸立着建筑艺术各具特色的罗特夫拉清真寺、阿里·考普宫和伊玛目清真寺，广场中央修建了一个长方形的巨大水池。在伊朗处处都看出人们对于水的珍爱，水是生存的必需，也是上苍的恩惠，更是赏心悦目、快乐幸福的源泉。在伊朗，最令人惊叹的事情之一，是人们对于人性和神性、生活与信仰、此岸与彼岸、终极与美的一揽子地感受把握。

四面拱廊各开一面大门，伊玛目清真寺大门、国王私人礼拜室（罗特夫拉清真寺）大门、阿里考普宫大门和加萨里亚市场大门。其余地方是乳白色的高墙将广场围起，与蓝色的大门形成鲜明的对比。

两个大清真寺在广场上有欲乘风而去的飞扬感。其规模与精致，种种花纹图案色彩的搭配，都不是我的拙笔能够写得出来的。我要说的只能是，即使在巨大的庄严的清真寺的上上下下、内内外外、前前后后，你也能看得出那种伊朗手工艺的细腻、精致、美轮美奂、一丝不苟。它是神圣崇拜之地，当然，它也是建筑艺术的精品，是人类智慧与高尚情感的载体。地上的建筑载负着无限的信仰，无限的向往，无限的激情与无限的才能和匠心。

除了礼拜真主，这个广场上举行过重要集会，举行过马术表演与马球比赛，接待游人更不必说。到了夜间，灯火通明，五颜六色，倒影与实体分别发光，如梦境，如仙境，如神话，如童话。

意味深长的是广场四周就是巴札（集市），种种专卖店美不胜收。你可以直接使用美元欧元等硬通货购买，是地地道道的小商小贩，如果你有钱有运输手段，真想在这里买个够呀！它激起你的梦想，激起你把自家住宅和用品，至少是装饰品“伊朗化”的冲动——如果你的四壁与橱柜，你的案头与床边，都是伊朗的工艺品，该有多么漂亮！

这里既是商店也是作坊，匠人们当着顾客的面敲敲打打，涂料上色，欣赏审视，打包装箱，像是作展览。工艺差不多是完全透明的，透明也不会泄露商业与工艺的秘密，因为那种匠心，那种感觉，那种对于美的虔诚，是无法克隆复制携带与传递的。能够盗窃的是财富，不能盗窃的是心灵。你看着他们，你觉得是古老书籍上的人物，天方夜谭里的人物，梦幻艺术里的人物。你相信，在伊朗还有许多没有演绎完毕的经久不衰的故事。

当你知道，当你记住世上有一个城市叫做伊斯法罕，知道那里的美丽和奇妙的时候，你越发觉得世界的奇妙，人生的奇妙，人类精神生活的奇妙。伊斯法罕真好！

印象之十：在伊斯法罕看电影

访问完伊朗，回到北京后两三个星期，写作“印象”时，报纸上关于伊斯法罕的消息多了起来。是说的参观伊斯法罕的核设施。老天！

伊斯法罕属于伊朗，属于中东，属于亚洲，属于伊斯兰世界。然而，她也属于人类，属于地球，属于咱们大家。这是一朵奇葩。祝伊斯法罕好运，相信伊朗人、阿拉伯人、美国人、以色列人和各国包括中国人有足够的智慧和善意，使伊斯法罕的日子和平快乐美丽永远，使伊朗人终于会与美国人、以色列人与欧洲人和平——和睦相处。

早在去年9月，青岛的一位青年教授已经给我讲过，现在的中国内地流行一个说法：一、清晨洗浴而不是夜晚洗浴；二、喝黑咖啡而不是白咖啡；三、光脚穿皮鞋（疑指女性）；四、看伊朗电影而不是好莱坞大片。这四条是时尚、白领、小资的表现。

我们在伊斯法罕即兴看了一场电影，我们旅馆旁边就是一家影院。我们下午参观活动回来，时间尚不迟，临时排队去买了影票，片名《不服从的儿子》。是说一个医生世家的阔少，不愿听从母亲的安排与医院合伙人的女儿结婚，于是谎称爱上了别的女孩，并请一个在美容院工作的灰姑娘冒充美国学成归来的医学博士骗得母亲和家人的信任。但不幸的是这场精心安排的骗局被医院合伙人的女儿发现并告诉了小伙子的母亲，姑娘在遭到小伙子母亲的训斥之后含恨离开原来工作的美容院并遭到父亲的怀疑与邻里的白眼之后，承受了巨大的委屈与压力，而小伙子却在与姑娘的接触中发现了姑娘的善良和真实，并最终真的爱上了姑娘……如此这般，情节不算新颖，但拍得很真实朴素自然。演员并非特别漂亮，但也显得健康大方可爱可亲。不羞羞答答，也不卖弄风情。丝毫没有意识形态宣示的痕迹，没有任何紧张或者仇视。对生活也是既不美化，更无丑化。垃圾桶，破汽车，旧房屋，烟熏火燎的烤肉串，拥挤的人群，贫富的差别，都非常真实。它是这样坦然地表现自身，绝不装腔作势，不吹、不哭也不闹。它不像我国的影片，有一种类型是强调我们的现代化，高楼大厦，汽车河流，时装模特，城市夜灯，公司老板，名牌穿戴，还动不动上点外籍演员，显示一点洋腔洋调。这种影片似乎急于要告诉旁人，我们的生活正在迎头赶上西方国家，请千万别以为我们是老土。

另一种电影，如《黄土地》《老井》《盗马贼》，则是要告诉人，我们这里是那样地贫穷、愚昧、落后，我们的许多人，还过着堪称可怕的野蛮荒漠的生活。

而伊朗电影既无意炫耀他们的“进步”，虽然他们的人均GDP要比我们高，也无意为自身的不够那么发达而痛心疾首。他们健康地表现着普通人的日常生活，尤其是表现着普通人的心灵的美丽。不是荒芜，不是凶狠，不是愚蠢，不是残暴，而是善良，是纯朴，是亲和与幽默。

我们在伊斯法罕看到的影片一般般，然而影院的气氛非常热烈，上座率不低于百分之八十，我们是排着队高高兴兴地进影院的。观众多是青年，都很活跃。尤其是遇到一些表达爱情或者巧合/误会的镜头时，全场活跃，掌声、哄笑声乃至口哨声，此起彼伏。它似乎在证明，进影院绝对是人生一乐，是共享快乐，是不容置疑的一种福分。片子好是一乐，片子一般，能共度在影院的欢乐时光，也是大乐。它使我想起“很久很久以前”（此语来自手机段子），对于我来说是50年代，进影院的那种喜不自胜的心情，尤其是与恋人共看电影的那种甜蜜与满足。某种意义上说，50年代的青年人的恋爱过程是一个欣赏苏联与新中国影片的过程。究竟是从何年何月何因，人们一两年也不进电影院了呢？与其说是时代使然，不如说是我们的心太老了。

印象之十一：天堂里的孩子

在伊朗看电影使我回到了久违了的青年时代。能够简单地使自己快乐的时光是美好的。夏天喝杯冰镇酸梅汤，冬天是一碗热白薯粥，春天养几只蝌蚪，秋天漫步在林间道路的厚厚的金黄色落叶之上。这就是最本真、最自然的快乐。夫复何求？而一年四季，约会自己的朋友、恋人、亲眷，一起到影院看电影，买到了楼下十五排中间，或者楼上头排中间的座位票，已经心满意足，谢天谢地。

而挑剔的与复杂化的快乐，也许并不是快乐而是灾难。

快乐不应该太麻烦。

有许多人已经饱尝了伊朗影片的美味，却没有去过伊朗。我则是访问完伊朗，回到北京到处找“盘”和资料走近伊朗的电影。电影大师阿巴斯·基亚洛斯塔米，十余年来他的《特写》《生生不息》《橄榄树下的情人》《樱桃的滋味》《风将把我们带向何处》等影片多次在世界获奖。《樱桃的滋味》以哲学家的目光探讨了生存与死亡的意义，获得了1997年戛纳国际电影节“金棕榈”奖。我看《樱桃的滋味》，甚至于感到更像是一部纪录片，从头到尾是主人公（唯一的有点像职业演员者）开着车走过伊朗各地，看到了荒凉，看到了生活，看到了村庄与城市，看到了人，主要是男人。未必有谁敢于这样拍片子。但是阿巴斯能。他声称他拍戏从来不用专业演员，不用化妆、置景，他推崇自然主义。

据说阿巴斯在戛纳接受中国记者采访的时候，还委婉而又一针见血地对中国电影提出了忠告。他说，他发现目前中国电影，像陈凯歌的《刺秦》、王家卫的《花样年华》、张艺谋的《英雄》风格越来越强烈，越来越浓郁，越来越有好莱坞电影的风格，这样很可惜……

另一位年轻得多的导演马基德·马基迪的《小鞋子》（影片原名《天堂的孩子》）风靡全球。说的是一个男孩子丢了妹妹的小鞋子，害得妹妹没法上学，于是兄妹俩轮流换穿哥哥的旧球鞋，在水沟边小巷里奔跑。他们发现了自己失掉的小鞋子，却因持有此鞋者的家长是盲人而放弃了追讨。哥哥怀着对新鞋子的向往，参加长跑比赛。大概是比赛的季军有望得到一双小鞋子。满心想得第三名的小兄弟不慎跑了个冠军，反而失去了获得小鞋子的机会。小哥哥为自己的得冠军的重大失误哭得天昏地暗。最后坐在水池边，出现了人见人爱人见人感动的经典画面：小金鱼去啃白云与天空倒影下的孩子的红肿的一双脚丫子。这位天堂里的孩子等待着贫穷的父亲给他们带来一双新鞋。

我还看了此位导演导的《何处是我朋友家》，也是儿童片。一个可爱极了的长着不少小雀斑的男孩，为了同学的作业本，不辞辛苦，从头到尾地奔跑，奔跑还是奔跑。终于对得起朋友了。吊儿郎当的，不算负责任，也确实不了解自己的学生的老师。艰窘的日常生活，进行管束和不断使用——派活的家长们。不符合“三通一平”标准的基础建设。不停地奔跑着的孩子。不要说真实了，就是演这一部电影，该有多么累呀。我替孩子着急。

但是孩子并不着急。伊朗人并不着急。着急的是我们的电影。称颂或者暴露，讴歌或者鞭挞，赞美或者控诉，宣告或者声讨，迎合或者颠覆，煽情或者沉闷，大树特树或者深揭猛批……这一类的动词已经把我们的电影折腾了一个够，再加上什么大片，辉煌，刺激，视觉盛宴，拳头枕头叫床还有腥风血雨，高投入大制作，再加电脑时代的特技，使某些已经浓得化也化不开的中国电影，更是生硬得成就了一个个死疙瘩，不妨戏称为“影结石”“文结石”。伊朗人的艺术细胞是可敬的。导演马基德·马基迪算是伊朗第三代导演中的一个，靠《天堂的孩子》与《天堂的颜色》两部儿童片蝉联过两届蒙特利尔电影节最佳电影奖。连美国的影业大亨，也在不惜重金请他们出山。而他们常常不答应。如果是我国呢？还不颠颠地往前赶？

还有艺术以外的启示。印度、伊朗、中国，都是古代的文明大国，而近一二百年乃嫌落在了现代化潮流的后面，现在又都致力于自身的发展。但是比较起来，印度与伊朗，至少在文艺作品上不像中国人那么急切焦虑冲动。伊朗人为什么那么坦然？他们还面对着特有的国际关系危机，面临剑拔弩张的战争与和平风暴。但是至少在他们的影片中你看不到东躲西藏，涂脂抹粉；看不到危言耸听，杜鹃泣血；看不到声嘶力竭，甚至也听不到振聋发聩。天天振聋发聩的结果能不是聋不胜聋吗？而他们有我们这里并不过剩的坦然面对、善良、从容、认同、感恩、信心与对于明天的决不丧失也决不过分的期盼。

印象之十二：中东第一“排”

在德黑兰的南北城之间的甘地大街，有一处至少是对于华人来说极有名的烤羊排肉店，店名叫“尚帝兹”。午餐与晚餐时间，这里永远排着队，等待叫号用餐——它不接受预订，但是对于中国使馆人员带来的“贵宾”，常常有所照拂。它的烤肉串实在惊人，那金属的钎子活像一把宝剑，如果做得再坚硬一点，绝对可以作杀敌的利器。上面串起来烤的不是肉块而是半个拳头大小的羊排，又带骨头（最诱旅人的是某些脆骨）又带肉，夹层是青椒、洋葱等蔬菜，烤得焦嫩适中，柔脆得当，香气扑鼻，却又不失原生态的简朴与粗犷。配上由蔬菜、植物油与奶制品做的臊子酱，食之眉飞色舞，心潮澎湃，额头沁汗，舌尖流涎。边夸边嚼，边吃边叹。这不能叫吃，这只能叫过瘾，虽然过瘾一词并不算雅。原来也有这样的烤羊肉串！

这里的华人，包括生意人外交官游客，一致给它一个头衔：“中东第一排！”

我在设拉子也吃过一个老餐馆，名字叫“哈毛姆瓦基尔传统餐厅”。“哈毛姆”是浴池的意思，在古代伊朗，浴池不仅是洗澡的地方，还是朋友聚会、谈生意和吃饭的公共场所。头一天因为是主麻——星期五——祈祷日，要到晚九时后才开业，以表达对于此日子口的敬重。第二天中午才有缘在这里用餐。餐馆门窗都小，白天也要用灯光照明。这个餐馆的结构有点像一个观看体育比赛的小运动场，顾客坐在高处，约半圆形，“场地”里是民族乐队与自助冷盘沙拉，“场地”中心仍保留了一个较小的水池，只是已不再用来洗浴。异国异时的情调，令人销魂。

伊朗的沙拉切得细碎，这可能与他们喜欢细密的花纹有关，他们的冷菜也是红的红，绿的绿，白的白，黄的黄，煞是好看。沙司比起一般西餐更刺激些，多了些酸与辣的因素。

伊朗的汤食有趣，有肉有菜，有大量洋葱，这与西餐汤食并无区别。问题是他们在汤里又加上了玉米粉或者燕麦粉或者土豆团粉，端出来的东西，对于我来说，与其叫汤，不如叫粥。这种加菜加肉的汤粥，类似新疆南部喀什噶尔地区的“乌麻什基”（波斯语中汤也叫“乌什”）。喝之舒服到身体的各个角落，令人产生满足与温暖感。

吃伊朗餐，多半会在餐前得到馕饼的免费供应或是套餐中的各色馕饼。小小的馕饼在巨大的类似壁炉里烧烤，你感叹这里的炊事的民俗化与风格化。

我在伊朗也吃过两三顿西式餐食。两次是斯巴盖地——意大利番茄酱面条，一次是比萨饼。在我们居住的伊斯法罕酒店里有一座专门提供意大利式餐饮的威尼斯餐厅，只在晚间营业，环境、设备、服务与方式，都很地道。我的年龄与痛风症的预警，使我不能老是肉食为主。我必须说，这里的这两样所谓意大利面食，是我迄今吃过的最好最好的，关键在于奶酪，奶酪烤出了微黄的奶皮，厚而香，你吃着觉得足实，又好消化。

宾馆里的伊朗餐室精致异常，彩色玻璃，细密图案，使你感觉如入宫殿，到处是星光灿烂。这里我顺便讲一下，伊朗的许多工艺包括建筑，其装饰，其美化的色彩与图案，给你以星空感。我相信是星空给了伊朗人以视觉艺术的灵感。我们买了一个挂毯，上面织着一位像是牧羊女一样的角色，她的周围是花朵，而花朵的背景是蓝天，其分布，更像是天上的星星。花朵的星空化，这是伊朗的独特感觉、独特魅力。

伊朗的餐馆不供应含酒精的饮料。但是有不含酒精，单有麦香的啤酒和另一种带着浓浓的柠檬味道的无酒精啤酒。酒非酒。酒无酒。酒非非酒。酒非无酒。无酒精啤酒的灵感，来自啤酒，却又否定了告别了啤酒。无酒之酒，至酒也。我希望我国推广这种健康的非酒酒类。

伊朗的喝茶也有绝活。欧洲国家、阿拉伯国家，喝茶时喜欢放糖，不足奇。问题在于糖的放法，伊朗人喜欢在面前放上一杯红茶的时候，拿起一块方糖，注意，不是把方糖放入茶杯搅而化之，而是将方糖轻蘸一下茶水，用舌尖舔一下或用牙齿略摩擦一下糖块，饮一口茶，把糖与茶水分开处理，使你的舌头牙齿都有事做，使你的味觉时有变化，有时偏于糖味，也许能尝得出甘蔗或甜菜味儿，有时候偏于茶的苦香涩，这些味道变来变去，有自己的过程，有自己的不确定性，有自己的个性，因为你可能是大口啃糖，也可能是小小蹭一蹭，也可能只是舔舔。你可以分8次吃完方糖，也可能是30次……呜呼，这样喝糖茶与吃方糖的人够得上神仙极品，也够得上是童心一片啦。

是的，人活一生，你不应该放弃一切变化与趣味的可能。

印象之十三：主张文明对话的前总统哈塔米

此次在伊朗我也有机会会见了一些政治人物，他们都主张加强与中国的文化交流。我也利用各种机会介绍了全方位开放交流的中国的现状。我有时还常常有意识地强调地谈到我多次在美国居住、讲学、交流、生活与活动的情况，我强调我与美国的知识界有极好的交流与友谊。我表达了这样一种祝愿，希望伊朗也能与美国有更好的文化方面的互动。对于伊朗朋友提醒中国人提防美欧的文化渗透与文化侵略，我明确表示了中国有自己的坚定的选择。

其中最给人以深刻印象的是与前总统哈塔米的会面。

赛义德·穆罕默德·哈塔米 (Seyyed Mohammad Khatami) 1943年生于伊朗中部亚兹德省阿尔达坎的一个宗教家庭，曾在宗教圣城库姆研习神学，后在伊斯法罕大学获哲学学士学位，服过兵役，又重返库姆，深造神学和哲学。1978年至1980年在德国汉堡伊斯兰中心供职。1980年当选为议员，并成为伊朗议会外事委员会成员。他也担任过伊朗《世界报》集团的负责人。1982年至1993年，哈塔米任伊朗文化和伊斯兰指导部长，从1993年起，先后任伊朗总统文化事务顾问、伊朗国家图书馆馆长。1997年5月哈塔米参加伊朗总统选举并以多数票当选，2001年连选连任，2005年8月去职。前后通过全民直选担任伊朗总统8年。

说是哈塔米博学多才，著有《政治分析》、《神权统治观念一瞥》等著作，精通德语、英语和阿拉伯语。

原来在照片上或电影上看到伊朗的一些政要穿戴的教士礼服，我有点距离感。但是哈塔米的微笑与举止立即让人缩小了距离。他很英俊，穿着黑色的礼服，显现出尊严与民族性。他的文质彬彬，他的笑容可掬，他对来客的专注与倾听，他对于全体来客的照顾，而不仅仅是对于主宾一人的周到（他时不时与我国驻伊大使与妻瑞芳交谈两句），他的要言不烦、迅速反应与适可而止，都表现出了极高的教养与素质。对不起，我忍不住打一个比喻，虽然这个比喻也许不受欢迎，哈塔米前总统的风度，只有我在部长任上接触过的英国的一些爵士，例如曾任大不列颠理事会(British Council)副会长的奥尔爵士差可与之相比。

哈塔米首先向我讲到了珍惜各民族文化传统与特色的问题，同时他主动提到也要吸收西方文化的精华。他本人前不久访美归来。我对他早在1997年就提出的不同文明之间的对话主张表达了敬意。在联合国的文明对话年即2001年，我参加过中国政协举办的国际研讨会议。

他从我的话语中立即敏感到了孔子的“和而不同”的思想的重要意义，他说，“和而不同”与“和谐社会”是处理当今世界危局的两把钥匙。

学问，文化，辞章，艺术，诗与百科全书……所有这些，哪怕仅仅是形式上的程序上的讲究也可能发生积极的作用。最可怕的并不是利益的分化与观点的歧异，最可怕的是骄横与野蛮，是残暴与粗鄙。

有一个细节，由于交通堵塞，我们与哈塔米的会面比预定时间晚了15分钟，这很失礼，特别是对于哈这样的大人物。他丝毫不介意。这说明了他的平易，同时也说明德黑兰的时间计划上的不够精准，另一面却是一种好说话的随和。

任何时候，文化、文明、礼貌与教养，这是一个积极的因素，善的因素，和平与和谐的因素而不是相反。想到我们的本土上还有一些无知之徒，以文明为虚伪，以粗鄙为时尚，贩卖自己的脏话连篇，恶意横溢，我们能说些什么呢?

印象之十四：生活方式

生活方式是一个很好的词，生活方式首先是生活，其次才是方式，只要有生活，就会有自己的方式，最好的至少是对自己或者对某个地区某个人群的最好方式。

毋庸讳言，若干年来，我们对于伊朗已经有一些道听途说的认知，比如说，原教旨主义，严格的与激烈的对于生活方式的坚持。到伊朗以前，我自己做好了准备，也许会碰到许多清规戒律，也许会碰到严厉的面孔，也许你应该小心谨慎，注意不要越雷池一步。

但是如果我告诉你，在一些涉外宾馆里，还在12月的上旬，大堂里已经装饰起了圣诞树，树上已经赫然写着Merry Christmas（圣诞快乐），而在一些旅游商品店里，丝毛纺织的挂毯，除了伊朗传统的细密画、田园牧歌画、名胜古迹画以外，也还有圣子诞生与圣母像等基督教画面，而且伊朗政要多有在12月24日向全国基督教徒祝贺圣诞节者。你想得到吗？

无疑，伊朗人是非常注意维护自己的生活方式的。至高无上的信仰不容侵犯。他们对于大国主导的国际秩序时有不满和抗争，他们的政治家也说过一些比较刺激的话，他们对于地区事务也有自己的不同的看法与雄心壮志。目前的形势非常敏感，非常复杂。这不是我所能够说得清晰的。本文并不想涉及这样的问题。

然而，对于一个文艺领域的来访者来说，我看到的更多的是生活，是日子，是和平的、轻松的、好脾气的、开放的伊朗人，是津津有味的日常生活，是美善，是好客，是对于文化的尊崇。而绝对不是充斥着偏执、狂热、仇恨的一群暴徒。不论是德黑兰还是设拉子，不论是城市还是乡村，我没有发现这样的气氛和人众。

至少从地理位置来说，它其实比我们离西方近得多。他们中有那么大的比例能够讲极好的英语，他们中有那么多人曾经到欧洲旅行、求学、经商。他们的歌唱发声方法其实离所谓意大利为代表的美声唱法并不太远。他们的服装也更西化，男人不怎么打领带罢了，也并不绝对。她们的头巾的式样与系法正在日趋多样，造成了千姿百态。

芳说她这次有机会好好显示一下自己的头巾了，包括东欧国家的头巾，新疆的头巾，南美的披肩巾，还有一个精美的印度大披巾，是作家熊召政所赠。没有这次伊朗之行，她还真的没有显摆自己的收藏头巾的机会。

当然，她也说，最不习惯的是在室内，而且是用餐的时候也系着头巾。

有的朋友说，伊朗人在家里还是比较随意的，你愿意西化一点也完全可能。据说在伊斯兰革命前，巴列维王朝曾采取压制本土性生活方式包括宗教的政策，那时候人们在外边西化，回到家再本土化。我访问完伊朗，找来了1959年上海文艺出版社出版的前苏联作家加·谢奉茨所著的《德黑兰》一书。这本书的宣传手册性质令人不敢恭维。但是它一上来就写道：

> ……这个东方的大城市里并没有发生什么变化，所有的小店铺和手艺人……骆驼……警察……流动商贩和叫化子……流行欧洲风尚，出现欧洲型的电影院和播送伊斯兰教法律所禁止的音乐的咖啡馆……为什么……不该停留在原位呢？

德黑兰曾经是相当西化的，至少比中国的城市西化。而当年苏联的这位作家是用讽刺的口气来写他们的西化的。

现在呢，反过来了，西化的东西退缩到各自的私生活里去了。不说自明。

几乎所有的逗留伊朗的中国人都十分喜爱伊朗，他们觉得在这里活得自在、放松、平安，与当地人特别好相处，生活方便，物价便宜。

我相信生活，相信日子，一连串日子就是时间。生活与时间可以舒展口号，可以完善政策，可以造福人与人群。而伊朗的可爱恰恰在于它充满了生活，它从容地对待时间。

所以我非常喜欢伊朗，我对它永远抱着最好的祝愿。我相信它有极好的未来。

注释：

① 在三十三孔桥下游1.5公里，早于三十三孔桥（1602年）于1550年建成，桥体小于三十三孔桥（分别为132米和300米），但比三十三孔桥更富吸引力，因为有两块平坦的石板可以俯瞰下游的流水，桥中央部分以前还曾是皇家的行宫。桥下的茶馆人气很旺，伊斯法罕人喜欢周末在这里休憩玩乐。

又到杭州

一、永忆江南到杭州

又到杭州了。

一到杭州就禁不住不停地默念:"江南忆，最忆是杭州……"就想着"春来江水绿如蓝"应是指富春江，想着"君亭枕上看潮头"，真不知道钱塘观潮有了几千年的历史了。至于"山寺月中寻桂子"，古代的注释已经说明是指在灵隐寺赏月，还说是灵隐的僧人说他们那里的大量桂树是直接从月宫走下来的。那么，与令人有点隔膜的倒是"吴酒一杯春竹叶"了，莫非古代这边有饮用竹叶青的习俗？

"吴娃双舞醉芙蓉"呢？算了，不去考查了吧，干脆来它一个歪批：就是说白居易在《忆江南》三首中描写了当年在杭州举行的"艺术节"的盛况。我辈当然比白乐天更幸运些，在2004年以杭州为中心会场举行的第七届中国艺术节里，人们不但看到了吴娃；也看到全国的与国外的"娃"，不但有双人舞，而且有独舞、群舞、大合唱、交响乐、水上社戏、书画展文物展……如果乐天诗翁在世，不知道又该怎么样写"忆江南"呢！

白居易毕竟是白居易，他的三首《忆江南》如歌如画，朗朗上口，千古丽句，堪称极致。而且他的忆江南是可以再现的，不像《长恨歌》与《琵琶行》是只能留在纸上了。现在的江南，现在的西湖，依然如白居易、苏东坡当年写的那样清纯秀美。

而在两年前我赴日访问的时候看望患病的大作家水上勉，水上勉衰弱地说："真想再去一趟杭州啊，哪怕是用轮椅推，推上我围绕西湖转上一圈，就虽死无憾了。"

就在今年9月份，就在我在杭州作《汉语写作与中国文学》的讲演与顺路观看艺术节演出的时候，水上勉君不幸辞世了。

我把水上勉君对于杭州的思念告诉了浙江省与杭州市的领导同志，他们都很感动，他们都表示愿意邀请水上君来访，而这已经是无法实现的了。

二、今日又重游

白居易问："何日更重游？"

白居易自慰："早晚复相逢。"

我们不用像水上勉一样地苦苦思恋杭州，不用像白居易一样地自问和自慰，2004年9月14日，我们再次来到了杭州。

杭州是永远的，今日的杭州仍然江水绿如蓝，仍然秋（春）水碧于天，画船听雨眠，仍然是西湖歌舞（但是不必叹息它几时休，因为它越歌越动人，越舞越欢畅），仍然是水方好，雨亦奇，淡妆浓抹总相宜。

杭州又时有新意，从苏堤往西，去年"非典"期间大动干戈，扩展了西湖的面积，增添了许多幽雅的新景。我们乘船穿过许多桥洞，经过许多野趣横生的水上植物群落，用各种视角享受西湖美景，看到了大湖面上看不到的另一种妩媚与雅静、清幽与阴凉，看到了另一个清婉的西湖，而与明镜般的大湖相补充相映衬。

倒塌多年的雷峰塔重建起来，修葺一新。你终于找到了一个高点，一个最佳位置，可以从那里鸟瞰整个西湖和周围的山色。叫做湖光山色尽收眼底，湖光山色永远贮存在你的心里。

而西湖四周的景点，也都免除了门票。旅游是更兴盛了，旅游发展的大效益可以抵除掉某些小的令游人不便的计较。市场经济与旅游经济的规则并没有受到怀疑，但是游人们却立时感到了西湖属于自己了。

杭州人的生活也是越来越好了。

当然，我面对杭州的高楼大厦也颇感困惑。我们的运气只是在登雷峰塔观湖的那一天赶上了山色空蒙的阴天，没有在塔上看到那些与西湖美景不怎么协调的现代建筑。

三、梦魂牵萦话杭州

感谢改革开放，我这二十多年去过了那么多地方。我算是真的知道了世界真奇妙了。

然而没有一个地方像杭州这样令人动情，令人醉迷，令你销魂，令你不知道说什么才好。

好话说不清楚，就只能正话反说了。我说，杭州是个消磨斗志的地方。

文友王旭烽则告诉我，有一位外地作家说，他是不能来西湖了，来了杭州就不再想写作，不再想读书，不再想苦干，只想游玩……

中国的古典诗词写过的地方多矣，泰山、洞庭、长江、黄河、边塞……但是写杭州写西湖的最深情、最美丽，最依依恋恋，难解难分。

因为西湖的水平如镜，涟漪如纱绉；因为西湖的柳丝太细太柔太下垂得紧；因为杭州的山峰太秀丽太碧绿，山的线条也如西湖的岸线一样舒缓，不见嶙峋，不见突兀；因为杭州的酒太温柔醇厚，杭州的茶太鲜嫩清淡（例如与我在新疆喝惯了的茯砖相比较）；因为西湖的风景与杭州的地名太雅太温馨：柳浪闻莺燕子弄，三潭印月武陵源……因为围绕着西湖有太多的爱情故事：梁山伯与祝英台，许仙与白娘子，苏小小与谁谁谁；因为杭州的菜肴太细腻，连鸡、虾、蟹也是醉而后去满足人们的口腹之欲并且使食者醉去的，而杭州人确实是一个爱生活也会生活的人群……这当真是个舒服的地方，只不过是我们的命运，我们祖国的命运太严酷了，不仅南宋的时候不该享福，鸦片战争的时候，大革命的时候，抗日的号角吹响的时候，抗美援朝的时候，谁又能流连在湖光山色、历史胜迹、老酒与醉鸡醉蟹当中呢？

而这不是杭州的错，这只是幸福的推迟。杭州本应该是人生的幸福神州的幸福的载体，却常常成为血腥战斗的见证。其实——杭州的文友告诉我，杭州也不乏刚烈之士，例如最近就新修复了于谦墓，就是那个宁可粉身碎骨也要“留得清白在人间”的铮铮铁骨，更不要说名扬万古的岳坟了。而从杭州走出去不远，就是绍兴，就是鲁迅的家乡了。

四、断裂与整合

当新鲜的人文博士 (fresh PH.D) 讨论中国社会的断裂的时候，我在杭州倒是看到了一种也许会引起争议的整合。其实断裂也好，整合也好，前提是共同的，那就是承认多样性的存在。断裂的来由是一种存在认定另一种存在不应该存在，只好与之断裂。整合的来由甚至也包含着无奈，一种存在不认为自身有能力或足够天经地义的理由消灭异质的存在，只好整合在一块堆儿。

例如一位杭州人告诉我，新修起的雷峰塔是失败的，原因是：一、塔太胖，与六和塔靠了；二、为游人安装了滚动电梯，不古色古香了。

作家王旭烽告诉我，雷峰塔完全是按照文物资料上的原样修起来的，人们心目中的那个瘦塔其实是塔壁因火灾与战乱的破坏塌落后的塔心，而且不仅雷峰塔如此，包括目前俊俏地矗立在北山上的保俶塔，其瘦身形象也是根源于塔壁的剥落。至于滚动电梯，在建筑中相对比较隐蔽，至少对我与妻这样的年已古稀者，似不显多余。

雷峰塔现在的浮雕与壁画就更有趣，最高的6层，四周是木雕的佛陀释迦牟尼故事，从出世到涅槃，包括菩提树下的悟道。当然，5层就是从塔上看下去的西湖诸景，画景与实景互证，似乎不太带意识形态色彩。再下一层是白娘子联合小青血战法海僧人的传奇壁画了。按理说，这段故事中不无对佛法的不敬，倒是应该感谢佛家普度众生的大度。再下一层是重新修建此塔的盛事，则包含着对当今与当局的颂扬。这有什么不协调吗？没有任何人有这种感觉。至少是协调在一个叫做旅游文化的概念里了。不错，旅游二字中含有铜臭的气息，把真正的文物交给旅游部门管理令人不寒而栗。这方面有过失败的与令人痛心的经验。但至少这一个新复建的雷峰塔，给我的印象是并没有污染西湖，倒是使西湖显得更完美，使游人与西湖更亲近。我们完全可以寄正面的希望于旅游，希望旅游文化带给我们的不仅有赝品与伪文化（那是文化的灾难），而且有真正的文化。

这次阔别数年以后来到西湖，还看到据说是参照上海“新天地”的经验修起来的湖东酒吧一条街，欧式风格，夹带韩式。从旁驶过，但见灯光暗淡，装饰华美一心逐洋……欲知成败如何，且听下回分解。

五、龙井茶与西湖白莲藕莼

想来是因了小时候家境不怎么样，也缺乏医药知识，我一有病大人就给我吃藕粉（还有挂面）。在高烧不退、食欲全无的情况下，喝点所谓藕粉也许不过是土豆粉或者秸秆粉的东西，起码撑不着，渐渐养成了病吃藕粉的真正小儿科习惯。“成家立业”之后，我的这一稚习，被妻子儿女嘲笑，他们说藕粉是我的“回生粉”。

这次到西湖，说起想喝藕粉，果然也使杭州友人觉得太幼稚了。他们想不到我要这种不登大雅之堂的东西。但是，9月15日在湖畔居，王旭烽还是替我向主人要了藕粉。

现在的藕粉改名藕莼了，用一个生僻的字，也许是为了提高身价。质量也显著提高了，不需要和底子，用90度的水冲一下，就会自动成为均匀的糊状。几年前也有直接冲开水的，但冲出来效果不理想，常有疙瘩混迹其间，现在，是浑如天成啦。藕粉也在进步呢。

当然到湖畔居更主要是为了饮茶，王旭烽是茶人，她的描写茶农生活的长篇小说《南方有嘉木》获得了茅盾文学奖。她与茶人们面子大，我们到了湖畔居，喝了各种可饮可观赏可品味的名茶。有一种我觉得应该命名为绿牡丹（也许人家起的就是这个名字）的茶，一小团茶，开水一泡，变成了绿色大朵牡丹，好不喜人。观湖光山色而品上等茶上等水，这样的快乐人生又能有几次？这天茶水喝多了，茶后兴奋中去看山西歌舞团演出的民族舞剧《西厢记》，更是乐事了。山西的艺术家演得很好，剧本突出了崔莺莺和张君瑞对于幸福的热烈追求，压缩了红娘的分量，把老夫人代表的封建势力处理成由男群舞演员表现的符号，使老戏有了新面貌，表现爱情的舞蹈非常高雅优美。

于是当晚大为失眠，茶与舞，都太撩人心绪喽。

六、钗头凤

如果我的记忆没有欺骗我自己，我记得我第一次听到“钗头凤”这首词是在一出话剧里。那个话剧就叫《钗头凤》，是1946年，由国民党的第十一战区司令部话剧团演出，女主角唐婉是由演员唐若青扮演的。

我并没有机会在剧场看戏，我是在家里的一个破旧的话匣子里听这出话剧的。而这个话匣子是“二战”中日本宣布投降后，住在北京的日本军人家属仓惶回国，廉价出手的。话剧是倒叙写法，一上来就是陆游吟哦着“红酥手，黄藤酒，满城春色宫墙柳”，12岁的我立即感到了这首词的震撼力。我出神地聆听着忘记了一切。我还记得唐若青的嗓子有点沙哑，有一种特殊的磁性。顺便说一下，抗战过程中国民政府十一战区建立了话剧团，而这个话剧团的文艺工作者是很进步的。

就在听到最最动情处的时候，突然停电。我几乎发了疯。我忽然想起了我所居住的小胡同小绒线胡同的东口插入一个大胡同：报子胡同，而报子胡同的东口有一个人家，这个人家有一扇高高的后窗户向着街道方向开放，我常常在走过那里时，听到从后窗中放送出来的广播声，声音质量比我在家中听的话匣子好多了。我也坚信，我们的小胡同的停电，不意味着那边的大胡同也停电。

我飞一样地跑向报子胡同东口，我走到那扇我从中听到过曹宝禄的单弦、赵英颇的评书、孙敬修的故事的高高的后窗下面，我期待着话剧的广播。然而，杳然无声。至少对于我来说，从这次，这个给过我艺术的欢乐的后窗，不复存在了。

这是我平生未圆过的梦境之一，此外例如还有我曾梦到过自己演奏乐器，梦到过自己驾驶汽车……这些，都是我此生的遗憾。

至今，我没有看过听过一部完整的描写陆游与他的表妹的恋情的戏剧。

但是我去了两次绍兴的沈园。第一次是1989年，由绍兴市副市长李露儿同志陪同，阴雨绵绵，草木低首，如同为陆游唐婉的遭遇而哭泣。来到这里我感动得不得了，看了刻在照壁上的陆游与唐婉的词更加感动。当绍兴的同志告诉我当今的沈园修复得太粗糙的时候，我一再为沈园辩解：不粗，很好，很动人。

这一次，我仍然提出要去沈园，而绍兴的人说，现在的沈园比我当年看到的那一个又扩大了。

那次是上午，这次是黄昏。那次是阴雨，这次是晴天。沈园有一口双眼井，解放后在双眼井中修起了一面墙，墙的一端改成了人民公社的菜园。这个故事也很有趣。诗人陆游与他的爱情是神圣的。农民的种菜劳动也是神圣的。我相信经济发展得很好的绍兴人的蔬菜供应一定很好，不需要占用半个沈园栽辣椒苗了，那就把这一小块地面还给历史与文学吧。

这也算圆了我的半个多世纪以前想听完话剧《钗头凤》而不得的一点心愿吧。

七、祥林嫂

如同绍兴的市委书记王永昌同志所说，绍兴本身就是一个人文历史的博物馆。而这些脍炙人口的文物景点的修复修缮，都与发展旅游文化的思路有关。没有一个良性的循环，上哪里找钱去干这些事？

而且有扩大扩容和升级增量。绍兴县就修起了鲁镇。很大一片地方，邻近鉴湖，修成了鲁迅小说中的鲁镇模样，使鲁迅的小说虚构变成了实在的景观。阿Q一溜歪斜地走过来了，他受到旧警察的敲诈，他给不出钱来，便被带到了大堂，以“乱党”的罪名要了他的命，而他还在耿耿于画押时的圆圈没有画圆。

这是演出，这是对于鲁迅的纪念和重温。这令人感慨万千。您难以相信，几十年前，中国、中国人是这样的。

而更令我触动的是对面来的披头散发的妇人，她拄着拐杖，两眼发直，嘴里念叨着“我真傻，真的……阿毛……”念叨着“到底有没有来世……”

当然，是祥林嫂。

我自己也没有想到，祥林嫂的形象给了我那么大的冲击，我立即热泪盈眶，不止盈眶，而且夺眶而出了。整整一个小时，我忘不了祥林嫂。

我从小就特别感动于祥林嫂这种被污辱与被损害的人物，对于这样的人的同情决定了我的一生。我看到她就像看到自己的亲人自己的长辈自己的姐妹。1980年我第一次到美国，曾经在使馆帮助下在爱阿华放映夏衍改编的电影《祝福》，一位台湾背景的艺术家看完后对我说，他真的再不敢看这类片子了，这样的电影看多了非变成共产党不可的。

八、鲁迅故里与柯岩

而在绍兴市的鲁迅故居原址，修起了鲁迅故里。回想我许多年前参观鲁迅故居的情景，真是鸟枪换炮，昔非今比。20年前，鲁迅故居破破烂烂，挤在居民房舍内，露不出头角来。而今，扩大了地界，把鲁家(其实是周家)早就卖出的旧屋也收回了，你甚至可以从中看到当年鲁迅幼时亦未看到过的周家最发达时的情景，俨然大户巨绅。整个一片地方，黑瓦白墙，乌木雕刻的门框窗框，像是北京由贝聿铭先生设计的香山饭店的缩小。

其实是贝先生汲取了江南民居风格设计了获奖的香山饭店。

卖各种纪念品，卖炸臭豆腐。故里也招商，故里的香臭十分扑鼻。这当然也是旅游文化，而旅游文化招徕顾客的正是非常革命的鲁迅文物与同样吸引人的吴越乡土的民俗文化。故里的门票据说价格不菲。我又想，正像西湖游的火爆终于使西湖边的“花港观鱼”与“曲院风荷”不再收门票一样，说不定以鲁迅的伟大名字命名的有关景点，有可能今后提供更与鲁氏身份相称的服务。在达到这一点以前，我完全理解人们对于“红色旅游资源”的开发，和这种开发反过来对于人文教育人文关切的正面意义。

也许在结束这篇挂一漏万的记述2004的杭州之行的小文之前提一下绍兴县的柯岩是必须的，两块高耸的岩石位于绍兴柯镇，故名柯岩。我从来没有看到过这样奇绝、这样英武、这样打破了人间的想像力的石头。这两块巨、高、奇、瘦之石，几乎使亨利·摩尔，还有罗丹，以及什么现代派后现代派的雕塑，在它面前黯然失色。而这两块石头的产生并非完全来自天然，它是历代艰苦卓绝的采石工人凿石取料的剩余，它是无心间造成的吗？我想起了罗丹的名言，石雕就是把不需要的东西统统打掉。我无法想像也无法理解。艺术啊，你在非艺术的、非刻意经营的大自然与人工劳动面前，你将怎么样自处呢？

图书在版编目（CIP）数据

文章四家·王蒙 / 王蒙著. -- 北京：文化艺术出版社, 2010.5

ISBN 978-7-5039-4107-8

Ⅰ.①文… Ⅱ.①王… Ⅲ.①文学—作品综合集—中国—当代 Ⅳ.①I217.2

中国版本图书馆CIP数据核字（2010）第082257号

文章四家·王蒙

著　　者　王　蒙
责任编辑　齐大任
责任校对　方玉菊
装帧设计　杨林青 / 刘玲子
出版发行　文化艺术出版社
地　　址　北京市东城区东四八条52号　（100700）
网　　址　www.whyscbs.com
电子邮箱　whysbooks@263.net
电　　话　（010）84057666 84057660（总编室）
　　　　　（010）84057696 84057698（发行部）
经　　销　全国新华书店
印　　刷　北京顺诚彩色印刷有限公司
版　　次　2011年3月第1版
印　　次　2011年3月第1次印刷
印　　张　24.25
字　　数　230千字
开　　本　720×1000毫米　1/16
书　　号　ISBN　978-7-5039-4107-8
定　　价　68.00元